中國大陸夜景

夜景

自古以來，一直被關在十八層地獄的所有牛鬼蛇神全都被江胡放了出來。

江胡大赦天下，為所有的邪惡提供保護，這樣黑與白就亂了套，所有的在陰溝裏生存見不得光的邪惡東西，晝伏夜出的害人蟲全都改變了習性，白天出來猖獗造孽，而光明和正義則被打入了十八層地獄。

在江胡統治的二三十年裏，所有的害人蟲瘋狂繁殖，並在各個領域占據了絕對上風。陽光下的罪惡並不可怕，可怕的是黑白嚴重失衡，白晝的空間被擠壓得岌岌可危。江胡時代陰盛陽衰達到了無以復加的程度，白晝被逼到陰溝裏，所以百姓數月乃至數年才能見到片刻光明。正因如此，江胡「夜景」不僅浩瀚，而且「絢麗多彩」。江胡時代中國的「夜景」令全世界的法治國家望而生畏。

筆下有餘的苦衷

隨身碟失竊前，作品所涉及的內容僅限於江時代，所以本人筆名為「笑傲江胡」。但由於隨身碟失竊後，不得不大量取材於後江胡，於是就出現了筆下有餘的苦衷。

懇求

每一本書都有它針對的人群，如果我的書不合您的口味，請轉送給想要深入暸解大陸的同胞，或者轉送給懂漢語的外國人。賺了很多年錢，才出了這本書。正因如此，我不希望我的書躺在某個角落裏睡大覺。希望您能幫我的書「活下去」，在此表示感謝！！！

永遠的痛

30多年精雕細琢的作品被賊偷走，追悔何及！

30多年來積累的素材反覆提煉，30多年來無數次修改，30多年來的苦思冥想，30多年來的嘔心瀝血，30多年來的靈感，好不容易才給一萬多條「成語」全都配上了黑色幽默，精雕細琢的作品剛完成不久，就被早有預謀的鄰居偷走，不得已選擇了生「二胎」。

這「二胎」根本談不上是完整作品，而是在亮劍。警告那個一直在網上偷偷尋找買主，企圖靠出售我作品發一筆橫財的鄰居，我絕不會讓任何人在我的作品上署他的名字。

如今我已經人老珠黃，接近絕「精」期，到了這把年紀「生二胎」實屬無奈，僅回憶那幾千萬字的內容就把我弄得疲憊不堪，更何況因身心受到了巨大的傷害，當年的創作的激情早已消失殆盡。失去了激情，失去了靈感，失去了旺盛的創作精力，不可能出好作品，更談不上精品。

這倉促出生的「二胎」和被偷的精品相比簡直判若兩「人」。黑色幽默、辛辣的諷刺蕩然無存，無法和30年精益求精的作品相提並論，只能保留最精華內容。

失竊的精品，無論是政治、經濟、文化、法律、環保，還是衣食住行全都配有81個以上的例句，因江胡造孽百姓從生到死都無法躲過九九八十一難。耗費了30多年時間收集的資料全部被盜走，就算我還能再活30年，也不可能在像以前那樣有旺盛的精力和時間收集和修改作品了，更何況我的身體狀況每況愈下。

萬般無奈把重新收集到的資料稍做改動，然後加上無厘頭風格標題，這樣一來就只能保有昔日作品的精華所在。因為未經重新創作的內容，根本不具備無厘頭風格，這和失竊的作品大相徑庭。被竊的原作是將收集到的所有資料全都「掰開」「揉碎」「消化吸收」之後，重新構思創作，尤其是在辛辣的諷刺和黑色幽默上下功

夫。

無厘頭風格體現在黑色幽默中，標題只不過是畫龍點睛。被賊偷走的精品，每一條「成語」都以一個黑色幽默故事開頭。首先講述一些看似風馬牛不相及，背後卻存在著千絲萬縷聯繫的「典故」，或則講述一些即出乎意料之外，又在情理之中的故事，然後在進行辛辣的諷刺。

例一、小的時候我特別願意聽舅舅講故事，舅舅講的每一個故事都富有寓意，令我受益匪淺。記得舅舅曾經講過這樣一個故事：古代有一個貧困縣的縣官特別黑，老百姓恨得咬牙切齒，可是當聽說這個縣官高升要調走的時候，百姓們全都哭了，而且哭得的特別傷心，因為新來的縣官還得重新挖地三尺，而且會比前任挖得更深，然後進入正題。

例二、中國領導視察時千篇一律的套話：同志們辛苦了，大家異口同聲回答：首長辛苦，或齊聲回答為人民服務。接下了我的構思是領導又說：同志們曬黑了，大家高聲回答到：領導更黑！這樣黑色幽默的效果就出來了。

例三、《質不嫌母醜》和《臨門一角》是在我生病後創作的。為了保持作品一致性，重新創作的「無厘頭」從頭至尾沒有一個黑色幽默，但之後卻心有不甘……

禍不單行，雪上加霜的是，先是隨身碟被偷，然後是電腦頻頻出現死機狀況，後來乾脆就無法開機了。兒子的電腦不讓我碰，偶爾用親屬家的電腦杯水車薪。

進退兩難，換電腦和出書此消彼長。如果不換電腦，書至少可以增加100頁。無奈只能提早推出，這樣一來本來就精簡的「二胎」就徹底失去了「整容」的機會。早產的「二胎」作品呈現諸多嚴重營養不良等特徵，不僅外表瘦小枯幹，而且「內臟」發育不全，喪失了辛辣、黑色幽默的風格，這是我心中永遠的痛。

十二大類無厘頭「成語」

一、一字創新，例如：千宰難逢、冤家路宰。這是我最鍾愛的，因為這樣改對傳統成語的「傷害」最小，即可保留原汁原味，還可以增加新的含義。

二、二三字創新屬於不倫不類式創新，此舉實屬無奈，例如：汙河之重。只有這樣改，才能把中國江河湖海汙染的程度表現出來，遺憾的是它和烏合之眾風馬牛不相及。

三、混淆式創新（平卷舌混用），例如：觸不及房、見糟拆糟、宰入死冊。

四、四個字創新純屬亂燉式創新，例如：宰割宰件。只有採用非驢非馬的形式才能把惡宰表現得淋漓盡致。宰到什麼程度，瘋狂惡宰百姓之後還不過癮，於是把驗屍官也宰了。

五、顛覆性創新，例如：「撒雞給侯看」，雖然這和「殺雞給猴看」意義完全相反，但它能把江胡縱容諸侯瘋狂破壞大自然的狀況展現出來。

六、跑調式創新，例如：壓力山大。

七、破音字無厘頭創新，例如：假期隨期（嫁雞隨雞）。

八、混淆黑白式創新，例如：邪不壓政，邪和正本來是水火不相容，反倒政邪同流合汙。

九、畫蛇添足式創新，例如：外獄無出其右。後發置人於死帝（後發制人、置人於死地）。

十、穿越式創新，把兩個朝代的事硬捆在一起，例如：垂簾法治。

十一、邏輯相悖式創新，例如：有一厲必有一弊。

十二、離譜式創新，例如：包磚隱玉，脫衣不二。採用無厘頭的創新方法把拋磚引玉、說一不二等成語嚴重扭曲變形。如果不把拋磚引玉變成包磚隱玉，就無法展現出央視有大轅馬不用，用兔子駕轅的醜陋面目。如果不把說一不二變成脫衣不二，就無法把中國低俗的電視節目用最精煉的語言展現出來。

由於本人才疏學淺，在「臨摹」成語的時候，畫虎不成反類犬，「糟蹋」成語並非我本意。「篡改」的成語只不過是塊磚，拋磚的目的是為了引玉。之所以敢斗膽塗改是因為傳統成語無法表現出江胡時代的特徵。

「贗品」永遠也沒有資格和美玉相提並論，但極個別以假亂真的「高仿品」或許具有收藏價值，這正是我想出版《無厘頭成語》的初衷。

如果本書能出版，很有可能遭到專家學者的狂轟濫炸。橫挑鼻子豎挑眼也好，不屑一顧也罷，罵我的作品不倫不類、生搬硬套，我都不介意。我只是希望後人能用最精煉的語言記住江胡造的孽。與其說本書是《無厘頭成語詞典》，不如說是江胡時代的微縮版百科全書更為貼切。本書對外國人來說，或許是個難得的糾錯教材，對提高漢語水準有百利而無一害。出版盜版成語的初衷是為了弘揚中國語言精華。

往成語或片語裏注入新鮮血液不僅僅是「血型不匹配的問題」，「整容也是非常棘手的問題」。例如：醫食父母、醫德高喪。整容之後不但非驢非馬，而且樣子非常醜陋，然而現實生活當中個別醫生則更加醜陋。不這麼「篡改」就無法把醫生瘋狂惡宰「綁架」患者醜惡行徑表現得淋漓盡致，不這麼「篡改」根本無法表現出江胡時代的特徵。面對病入膏肓的社會風貌，只有無厘頭成語才是它的絕配。

「篡改」成語看似離譜，但江胡時代瘋狂破壞大自然，瘋狂糟蹋法律則更加離譜。江胡造孽把無厘頭發揮到了極致，千萬種無厘頭做法前無古人後無來者。我的《無厘頭成語》和江胡的《無厘頭法律》、《無厘頭人權》、《無厘頭環保》、《無厘頭強拆》、《無厘頭建築》、《無厘頭保險》、《無厘頭食品》、《無厘頭醫患關係》等相比充其量是小巫見大巫。

江胡時代風暴

中國語言博大精深，成語乃語言之精華，幾個字就能把歷史事件活靈活現地表現出來。儘管成語寓意深刻回味無窮，但遠水不解近渴，無法反映出江胡時代的特徵。例如：世界上10個汙染最嚴重的城市，中國占了7個。用傳統的成語根本無法把江胡時代瘋狂破壞大自然，導致環境殺手瘋狂報復的現實表現出來，於是就出現了與時俱進的「十面霾伏」。

注入新鮮血液後的成語不僅保留了原有的精華，而且一針見血，把江胡時代大氣汙染的狀況表現得淋漓盡致，只是這種具有時代特徵的「創新成語」新有餘而力不足。「十面霾伏」形單影隻，無法反映出江胡時代的全貌。

江胡時代的黑暗程度無可比擬，甭說法律，就是王法也被糟蹋的不成樣子，甭說殺人如麻，就連大自然也被「殺雞取卵」。

自從江澤民當上中國的亞種皇帝，社會風氣急轉直下，傳承了幾千年的社會道德被徹底顛覆。江胡造孽僅用了短短二十幾年時間，就使整個中國社會意識形態病入膏肓。

自有人類歷史以來，一直在陰溝裏生存的醜惡東西，終於在江胡時代，找到了在陽光下無拘無束繁殖的機會。在短短的二三十年裏，所有醜惡的東西瘋狂繁殖，並在各個領域占了上風。要想把江胡孽障所造的孽，用最精煉的語言表現出來定要「創新成語」莫屬。於是我試圖用完全創新「成語」來表現江胡時代大陸出現的無數起邪惡事件，結果慘敗。

創新實在是太難了！冥思苦想，不知道經過了多少不眠之

夜，才能創造出一個讓自己滿意的「成語」。自從創作出「癌政蕈債」之後，我就改變了思路，斗膽大規模「嫁接」起成語來。冒天下之大不韙並非我的本意，我只是想把成語之精華運用到現實生活當中來。

只有給成語「整容、注入新鮮血液」這種無厘頭做法才能將江胡造的孽淋漓盡致地展現出來，這種以讀攻瀆的「成語」或許會給讀者留下更深刻的印記。

雖然閉門嫁接成語有諸多弊端，但我的個性就是不吃別人嚼過的饃。我不願向大多數人那樣僅僅是傳承，我想探索是否能嫁接出一條嶄新的成語之路。

經我手改頭換面之後的成語，至少會有一萬三千多條，這些「新成語」完全符合江胡時代特徵，如：瀆屬王國、毒占鰲頭、食面埋伏、幼敵深入、股劍傷民、宰入史冊、瘋刀江箭、華山論建等活靈活現的反映出江胡時代有毒食品氾濫成災、強姦幼女愈演愈烈、瘋狂惡宰百姓、被精神病、豆腐渣工程等各種醜惡現象。

目錄

羅馬拼音 H

羅馬拼音 J

羅馬拼音 **K**

A

癌政孽債（江胡孽債）（1）

瞅化說在前頭（醜話說在前頭）

　　千變萬化的大自然美不勝收，然而江胡這兩位魔鬼當上了中國的亞種皇帝之後，大自然出現了前所未有的醜惡變化，而且其醜無比！海哭石爛、汙江自刎、河東濕吼、氣極敗壞、十面霾伏、入土難安、大禍林頭等景象隨處可見。

　　江胡造孽大自然被破壞得千瘡百孔，目前深受其害的只是中國人。暫時，水土裏的致命毒素正在發酵階段還不能到國外去殺人，但中國霧霾殺手早已在全世界開始遊蕩。

癌政孽債（江胡孽債）（2）

隔殺勿論（格殺勿論）

　　汙染物進入水土壤可以持續幾個世紀，在此期間致命毒素不斷發酵，不斷地報復人類。江胡造孽隔代殺人，前無古人後無來者。在此之前無論多麼殘忍的暴君都無法做到隔代殺人。

百毒江胡死而不僵（百足之蟲死而不僵）

　　中國每年新發腫瘤病例 350 萬，而且每年以 5 ％的速度在增長。在江胡之前無論多麼殘忍的暴君，只要駕崩殺戮隨之結束。而江胡不僅生前用癌政瘋狂殺人，駕崩之後殺戮更加瘋狂。

　　江老的辣（薑老的辣），後發置人於死帝（後發制人、置人於死地）江胡癌政厚積博發（厚積薄發），不斷地發酵的百毒（混合毒素）會帶來更大的災難，人類歷史上最大的殺戮──癌爆不可避免。

　　媒體普遍引用北京腫瘤醫院專家的話說，預計到 2033 年，中國人肺癌的發病會出現「井噴」，江胡隔代殺人令古今中外所有的暴君都望塵莫及。

癌政孽債（江胡孽債）（3）

　　中國大陸2010年二氧化硫、氮氧化物排放總量分別為2267.8萬噸、2273.6萬噸，位居世界第一。煙粉塵排放量為1446.1萬噸，遠遠超出環境承載能力。然而這僅僅是江胡癌政排毒之冰山一角。更要命的是更大的危害還在後邊，只有達到最高峰，排毒才能開始逐漸減弱。江胡癌政罪可怕的是看不見的災難！未形之患，貽害無窮。環保部專家：中國幾乎所有汙染物排放量世界第

一，更可怕的是未知環境風險。

未知如虎（畏之如虎）

專家指出：未知的風險往往危害更大！江胡造孽是否給人類帶來滅頂之災，就連科學家也無從知曉。

懲惶懲恐（誠惶誠恐）

被江胡逼入絕境的大自然，開始懲罰人類。「腳上的泡」是江胡造成的，事已至此，全人類都得跟著吃瓜酪。吞得下苦果，人類便可以生存下去，吞不下意味著毀滅！

癌政孽債（江胡孽債）（4）

瘋狂「殺雞取卵」毀滅性的破壞大自然，瘋狂的惡宰百姓，瘋狂吞噬納稅人的錢，憑藉找高科技，憑藉著出賣國土資源，憑藉著人口紅利，江胡時代的中國在短短的20、30年就變成了第二經濟大國。然而江胡所欠下的癌政孽債，至少得用幾代人和無數條生命來償還！比毀滅性的破壞大自然更可怕的是習帝的弱治孽債。

癌政孽債（江胡孽債）（5）

敗世有餘（敗事有餘），債所不辭（在所不辭）

在江胡兩位亞種皇帝的統治下，每1萬8千起的環境行政處罰，才有一起可能進入到司法領域。如此庇護，短短的20多年時間，大自然被破壞得千瘡百孔。江胡政府對大自然破壞的程度空前絕後，世界10個汙染「罪」嚴重的城市中國占了7個。中國至少有459個癌症村……

世界汙脊（世界屋脊）債臺高築。江胡造孽「吃不了兜著走」！靠毀壞大自然換來的政績，必然導致環境殺手瘋狂的報復，無辜的百姓不得不用生命的代價來償還江胡孽債。

癌政孽債（江胡孽債）（6）

劇殺成塔（聚沙成塔）

江胡統治下建成的世界上「罪」大的「劇毒政績金字塔」並非浪得虛名，塔中蘊藏的劇毒無時無刻不在殺人！

留得環境債殺人不用刀。江胡一面把萬億噸劇毒洋垃圾源源不斷運進中國，一面又瘋狂破壞大自然讓它釋放出各種毒素，結果導致中國大陸每年新發腫瘤病例350萬，占到全球新增病例的20％以上，而且每年以5％的速度在增長。極為可怕的是，只有劇毒發酵到頂點時巨大的殺戮才能逐漸減弱。

在償還江胡孳債這場悲劇中，先發酵殺人的毒素只是配角，後發制人的毒素何時開始殺人？半衰期是幾百年還是幾千年？

癌政孳債（江胡孳債）（7）

江胡造孽，奪命債主早上門來（找上門來）催命！8 種癌症成國人頭號「殺手」，乳腺癌發病年齡，比西方女性早 10 至 15 年。北京腫瘤醫院持續 20 年的腫瘤監測結果顯示，1997 年乳腺癌的發病率比 10 年前上升了 30％，2005 年發病率比 9 年前上升了 31.7％。中國主要城市 10 年來乳腺癌發病率增長了 37％，死亡率增長了 38.9％，農村死亡率增長了 39.7％。中國乳腺癌的年均增長速度高出高發國家 2 個百分點，以每年 4％的速度遞增。

中國兒童惡性腫瘤發病率逐年快速上升已成為兒童死亡一大殺手。—2014.10.28

以天津為例：2010 年兒童腫瘤年門診量為 2360 人，而 2014 年這一數字翻倍達到 5488 人。與成年人不同，兒童腫瘤進展極快，從早期到晚期最快只有 3 個月。世衛組織資料顯示，惡性腫瘤已成為兒童第二大死因。短短幾年，中國城市兒童腫瘤的發病率上升了 20％左右，其發病率和上升趨勢都遠高於發達國家。

中科院院士鐘南山指出：北京 10 年來肺癌增加 60％。— 2013.10.17

癌政孳債（江胡孳債）（8）

江胡殗氣（江湖義氣）導致早亡！由 50 個國家、303 個機構、488 名研究人員歷時 5 年共同完成，提出 2010 年中國因室外 PM2.5 汙染導致 120 萬人早死以及 2500 萬傷殘。

鐘南山院士的一位香港同事曾做過研究，PM2.5 每立方米增加 10 個微克，呼吸系統疾病住院率可以增加到 3.1％。要是灰霾從 25 個微克增加到 200 微克，日均病死率可增加到 11％。

《2012 中國腫瘤登記年報》對外發佈：「中國每 6 分鐘就有 1 人被確診為癌症，每天有 8550 人成為癌症患者，每 7 到 8 人中就有 1 人死於癌症。」

癌政孳債（江胡孳債）（9）

飲無可飲（忍無可忍）

全部平原面積：197 萬平方公里地下水含水層都被汙染了。太湖流域 92％的面積都被汙染了，遼河流域 85％的面積都被汙染了，海河流域 76％的面積都被汙染了，淮河流域 68％的面積都被汙染了。太湖地區地下水全部是 4、

5 類，清一色都不能飲用了。全國 4778 個地下水監測點中，約 6 成水質較差和極差。

癌政孽債（江胡孽債）（10）

深汙痛絕（深惡痛絕）債水一方（在水一方）之冰山一角

山東濰坊企業高壓泵地下排汙，導致地下水汙染。－ 2013.02.17

中國工程院院士王浩：地下水汙染治理的代價極高，有的甚至無法處理，恢復極其緩慢。中國公共環境研究中心主任馬軍指出：要淨化已滲透到深層的地下水汙染需要 1000 年時間。

癌政孽債（江胡孽債）（11）

談土更煩（談吐不凡）

汙染物一旦進入土壤可以持續幾個世紀。有帝放毒（有的放矢）無帝買單。江胡兩位亞種皇帝造孽之後揚長而去。路透社：中國土壤汙染遭遇「由誰來買單」難題。全中國 330 萬公頃的土地已經無法耕種。壤外安內（攘外安內）談何容易。

中國骯髒的秘密——土壤汙染。科學家告訴衛報記者，土壤汙染是比空氣汙染、水汙染更為嚴重、更長久的問題，將對食品生產和人類健康造成可怕的結果。－ 2013.01.14

專家稱中國化肥全世界密度最高土壤破壞得很厲害。－ 2013.11.11

有研究學者認為：修復中國汙染土壤得幾十萬億。中國至少有 10 ％的耕地遭重金屬汙染，其中鎘汙染和砷汙染比例最大，分別占受汙染耕地的 40 ％左右。環保部與國土資源部聯合發佈了 2005 至 2013 年全國土壤汙染狀況調查公報，結果顯示，中國工業企業用地中有高於 30 ％的土壤受到汙染。

癌政孽債（江胡孽債）（12）

汙染土壤修復後遺症——二次汙染

再劫難逃（在劫難逃）之冰山一角。常州外國語學校正處於輿論的漩渦當中。－ 2016.04.30

一切的根源，在於學校對面一路之隔的化工廠原址，因為在土地修復中帶來的環境汙染，致使學校「至少 493 名初中生群體性身體異樣」，並且在學校的地下水和空氣中檢測出非城市空氣品質標準中的汙染物。

修與為伍（羞與為伍）

環保部門的數據顯示 2014 至 2015 年 9 月，土壤修復專案工期多於 500 天

的僅占 12.6％，200 天以下的專案占比達到 66.7％，普遍呈現短工期的特點。而荷蘭、美國、義大利等國的修復案例至少得 8 至 10 年。日本神通川流域汙染修復工程歷時 33 年。如此糊弄後患無窮，得付出更多的生命，更大的代價來償還江胡孽債。

癌政孽債（江胡孽債）（13）

沙塵報復（沙塵暴）

北京遭遇 13 年來最強沙塵暴，全市 PM10 濃度破千。— 2015.04.16

在沙漠等缺水地區建設工業專案，環評一般都要求「零排放」，遺憾的是地方領導把來自國內一流專家的觀點當成耳旁風，騰格裏沙漠周邊的幾個省瘋狂地向沙漠腹地排汙 10 年以上。中國環境科學院研究員喬琦：「沙漠地區極其缺水，生態系統非常脆弱，對環境特別是地下水造成汙染後，幾乎沒有恢復的可能性」。

癌政孽債（江胡孽債）（14）

江澤民統治中國之後，殘疾新生兒爆炸式增長。— 2013.11.11

根據 2011 年《中國婦幼衛生事業發展報告》統計，近年來，中國新生兒出生缺陷發生率呈上升趨勢，由 1996 年的每萬人中 8.77 人，上升到 2010 年的每萬人中 149.9 人，增長幅度達到 70.9％，約占世界殘疾新生兒的 $\frac{1}{5}$。以當前年出生人數 1600 萬計算，每年出生肉眼可見的殘疾新生兒可以達到 25 萬，總的出生缺陷的發生率是 4％到 6％，平均不到 30 秒就有一名缺陷兒出生；中國累計有近 3000 萬個家庭曾生育過出生缺陷兒，約占全國家庭總數的近 $\frac{1}{10}$。

癌政孽債（江胡孽債）（15）

江胡素敵太多（樹敵太多）百姓深受其害。中國 7 歲以下兒童因為不合理使用抗生素造成耳聾的數量多達 30 萬人，占總體聾啞兒童的比例 30％至 40％。— 2012.03.08

江浙滬兒童體內普遍有獸用抗生素，79.6％的學齡兒童尿液中檢出有一種或幾種抗生素。— 2016.02.22

2013 年中國抗生素使用一年達 16.2 萬噸，約占世界用量的一半，其中 52％為獸用，48％為人用，超過 5 萬噸抗生素被排放進入水土環境中。中國大陸地表水含 68 種抗生素，多條主河流均檢出抗生素。另外還有 90 種非抗

生素類的醫藥成分。— 2014.12.26

　　山東魯抗醫藥大量偷排抗生素汙水，濃度超自然水體 1 萬倍，並涉嫌和第三方運營公司進行汙水數據造假。中國大陸自來水檢出大量抗生素。— 2014.12.26

癌政孽債（江胡孽債）（16）

　　一位國際消除兒童鉛中毒聯盟專家告誡：大陸如果不注意鉛中毒的防治 20 年後中國人平均質地將比美國人低 5 %。只有 4 萬餘人的大浦鎮，血鉛超標的兒童數量超過 300 人。淮河沙潁河重金屬嚴重超標致兒童智商降低。— 2013.07.19。

癌政孽債（江胡孽債）（17）

　　2009 年北京城鎮居民人均健康支出：73 元，還不夠兩場電影票錢，近 3 年來徵兵標準逐年下降，2007 年北京徵兵報名者中符合標準的僅有 46 %。

癌政孽債（江胡孽債）（18）

　　中國建築存在「隱形癌症」。目前中國建築滲漏率高達 80 %以上。

癌政孽債（江胡孽債）（19）

　　江胡豆腐渣工程殺人之冰山一角。汶川地震絕大多數學生並非死於地震而是死於校舍豆腐渣工程。家長們悲憤控訴：他們的孩子不是死於天災，而是人禍！

　　震眹有詞（振振有詞）的亞種皇帝胡錦濤不僅把豆腐渣工程嫁禍於天災，而且還把 7.8 級地震改為 8 級。更令世界震驚的是胡錦濤的聖旨：朕命令你們火速逮捕所有調查汶川地震豆腐渣工程的律師，即刻判刑入獄，違令者斬！。

癌政孽債（江胡孽債）（20）

　　萬億噸劇毒洋垃圾圍城，毒布天下（獨步天下）之罪魁禍首江澤民。— 2015.01.04

　　從江澤民執政開始，那些最毒、對人體和環境危害最大的洋垃圾源源不斷運到中國。江胡時代留下了無數座電子垃圾、工業垃圾、生活垃圾「山脈」，因而創造了「垃圾山滑坡」這一今古奇觀。深圳一座垃圾山滑坡，瞬間將 33 棟工廠廠房宿舍樓和其他建築吞噬。

癌政孽債（江胡孽債）（21）

「垃圾圍村」

中國每年農村垃圾總量 1.2 億噸，全國 4 萬個鄉鎮、近 60 萬個行政村，幾乎沒有環保基礎設施，處在垃圾自然堆放狀態，鄉村正經受著垃圾問題的重重壓迫：白色汙染，環境破壞，飲水安全，居民的身體健康，這些成為農村發展與穩定的「不定時炸彈」。農村環境在經濟發展中不斷惡化，「垃圾靠風刮，汙水靠蒸發，家裏現代化，屋外髒亂差」已成為中國部分農村生活環境的真實寫照。

癌政孽債（江胡孽債）（22）

垃圾荒（拉饑荒）

中國 600 多個城市超過 $\frac{2}{3}$ 垃圾圍城，$\frac{1}{4}$ 的城市沒有合適的場所堆放垃圾。中國城市垃圾堆存累計侵占土地 75 萬畝。經過環保處理的垃圾不到 20%。中國每年建築垃圾產生總量 15 億噸至 35.5 億噸之間，占城市垃圾的 70%，建築垃圾得而資源化率不到 5%，而國外資源化率 90% 以上。全國垃圾堆存侵占土地面積高達 5 億多平方米，約 5 萬多公頃耕地。

更有滲者（更有甚者）之冰山一角

湘潭雙馬垃圾處理場至少 10 萬噸垃圾滲漏液直排湘江。— 2013.06.05

以前，這個尚未竣工驗收的垃圾填埋場在沒有建好汙水處理配套設施的情況下，邊建設邊使用，導致至少 10 萬噸垃圾滲漏液直排湘江，江水渾濁，臭氣熏天。瀋陽每天約有 500 噸垃圾滲漏液無法處理，景德鎮宋家莊垃圾填埋場每天 400 噸滲濾液僅經簡易處理排入昌江河⋯⋯。

癌政孽債（江胡孽債）（23）

武漢 5 家垃圾焚燒廠，每年涉違規處置 20 萬噸致癌物。— 2013.12.18

未通過環評非法焚燒，毒性是砒霜 900 倍，二惡英殺手大開殺戒，江胡孽債至少得用幾代人來償還。

癌政孽債（江胡孽債）（24）

濕居餘氣（屍居餘氣）

把成千上萬個社區建在濕地上這種混蛋做法只有江胡政府幹得出來，對此濕地非常氣憤，於是每當下雨天就用水漫金山這種方式來討債。償還江胡孽債談何容易，以武漢為例：武漢高檔社區變碼頭，圍牆外停滿漁船⋯⋯，漬水淹到了夢湖水岸社區門口，齊成年人的膝蓋深。這裏原來是沙湖水域，後來填湖做了樓盤。這樣的居住區賠錢也賣不出去，而因購房早已負債累累

的千家萬戶，哪還有錢去別處買房。

更可悲的是還得償還江胡排水細桶（系統）孽債。特大暴雨導致城市低窪處短時間內積水的現象不足為奇，但江胡時代修建的排水細桶甭說暴雨，就是中雨導致整個城市都癱瘓，這種情況在中國多個城市屢見不鮮。

600 多座城市居民足不出戶便可欣賞海笑，皇帝做不到，總統想都不敢想的事，亞種皇帝江胡不費吹灰之力就做到了，然而償還孽債的重負卻壓在了百姓身上。

癌政孽債（江胡孽債）（25）

河北省濕地消失了 90％，即便僥倖存留的濕地 8 成以上變成了汙水排泄場所（見：河東濕吼）。

國家海洋局統計：近 20 至 30 年中國超過一半的濱海濕地已經消失了，而且重要因素就是填海工程。在南方中國最大的淡水湖鄱陽湖水域面積從 4000 平方公里減少到不足 50 平方公里。

癌政孽債（江胡孽債）（26）

趕盡殺絕，魚無生處

☞水電部門強勢施壓環保專家，不允許建設大型工程的稀特有魚類國家級自然保護區第三次被縮小。— 2015.04.10

☞2015 年江西省水利廳在鄱陽湖內批准 3 個採砂區，其中有 6.82 平方公里采砂區位於鄱陽湖銀魚產卵場省級自然保護區內。

☞中國近海過度捕撈禁而不止，浙江：絕戶網密佈，小魚難逃脫。浙江：絕戶網讓魚類斷子絕孫。— 2014.11.06

記者發現大多都是拇指粗細的小魚和硬幣大的螃蟹。漁網連小拇指都伸不進去，更細的連鋼針都很難穿過，而這樣的漁網家家戶戶都有。無論是黃海、渤海、還是東海漁民們為了捕到魚在網上做文章。網眼 4 毫米（比蚊帳稍大點）。幾十公里上百公里的區域，通過潮汐把上來的小魚小蝦全部圍到裏面。

☞燈光圍網魚無處藏身，每條重量不超過 1 兩。

☞在湖南沅江市南洞庭濕地和水禽自然保護區，大大小小鋼絲網圍裸露在枯水期的灘塗濕地上……。網圍在豐水期網住魚蝦，在水退時將網內的魚蝦大小通吃一網打盡，因此也被稱為魚類的死亡監獄。在洞庭湖區圍網現象最嚴重的沅江市在冊的矮網圍就有 72 處，總面積超過 16 萬畝。最大的一個

就有上萬畝……

☞中國漁業資源匱乏極其嚴重。90年代只有80年代的20％，2011年數據顯示：只有80年代的百分之幾都不到，特別是今年只有去年的一半還不到。

癌政孽債（江胡孽債）（27）

趕盡殺絕，不絕魚耳（不絕於耳）

候鳥遷徙遭遇「天羅地網」。－2013.11.24

湖南、江西有一條候鳥遷徙的必經之路「千年鳥道」曾被曝光，一個村落一年捕殺的候鳥就超過150噸。在企水鎮農貿市場，國家級保護鳥類赫然在售賣之列，公款品嘗之風愈演愈烈。

癌政孽債（江胡孽債）（28）

鄱陽湖200年沉砂10年被挖盡，砂霸與政府分食暴利。－2014.12.08

江西：高速大橋橋墩下面瘋狂採砂，從未見過相關部門前來制止過。－2015.12.25（見：趕盡砂絕）

癌政孽債（江胡孽債）（29）

地熱資源開發亂象。先打井後上報，只開採不回灌成為普遍現象，限量開採等規定成為一紙空文。

癌政孽債（江胡孽債）（30）

從江澤民統治中國開始，瘋狂超採地下水近30年，後遺症令世界各國望沉莫及（望塵莫及）。有數據顯示：近幾十年來，中國城市地面沉降現象日趨嚴重，沉降城市及面積不斷擴大，至少已有96個城市和地區發生不同程度的地面沉降。在華北平原，地面沉降量超過200毫米的區域已達6萬多平方公里，占華北平原面積的近一半，北京、天津、滄州等地沉降最嚴重。滄州大約沉降了2.4米，地下水超採，是加速地面沉降的禍首；而地表水的無序治理與汙染氾濫，又是導致地下水無可倖免的直接動因。近2年來，各地「天坑」頻現，沉降已經成為城市與農村間或上演的「驚悚即景」。

河北長期超採地下水形成7大漏斗區。由於長期大量超採地下水已形成了7個大的地下水漏斗區，引發地面沉降、海水倒灌、地陷地裂等地質災害問題。河流乾涸、濕地萎縮，濕地面積比上世紀50年代減少70％以上。－2014.12.09

陝西：地下被掏空洗煤廠損失過億，地面起包輸煤管道斷裂。

江西豐城現 1800 平方米巨坑。巨坑直徑大約 50 米，深度至少 15 米。—2014.03.13

2013 年 9 月 9 日，湖北荊門市郊已出現 33 次地表塌陷，塌陷面積 38 萬平方米，天坑數十個，農民不敢下地勞作。8 月 20 日，鄧永政的妻子在地裏採摘棉桃。突然腳下地面開裂，她的身子幾乎全部掉進地縫中。墜落瞬間，她本能抓住了地面的棉杆，掙扎著爬上來。8 月 23 日，鄧和妻子楊立香正在剝棉花，突然地動山搖，地面向北傾斜，房屋開始倒塌，幸虧跑得快，他們才沒被磚瓦砸到。以鄧家為中心，方圓 200 米範圍，分佈了 3 個天坑。鄧稱：鄧家莊位於四下山石膏礦採空區。2010 年開始，這裏陸續出現地陷，出現了大量天坑和地縫，具體數字無人統計。

癌政孽債（江胡孽債）（31）

驢糞蛋表面光，江宰民皇帝為了給自己樹碑立傳，98 年抗洪只做表面文章，但對中小河流的治理尤其是小型病險水庫的除險加固卻無人問津。

中國小二型病險水庫有 41000 座，還有 5400 座小一型的病險水庫。大躍進、文革期間，全民興修的水壩超負荷運轉，成就了江胡兩位皇帝的輝煌。總有一天，那些多年沒人維護的病險水庫的堤壩，會不堪重負扎堆倒塌。

武漢潰堤被爆 20 多年未加固：官方確實年久失修。武漢新洲把堤壩決口 1800 人疏散。— 2016.07.02

鳳凰鎮鄭園村陶家河灣舉水河西圩垸發生潰口，口門 70 多米，附近 6 個村莊、1 個社區被淹。

湖北黃梅一堤壩現 70 米潰口，8000 人被迫轉移。湖北：車灣港一處河堤決口，寬約 20 米。

安徽桐城河段多出處決口。— 2016.07.02

癌政孽債（江胡孽債）（32）

黃沙彌漫之罪魁禍首。央企毀固沙防護林 6000 多畝，無人被問責。—2012.11.21（見：大禍林頭）。

四川開江 600 餘畝森林成荒山，村幹部被村民舉報。— 2014.11.20

16 年樟樹林 5000 多棵一夜砍光，只為討市領導歡心。— 2013.11.27

癌政孽債（江胡孽債）（33）

江胡瘋狂忙錢盲後（忙前忙後）之孽債。GDP 高速增長的背後，文盲一代數量在不斷地上升。大涼山有的村子一半以上的孩子都處在失學狀況之中。

特困兒童之冰山一角。2013 年涼山全州：特殊困難兒童 19072 名，孤兒 6727 名，愛滋病病毒感染兒童 257 名。— 2014.04.01

癌政孽債（江胡孽債）（34）

江胡時代製造了無數起冤假錯案。可悲的是得到糾正的僅僅是冰山一角。

更可悲的是到了後江胡時代，病入膏肓的癌政細胞不斷地複製冤假錯案。

人大教授：職務犯罪中刑訊逼供現象愈來愈突出。— 2014.03.17

癌政孽債（江胡孽債）（35）

中國過半市級政府法治水準不及格。— 2014.12.29。

蠻橫的女市長韓迎新，猖狂叫囂「我不懂拆遷法，你們隨便告，我不怕……」野蠻拆遷令百姓苦不堪言，至今舒蘭市有 6 萬居民不能回遷。

雷州副市長語出驚人：不能盲目相信法院。— 2013.12.31。

癌政孽債（江胡孽債）（36）

症重其辭（鄭重其辭）流水線

江胡習時代的症重其辭，令有史以來的投井下石望塵莫及。凡是得了絕症，凡是失去了勞動能力都被投石下井。中國目前至少有 600 萬塵肺病患者被拋棄，他們無錢醫治，這是一群「跪著走向死亡」的中國最底層的農民（見：塵吟不絕）。

後江胡時代，癌政一個接一個爆發。近日，女教師患癌症，所在學校將其開除。— 2016.08.23

蘭州交大博文學院教師劉伶利 2014 年查出卵巢癌，校方停發其工資、社保，以曠工為由將其開除，劉伶利家人為此兩次訴諸法律均勝訴，但直到其去世校方仍未履行法院判決。在劉伶利母親帶著病歷去學校補開請假條時，人事處處長還稱：「不要給我哭，我見這樣的事情挺多的」。

工傷之後被開除的案例舉不勝舉，如今這種冷酷而又殘忍癌政，已經在大學開出惡果，更可怕的是江胡癌政併發政（併發症）的爆發才剛剛開始。

癌政孽債（江胡孽債）（37）

「當醫生的心願已經變成了是要活著下班回家的時候，這個社會就病了，而且病得非常重」——白岩松。

亞種皇帝江澤民，乃醫患關係惡性循環之帝造者（締造者），醫德高喪之罪魁禍首。據不完全統計中國大陸每年被毆打受傷的醫務人員超過一萬人。

近年來不斷上演的殺醫生案件，頻頻觸動公眾的神經（見：保外救醫）。

癌政孽債（江胡孽債）（38）

襲以為常（習以為常）

江胡兩位亞種皇帝統治中國 25 年警民關係急劇惡化，襲警愈演愈烈。公安部統計數字顯示：2010 年以來，全國已查處的襲警侵警案件年均遞增 1000 起以上，受害民警人數更是跳躍式猛增。2010 年受侵害民警 7268 人，2013 年猛增至 12327 人，上升 70 ％，犧牲 23 人，重傷 44 人。

癌政孽債（江胡孽債）（39）

最可怕的是一代一戮（一帶一路）併發「政」。視頻：廣州 6 歲小學生的理想：我長大了要做貪官。

3 歲女孩遲到 20 分鐘進教室被拒，2 次大喊「我有錢」。可悲的是到了後江胡時代，當要求得不到滿足時，大喊大叫「我有錢」爸爸有錢、媽媽有錢的小朋友屢見不鮮。— 2016.09.26

江胡政府僅用了 20 多年的時間，就徹底摧毀了幾千年的教育方式。兒童腫瘤進展極快，從早期到晚期最快只有 3 個月。更可怕的是這些患有癌「政」併發「政」孩子的下一代具有更強的抗藥性。救救孩子！拯救國家的未來！

癌政孽債（江胡孽債）（40）

把人類歷史上所有的欠薪案例統統加起來，有沒有資格和江胡時代的欠薪相提並論。後江胡時代欠薪雖然稍稍有所好轉，但惡意欠薪依然猖狂。

癌政孽債（江胡孽債）（41）

屋忽哀哉（嗚呼哀哉）

江胡習時代買房被忽悠者屢見不鮮，用一生的積蓄，再加上東挪西借，交了購房款後苦等，開發商一拖就是 10 年 8 年，從江胡時代至今，到死也沒能住進新房者不計其數。

喜女士：還沒等住進去媽媽就沒有了，父親也去世了，多遺憾呢，帶著遺憾離開了人世，這不是造孽嘛，這都是罪惡啊！。

癌政孽債（江胡孽債）（42）

債臺高築

一些地方仍然為了政績，在無力支付工程款情況下，用行政命令推進政府工程建設。廣州，僅 2013 年就新增 382.75 億元的債務。

癌政孽債（江胡孽債）（43）

江胡時代留下的爛攤子，無人買單之冰山一角。幾十戶居民採暖費一分沒差，可卻顯示陳欠 20 多年，因此賣房無法交易。— 2017.01.04

至今舒蘭市有 6 萬居民不能回遷。鄭州 627 個村莊被拆遷，波及全市近 $\frac{1}{6}$ 的人口，如今許多沒拆完的城中村，橫亙在新建的樓盤之間丞待建設，而在那些被他拆毀的城區同樣需要慢慢重建。

癌政孽債（江胡孽債）（44）

後發置人於死帝（後發制人、置人於死地）。亞種皇帝江胡令古今中外所有的暴君都望塵莫及。在江胡之前無論多麼殘忍的暴君，只要駕崩殺戮隨之結束。而江胡不僅生前殺人如麻，駕崩之後殺戮更加瘋狂。

☞☠巨大的癌爆將在 2033 年降臨。

媒體普遍引用北京腫瘤醫院專家的話說，預計到 2033 年，中國人肺癌的發病會出現「井噴」。環保部發調查顯示，中國有 1.1 億居民與重點排污企業「做鄰居」，2.8 億居民使用不安全飲用水。瘋狂的政績肆虐了 30 多年之後，現在收手為時晚矣。環境殺手豈能善罷甘休！面對大自然的報復，人類無能為力，不知道還得付出多少代人的生命，才能還清江胡孽債。

癌政孽債（江胡孽債）（45）

惡習難改，惡習孽債。中國的官二代、富二代與世界各國的官二代、富二代截然不同。因為錢不是好道來的，而且來錢特別容易，所以攀比燒錢是中國的官宦子弟的通病。為了炫富而燒錢八旗子弟數不勝數，然而這些人和習帝相比充其量是小燒見大燒，習帝炫富燒「錢」無古人後無來者。中國農民還有 1.28 億農民生活在貧困線以下，人均年收入達不到 6.3 元。

調查顯示：大涼山地區的受訪學生中缺鞋比例為 100 %，在貴州畢節地區的受訪學生中缺鞋比例為 96.6 %……，償還江胡所欠下的癌政孽債，至少得需要萬萬億，下幾代人即使砸鍋賣鐵也未必還得清，然而習帝並不把這些事放在心上，而是把官二代富二代瘋狂炫富瘋狂燒錢的毛病演繹得淋漓盡致。

「罪」可氣的是習帝不僅給外國的債務免單，而且瘋狂地撒錢給外國。「罪」大的問題是習帝「瀆」癮已病入膏肓，他不僅瘋狂出訪，瘋狂燒錢，瘋狂把肥水流給外人田，還迫使中國的企業家到外國去燒錢。在習帝矮簷下，誰敢不去燒（見：一燒一路）。

癌政孽債（江胡孽債）（46）

民以食為天，要砸就砸農民飯碗，造孽連農民後代的飯碗也給砸了。河北正定上演狂盜採砂僅一個村就有 2000 畝農田變沙坑（見：趕盡砂絕）。

為了糾正「殺雞取卵」之罪過，「殺更多的雞取更多的卵」。為了糾正違法毀田 300 畝，再毀壞 900 畝良田。

癌政晚期（癌症晚期）（1）

癌政晚期：孤兒藥孤立無元（孤立無援）。由於利潤低藥廠不願生產，僅剩一家藥廠生產的藥品稱之為孤兒藥。

「救命藥」魚精蛋白停止生產 30 萬人命懸一線，衛生部、食品藥品監管局等部門拒絕採訪。魚精蛋白是一種獨門救命藥，在心臟手術中採用了體外迴圈的患者手術後必須使用魚精蛋白，其他藥品無法替代，最近唯一生產該藥的上海第一生化突然停止了生產大陸心臟手術被逼停，全國醫院庫存告急。

每次國家發改委宣佈調低藥品零售價格後都會出現大批廉價藥失蹤高價藥取代廉價藥的惡性循環。廉價藥成了百姓的奢侈品，常用廉價藥缺乏制度保障，企業沒有動力生產。

癌政晚期（癌症晚期）（2）

孤立無元（孤立無援）

廉價抗癌「救命藥」全國斷供，國內外藥品差價巨大。— 2015.08.24

放線菌素 D 是一種比較小眾的腫瘤化療藥物，治療兒童腎母細胞瘤、婦科的滋養細胞腫瘤等療效確切，在世界衛生組織發佈的部分實體腫瘤診療指南中，放線菌素 D 被列入首選化療方案。

萬希潤介紹，治療以絨癌為代表的滋養細胞腫瘤主要以化療為主，結合其他治療手段，低危患者治癒率達 98 ％以上，高危患者也可達 70 ％以上。「如此突出的療效，化療起到了核心作用，無論是單藥化療還是聯合化療，放線菌素D都不可或缺，幾乎無藥可以替代。而且這個藥的價格不貴，1 支不到 20 元，每位患者每個療程用量不會超過 12 支，可以說是一種便宜的救命藥。」但這種藥近 5 年來，一直處於緊缺狀態，經常大範圍斷貨。頻頻斷貨的原因：中國只有一家企業生產這種藥，而且還因調整生產線停產了，9 月下旬才可能恢復市場供應。

藥價太低、企業不掙錢等，國產平價藥買不到，患者只好購買進口的同類藥品。而進口藥品一支的售價達到了 6000 元，也就是說，是國產藥的 300

倍以上。一批又一批平價的救命藥變成了「熊貓藥」，令無數個家庭傾家蕩產。

癌政晚期（癌症晚期）（3）

孤立無元（孤立無援）

新聞1+1：「低價藥」，能「低價」救活嗎？─ 2014.05.08

藥企高管談部分低價藥停產：生產愈多虧損愈多。止痛片、青黴素、綠藥膏、撲熱息痛愈來愈難買，三黃片3毛。甲巰咪唑治甲亢常用藥3塊5。已經在市場上消失很久了。能治病，甚至能治大病的低價藥都出現了斷貨。

癌政晚期（癌症晚期）（4）

孤立無元（孤立無援）

全國告急：消失的破傷風免疫球蛋白。─ 2012.05.07

破傷風免疫球蛋白「一針難求」，其原因是這種要得從血液中提煉，但中國獻血的人太少，所以斷貨。

癌政晚期（癌症晚期）（5）

孤立無元（孤立無援）

南京數千甲亢病人面臨斷藥，江城甲亢救命藥缺貨半年多，廈門全城買不到抗甲亢藥。這是2013年的夏天，一種專門治療甲亢病的臨床藥品甲巰咪唑在全國多個城市告急，國產甲巰咪唑的通俗名稱為他巴唑，是國家基本藥物目錄裏的藥品。

癌政晚期（癌症晚期）（6）

小雪：孤獨的幸運。─ 2015.12.21

作為基礎用藥的平陽黴素3個月前就已經斷藥，安徽12歲的女孩小雪，命懸一線。小雪的父親找遍了合肥的每家藥店，一無所獲。主治醫師想盡辦法通過各種社交媒體求助，費盡周折，最終湊齊了一個療程的用藥。雖然「孤兒藥」研發成本高，需求不大，導致藥廠不願生產的現實早已不是新聞，但對每一個小雪來說，它是救命的唯一保障，所幸終於找到一種進口藥物可以替代完成治療，但令人擔心的是，如果再沒有相應的儲備體制與報警機制，下一個小雪還會如此幸運嗎？

癌政晚欺（癌症晚期）（1）

江胡政府對毒害百姓事件，視而不見，聽而不聞。山西：劣質疫苗毒害

兒童，近百名孩子致死致殘。陳濤安實名舉報，三年舉報 30 餘次，有關部門無動於衷。正因如此，假冒偽劣疫苗毒害兒童事件愈演愈烈，直到 2016 年 5.7 億元未冷藏疫苗非法流入 24 省，中國的監管部門終於結束了近 30 年的長眠。

癌政晚欺（癌症晚期）（2）

江胡政府的監管部門以潰供毒（以毒攻毒）。藥監局不履行自己的監管職責，卻在證據確鑿的情況下，牽線讓售假者與舉報者「私了」，並加蓋公章做見證。— 2011.09.01（見：姑息養監）

癌政晚欺（癌症晚期）（3）

癌政晚欺的可怕之處在於到了後江胡時代對生命的態度仍舊毒醫無二（獨一無二）。明明標有劇毒字樣，醫院還是隨隨便便賣給了個人。— 2014.06.29

由於毒性太大，有 3 位農民在給玉米施肥的時候，被熏迷糊了，其中一位當場不省人事（見：姑息養監）。

癌政晚欺（癌症晚期）（4）

常在江胡漂，哪能不挨刀？乘人之危，要錢更要命！

香港同種藥品比內地便宜一萬多元。— 2013.08.08

赫賽汀一種治療乳腺癌的藥物，在內地標價為 25000 元，而同樣規格的藥品在香港最低售價合人民幣 14800 元。瑞士諾華生產的抗癌藥「格列衛」在中國賣得最貴，宰人最狠。韓國約 9700 元／盒，美國約 13600 元／盒，日本約 16440 元／盒，香港 17000 至 19000 元／盒，中國內地 23000 至 25800 元／盒。北京大學國家發展研究院劉恩國：在 7 個國家和地區看來，中國的藥品平均比他們高 50％至 80％（見：癌症獄房）。

癌政晚欺（癌症晚期）（5）

最近網路上代購抗癌藥火爆，代購境外抗癌藥約有 75％被證實是假冒。如果不是因為國內抗癌藥宰人太邪乎，誰願意捨近求遠。— 2014.05.08

癌政晚欺（癌症晚期）（6）

多地區醫院清潔工倒賣藥盒，一個抗癌藥盒至少賣 300 元，藥販子將假藥以買來的包裝盒重新包裝，再以上萬元的價格推出市場。這樣的假藥網路覆蓋全國 30 個省區，被抓獲的犯罪嫌疑人 1700 多名，繳獲的假藥，按正品計算超過 20 億。

癌政晚欺（癌症晚期）（7）

知名企業心更黑。近日，網友反映，修正藥業售賣過期保健品。記者調查發現，修正藥業保健食品褪黑素膠囊批准文號已經過期，卻仍在非法銷售。記者在國家食品藥品監督管理局的資料庫裏查詢得知，修正牌褪黑素膠囊，國食健字 G20080087，有效期至 2013 年 2 月 2 日。而在淘健康修正官方商城裏，這款保健品還在正常銷售。— 2013.10.24

癌政晚欺（癌症晚期）（8）

國家食品藥品監管總局發出公告：已查出兩家企業用工業硫磺反復薰蒸中藥材。— 2013.03.29

硫磺熏紅枸杞補品成慢性毒藥。— 2013.09.13

安徽亳州 12 家藥企涉嫌違法染色增重被查。此次涉案的「染色」主要指金胺 O 染色，金胺 O 又名鹼性嫩黃，屬於接觸性致癌物。— 2012.10.30

河南禹州曝出中藥材市場黑幕：中藥充斥垃圾，動物糞便。— 2015.02.08

市場假藥多，柴胡抽檢合格率為零。

癌政晚欺（癌症晚期）（9）

醫療垃圾毒害兒童。中國玩具主產地廣東澄海發現黑色鏈條：醫療垃圾不銷毀，回收做玩具。有關部門只檢查產品強度、化學物質等指標，給不法分子留下發財的空子。堆積如山的醫療垃圾、生活垃圾，醫療輸液器、農藥瓶、塑膠盒……，多年來源源不斷地運到廣東化州市橫江水庫旁邊（見：江山如此多焦）。

進口醫療垃圾笑傲江胡

獨立製片導演王久良：很多按照限制進口條例是不應該進來的，比如醫療垃圾等。鏟車、挖掘機，一邊卸垃圾一邊挖坑掩埋醫療垃圾、生活垃圾……

群眾舉報巨鹿縣公安局治安大隊發現跨省傾倒垃圾案 400 噸垃圾。

湖南：醫療垃圾進黑作坊，搖身一變成餐具。

癌政獄房（預防）

2015 年 1 月 10 日，陸勇在首都機場再次被逮捕。這意味著「非法」的救命藥通道將被堵死。

瑞士諾華生產的抗癌藥「格列衛」在中國賣得最貴，25800 元／盒。這對中國上百名慢粒白血病的患者就是一個天文數字，而印度仿製版格列衛團購價卻只要 200 元。幾乎同樣的藥效卻相差百倍的價格，這讓江蘇沅江白血病患者陸勇看到了生的希望，而在 10 年裏他不但自己不斷從印度買藥，還幫助

上千名患者代購此藥，因此他被許多人視作救星。然而雖贏得讚譽，他還必須面對檢方的起訴。因為儘管這種藥在印度屬於合法生產銷售，但由於沒有取得中國的進口許可，仍按假藥論處。本週陸勇被逮捕也讓白血病患者的生存困境再次刺痛公眾的神經。一邊是正版藥一年28萬的天價藥費，一邊是便宜卻非法的代購，他們是應該先守法？還是先保命？

艾莫能助（愛莫能助）（1）

「擦鞋匠怒剁愛滋病敲詐者」案件，輿論卻一邊倒支持被告。面對管利鴻打砸擦鞋店，刀砍王凱，追殺民警，大鬧派出所，一系列涉嫌違法犯罪的行為，濱河路派出所的民警，任由他轉身而去。在中國大陸以沒有專門關押愛滋病犯人的監所為由，而對於涉嫌違法犯罪的愛滋病病人上演捉放曹，這早已不是什麼新鮮事。

「我是愛滋我怕誰」管利鴻藉自己是愛滋病人的身份，在街坊中四處敲詐。他連貧困的擦鞋匠邱福生也不放過，屢次以「不給錢，就殺人」威脅。連民警也怕他，不敢關他，卻被他追著跑。這更使管利鴻無所忌憚，在武力威脅邱福生時，反被邱福生奪刀砍死。媒體指出，這是一次雙方都是被害人的庭審。無論是被害人家屬，還是被告人的家屬，都認為這齣悲劇，本來是可以避免的。

被害人管利鴻姐姐：我覺得是公安機關失職，沒有去處理好這件事。

記者：為什麼這麼說呢？

被害人管利鴻姐姐：因為他們已經到派出所了，這事應該圓滿處理一下，你沒處理，也沒解決，把人就放回來。

艾莫能助（愛莫能助）（2）

艾政分明（愛恨分明）

在2014年12月7日這一天，也就是國際愛滋病日過後的第6天，在四川的一個小村子裏面，203個村民共同聯名簽字摁手印，決定驅逐一個8歲的孩子出村，原因是這個孩子是一個愛滋病病毒攜帶者。這個男孩叫坤坤，今年8歲。

艾莫能住，關艾有家（關愛有加）

村長回應寫信驅逐8歲艾滋男孩：想讓他有地方住。— 2014.12.19

不怕一萬就怕萬一。村民們：一直要求對坤坤進行隔離防止意外發生，然而有關部門一直無動於衷，無奈採用集體按手印的方法請願，果然驚動媒

體。甭說坤坤是個攜帶者，就是個孤兒也是應該由政府來管的。坤坤的爺爺奶奶已經是近 70 歲的人啦，家境貧寒連生存都很困難，那還有錢給孩子看病。這不僅僅是四川南充市西充縣李橋鄉的悲哀，而是中國的悲哀。

艾莫能助（愛莫能助）（3）

楊守法被誤診「愛滋病」10 餘年，妻離子散。— 2016.05.28

河南省鎮平縣四裏莊村農民楊守法被誤診「愛滋病」後妻離子散，鄰居們把他當瘟神，無家可歸的他只能寄居在哥哥家中，一份份申訴材料，一次次信訪求助。自從 2003 年 10 月起楊守法就按部就班多次在診所打針吃藥，直到 2012 年 9 月 5 日因身體各部位嚴重受損，造成聽不見，看不見等多種併發性症，楊守法不得不到南陽市醫院檢查，結果發現愛滋病毒抗體是陰性。

匪夷所思：一次摔傷竟然「摔」出了愛滋病？！— 2016.01.01

縣醫院的錯誤診斷使郭春燕傾家蕩產，對此院方非但不道歉，反而態度蠻橫，甚至對記者出言不遜，被逼無奈郭春燕只能起訴縣醫院。

艾莫能助（愛莫能助）（4）

女友愛滋病被醫院隱瞞，小夥婚後感染。— 2016.01.10

河南永城：小新和小葉婚前體檢，醫生單獨叫出小葉告訴她，她的愛滋病檢測成陽性，小新被蒙在鼓裏，後果可想而知。小新怎麼也想不明白，為什麼醫院沒有把真相告知自己，導致悲劇無法挽回。大陸法律規定：未經愛滋病患者本人同意。任何單位和個人都不得公開愛滋病感染者及其家屬的姓名、住址、肖像等。

艾莫能助（愛莫能助）（5）

官方不把愛滋病患者當人看，愛滋病患者的處境可就慘了！

26 省愛滋病患者資訊洩露。— 2016.07.17

275 名愛滋病患者收到了詐騙電話。

礙不釋手（愛不釋手）（1）

中國寬頻速度世界倒數，收費世界第一。— 2015.06.08

院士稱中國人均國際幹線帶寬排名倒數，僅是非洲水準一半。2013 年，全世界人均國際幹線帶寬為 52K，非洲為 8K，我國僅為 4.3K。在全世界 166 個國家裏，中國排第 133。也就是說，中國是世界平均水準的 $\frac{1}{8}$，是非洲水準的一半。中國移動寬頻資費差不多是美國的 9 倍。

礙不釋手（愛不釋手）（2）

資費高，速度慢。— 2015.04.19

現在很多人，到什麼地方先問有沒有 Wi-Fi，就是因為中國的流量費太高了！數據顯示，截至 2014 年底，中國大陸線民規模已達 6.49 億，但網速慢、網費高等問題卻常讓用戶高喊傷不起。

高網費、低網速引吐槽

據全球最大的 CDN 服務商美國 Akamai 公司發佈的互聯網報告也顯示，中國大陸 2014 年第三季度平均網速為 3.8Mbps，僅排名第 75 位，遠低於世界平均水準。「消費者手裏拿著當今最先進的手機，卻不得不忍受陳舊、老邁的移動互聯服務，就如同開著豪華跑車行駛在泥濘的鄉間小道上。」全球知名網路流量公司調查報告：韓國 253 兆位／秒，中國大陸 3.8 兆位／秒，排名 75 位。一家網站調查了 5 萬線民得出結論：86.1 % 的人認為現在的網費過貴。

礙不釋手（愛不釋手）（3）

午夜迫降。2015 年 5 月 15 日，三大運營商回應李克強指示，紛紛公佈「提網速降網費」的具體措施，寬頻普遍免費提速，流量價格降幅 20 至 40 %不等。然而，運營商的降價方案是在玩文字遊戲。雖然有運營商稱這是「有史以來最大幅度的資費調整」，但 78.7 % 的人認為，三家運營商都沒誠意。

北京移動用戶：新套餐更貴了

「夜間流量」成為網友吐槽的焦點。「中國移動推出的這個半夜 11 點到第二天早晨 7 點的夜間流量，10 元 1GB，誰大半夜上網啊，何況在家還有Wi-fi 無線網。」移動和電信推出的夜間流量套餐真是絕了！還有網友吐槽稱：「現在的夜間流量包就是 5 元 1GB，10 元 3GB，優惠後 10 元 1GB，哪裏降價了？！」

漫遊費隻字不提

2015 年 12 月時在歐盟 28 個國家之間停止收取手機漫遊費，而三大運營商對此隻字不提，在中國取消漫遊費恐怕要等到猴年馬月。目前，國內漫遊費的成本幾乎為零，可錢卻一直在收。專家表示：從國際上來看，一個國家的運營商在自己不同分公司向用戶收取漫遊費，這種情況實屬罕見。

邊界漫遊、天價漫遊遭用戶吐槽。小陳稱：「由於學校處於河北與北京的交界處，有時候在宿舍沒事，可走幾步到食堂就會收到短信，才知道自己又漫遊了，總有幾個月的話費要比平時多出來幾十塊。不少同學都有同樣的

經歷。」

小陳的遭遇並非個例。據媒體報導，家住海南海口的王先生使用聯通的電話卡，沒有離島就被莫名扣除 39.86 元的「漫遊費」。不少網友反映存在「離奇漫遊」、「天價漫遊」的現象。據媒體披露，漫遊費帶來的收入占國內運營商收入的 10 至 20 ％，是其利潤的主要來源，可以說是運營商難以割捨的一塊「肥肉」。對運營商來說，通過 20 多年收取高額的漫遊費，網路建設成本已經收回，再收取漫遊費的理由已不存在。

礙不釋手（愛不釋手）（4）

英國牛津大學研究小組公佈的 2008 年全球寬頻環境排行榜顯示：在寬頻速度容量等用戶使用便利性方面，日本居首位，中國倒數第 2。

中國網路環境非常糟糕，去年美國通訊業工人協會發佈的報告顯示：中國互聯網下載的速度為每秒 2.37 兆位，全球排名第 71 位。這就是中國特色的寬頻——有寬頻之名卻無寬頻之實的互聯網通道。2008 年中國上網接入速率每秒 1.8 兆位，日本每秒 63 兆位，韓國每秒 40 兆位，香港每秒 20 兆位。2008 年中國寬頻用戶每月平均資費是韓國寬頻價格的 18 倍，是日本的 51.5 倍。

2008 年中國寬頻資費占人均 GDP 的比重為 7.4 ％，在比較的 99 個國家中位居第 71 位，而排名第 9 位的韓國這一指標為 1.15 ％，中國是韓國的 6.9 倍這個數值與兩國 GDP 成正比，用 6.9 乘上寬頻費用的差別倍數 18，中國的資費相當於韓國的 124 倍。韓國線民上著 40 兆速度的網，月均上網費用占韓國一般工薪階層月收入的 1.5 ％。在首爾這些錢只夠買 30 根蘿蔔，而大多數中國線民掙不足 2000 元的工資卻要掏出近 100 元交給運營商享受網速極慢的蝸牛待遇（假寬頻）。中國寬頻用戶調查稱：「中國絕大多數互聯網用戶使用的是假寬頻。中國大陸假寬頻上網費用，1 兆寬頻每月費用實際折合 13.13 美元，是香港的 469 倍，美國的 4 倍，越南的 3 倍。」

礙不釋手（愛不釋手）（5）

中國有 5 億線民惡宰金額巨大。中國電信資費 3 高：移動電話資費高，寬頻上網資費高，3G 上網資費高。中國移動通信一年的利潤是 27 ％，而美國移動通信公司的利潤才 1 ％，國外一般運營商基本情況是 5 ％。2001 至 2006 年電信資費綜合水準整體下降了 62 ％，2007 年下調 10.5 ％，2008 年下調 8 ％，2009 年下調 9 ％但仍然比日本、韓國在月包業務的流量上至少貴 10 倍。

上網費獨家壟斷，收多少錢運營商說了算。而在國外運營商收取寬頻上

網費必須經過嚴格的成本核算，各項費用一目了然。

安勒死（安樂死）（1）

自尋短建（自尋短見）

在我實地考察中，至少收集了上百個短命建築案例，可恨的是隨身碟被鄰居偷走，無法呈現出來。而網路上查不到的，媒體不知曉的短命建築則和平民百姓的生活息息相關。

安勒死（安樂死）（2）

據計算，「十二五」期間中國每年因過早拆除房屋浪費數千億元。— 2014.10.17

業內人士坦言，如果確實因為「品質問題」，建築被拆除還算是「死得其所」。但現實情況是，一些大型建築仍在「青壯年」時期，就因為種種原因被拆除，造成巨大浪費。江胡時代發生過無數起安勒死事件，2001 至 2010 媒體報導的燒錢特別多，特別狠的大型安勒死，至少有 54 起。

安勒死（安樂死）（3）

官員隨意更改城市規劃「短命建築」屢見不鮮。— 2014.10.15

五星級酒店觀湖國際這樣的大專案，在建到十多層時，卻突然被一聲炮響化為灰燼，是因為它擋了市委市政府的風水。

安勒死（安樂死）（4）

為冒牌大明宮申遺投資 400 億元，拆遷遺址建現代建築大明宮，還未成形卻要拆除重建，政府拿百姓錢財當糞土，投資上千萬打水漂。

安勒死（安樂死）（5）

教學樓建好即被拆。— 2016.01.04

1 月 4 日下午，廣西南寧天桃實驗學校榮和校區，兩臺大型破拆機械在拆除教學樓。據悉，已被拆除的這棟教學樓剛剛建好，但尚未交付使用。從中新社記者拍攝的教學樓拆除現場圖片看，廣西南寧天桃實驗學校榮和校區教學樓為一組建築，建築面積至少有數千平方米。建設這樣一座教學樓，必然要耗費大筆財政資金。尚未交付使用就被拆除，這座教學樓的壽命真夠短的。

安勒死（安樂死）（6）

2010 年 3 月海口拆除了僅用 10 年的「千年塔」。

2007 年 1 月 3 日，廣州天河城西塔樓爆破拆除，壽命僅 12 年。

2007 年 1 月 6 日，杭州西湖第一高樓在爆破中倒下，壽命 13 年。

安勒死（安樂死）（7）

浙大湖濱校區 3 號樓，被認為「設計壽命為 50 年、使用 100 年都沒問題的大樓」，只用了 15 年就成了建築垃圾。爆破拆除後，取而代之的則是僅比其高 13 米的建築。建築過早拆除將導致中國每年碳排放量增加，同時還將導致巨大的資源浪費。

安勒死（安樂死）（8）

2015 年 11 月 15 日，陝西西安從未投入使用的 118 米高的環球西安中心金花辦公大樓，閒置 16 年後被執行安勒死。爆破後，該地段計畫投資 38 億重新開發。

2016 年 9 月 10 日，造價 1 億的武大變形金剛樓爆破拆除，壽命 16 年。

安勒死（安樂死）（9）

2014 年 12 月武漢爆破拆除 77 米高樓。

2013 年 11 月 9 日，南京圖書發行大廈也在爭議中被爆破拆除。

2012 年 8 月重慶朝天門地標性建築爆破拆除。

2012 年 7 月南昌八一廣場新華書店爆破拆除。

2011 年 3 月寧波爆破歷史上最高樓層建築物。

安勒死（安樂死）（10）

2010 年 8 月，曾是北京地標性建築的四星凱萊大酒店開始拆除，拆除後將建五星酒店使用。而該酒店 1992 年開業，2008 年重新裝修，使用才 18 年。

安勒死（安樂死）（11）

曾經見證中國男足挺進世界盃決賽圈歷史時刻的瀋陽五裏河體育場，1988 年投資 2.5 億元建成，2007 年被爆破拆除，使用未滿 20 年。

安勒死（安樂死）（12）

在河南鄭州造價 850 多萬，只存活了 5 年的天橋，在市民有著相當高的依賴度的情況下，說拆就拆了。

安勒死（安樂死）（13）

在南京市，1996 年興建的城西幹道全線高架，僅使用了 13 年即被拆除，改之以採用隧道下穿十字路口方式。

安勒死（安樂死）（14）

雲南斥資 2.7 億建設「文化長廊」，建成後花費 3 億元拆除。

安勒死（安樂死）（15）

廣西柳州斥資 7000 萬建設柳宗元雕像，尚未建成就被拆除。

河南通許縣 36 米高毛主席雕像剛建好就被拆除。

烏魯木齊：飛天女神雕像太醜太難看，剛建成即拆除幾十萬元打水漂。

案度陳倉（暗度陳倉）（1）

表面上立案，私底下威逼撤訴，在諸多公共事件中，早成為一種慣例（見：撤頭撤尾）。

案度陳倉（暗度陳倉）（2）

案無天日（暗無天日）

申訴案的立案簡直難於上青天。— 2016.02.06

易延友教授：我覺得非常的無力，如果一邊在平反冤案，一邊還在製造冤案⋯⋯。

人大教授：職務犯罪中刑訊逼供現象愈來愈突出。— 2014.03.17

雲南省律協刑委會副主任王紹濤也感覺，「刑訊逼供已經向檢察機關轉移了」。

法學專家田文昌：在司法實踐中，申訴案的立案簡直難於上青天。我們律師有深刻體會，根本我們不敢接這類案件，因為立不上案。不僅立不上案，很多法院連書面裁定都沒有。在我知道的申訴案件就有一堆一堆的案件根本都立不上案（見：垂簾法治）。

案度陳倉（暗度陳倉）（3）

花拳繡腿

中國社科院發佈的 2015 年法治藍皮書中指出：在現有的法院微博、法院博客和法院微信中，仍存在形式大於內容的想像。不少案件成因複雜，處理難度較大，涉案當事人在庭審中的情緒表達，多少會帶來影響等因素，對深度公開確實有所顧忌。

案度陳倉（暗度陳倉）（4）

庭庭禦立（亭亭玉立）

中國政法大學訴訟法學研究院副院長顧永忠：有一些敏感案件，社會關

注案件，本來是應該依法公開審判的，正常情況下，民眾都可以去旁聽的，向這樣的案件法院應該儘量安排比較大的場所，這樣能讓更多的人去旁聽，事實上敏感案件開庭的時候，刻意安排在小法庭……。

顧永忠認為：「目前所進行的微博直播庭審和網路視頻直播庭審，從嚴格意義上講，並不是公開審判的要義。公開審判的要義是，庭審活動的現場公開。通過視頻方式，通過微博方式這都不叫公開。公開審判為什麼要老百姓可以在當庭觀摩、旁聽呢？它對法庭活動，在一定意義上制約和監督。」

要樹立看得見的正義，變形式公開為實質公開，變選擇性公開為全面公開，變被動公開為主動公開，未來還有很長的路要走。

案度陳倉（暗度陳倉）（5）

追問：10 起命案為何只起訴 9 起。2006 年 11 月 28 日趙志紅案在呼和浩特市中級法院一審開庭。在此之前公安機關曾向公訴機關移交了 10 起趙志紅涉嫌殺人……，但是在庭審當天公訴機關只對其中的 9 起提出了指控。趙志紅指出：為什麼沒有 1996 年 4 月 9 日那起案件。

當年製造冤案人的仕途並沒有受到影響，2011 年媒體報導稱馮志明被任命為呼和浩特市公安局副局長。馮志明被任命公安局副局長後，主管公安、信訪工作。極大的諷刺，呼格的父母去公安機關為兒子伸冤，面對的竟然是當年呼格冤案的專案組組長……，呼格的父母從 2005 年開始申訴持續了 9 年……。

案度陳倉（暗度陳倉）（6）

遲到收監 14 年。— 2016.05.24

無辜的農民被 6 名員警刑訊逼供致死。2015 年有人舉報，王忠福被判刑後非但沒有被收監，反而還入了黨，加官進祿。更加令人匪夷所思的是，幾經改判，被告人竟然毫不知情，而被判刑沒有被收監的不止王忠福一人。

奧運「毒蠍」

中國「夜景」插曲

「奧運毒蠍」欺軟怕硬，不敢螫其他國家運動員，專螫中國人。上屆奧運會在乒乓球冠亞軍決戰的關鍵時刻「奧運毒蠍」用尾部的毒刺狠狠地刺進了丁寧的身心，導致丁寧痛失金牌，否則的話丁寧這次是蟬聯冠軍。

如果「奧運毒蠍」在體操、跳水等打分專案上螫人，還勉強能找出理由。那個「奧運毒蠍」腦袋生瘡，腳底下淌濃。那個「奧運毒蠍」比足球場上的

黑哨壞千萬倍。那個缺八倍大德的騷貨，應該天打雷劈！「奧運毒蠍」曾多次蜇傷過中國運動員，只可惜我收集的資料被鄰居偷走，無法展示奧運毒蠍之罪惡。沒有人會把奧運毒蠍放在心上，只有被蜇的人，或者像我這樣的人才會刻骨銘心。我之所以感到特別痛是因為貌似強大的國球，甘當軟柿子任由國際乒聯捏來捏去。什麼小球改大球，什麼 21 分改 11 分，什麼無遮擋發球，中國總想靠退讓或者犧牲球員的利益來推動乒乓球運動的發展。其結果適得其反，乒乓球運動非但沒有在國際上得到推廣，反而萎縮得更加嚴重。

　　中國的陸海空三軍也像國球那樣貌似強大，但菲律賓、南韓、越南照樣敢叮咬中國，心裏不強大難免被弱國欺負。一個不恰當比喻，國球在世界上的強大程度遠遠超過美國的航母，結果還是讓國際乒聯騎在頭上拉屎。國球的做法和清政府的割讓如出一轍，每一次割讓都使列強更加得寸進尺。國際乒聯一直在尋找致命一擊的契機。如果時機成熟，國際乒聯會毫不猶豫擊沉「中國乒乓航母」。心裏不強大，即使有一百艘航母，人家照樣敢欺負你。假設慈禧太后有兩百艘航母，又能怎麼樣呢？

　　誰敢欺負俄羅斯！如果有人敢「蜇」俄羅斯一口，普京肯定報復。

B

拔毛憐孺（拔茅連茹）

養兔子遭活體拔毛。— 2013.12.18

近日，亞洲善待動物組織（Asia）在網上發佈一段視頻，稱在中國的安哥拉兔養殖場中，工人採用活體拔毛的方式採集兔毛。此後，多家國外知名服裝品牌表示將停產安哥拉兔毛產品。這段視頻攝於一間十餘平方米的平房內。工人將兔子的前後爪捆綁在一條長板凳上，然後開始拔毛，直到露出兔子粉紅色的身體。過程中兔子一直在掙扎，拔完後兔子被扔回籠中。

亞洲善待動物組織稱：「兔子每三個月便要忍受一次這樣的痛苦。如果2至5年後兔子還活著，他們的喉嚨就會被切開，肉體被拿去賣錢。」視頻最後，該組織號召人們「永不購買或穿著安哥拉兔毛」。

霸王別機（霸王別姬）（1）

一旦缺乏人性，冷冰冰的規定就會變為殺人兇器。— 2015.10.10

2015年上半年，全國至少有約300個肺源捐獻，但只有60例被移植，很多都在路上浪費了。面對如此嚴峻局面專家再次提出呼籲：要為器官移植開闢「綠色通道」。10月9日，一份在廣西捐獻的肺要在9小時內趕到幾千里外的江蘇無錫移植給患者，雖然醫療團隊提前一天和南航進行溝通，但關鍵時刻，他們仍被拒絕登機，理由是到達機場時，飛機還差15分鐘起飛。

白岩松：「不管在什麼時候與生命有關的事都是大事……，下一回，或者接下來的永遠，這樣的不救命卻害命的事能從根子上解決嗎？」

霸王別機（霸王別姬）（2）

醫生攜帶救命造血幹細胞登機遭拒。— 2014.12.02

安徽省立醫院醫生攜河南志願者捐獻的造血幹細胞準備搭乘幸福航空公司從鄭州飛往合肥的飛機，但幸福航空公司以「造血幹細胞是液體」為由拒絕該醫生登機。因為移植造血幹細胞的方案是「清水」方案，患者在移植前會摧毀自己的造血幹細胞系統。此時，餘強的自身造血幹細胞已經被完全摧毀，沒有供者的細胞輸進患者體內，則意味著會眼睜睜地看著一個鮮活的生命消逝（見：登封造急）。

霸王別機（霸王別姬）（3）

煮豆燃豆萁，豆在釜中泣，本是同根生，相煎何太急。

今年 2 月，這架從上海起飛的航班由於暴雨無法降落海口機場。當時機組連續申請備降到三亞和廣州兩座機場，均遭機場方面拒絕。無奈之下，機組只能提出第 3 次申請，申請飛往深圳機場備降。最終，飛機降落時已經逼近了飛行的最低油量。此後，國內又連續發生了多起類似事件，某航空公司曾在同一天內發生兩起因天氣原因備降遭拒，造成接近低油量落地的事件。

江胡統治下，甭說法律，就連（人命關天的）王法也被拋到九霄雲外。對拿上百乘客生命當兒戲的重大罪過，民航總局只是給予不痛不癢的嚴厲批評，敷衍了事。因為備降的飛機，機場不能收費，所以無利可圖，那些要錢不要命的機場找各種理由或藉口對備降航班說不。江胡時代中國沒有關於拒絕備降處罰的規定。

霸王別機（霸王別姬）（4）

「瓷娃娃」乘客孫月請求協助下飛機遭遇推諉。飛機艙門打開後，由於提前等候的地勤人員推過來的輪椅太大無法進入飛機內部，於是孫月向乘務員請求協助，得到的答復航空人員沒有背或抱的服務。— 2015.12.10

高位截癱殘疾人朱蘭英從早上 6 點到當天下午 2 點被昆明成都航空停留在候機廳 7 至 8 個小時。另一位殘疾人宋玉紅亦被春秋航空公司拒載。

霸王別機（霸王別姬）（5）

11 月 9 日，張先生從瀋陽搭乘中國南方航空公司 CZ6101 飛往北京。起飛不久就突發腸梗阻。瀋陽到北京飛行時間 1 小時 30 分。飛機落地首都機場那一時刻，疼痛難熬的張先生以為難熬時刻終於結束了，可是劫難才剛開始，艙門遲遲沒打開，理由是塔臺沒有給資訊。雖然救護車就停在 10 米開外的停機坪上，但 50 分鐘漫長等待後，艙門才打開。急救人員登上飛機後，竟與空乘人員為誰抬張先生下飛機發生了爭吵。

「我疼痛的跪在第一排地上，沒人扶我。我身後，急救車醫生和空姐以及機長吵成一團，互相埋怨著誰該把我送下飛機，誰該負責。」張先生成了最後一個下飛機的乘客，張先生半蹲半爬下了飛機舷梯，又自己爬上了機場急救車，並無一人上前攙扶。當他得知急救車要將他送到機場醫院，問能否去大一點的醫院時，急救車上的工作人員表示，機場牌照的救護車進不了市區。首都機場 2 個小時的檢查後，主治醫師表示無法確診，建議轉到上一級醫療機構朝陽醫院或協和醫院。999 急救車趕到後此時已經是中午，距離他發病已經 4 個多小時。999 急救車以朝陽和協和掛不上號為由，將張先生直接拉

到 999 急救中心（急診在任何一個大醫院都不存在掛號的問題）。

張先生在微博中說道：「在 999 急救中心他們給我重新做了一遍首都機場醫院做的所有檢查，來回折騰加之腹痛，讓我死去活來，不斷的哀嚎，我的肚子漲得像水桶，裏面好似一個妖精想隨時蹦出來。我當時幾度昏迷，眼睛已經睜不開了，大聲喊，醫生救救我，我真的不行了。一個主任模樣的人過來問我：『你說實話，你是不是吸毒了』，聽了這話後我非常絕望。」又是 3 小時等待後，疼到幾度昏迷的張先生讓趕來的同事撥打電話，向一位相識的北京醫生求救，那位醫生在的電話中要求立即轉院，並協調將他轉至北大醫院。

三上急救車的張先生已經昏迷，在最快速度的會診，術前檢查後，張先生被推進手術室搶救，此時已是晚上 8 點，距離他發病已超過 10 個小時。在穿孔爆裂前的最後一刻，這顆定時炸彈被拆除了。醫生告訴我，如果再拖延，或者腸穿孔後腹腔大面積感染，九死一生。5 個小時緊急手術，取出 0.8 米壞死的小腸，張先生最終逃過一劫。在他疾病發生並向空乘求助之後，為何經歷三上急救車，整整 10 小時才得到救助？

《人民日報》以題為「尊重生命」當成「帝王條款」發表評論文章。

霸王別機（霸王別姬）（6）

生財繞道（生財有道）

南京飛天津空中距離 907 公里，原本 1 小時左右的航程。奧凱航空把南京飛天津航程變成 7 小時（坐高鐵才 3 小時），先飛海口兜一圈再回天津。票價由 880 元變成 2000 元。

霸王別機（霸王別姬）（7）

買好的機票為啥上不了飛機？－ 2015.12.28

廖小姐的機票被鎖定，南航和法航兩家都說不是自己的責任，可因為這個航空公司之間系統鏈接不上導致的問題，現在得由另一位消費者李女士一家買單，10 月 18 日預定的 CZ6155 航班 7000 多元打了水漂。

白嘩之怨（白華之怨）（1）

中國是水資源浪費最嚴重的國家之一。－ 2015.10.01

水資源浪費之冰山一角

鄭州市供水主幹道 7 年爆裂 11 次。伴隨一聲巨響，鄭州市中法原水水廠一條直徑一米的供水主幹道突然爆裂，同時也是破壞力最大的一次，上千噸

白花花的自來水在短時間內噴湧而出，從發水到齊腰深僅僅用了 5 分鐘。自來水淹沒了大街小巷的同時也讓上千萬人民生活用水沒了著落。因為從來不問責，所以從 1 年爆 3 次，到 5 天爆 2 次，頻率愈來愈高，破壞力愈來愈大。

白嘩之怨（白華之怨）（2）

中國大陸的非法高爾夫球場數量龐大水資源浪費特別邪乎，只可惜隨身碟被賊偷走，無法提供這方面的數據，只能展示冰山一角。高爾夫球杆上的腐敗。10 年 10 道禁令高爾夫球場仍增近 2 倍。— 2014.10.17

央企推波助瀾，北京是「重災區」

2004 年 178 家至 2013 年 521 家。很多高爾夫球場都將營業執照註冊為體育會所、住宅區健身會所、商務俱樂部等等，不會出現高爾夫球場等字樣，有的甚至根本不走手續。這些高爾夫球場帶來的最大問題就是耗水和汙染。據瞭解，一個 18 洞高爾夫球場年均用水總量約 40 萬噸。「一個占地 1000 畝的 18 洞高爾夫球場每個月施用的氮磷鉀混合肥、殺菌劑、殺蟲劑至少 13 噸，而這些化肥、農藥被草坪吸收的不到一半，大部分都隨雨水從陰溝暗槽裏流向附近的水庫、河流。」中國科學院生態環境研究中心研究員尹澄清說。

白嘩之怨（白華之怨）（3）

市場上出售的不合格坐便器，每年要多消耗掉超過 4 億噸水。「節水型」坐便器不但不節水，而且用水量還超過了普通坐便器的最大用水限值要求，屬於被淘汰的產品。據不完全統計：坐便器年產量 1 億左右，這次不合格率達 65.7 %，不合格產品的用水量平均值，每年要多消耗掉超過 4 億噸水，相當於多消耗掉了 30 個西湖的儲水量。— 2016.06.20

白嘩之怨（白華之怨）（4）

江胡下久流（下九流）

自來水白流四五年，居民心疼也白搭。— 2015.07.20

西安街 6 號社區兩處漏點，自來水白流多年，房產局來人「找不到」漏點，就把自來水用暗管引進下水井……。

白嘩之怨（白華之怨）（5）

水錶轉不停：誰該為千噸自來水買單。— 2015.04.31

依雲北郡劉先生家自來水嘩嘩白流，物業（瀋陽富禹安泰物業有限公司）、三臺子水站都能拿出與己無關的檔案，從欠費 100 多元劉先生就去找，至今未解決。

白嘩之怨（白華之怨）（6）

清澈自來水白流 10 個多月，至今無人管。— 2014.07.24

和平區市府大路北市二街 160 號樓根底下嘩嘩往外冒水，導致北市二街積水十分嚴重。住戶：「一天 50 至 60 噸的自來水，白白流淌……。」市民：「咱瞅著可心疼了，咱還沒水吃……。」漏點早就找到了，市府路社區多次向產權單位、自來水公司、動遷辦反映，但牽涉到動遷，所以誰都不管。

如果今年、明年還不能動遷，水就得白流到後年，多虧了媒體曝光，事情很快得到了「解決」，但處理的方法出人意料。維修人員出手更煩（出手不凡）接根管子把自來水直接引進了下水道。在居民的指引下記者打開井蓋一看，果然自來水嘩嘩地流進下水道。

白嘩之怨（白華之怨）（7）

鄭州東區一建築工地，抽地下水直接排到下水道，已經好多天了，短短一段路有不下 3 個抽水管，現在全省乾旱，地下水就這樣沒日沒夜白白流掉，實在讓人心疼。

白嘩之怨（白華之怨）（8）

資訊學院路東風路交叉口南 20 米路東，一個消防栓斷裂，積水很深，河南大旱這麼多水白白浪費看了叫人心疼。

中國有無數個漏點，媒體曝光的不過是冰山一角。

白嘩之怨（白華之怨）（9）

房子沒裝修沒入住 700 多噸水誰用了？— 2015.03.12

德陽市民劉先生兩年前在中江縣城買了一套清水房，之後一直在上海打工，期間房子沒人住過，水電也沒有用過。本打算今年過完年就裝修，然而，讓劉先生沒有想到的是，自己從上海一回來，就發現房屋的水費竟然欠了 1300 多，加上 2800 多滯納金，總共 4000 多塊錢的欠費需要向自來水公司繳納，這事兒可讓劉先生怎麼也想不通。

白嘩之怨（白華之怨）（10）

滁州城南一樓盤：房屋空置 9 個月水錶「走」了 229 噸。— 2014.07.17

日前，滁城劉先生遇到了一件煩心事，自己新買的房子一直沒有住，但水錶卻莫名其妙地自己轉了。他找到物業公司，物業只說向開發公司反映，至於解決方案卻遲遲不下來。「房子空置了 9 個月，這產生的 229 噸水該誰

買單？」劉先生感覺特憋屈。

白嘩之怨（白華之怨）（11）

從 2015 年 1 月中旬起，成都市二環路東四段 36 號大院的居民張先生發現，這兩個月的水費要比平時高出 1 倍以上。查看水錶時發現，關了水龍頭，水錶仍在不停轉動。出現同樣情況的居民，社區裏至少有 30 戶以上，有的住戶水費甚至比平時高出了 4、5 倍。

☞難以嚴表（難以言表）

江胡時代言論控制極其嚴格，表卻不受控制。

白嘩之怨（白華之怨）（12）

自來水漏 3 個月，地下室成「游泳池」。— 2016.06.14

家住天山路 46—1 號三單元居民：嘩嘩流水聲音特別大，晚上睡不好覺，現在地下室裏的水，通過下水井往外淌……。

瀋陽：嘉陵江街自來水嘩嘩淌 3 天，馬路變滑冰場。— 2015.12.02

淌來之物（倘來之物）

自來水爆裂清水淌了 3 星期，怎麼就沒人管。— 2014.07.13

維修單位提出：供水單位得先關閘門，供水單位要求維修單位先申請。兩邊扯皮可苦了權先生，他和家人整天提心吊膽，生怕淹了鄰居家。權先生的房子產權是皇姑區房產局，但給他家供水的並不是水務集團，而是瀋飛實業有限公司，為此他兩邊跑，3 星期清水仍在嘩嘩淌。

白嘩之怨（白華之怨）（13）

皇姑區同江街 2 號：自來水白流 2 個月，要想維修先交錢。居民代表董良生告訴電視臺記者：剛開始是滲水，現在用 2 臺潛水泵抽勉強應付，24 小時流淌，至少上千噸自來水白白浪費了，除了擔心安全，浪費大家更心疼，居民紛紛往家拎水沖廁所。— 2016.09.16

敗恤其中（敗絮其中）（1）

後江胡時代截留傷殘補助金之冰山一角。— 2016.01.15

鄭曉旭工傷，保險公司一次性支付給遼寧節能技術有限公司寶林公司傷殘補助金 22977 元，但被公司扣掉 3000 元。不僅如此，在住院期間，公司丞不可待要和他解除勞動合同。無奈鄭曉旭找媒體幫忙，結果可想而知，在大陸凡是見不得光的都將記者拒之門外。

敗恤其中（敗絮其中）（2）

在工地上因工傷斷指的鄧小英無錢醫治斷指，已落下十級殘疾。

包磚隱玉（拋磚引玉）

中國的央視新聞頻道：官話最多，套話最多，水分最多。尤其每當重大事件發生，只聽到一面之詞。平時報導也不如地方臺接地氣，如《焦點訪談》早已名存實亡，幾乎是天天唱頌歌，很少敢涉及焦點，所以不招人待見。

央視女主持辭職賣拉麵。昨天，前央視《生活》欄目女主持人雅雯被曝於2年前離開央視，轉行賣起了拉麵，這再次引發對央視主持人紛紛「出逃」的熱議。— 2013.11.21

激烈 PK 後當主持。楊瀾、許戈輝、趙琳、文清、魯豫、黃健翔、劉儀偉、程前等人，都曾是央視名嘴，如日中天的他們卻意外選擇了「出逃」，另謀東家。留下來的像白岩松那樣非常優秀的節目主持人屈指可數，絕大多數都是酒囊飯袋。別看是這些人平庸無能，後臺卻一個比一個硬。正因如此，央視對這些蠢才庸才委以重任，把這些酒囊飯袋包裝成著名節目主持人。

保受煎熬（飽受煎熬）（1）

專家稱：中國金融界對不起百姓……。

人民日報：保險公司養老不靠譜，刻意回避長壽風險。— 2013.09.16

保險潛規則：「重大疾病險」保死不保生？— 2016.10.13

記者調查：人死才能得到賠償。近日，記者以欲投重大疾病保險為由，走訪了市區數家保險公司，拿到了有關保險合同文本。隨後，記者將合同文本送給一位有近10年臨床經驗的主任醫師分析。醫生細看了合同文本條款後，很是驚訝。「按照部分條款約定的內容，被保險人生病期間根本得不到理賠，除非其得病死亡。」醫生說，「合同裏出現的很多醫學上的專業名詞，如果我們不查資料，也難以準確理解其含義，更不用說普通的投保人了。」

在重大疾病保險合同條款裏，有「惡性腫瘤」這個保項，但合同又同時規定，「原位癌」不在保障範圍之內。「什麼是惡性腫瘤？一般理解就是癌症。而『原位癌』是指上皮惡性腫瘤侷限在皮膚或黏膜內，還未通過皮膚或黏膜下面的基底膜侵犯到周圍組織。『原位癌』也是惡性腫瘤的一種，它是癌的最早期，故又稱為零期癌，手術切除即可治癒。」該醫生說，保險合同約定「原位癌」不在保障範圍之內，意味著被保險人必須等癌症。

保受煎熬（飽受煎熬）（2）

中國大陸參加保險要歷經磨難，言而無信、保險縮水、節外生枝等案例舉不勝舉。風水保地（風水寶地）招財進保（招財進寶）。辦保險開氣象災害證明繳費 600 元，但價格還能「再商量」。陝西咸陽秦都區氣象局工作人員介紹，開具氣象證明，一份證明收費 200 元到 600 元不等。一位熟悉情況的氣象部門人員告訴記者，「這一收費的用途主要是彌補氣象事業經費不足，進氣象局的專戶，根本不進財政。」

保受煎熬（飽受煎熬）（3）

保經霜雪（飽經霜雪）

採暖費綁保險金。瀋陽房興供暖公司今年收取暖費時，每戶多收 12 元保險金，捆綁在一起收，保險不給收據，只是在取暖費收據上蓋個章，新華壹品社區幾千戶找到記者反映此事。供暖公司負責人狡辯說：交保險是自願的。好一個自願，不交保險就不給開收據，沒有收據取暖費就無法報銷。— 2015.10.27

保受煎熬（飽受煎熬）（4）

保經憂患（飽經憂患）

打折理賠之冰山一角。— 2015.04.17

瀋陽市民張鶴的父親突意外去世，本應獲 29 萬元的理賠，但平安保險竟採用排除法，按正常死亡賠付，理賠款被砍掉了 $\frac{1}{3}$。2 個多月來保險公司一直耍賴，張鶴氣憤地說這件事了結後，將家裏的 10 份保險退出保險公司。

保險公司業內人士表示：張鶴一家的遭遇很普遍，理賠打折是保險公司的潛規則。保險業務在中國剛剛興起的時候，保險公司什麼都不懂，什麼都敢保，後來發現自行車等物件丟得太多，根本賠不起，於是保險公司就開始耍賴，從那時起到現在已經耍近 30 年賴。

保受煎熬（飽受煎熬）（5）

險而易見（顯而易見）

可以「討價還價」的保險公司賠償。— 2016.05.18

老人離世辦理賠竟遭當頭潑冷水。2015 年元旦彰武縣葦子溝鎮薑塋的奶奶李淑雲去世，她來到中國人壽保險公司彰武縣支公司，之後便出現了一連串令人匪夷所思的事情，辦理賠竟遭當頭潑冷水，「算是」上的保險「討價

還價」的賠償，協商一波三折。價碼雖然一路高升，可薑家人還是不理解，保險這麼嚴謹的事，這麼能討價還價呢？

薑瑩：「太可笑了，我要了這些天，從 3 千漲到 5 千，從 5 千漲到 7 千 5，我都不敢上保險了。」薑瑩將此事在網上發表後，鎮書記意外「火了」。正因如此，薑瑩姐倆到鎮裏辦事突然被拘留，罪名是在網上散佈不實消息。

保受煎熬（飽受煎熬）（6）

丈夫去世，名下保險想過戶，「關係證明」急壞妻兒。— 2016.05.25

2007 年 8 月 1 日王豔華老伴在太平洋人壽保險股份有限公司給兒子投了幾份保險。2016 年 4 月 26 日王豔華老伴去世，處理完老伴後事，王豔華去保險公司想把保人的名字改成兒子的名字，保險公司讓其去社區蓋戳，社區碰釘子之後。保險公司又提出開一個要王豔華老伴跟父母的證明，而她母親 1997 年就去世了，父親 2004 年去世，為此王豔華一籌莫展，無奈找媒體幫忙。

保受煎熬（飽受煎熬）（7）

保山空回（寶山空回）

山東餓成皮包骨的 87 歲老人去世。— 2015.08.18

8 月 9 日，多名網友爆料稱，平度市崔家集鎮大城村有位孤寡老人李樹榮，無低保。個人應分的 1.92 畝土地被原村幹部賣掉，賣地的收入被原村幹部裝入腰包，都快餓死了，一輩子也沒安上電燈，7 年沒有吃過一頓餃子。

平度市委宣傳部回應稱，政府已於上個月為其辦理低保，本月起可享受農村低保待遇。好漂亮的傘！只可惜老人再也無法看到雨了。

保受煎熬（飽受煎熬）（8）

同一家保險公司，同樣的險種，夫妻 2 人同時受傷，看病同樣花了 1 萬多元，可丈夫按意外傷害險報銷 1 萬，妻子只按疾病醫療險報銷 2 千（2 人在中國平安保險保了 2 個險種，一是疾病醫療險，一是意外傷害險）。

敖陽律師：「醫院的診斷病例寫的非常清楚是外傷，即摔傷所引起的，保險公司把患者這次理賠劃分為醫療險範圍內，導致患者獲得賠償較少，我認為是不合理的或是不正確的……。」，僅憑猜測和蓋然性來否認投保人的賠保意願，推卸意外傷害賠償責任是完全錯誤的。

保受煎熬（飽受煎熬）（9）

河北硬漢鄭豔良迫不得已自己鋸腿保命；浙江男子餘益飛經濟拮据看病難，自購手術刀切腫瘤。襯托出中國醫療救治機構的無力，農村合作醫療解

決不了重病大病，而城鄉救助又關卡重重，都呈現出大陸醫保的軟弱無力。

保受煎熬（飽受煎熬）（10）

養老保險一家兩制（一國兩制）。為了辦養老保險鄭紹安交了 5 萬 8 千 4，他和姐姐各方面的材料完全相同，而且同時辦的保險，姐姐養老保險已經領了 5 個月，他卻分文未得。— 2016.01.01

鐵西區經濟開發區社保局的李科長說鄭紹安的材料符合條件，人社局的魯科長對派出所的證明始終不認同，跑了幾個月依然無果。

保受煎熬（飽受煎熬）（11）

險而易見

2012 年推出了新的車險示範條款：向「高保低賠」、「無責不賠」、「不計免賠」等霸王條款都已廢除，但 2 年半之後，仍然沒有實施，投保人在實際理賠中還在飽受這些不合理霸王條款的傷害。

保受煎熬（飽受煎熬）（12）

賴保之冰山一角。— 2015.08.16

大風將遼中縣劉二堡村民叔寶剛家的房頂被掀開 2 次，中國人民保險遼中理賠分部只賠了 1 次，第 2 次就耍賴不賠，理由是賠過 1 次了。大陸的保險公司就是無賴公司，收錢時說的天花亂墜，理賠時就露出無賴本相。在中國保險公司耍賴的事情數不清，電視上經常能看到保險公司耍賴事件的報導。

保受煎熬（飽受煎熬）（13）

上海審結首例計程車意外險理賠案。— 2015.01.20

「知道計程車費中包含了保險費嗎？」數十名接受採訪的計程車司機和乘客紛紛表示不知情，甚至有人當場拿出計程車發票核對，也沒有發現保險費蹤影。而當被問及「如果有保險的話，萬一乘坐計程車發生交通事故，在事故責任方賠償後，知不知道能要求計程車費所含保險投保的保險公司理賠」時，受訪乘客更是一頭霧水。近日，上海市浦東新區人民法院就審結這樣一起案件，依法判決中國人壽保險股份有限公司上海市分公司賠付乘客沈某保險金 6 萬元。

保外救醫（保外就醫）（1）

「當醫生的心願已經變成了是要活著下班回家的時候，這個社會就病了，而且病得非常重」白岩松說。

近年來不斷上演的殺醫生案件，頻頻觸動公眾的神經。據衛生部統計2006至2010年全國醫療暴力事件陡增70％，僅2012年就有數十名醫護人員被砍死砍傷。據不完全統計全國每年被毆打受傷的醫務人員超過一萬人。數據顯示2010全國共發生醫藥事件17243件，比5年前多了7000起。據中華醫院管理協會調查統計2002年9月1日醫療事故處理條例實施以來，中國醫療糾紛的發生率平均每年上升22.9％。據一項華東地區30家醫院，醫患關係調查結果顯示：只有10％的患者信任醫生。據中國醫學協會統計顯示：近年來73.33％的三甲醫院發生過暴力傷醫事件，59.63％的醫院院長曾受到過圍攻威脅，還有61.48％的醫院發生過擺設花圈設置靈堂的現象。

　　董倩：如果真的每個醫院都有很多員警的話，對醫生不是一個諷刺嗎？

　　淩風教授：這不是對醫生的諷刺，是對社會的諷刺，連醫生你們都不能保護。醫生是上帝送給人類的禮物，最無私全心地去幫助病人的群體，他們都需要保護，這個社會到了什麼狀態了，這是對社會最大的諷刺。

　　淩峰教授：你傷了一個醫生就等於說傷了一大群病人，你想想700萬醫務人員能看73億次門診的病人，你想一個人他負責多大面……。

保外救醫（保外就醫）（2）

　　山東萊蕪一兒科醫生被患者家屬砍成重傷，不治身亡。— 2016.10.04

　　2013年10月17至27日僅10天，全國就發生6起傷醫生事件。

　　一週內5起暴力傷醫事件：2013年10月25日，溫嶺市第一人民醫院一死兩傷。10月24日，北京120急救車將酒精過量患者送入醫院後，患者同伴毆打醫護人員。10月22日，南寧120急救醫生出診過程中遭家屬拳打並持刀威脅。10月21日，廣州醫科大學附屬第二醫院2名醫生被打。10月20日，瀋陽骨科大夫被患者連刺6刀。沒有醫生這個世界可想而知，但江胡時代中國人的道德降到了歷史最低點，不但不知道感恩，反而恩將仇報，所以醫生常常莫名其妙挨一頓胖揍。

保外救醫（保外就醫）（3）

　　瀋陽市兒童醫院為例：僅今年前5個月就有4名醫生被打。孩子發燒，父親上火，閆某突然將急診科醫生張軍按倒在地，雙手掐脖子，用腳狠狠踢張醫生頭部，緊接著又朝臉上打了數拳。張軍醫生說：「現在衛生大環境，沒有我們的安全做保障，我的工作真的非常寒心」。湖南師範大學5個大三女生走訪了19家醫院，調查了363個醫生，調研發現61％醫生不喜歡自己

的職業。

保外救醫（保外就醫）（4）

極端仇醫案例：2012 年 3 月 23 日哈醫大第一附屬醫院 17 歲患者李夢南不滿治療，手持水果刀，衝進哈醫大附屬醫院胡亂砍刺，造成 28 歲實習醫生王浩死亡，另有 3 名醫護人員受傷。而李夢南和王浩根本不認識。

保外救醫（保外就醫）（5）

護士高呼「我是孕婦」反遭患者母女踢肚子，被打護士 34 歲，好不容易才懷孕，結果被踢流產。— 2014.02.23（見：肚危慎防）

保外救醫（保外就醫）（6）

央行女幹部打醫生，致其耳道受傷才被拘 5 天。— 2013.11.06

保外救醫（保外就醫）（7）

南京官員夫婦打癱瘓女護士。因女兒住院床位問題，南京官員袁亞平及丈夫董安慶心懷不滿，大打出手，當場將女護士打癱瘓，公安局為其開脫責任，逍遙法外 9 天後，在強大的輿論壓力下，不得不被動執法。— 2014.02.25

保外救醫（保外就醫）（8）

急診科醫生被市公安局副局長兒子和侄兒暴打。「四川省綿竹市人民醫院急診科醫生被暴打」，網友稱「接診醫生開了頭部 CT，報告未見顱內出血，就被患者家屬暴力毆打，說亂開檢查」。打人者高呼「老子從來沒有在綿竹翻船的時候！」— 2014.03.09

保外救醫（保外就醫）（9）

女患者拔刀捅女護士再舉椅子猛砸。「當時幸虧刀柄斷了，如果她拔出來再捅，可能就看不見我了⋯⋯。」近日，安徽安慶市立醫院婦產科一名值班護士被 42 歲的女患者捅傷。— 2014.05.28

保外救醫（保外就醫）（10）

2013 年 9 月，深圳：不滿半夜查房，產婦丈夫暴打懷孕女護士。

沭陽發生了一起惡性傷醫事件。— 2014.04.26

在本月 19 號上午，沭陽南關醫院的醫生劉永生，他在查完房之後，遭到了產婦家屬毆打，導致耳鼻流血，昏迷不醒⋯⋯。

保外救醫（保外就醫）（11）

患者家屬因拔針不順狂扇護士耳光，還用腳猛踢護士，讓人寒心的是無論是患者還是醫務人員，沒有一個出面制止。

保外救醫（保外就醫）（12）

海南：因拔針速度慢，患兒父親毆打懷孕女護士導致該護士腦震盪。

據目擊者曾女士介紹，7月4日中午12點半左右，在海醫附院兒科輸液區很多孩子都在輸液，當時打人的男子與孩子坐在最後一排，當時針水快打完了，他就喊護士拔針。但是在此之前也有家長喊了護士拔針。由於護士離前排孩子較近，便示意先將前排孩子的針拔完，再為他孩子拔針。打人者態度十分惡劣，不少家長便上前勸阻，可是該男子卻仍舊不依不饒。被打護士說了懷孕可是仍舊遭打。在醫附院神經外科，記者見到了被打護士小覃。據小覃介紹，她已經懷孕11週了，此前曾懷孕3次，第1次因胎兒發育畸形引產，第2次流產……。

保外救醫（保外就醫）（13）

2013年12月9日，廣州一家婦產醫院的大堂成了靈堂，紙錢滿天飛，接下來有一夥人對醫院進行打砸，現場一片狼藉。

中山一家醫院門口，有人掛著大幅標語，醫院內公然燒紙錢，點爆竹。

武漢一家整形醫院拍攝的畫面，一名女子手拿錘子進行打砸，醫院門窗多次被噴漆，該女子姓王，因對美容醫院整形手術不滿意，從2008年開始長達6年時間中，多次帶人打砸醫院，造成經濟損失10幾萬元，還威脅醫生人身安全，勒索錢財。

在廣東一些醫院裏，盤踞著一些職業醫鬧，節目開頭帶頭打砸廣州某婦產醫院的12個人，跟家屬根本不認識，他們鬧事就是為了要錢。

暴取嗥奪（暴取豪奪）（1）

慣江鏟麥（灌漿）江澤民、胡錦濤統治下「傑作」之一。河南：傷農運動會。眼看離麥子成熟不到一個月了，辛苦勞作的農民即將得到回報。可是南陽市皖成區地方政府下令將新店鄉草店村上千畝即將收穫的麥田成片成片的連根鏟掉了，為的是2年以後在南陽舉行全國農民運動會。

暴取嗥奪（暴取豪奪）（2）

彬縣：快熟的麥子被鏟車毀了，4個村遭強拆，農民的血汗付諸東流。

記者來到徵地現場瞭解情況，20多名過路村民紛紛圍了上來。他們反映，

徵地當天，數百名縣、鎮政府工作人員帶大型鏟車、警車和救護車到村口，強行推倒即將成熟的小麥。陝西咸陽彬縣在沒通過徵地審批的情況下強行徵地。25 歲的南玉子村村民徐江龍告訴記者，5 月 18 日，他聽同村村民說，有人開鏟車在地裏鏟小麥，便急忙到自家地頭查看，因此與鏟地人員發生衝突。被幾名身著迷彩服的男子打得人事不醒，在醫院醒來時才知道大腿縫了 3 針，頭部縫了 4 針。王校鳳說：約 1 個月前，她家 6 畝地上快成熟的小麥和玉米被鏟車夷為平地。

暴取嗥奪（暴取豪奪）（3）

一夜之間，百畝玉米被打上劇毒農藥，政府不管農民死活。－ 2016.06.15

法庫縣丁家房鄉西大眼村村民們說：過去我聽說日本有三光政策，這也三光，毒死光、秋收光、收入光。百草枯是劇毒農藥，對環境破壞極其嚴重，撒了這種農藥的地方今後寸草不生。一位村民向記者哭訴：我給他跪下磕頭，怎麼哀求也不行，把苞米全都給踹倒了，當時我的心都碎了，死的心都有了。這些年莊家長得不好，去年就絕收了，一點收成都沒有，今年玉米長得好，心裏挺高興，投資也不小，全是賒來種子化肥，就生生給你禍害這樣，我們農民就指望這點地活著，你說我們該怎麼辦呢？

花生種植戶：去年顆粒無收，去年的饑荒還沒還呢，我銀行還有 3 萬元饑荒呢，看了這片地我死的心都有。聽說記者來採訪，鎮長、副鎮長、書記、副書記以及鎮裏所有的工作人員，全都不見了蹤影。

暴取嗥奪（暴取豪奪）（4）

江胡版「殺雞取卵」之冰山一角

河南淮濱縣數千畝土地被強徵引發衝突，4 人被拘。土地是農民的命根子，失去土地的農民只能在夾縫中掙扎。

山東臨沂：舊村改造還沒譜，農民已無家可歸，9 個月每戶只給 1800 元。

海南：陵水縣香水灣港尾村佔用了幾百畝地，全村 400 多人每人最終只拿到 2400 元的補償。

安徽：長豐縣雙墩鎮每畝 3700 元的價格一次性向農民征地 2088 畝，被低價剝奪了生活來源又不給工作，如今這些農民生活難以維持。

湖南：望城曾被譽為魚米之鄉的黃金鄉良田被大量侵佔，該鄉農民在貧困線上掙扎。

貴州：貴陽市三元村失地農民只得到了每畝 4000 元的補償，高爾夫場開

發的別墅卻數百萬元一套，失地農民抗議收效甚微。農民們想賺點兒小錢揀球客們打丟的高爾夫球然後回賣給他們，結果藤彩榮以盜竊罪被判處有期徒刑 3 年，緩刑 4 年，罰款 1 萬元。段國祥因從藤彩榮手裏收購二手球被判處有期徒刑 2 年，緩刑 1 年，罰款 5000 元。

暴取嘷奪（暴取豪奪）（5）

溫州永嘉甌北鎮新橋村 569 套安置房被村幹部瓜分大半，前任村支書一人獨佔 55 套，並以私人名義當作商品房出售，而部分失地農民無房可住。江胡時代暴取豪奪百姓住房之案例舉不勝舉。

爆喜不爆憂（報喜不報憂）

江胡時代爆喜不爆憂之冰山一角。鄭州市供水主幹道 7 年爆裂 11 次。上千噸白花花的自來水在短時間內噴湧而出，從一年爆 3 次，到 5 天爆 2 次頻率愈來愈高，破壞力愈來愈大。無論破壞力多大，官員都不會被追責，所以江胡時代的官員特別願意看熱鬧，習慣於幸災樂禍的官員們，看不到水管爆裂，反而感到憂愁。— 2010.11.22

甘肅酒泉供熱管爆裂，15 萬人停暖，氣溫零下 17 度。10 日下午，酒泉市一級供熱主管網爆裂，熱電聯供的 39 座換熱站受到影響，15 萬人停暖。今天下午，新焊接的環形裝置再次發生爆裂，目前，正在加緊搶修當中。管道使用 3 年問題不斷。— 2014.12.12

江西南昌：主幹道地下管道爆炸，致百米道路坍塌，多個井蓋被炸飛，兩人受傷多輛車被砸。— 2013.03.20

廣西北海路面突然爆炸，炸出 80 米深溝。爆炸路面下方埋設的排汙管道、電纜井都被炸毀。

2010 年 7 月 16 日，大連輸油管道發生爆炸，部分洩漏的原油流入附近的海域造成 430 多平方公里的海面被汙染。

2012 年 9 月，青島航拍沖天水柱。

2013 年 2 月，煙臺水管爆裂車輛排隊洗車。

2014 年 7 月，杭州水管爆裂。

2014 年 10 月 1 日，熱電廠排水管爆裂，因排水管爆裂八家子附近的居民隔三差五上演「孤島求生」，相關部門不上心，汙水就上炕。

2014 年 12 月，佛山氣溫驟變致水管爆裂。

瀋河區文萃路 1.2 米自來水主管道爆裂，數十米路段成了河道。— 2014.06.20

陵北街水管爆裂，公車落「陷阱」。 — 2014.07.20

自來水爆裂清水淌了 3 星期，怎麼就沒人管。 — 2014.07.13

弊波蕩漾（碧波蕩漾）

江胡習時代中國大陸乃考試作弊之天堂，以下是弊波蕩漾之冰山一角。

陝西 7 個考點抓了 2440 人作弊。

雲南查處國家執業藥師資格考試作弊考生 1027 人次。 — 2014.10.20

除了查處利用電子設備作弊的應試人員外，雲南省人社廳考試中心和雲南省人才市場工作人員還收繳了應試人員 956 件電子接收設備，並聯合雲南網安總隊、無線電管理委員會等專項行動成員單位抓獲 4 個助考團夥和 8 個違法嫌疑人，繳獲 35 部無線發射器，破獲 1 個涉嫌長期在雲南非法買賣作弊器材、非法獲取國家考試秘密的培訓機構。

綿陽市查處 88 起執業藥師考試高科技作弊。今年綿陽市共有 3931 人名考生報名參考，相比去年增加了 2001 人。考試過程中隨時檢查考生所攜帶的鉛筆、橡皮擦、鋼筆等考試用品，共發現 18 人使用短信橡皮作弊，70 名考生利用手機、無線耳機、線圈等高科技設備接收語音答案。 — 2014.10.22

弊死無疑（必死無疑）

在美國考試作弊，弊死無疑。2015 年 5 月 28 日，美國檢方起訴 15 名中國學生，指控他們在 SAT 等考試中採用欺詐手段。他們可能面臨最高 20 年刑期，或 25 萬美元罰款。2016 年中國不再是以往的弊海青天（碧海青天）。

組織 863 名考生作弊 8 人涉嫌故意洩露國家秘密罪受審。 — 2016.07.15

蔽壘森嚴（壁壘森嚴）（1）

西安理工大學電腦學院網路工程系教師張強抱怨說：「全球百強網站，我們在大陸 80 ％不能訪問，此外還有很多技術博客被限制，大量的教學視頻無法觀看，怎麼學習先進的文化知識。」

美國貿易代表羅恩科要求中國根據 WTO 的規則詳細說明，為什麼中國遮罩許多美國企業的網站。日本時事社說：「在中國境內的外國企業網站常常無法登陸閱覽，因此要求中國方面回答 25 個問題」。法新社的報導說：「中國控制了一種非常精細的互聯網出版審查體系，以杜絕對政府的任何批評，阻止人們提出人權問題或阻止異議形成組織」。谷歌公司也報導說：「電子郵件服務遭到遮罩」。中國政府不承認阻斷互聯網資訊流通的事實。

今年 9 月上海地鐵發生列車追尾導致 200 多人受傷之後，官方權威媒體

以輕度追尾來欺騙百姓，首先在互聯網上受到廣泛的嘲弄，使之成為國際社會的笑柄。連緬甸都開放了 fei-woke，現在全世界僅有 4 個文明古國沒開放，中國、朝鮮、古巴、伊朗（獨裁四天王）。國際上備受推崇的社交網站臉書和推特在中國被封鎖。中共絞盡腦汁擬議嚴格控制微博的方法，包括上傳消息延遲一天發表，以便審查人員在微博發表之前有足夠的時間監控資訊。

蔽壘森嚴（壁壘森嚴）（2）

有記者在新聞發佈會上提問：近日有報導指出，說中國遮罩了新一批的翻牆軟體，也有評論指出中國互聯網自由開放的程度堪憂。— 2015.01.27

2014 年「淨網」行動查處違規網站 2200 餘家，微信、QQ 等帳號 2000 多萬個。關閉違法違規頻道和欄目 300 多個，關閉違法違規論壇、博客、微博客、微信、QQ 等各類帳號 2000 多萬個……。

變性江胡（萬變江胡）

中國大陸最大的悲哀是皇帝沒進化成總統，反而變性成為亞種皇帝。不穿龍袍的亞種皇帝比皇帝有過之而無不及，別的不談，只談變性問題。在江澤民統治下中國所有的職能部門、所有的行業都變了性。例如：公安局變性「乾洗店」公安局等 5 部門 50 多名國家幹部聯手「漂白」殺人犯？— 2011.07.07

便地開嘩（遍地開花）（1）

女子在深圳地鐵站電梯大解，男伴在旁守候，事後留下一攤穢物離開。
一男子在上海來福士廣場對面的公共電話亭裏大便。— 2016.07.01
夫妻讓孩子在地鐵站臺大便，工作人員阻攔遭謾罵。— 2013.10.09
男子公車上大便後拿屎襲擊乘客，滿車人一哄而下。— 2012.12.28
男子公車上大便後閃離，乘客一路捂鼻強忍。— 2016.05.11
老漢公然在公車上大便，氣焰囂張聲稱不犯法。— 2015.06.05
20 多歲男子在公車上大便。— 2013.01.15（見：議糞填膺）

便地開嘩（遍地開花）（2）

在泰國寺廟的小便池拉屎，丟中國人的臉，扇中國人嘴巴子。— 2015.02.05（見：屎無前例）

便地開嘩（遍地開花）（3）

大氣碗盛（大器晚成）

家長在餐廳拿碗替幼童接尿，而廁所近在咫尺。— 2015.12.07（見：帝醜德奇）

便地開嘩（遍地開花）（4）

奶奶讓孫女飛機上小便。— 2016.05.01

4 月 30 日鄭州飛往北京的航班快降落時，鄰座的小女孩嚷嚷要上廁所。女孩的奶奶直接脫下小女孩的褲子，然後女孩就蹲在座位下面開始嘩啦啦的尿了，在地毯上留下一灘尿漬。

奶奶讓孫子在地鐵車廂裏小便，離開時說太髒快走！— 2014.11.28

地鐵裏，一位女士讓孫子就地小便，尿水在車廂裏橫流，市民劉女士在微信圈兒曬出了她親眼目睹的不文明一幕。

便地開嘩（遍地開花）（5）

女子當眾脫褲小便。— 2013.12.06

前天上午 10 點半，市民劉先生乘坐 840 路公車上班時，目睹一名女子當眾脫褲小便。「她直接把褲子褪到大腿，坐在座位上開始小便。」劉先生稱，他在七裏莊站上車後，看到該女子已經坐在車上，喝著一瓶飲料。幾分鐘後，車行至小馬廠站時，劉先生扭過頭，發現該女子已將褲子脫掉。「我當時就打算下車，但好奇多看了一眼，發現她正在小便。」劉先生稱，該女子小便後，隨手把座位抹乾淨，再穿上褲子，接著喝飲料，旁若無人。

便地開嘩（遍地開花）（6）

50 多歲酒鬼公車上小便，被扭送派出所。— 2015.10.26

瀋陽 328 路公車上，一位 50 多歲的酒蒙坐過站，非得要半道下車，一邊搶方向盤，一邊猛踹司機，結果公車衝上人行道，2 名路人受傷，這還不算完，這位男子還往公車上撒尿，車上 60 多人都急了，把他扭送到派出所。

便地開嘩（遍地開花）（7）

哈爾濱計程車司機馬路中間小便，被頭頂監控全城直播。— 2016.01.22

1 月 19 日下午 1 點多，這位計程車司機在紅旗大街和珠江路交口附近等紅燈時，竟然站在自己的車旁隨地小便。

便地開嘩（遍地開花）（8）

瀋陽：商場休息區家長給孩子小便引爭議。— 2015.01.11

國際紡織城商場休息區，一位女士給孩子換下尿不濕（尿布名），孩子

在地上直接小便，尿液在明亮的地板上特別顯眼。等孩子方便完事，疑似孩子姥姥或奶奶的長輩人準備將扔在地上的尿不濕撿起來，清理一下地面，結果被孩子媽媽拉住了。孩子媽媽踢了一腳尿不濕，大搖大擺地離開了。這讓在等朋友的程先生和附近賣衣服的商戶很不舒服，「距離廁所也就 20 米左右，拐過去就到了，能看不到嗎？」

便地開嘩（遍地開花）（9）

男子無錫地鐵站內給嬰兒把尿遭勸止打罵女站務員。— 2014.09.19

9 月 16 日中午 12 點 25 分，無錫地鐵 1 號線南禪寺月臺。監控上顯示，一名男子坐在月臺候車座椅上，抱著孩子在小便。30 多歲保潔員王女士回憶說，當時她看見男子正抱著孩子把尿，急忙上前制止，並告知附近就有廁所，如果來不及上廁所的話，她可以給他個塑膠袋先應急；見男子仍舊不理睬，她又上前勸阻說，如果實在孩子尿急，還可以就近找垃圾桶方便。

保潔員王女士稱，男子當時非常激動地說：「保潔員是幹什麼吃的，不就是掃地的嗎？別說孩子拉屎撒尿（你）要掃，就連我在這撒尿你也得掃。」說完這話，男子還惡狠狠地朝地上吐了口痰，等著王女士上前打掃。

便地開嘩（遍地開花）（10）

夫妻抱嬰兒地鐵內小便，氣焰囂張試圖飛腳踹女乘客。— 2013.09.09

8 月 22 號晚 6 點 50 分左右，地鐵 3 號線一列駛往寶山方向的列車上，夫妻抱嬰兒地鐵內小便，尿液濺到站在他們前方一名女乘客的腳部，女乘客出言指責，面對乘客指責，丈夫不僅不道歉，竟然還囂張稱「我找人劈死你」！氣焰囂張，甚至試圖飛腳踹這名女乘客。男子的行為激起地鐵上的其他乘客的憤怒，紛紛指責其無素質。面對眾人的怒火，該名男子戰鬥力不消，不斷粗口相向，場面一度失控。出乎意料的是，男子竟然拿起手機叫幫手，「我在地鐵出了點事，你快多帶幾個人過來。」囂張行為引眾怒。

便地開嘩（遍地開花）（11）

2013 年 9 月 4 日，上海年輕父親地鐵內為孩子把尿被阻止，惱羞成怒，夫妻再加上小舅子 3 個人打一個，惹怒乘客扭送派出所。

便地開嘩（遍地開花）（12）

大爺在成都地鐵上給小女孩把尿。在成都地鐵 2 號線龍泉驛往犀浦方向，一大爺在停車時，蹲在門旁給小女孩把尿。— 2016.06.29

便地開嘩（遍地開花）（13）

在沈北的積家購物大廈兩個年輕女子指使孩子在滾梯旁撒了好大一泡尿，而不遠就是衛生間。不久又在樂天瑪特見到小孩往地上撒尿。

便地開嘩（遍地開花）（14）

鄭州多個公廁變住房。2010 年投資數 10 萬元建成 11 個公廁，3 年來一直未對外開放，很多人進不去就在公廁附近的綠化帶方便。廁所變住房屢見不鮮。曾幾何時風靡全國。

便地開嘩（遍地開花）（15）

北京馬拉松選手集體在紅牆小便已成為傳統。— 2013.10.21

1981 年，北京馬拉松首辦，此後每年一屆，已發展成為世界 10 大馬拉松賽之一。今年，是該賽事的第 33 週年。

2013 年北京馬拉松開賽。今年共有超過 3 萬人報名參賽，雖然廣場上有廁所，但數量太少。人多流動廁所少，選手集體紅牆小便，這已經成為傳統。

便地開嘩（遍地開花）（16）

溫哥華：「中國男孩」當眾撒尿惹非議。一個亞裔男孩站在裏士滿中心商場一個垃圾桶上，褲子褪至膝蓋處，一名女子在旁邊扶著他。推特用戶布蘭登·比維斯將這些照片貼到網上，引起了激烈反應。— 2013.09.02

此前，一名說普通話的女孩在香港港鐵列車上小便，引起了類似反應。在內地人中，這些有損尊嚴的行為很常見。

便地開嘩（遍地開花）（17）

蘭州永昌路一男子在公交月臺當眾小便遭群毆身亡。一男子在公車站月臺處當眾撒尿，被李某罵了一句，該男子遂毆打李某，犯罪嫌疑人張某、魏某等人上前制止的過程中，對該男子實施毆打。其間，犯罪嫌疑人魏某掏出隨身攜帶的匕首捅傷該男子胸部、背部該男子因失血過多死亡。— 2013.08.28

便地開嘩（遍地開花）（18）

襠世無雙（當世無雙）

西安街頭現雷人橫幅：請管住您的褲襠。網友「豬豬菁豬豬」在西安交大東校區南門對面街道的圍欄上，看到了一條標語，上面寫著「尊敬的西安市民請管住您的褲襠」。在街邊「方便的」人太多。— 2014.06.09

便地開嘩（遍地開花）（19）

居民為防大小便在窗下釘百餘根鋼釘，根根尖朝上。— 2015.10.28

　　3個月前，長春寬城區慶豐路證大清豐園社區一位60多歲的老大爺在窗外擺「釘子陣」，10多釐米的鋼釘根根朝上，密密麻麻地排在地上。除了釘子，這位住戶還在四周圍起了鐵絲網。「之前有人跟他溝通過，他說，之前家裏沒人住，總有人在窗戶下大小便，亂扔垃圾，為了防止這些才弄了釘子，還能防賊。」物業、社區輪番溝通，也沒把這個「釘子陣」攻破。

便地開嘩（遍地開花）（20）

「高速便所」無處不在

　　江蘇淮安京滬高速楚州收費站10公里處，有一輛河北牌照的大貨車停在路邊，司機下車小便，而前面4公里就是京滬高速六洞服務區。

　　安徽淮南：司機高速上停車小便被拍正著，交警監控室內看直播。男子高速路上停車小便，致車後排起長龍……。

標本兼制（標本兼治）（1）

　　江胡時代的招投標純屬掩耳盜鈴。例如：鐵道部部長劉志軍不但能決定專案的評審結果，更重要的是由他決定評標委員會的組成。劉志軍利用職權內定中標企業，57個鐵路工程中，劉志軍為53個專案直接或間接打過招呼。丁書苗（丁羽新）背靠劉志軍染指1858億餘元專案，賺24億仲介費。

標本兼制（標本兼治）（2）

　　江胡時代招投標被拋到九霄雲外之事數不勝數。例如：中山市市長李啟紅家產20億。李啟紅丈夫和家屬從來不用參加競標就可輕鬆拿到專案。

標本兼制（標本兼治）（3）

　　上海歐霞服裝廠3年抽檢4次出現品質問題。質檢部門的檢測報告顯示：可分解致癌芳香胺染料的材料，黑榜有名卻常常中標。

標本兼制（標本兼治）（4）

　　無資質的企業中標。— 2014.04.03

　　四川省勞動模範、高級果技師裴忠富在成都各大論壇發帖實名舉報樂至縣扶貧辦在2013年連片扶貧開發採購專案招投標中存在「暗箱操作」，沒有資質的企業中標後，以天價採購的果苗卻大部分都不是招標公告中要求的果苗品種，且因果苗品質不合格，農民種植後造成大面積死亡等情況。

　　採購的梨樹苗價格高於市場價5倍，存在套取國家扶貧資金行為。以此

次四川瀘州恒江園林綠化工程有限公司中標金額 214 萬餘元來計算，僅此項國家扶貧資金就流失約 177 萬餘元。

標本兼制（標本兼治）（5）

陝西查辦醫療腐敗案：一套設備「摜倒」8 名院長 4 名科長，實價 370 萬設備賣給醫院 830 萬。—2015.05.12

6 家公辦醫院的院長們在基建工程方面的權力更大，胃口也更大，他們手中的權力能夠幫助承建商繞開招標程式。

標本兼制（標本兼治）（6）

東莞東坑鎮建立一個上千萬元的專案，擔當業主的是公安局副局長，而開發商就是他哥哥，這個開發公司註冊資金只有 5 萬元，這位副局長的哥哥實際注資只有 500 元。

標本兼制（標本兼治）（7）

中標政府採購，4 年沒見錢影。深圳市寶安區大浪街道一項設備採購專案，標的 40 萬元，類似情況舉不勝舉。

標本兼制（標本兼治）（8）

江胡時代靠色標成為億萬富翁之典型案例：雷政富事件中一個極其普通的老闆派美女誘惑官員，拍性愛視頻然後要脅官員承接工程專案，幾年時間裏資產由百萬提高到 10 個億。重慶市北碚區委書記雷政富將多個專案承包給弟弟雷政魁，雷政魁採用低價競標後期再虛報工程量獲超額利潤。

標本兼制（標本兼治）（9）

離譜中標在江胡習時代不足為奇。藥價高出同類藥品 20 倍也能輕鬆中標，廣東藥企怒告國家發改委。—2015.04.21

有媒體曝光了常用藥克拉黴素改變劑型，由普通膠囊改成軟膠囊，就搖身一變成為獨家品種、享受單獨定價後身價比普通膠囊高出 22 倍的消息。隨後馬上就有業內人士報料稱，部分原研藥明明專利已到期，卻仍能享受單獨定價，明明價格比同類藥品高出 20 倍，也能輕鬆中標，相當有失公平、公正。為此，廣東一藥企將國家發改委告上了法庭。

標本兼制（標本兼治）（10）

河南一企業開標前 4 天發微博：現在這個社會有錢真好，政府幫走形式。—2015.01.30

網友@湖南包工頭發微博稱：「沒有任何懸念，我們中標啦！因為招標公告就是按我們企業設計的！」他還說，「可憐別的投標企業，還不知道自己怎麼死的！現在社會有錢就是好！政府也是幫你走形式！感謝局長，感謝招標仲介，當然還得感謝人民幣！」

標本兼制（標本兼治）（11）

2014 年遼寧本溪滿族自治縣舊房改造工程招標發生串標，有關部門和人員受理群眾投訴不作為，亂作為。

標本兼制（標本兼治）（12）

政府招標採購層層失守，成本不足 1 元的克林黴素磷酸酯注射液的售價卻超過 10 倍。央視記者隨機選取了 20 種常用藥品，結果發現部分常用藥中間利潤達 6500 ％以上。— 2011.11.21

國家衛計委數據顯示：藥品收入占總收入的 40 ％以上。

標本兼制（標本兼治）（13）

約定招投標，痛風常用藥價格 2 年漲 3 倍。— 2016.01.29

2014 年 4 月至 2015 年 9 月，重慶青陽及其關聯銷售公司重慶大同、江蘇世貿天階、上海信誼聯合及其別嘌醇片獨家經銷企業商丘華傑，作為生產銷售青陽、世貿天階、信誼品牌別嘌醇片的三方經營主體，先後 4 次召開會議，達成並實施壟斷協議。壟斷協議包括協商統一上漲別嘌醇片價格、分割銷售市場、約定招投標工作。

標本兼制（標本兼治）（14）

廣西一患者到醫院做手術被醫生「綁架」購買，未經招標的千元手術刀。— 2013.11.27

標本兼制（標本兼治）（15）

廣東省一家彩票管理中心採購啤酒期間，還公告降低招標要求，廣州南沙區某食品店的一次中標金額就達 98.895 萬元。

標本兼制（標本兼治）（16）

要投標，先入「會」。— 2015.04.11

安徽蚌埠的一些企業，最近卻向我們反映：他們那搞的「電子招投標」，一點不省事兒，全是煩心事兒。知情人告訴記者，如果不註冊成為會員，不僅沒資格投標，連很多招標專案的基本資訊都看不到。入「會」前提：花錢

買電子證書……，誇張！入「會」收費竟有長期臨時之分……。

記者瞭解到，從 2013 年開始這筆所謂的「招標檔費」一直收了 2 年，直到今年 3 月才停收。這期間有多少企業交納了這筆費用，總金額有多少，最終去了哪，不得而知。

兵天血地（冰天雪地）（1）

老毛時代的「全民皆兵」，根本沒有資格和江胡時代及後江胡時代的「全民皆兵」相提並論。

央行女幹部打醫生，致其耳道受傷被拘 5 天。因就診時言語不和，央行女幹部鄭某，辱罵、毆打浙江大學醫學院附屬第二醫院婦科女醫生嚴某，致其耳道撕裂。─ 2013.11.06

強將手下無弱兵，女官員都如此能打，「全民皆兵」自然不在話下。

殺醫驚百（殺一儆百）

據不完全統計全國每年被毆打受傷的醫務人員超過 1 萬人。近年來不斷上演的殺醫生案件，頻頻觸動公眾的神經（見：保外救醫）。2010 年以來，中國已查處的襲警侵警案件年均遞增 1000 起以上。

兵天血地（冰天雪地）（2）

天津漢沽區：在派出所裏，一名男子在 5、6 個員警面前被活活砍死，直到殺人犯跑出派出所，員警才敢出去追，還是沒敢上。

安徽蚌埠：少女被殺，現場 2 名員警袖手旁觀。直到殺人犯自殘倒地，員警才上前將其控制，但為時已晚。

遵義民警駕警車旁觀鬥毆，對拿著大片刀砍人的歹徒無動於衷。

湘東鎮鎮長暴力徵地帶頭打人，員警袖手旁觀，江胡時代員警「看戲」之事舉不勝舉。陝西法官家屬欠債 16 年不還，執行局長毆打討債農民工。

兵天血地（冰天雪地）（3）

中國遊客大鬧航空客機的事件，已經多次發生。大連到深圳 ZH9724 航班 4 名女子飛機上在 7000 米高空大展拳腳，把空中格鬥演繹得淋漓盡致。─ 2015.04.16

國航班機多人打群架，打架者下機後被香港警方帶走。─ 2014.12.18（見：機犬不寧）

兵天血地（冰天雪地）（4）

聞雞起武（聞雞起舞）

江蘇某中學一個 15 歲的初中生因為勸阻同學毆打班主任，在校門口被 3 個學生活活打死，校長和老師就在事發現場，令人氣憤的是他們沒有上前阻攔而是圍觀。為首的打人者姓沈是官二代，他爸爸在北京當官。

浙江大學《青少年攻擊性行為的社會心理研究》2003 年調查顯示：49％的同學承認對其他同學有過不同程度的暴力行為。87％的人曾遭受到其他同學不同程度的暴力行為。

兵天血地（冰天雪地）（5）

老師午休被吵醒，暴打小學生，20 多人不同程度受傷。－ 2015.12.05

兵天血地（冰天雪地）（6）

據全國婦聯調查顯示：全國 2.7 億個家庭中約有 30％存在家庭暴力，每年約有 10 萬個家庭因家庭暴力而解體。

兵天血地（冰天雪地）（7）

河南信陽鎮政府為討好縣領導的父親，強拆民宅。遭拒絕後吳家店黨辦主任帶著 100 多名身穿迷彩服頭戴鋼盔的人強拆，黃先生年過 80 歲的老母被打傷，縣政府承認事先確實沒給黃先生下文件通知。

兵天血地（冰天雪地）（8）

檢察官替兒報仇，帶人進校園打學生。－ 2014.05.19

只是因為自己的孩子被別的小朋友刮了臉，日照一男子竟然闖進幼稚園，對年僅 3 歲半的幼兒又踢又打，保安被打跑，4 名保護孩子的老師被打傷，直到半個小時後，員警趕到幼稚園，該男子才停止施暴。

江西兩車剮蹭，寶馬女司機猛踹對方 5 歲女兒撒氣。－ 2015.09.18

兵天血地（冰天雪地）（9）

因山路避讓警車不及，河南內鄉縣市民小周的轎車被員警堵住一陣狂砸，揮舞拳頭要強行開啟車門教訓小周等車上的人。

兵天血地（冰天雪地）（10）

6 名便衣員警在湖北省委門口毆打 58 歲老太太 16 分鐘。－ 2010.07.20

員警打老百姓，尤其是打上訪者乃家常便飯，不過這次他們錯把綜治辦某領導的妻子陳玉蓮當成了上訪的百姓。陳玉蓮頭上、身上、胳膊上、腿上遍佈傷痕。診斷結果是，她被打成腦震盪，軟組織挫傷幾十處，左腳功能障

礙，植物神經紊亂……，她躺在病床上，渾身哆嗦，嘔吐腹瀉不止，發燒幾天，身心受到了重創。

雲南一學生因說了一句「打電話那個，下來！」遭 2 名員警暴打。目擊者：下手太狠了。— 2015.05.26

昨日下午，記者去看望在醫院接受治療的魯甸二中學生孔德政。員警行兇後學校為虎作倀，讓學生們把手機裏拍攝到的照片以及發佈到網路上的照片都給刪除。

陽光下的罪惡。— 2016.05.22

如果不是憤怒至極蘭州大學生彭雪松恐怕不會把這張皮開肉綻的照片公之於眾。幾天前他用手機錄下，民警處理糾紛暴力執法的過程。因拒絕交出手機，彭雪松被員警輪番扇耳光，並用棍毆將屁股也被打開了花。員警在公共場所執法為什麼不讓拍，有什麼見不得人的？這個問題也是更多人的疑問。而對於一坐就疼，至少得養傷一個月的彭雪松來說，雖然這裏是自己計畫中的創業之所，但由於惹不起地頭蛇，他還是決定畢業後離開蘭州。

兵天血地（冰天雪地）（11）

後江胡時代暴力依然打小開始，在充滿暴力的環境中長大，「全民皆兵」自然不在話下。深圳 5 歲童午睡時不聽話，老師持剪刀剪腳踝。

6 歲男孩在幼稚園被打骨折。— 2015.11.18

女教師太殘忍，把幼童拎起來大頭朝下多次猛摔。— 2015.07.17

監控實拍幼兒睡覺玩耍被老師持木棍毆打，腳踢腦袋。— 2015.07.01

此類事件數不勝數。

兵天血地（冰天雪地）（12）

遷龜功罪（千秋功罪）

網友繪製「中國血房地圖」收錄血拆事件。— 2010.10.26

「血房地圖」中，標注的血拆事件達到 82 起，覆蓋全國多數區域。從上海到新疆，從黑龍江到廣西大多數區域鮮血淋淋。

後江胡時代強拆仍在繼續。鄭州一醫院突然遭強拆，6 具病人遺體被掩埋，2 千萬設備被砸壞，3 人被打傷。— 2016.01.09

兵天血地（冰天雪地）（13）

浙江寧波一比亞迪當街撞倒一男一女，而後從車上衝出一持刀男子將被撞男子砍殺死亡。

哈爾濱女乘客毆打司機致死。— 2013.06.21

哈爾濱 335 路公車司機於長雙被打。

青島，因嫌煞車聲音大，私家車司機將 20 路公車司機砍傷後逃竄。—
2013.09.16

青島 617 路，乘客坐錯車搶方向盤，並毆打司機李克文。— 2013.09.11

兵天血地（冰天雪地）（14）

兵山上的來客（電影名：冰山上的來客）

因在公車上未讓座遭多名老人毆打。— 2014.09.05

瀋陽：女孩給老人讓座時抱怨，遭一家三口暴打，鼻樑被打塌，現場視
頻曝光。— 2014.04.02

215 路公車上，一個女孩給老人讓出了座位，但嘴裏嘟囔著，「怎麼這麼
多人偏讓我讓座呢，什麼意思？」隨後的場面驚呆了所有乘客，老人、兒子
和兒媳將讓座女孩打傷。老人的兒媳婦：「怎麼的？讓你讓座你還不願意
啊！」隨後伸手打了小朱一巴掌。老人的兒子拽著女孩頭髮往公車玻璃上撞
……，小朱媽媽看到女兒被打，上前護著，指著老人的兒子，「我都不知道
你們因為啥打我女兒！讓座了也打！」

杭州 K192 公車上一小夥沒給抱小孩婦女讓座，被其丈夫連扇 5 個巴掌，
小夥被打得鼻血橫流，鏡框也被打飛，斷成幾截。事後發現小夥子腿殘疾。

女孩不讓座，老人破口大罵扯女孩頭髮暴打視頻曝光。— 2013.03.14

因為沒讓座，一名老人揪住女孩的頭髮就打，女孩哭著說：「你站那兒
我沒看見，你說一聲不就妥了，太過分了。」多名乘客上前勸阻，最終老人
被乘客拉下車，下車後老人依然破口大罵該女孩。這事發生在 89 路公車上。

河南鄭州一年輕女孩因未給一名 60 歲左右的老人讓座，被對方拽住頭髮
暴打。— 2013.03.13

蘇州一位女大學生也是因為沒有給老人讓座被老人連扇幾個耳光。

廈門一女子被指占座不讓，抓住公交拉環飛身踹老人。— 2014.04.23

女子雙手抓住公車拉環，用腳飛踹老人。面對乘客的指責，女子不斷用
髒話「還擊」。

兵天血地（冰天雪地）（15）

站鬥英雄（戰鬥英雄）

最近幾年公車上、地鐵上因搶座而引發的「戰爭」愈來愈頻繁。—

2015.08.06

北京女子為搶座地鐵持刀劃人臉。

武漢地鐵 2 號線紅山廣場站一年輕女子和一中年婦女為搶座大打出手。
— 2015.08.02

上海地鐵 2 號線兩年輕女子為搶座大打出手，廝打了 5 分鐘之久。—
2013.11.27

北京地鐵 4 號線因人多互相擁擠兩人發生毆鬥，並約定下車再戰。—
2013.04.15

兵天血地（冰天雪地）（16）

不買就打人，買到假冒偽劣手機退貨被群毆，東莞多家暴力手機店野蠻
生長。— 2015.11.03

10 月 28 日晚上，在莞務工的吳文濤在莞城西城樓大街的一家手機店遭店
員群毆，他的幾名親屬更是被打得頭破血流。令人震驚的是，被打的原因竟
是：買到劣質手機想退貨！而更令人匪夷所思的是，吳的遭遇並非孤例，僅
今年 9 月以來，類似事件在東莞高埗、厚街、鳳崗、塘廈等鎮屢屢發生。

多家黑店聯合暴力抗法

因手機而遭毆打，吳文濤並非首例。厚街鎮康樂南路手機店林立，而厚
街派出所王燦輝副所長出示的一本出警記錄本，更密密麻麻地記錄著類似案
件。這其中絕大部分都是今年以來，康樂南路一帶發生在手機店相關的警情，
如強迫購物、欺詐銷售等，總共有近 100 起之多。在一次對手機店的執法過
程中，該分局一名隊長腦袋被打破，一隊員眼角受傷縫了五針，另外一隊員
顴骨打裂骨折，其他執法隊員被拉扯，均出現擦傷與衣服拉破的情況。

不計官閑（不計前嫌）

陝西書法家協會換屆選出 62 個正副主席，利益驅動。福建龍岩政府辦公
室一個秘書手下竟然有 18 位副職（副秘書長 13 位）。

一街道辦事處竟有 20 多名領導。一個只轄 7 個居委會、2 個村委會的（湖
南耒陽市五裏牌）街道辦事處，竟有 5 個副書記、5 個黨工委委員、10 個副
主任、2 個主任助理，共計 20 多個領導。— 2013.04.11

湖南國家級貧困縣隆回縣：縣長辦公室此次招聘 16 事業編制，11 人是接
話員。湖南石門縣竟有 12 個縣長 16 個常委。茂名市區級一個部門設 19 名副
局長，而這只不過是中國官閑過剩之冰山一角。

不計前閑（不計前嫌）（1）

100 多年來科技發展成果超過了人類千年發展的總和，借助於高科技，中國在短短 20、30 年裏成為世界第二經濟大國。

高科技雙刃劍改變了高度腐敗改朝換代的法則，高科技雙刃劍極大的延長了腐敗的壽命。早已病入膏肓的江胡王朝歷經兩代高度腐敗卻垂而不死，這是高科技雙刃劍惹的禍。高科技最大的受益者乃江胡習，高科技創造了太多太多過剩的財富，無論江胡習和數千萬貪官怎樣瘋狂貪汙、揮霍、燒錢，無論吃空餉的黑洞有多大，江胡習政府依然安然無恙。

空錢絕後（空前絕後）

江胡時代及後江胡時代中國究竟有多少人「吃空餉」？每年吃掉多少納稅人的錢？無人知曉。每次清理「吃空餉」都是蜻蜓點水走過場。有輿論指出，清理出的問題只是冰山一角。如果現在認真進行一次全國大清查的話，各地通過「吃空餉」這個管道流失的財政資金，恐怕是一個天文數字。

不計前閑（不計前嫌）（2）

4 個省 10 萬人吃空餉 25 億，江胡時代「免費午餐」令世界各國望而生畏。河北是 4 個省分中清理吃空餉人數最多的，共涉及 5.5 萬人。以河北省的一個縣為例，河北邯鄲市磁縣 3 個月時間就清理出吃空餉人員 188 人，其中隱瞞死亡資訊繼續享受待遇的有 147 人，工作關係調出後仍領取工資的 41 人，追繳 750 餘萬空領工資。僅僅一個縣就涉及 100 多人，涉及空領工資達 700 多萬，那麼 5.5 萬人又是一個什麼數字？吃空餉實際上歸根到底是反映出來了兩個漏洞：一是財政上的黑洞，二是崗位上的黑洞。

不計前閑（不計前嫌）（3）

黑龍江省：通過網路督查，清查「吃空餉」近萬人，節省財政資金近億元。－ 2010.05.06

一個省就有上萬人無功受祿，那麼全國又會有多少呢？長期不上班卻全額領工資，停薪留職後繼續領薪水，甚至有人已經死亡多年卻還在領工資。

不計前閑（不計前嫌）（4）

「帶薪坐牢」獄中吃空餉乃江胡時代創造的今古奇觀。山東省沂南縣檢察院針對當地發生的數起國家工作人員「帶薪坐牢」現象開展專項調查，發現近 3 年辦理的職務犯罪案件已判刑 61 件 61 人，有 32 人的工資沒有變動。

浙江省瑞安市原副市長蔣良榮，2002 年因受賄被判刑，其後 6 年長期「吃

空餉」。湖北公安縣原農業局長服刑數月，仍照領工資。處罰過輕是吃空餉蔓延的一個主要原因。以山東為例：全省吃空餉涉及違規人數11858人，僅有269人受到了黨紀政紀處分。

不計前閑（不計前嫌）（5）

「死人餉」：主要表現為在職離退休死亡仍領工資或多領遺屬補助。2008年，安徽省碭山縣清理出在職離退休死亡98人，遺屬補助人員死亡88人，占「吃空餉」人員的36.8％。

江湖兩帝如此關照，腐敗之貪官怎能不死薪塌地（死心塌地）效命。

不計前閑（不計前嫌）（6）

少年吃空餉

河南官員兒子15歲起有編制拿工資，吃空餉6年。— 2013.05.29

近日有群眾投訴，河南省葉縣水利局下屬的河道管理所吃空餉情況嚴重，所長趙書奇的兒子15歲起就在所裏領起了工資，到現在已經領了6年。

在葉縣河道管理所這樣的情況可不只一個。在這份名單中，在職職工竟然只有14歲。1個14歲，2個15歲，3個16歲，4個17歲，共10人。

河北5.5萬人，四川2.8萬人，河南1.5萬人，吉林8600多人，一查嚇一跳，四個省份清理出的吃空餉者，竟然超過了10萬。

不計前閑（不計前嫌）（7）

官二代吃空餉之冰山一角

山西省靜樂縣委書記楊存虎之女王燁，5年累計在山西省疾控中心「吃空餉」10萬元。還在上學的山西省長子縣教育局局長李某之子李楠，入編為當地一所中學的正式教職工「吃空餉」。重慶萬州區前區長李世魁的女兒李果調入該區駐京聯絡處2年以來，從未上班卻按月領取空餉。官二代劉真，湖北、武漢襄陽兩地檢察院任職長期不上班吃空餉。

不計前閑（不計前嫌）（8）

永州市上百教師跨界吃空餉。2011年，湖南省永州市查出多個地區教師在編不在職，拿著財政薪水，卻從事第二職業，人數達數百名之多；在浙江省永康市公示的192名「吃空餉」者中，未辦理辭職擅自離崗人員共10人。

不計前閑（不計前嫌）（9）

校長、教育局聯合吃空餉。寧遠縣上百教師吃空餉，在編卻不在職，校

長隱瞞不報，截留老師工資作為學校的收入或中飽私囊，教育局聯合吃空餉。以每名教師每年工資和各項保險最低 2 萬元計算，60 名教師一年就吃掉 120 萬元，而當記者就該地區學校吃空餉一事採訪教育局局長時，胡局長回答：吃空餉吃的是地方財政，不是國家財政，關你屁事，公務員吃空餉的更多，你們怎麼不關注呢！

不計前閑（不計前嫌）（10）

「曠工餉」：一些人無正當理由，長期曠工。前不久曝光的山西省侯馬市國土局職工盧建平，「從未上過一天班，卻以幹部身份領了 9 年工資」。無獨有偶，2011 年，福建龍岩也出現類似「最牛公務員」事件，城建監察支隊江進祥 9 年沒有在單位上過一天班，工資卻照領。對此領導不聞不問。

安徽懷遠縣農業機械管理局劉偉 7 年不上班仍領工資。

浙江永康、江西新餘、山東濟寧接連爆出 5 起事業單位吃空餉事件。

不計前閑（不計前嫌）（11）

「病假餉」：長期病事假或超假不歸。在浙江永康公佈的「吃空餉」名單中，涉及此類的人數最多，共 57 人，其中有 57 人至今仍領著工資。

不計前閑（不計前嫌）（12）

「冒名餉」：一些本不屬於財政供養的人員，冒用他人名義領取財政工資。在這一類中，「官二代」居多。2011 年，重慶市萬州區前任區長的「80 後」女兒李某，在萬州駐京聯絡處常年不上班卻照拿工資；山東省棗莊市市中區某鎮政府個別領導為自己親屬謀福利，該鎮政府工作人員蔡某兒子、劉某兒子、梁某女兒、魏某媳婦等人，這些人要麼上學，要麼賦閑在家，可都拿著鎮政府 1000 多元的工資。

不計前閑（不計前嫌）（13）

「多頭餉」：未經組織人事部門批准，擅自經商辦企業或在企業兼職，一人領取雙份工資。山西省文水縣原副縣長王輝自 1992 年開始經商，直至 2007 年，在文水縣民政局「從來不上班」，卻一直領著工資。

不計前閑（不計前嫌）（14）

舌尖上的中國，中國最名貴的一道菜吃薪旺餉（癡心妄想）令世界各國望塵莫及。2007 年，山東省共清理出涉及虛報冒領工資補貼單位 2360 個，涉及違規人員 11858 人，虛報冒領工資補貼 4889 萬餘元；2008 年，安徽省碭山

縣清理「吃空餉」者 385 人，涉及資金 200 多萬元；2009 年，貴州省思南縣清查出 263 名在編不在崗掛職人員；2010 年，安徽長豐縣清查「吃空餉」者 160 人；2011 年，湖南省新寧縣發現 116 名吃空餉人員⋯⋯。

河南共清理出各類「吃空餉」人員 20773 人，涉及資金 1.53 億元。而四川省「吃空餉」的有 3.7 萬多人，每年冒領經費達 6400 多萬元。江西省武寧縣清理出各類「吃空餉」人員 85 名⋯⋯。

不計前閑（不計前嫌）（15）

清裝上陣（輕裝上陣）

河南 1439 名員警吃空餉，多數返崗不處理。— 2014.01.02

如此禮閑下士（禮賢下士），怎能不叫人浮餉聯翩（浮想聯翩）。

不計前閑（不計前嫌）（16）

女官員謊稱肺結核請假 7 個月做微商，工資還照領。— 2016.06.27

濟源市財政局 PPP 管理中心負責人王小光和副局長王紅霞在沒有醫院證明的情況下，同意並批准了張嫣嫣的請假手續。

不見官才不下淚（1）

不見中國最大的「官才」江澤民不掉淚。皇殺（黃沙）彌漫：亞種皇帝江澤民下令建立活摘人體器官殺人「流水線」及冤案「流水線」令古今中外所有暴君都望塵莫及（詳情見：一江工程萬古哭、人間皇獄、萬丈深冤）。

不見官才不下淚（2）

不見法官不落淚

17 年前，河南林州市橫水鎮法官持槍殺人被判刑後至今仍在法院上班。— 2012.06.02（見：刑若無事）

雲南一法官被曝 4 次毆打社區保安，被打者跪地求饒。— 2014.04.11

施暴者為雲南省高院民事二庭審判長兼副庭長黎泰軍。

上海最高法院趙明華、陳雪明等 5 名法官集體嫖娼視頻網上曝曬。

最高法院一官員為多名罪犯開脫⋯⋯。

司法副廳長串通獄警監獄違規減刑⋯⋯。

湖南省監獄管理局原局長劉萬清落馬牽出了 130 多名監獄系統幹部。— 2014.08.14

不見官才不下淚（3）

不見檢察官不落淚

檢察官明知道是刑警中隊長徐承平等 10 餘名員警殺人並製造的假現場，但因頂不住壓力，還是以敲詐勒索罪起訴陳信滔。直到 2016 年，千萬富豪陳信滔仍在維權路上艱難前行（見：公狗功人）。

根據分管政法的副書記的指示，無罪也起訴。於是一場荒唐的鬧劇在相山法院上演（見：垂簾法治）。

檢察官替兒報仇，帶人沖進校園毆打小學生。— 2014.05.19

身為公職人員的唐檢察官帶著 3 個人，直接衝進教室對徐偉進行毆打，唐檢察官還拿起椅子打向徐偉，被老師拉開，徐偉受傷住院（見：抽司剝檢）。陝山西檢察院副檢察長文小平等 6 名官員參加奢靡活動被撤職。

不見官才不下淚（4）

不見警冠不落淚

為奪千萬富豪之財產公安局副局長王振忠精心設計「2・20」案殺人造假現場，10 餘名員警殺人並製造的假現場，劉雄，劉警官可是曾榮獲「福州市十佳員警」和「全國優秀人民警察」稱號的警界精英。

6 名便衣員警在湖北省委門口毆打 58 歲老太太 16 分鐘。— 2010.07.20（見：兵天血地）

米粉店不賣奶茶，廣西刑警胡平開槍打死懷孕店主 — 2013.10.28（見：兵山上的來客）

不見官才不下淚（5）

不見朝廷命官不落淚

吉林德惠大火共造成 121 死 76 傷被撤職市長、書記不到 1 年已複出。— 2014.08.14

生死關頭江胡官員搶先奪路而逃。新疆克拉瑪依市舉辦中小學文藝匯演，演出中現場突然著起大火，20 多名副處級以上領導全部成功逃脫，而孩子們全都被活活燒死。325 人在火災中喪生，其中 288 人是學生。

河北車禍高發地：50 條人命換不來一個紅綠燈，官方：等省裏批准。2016.07.04

四川「懸崖村」：孩子爬藤梯上學，最新小的 6 歲。— 2016.06.01

懸崖絕壁能下腳的地方不足巴掌大，再加上高山深谷的大風讓人站立不穩，村民曾不止一次發生意外，大概有 10 人左右在路上墜崖身亡。

不見官才不下淚（6）

不見拆官（差官）不落淚

黑龍江省密山市一個年近 70 的老漢因抵制強遷，在自家房頂點燃了汽油。而在現場指揮強遷政府官員均未採取措施營救。網友繪製「中國血房地圖」標注的血拆事件達到 82 起，覆蓋全國多數區域。從上海到新疆，從黑龍江到廣西大多數區域鮮血淋淋。因強拆導致拆遷戶自焚或被活埋的惡性事件中沒有一名地方官員受到問責或追究。

不見官才笑不下淚（7）

不見笑官（校官）不落淚

826 特大交通事故 36 人死亡，3 人受傷，很多人悲痛欲絕，安監局長楊達才卻喜笑顏開。陝西一名官員在延安車禍現場面露微笑的照片被人傳到網上，引起了不滿。— 2012.08.29

2008 年「512」大地震發生後的第 4 天，中央領導到綿陽災區視察災情，在新華社記者拍攝的照片中，走在後排的譚力，面帶笑容。

武漢黃陂官員微笑處理兒童溺亡事件。近日，一則兒童落入社區水塘溺亡，而街道幹部哈哈笑的新聞，引起輿論熱議。— 2013.08.02

浙江義烏 8 旬老人下跪，官員微笑回應。— 2014.07.15

不見官才不下淚（8）

不見冷血官員不落淚，官過知仁（觀過知仁）

濟源一司法警車撞人「領導」拒不下車救人遭圍堵。— 2013.08.06

目擊者發現，「車後排倆領導在空調車裏有說有笑，像沒事兒人一樣，司機下車救人汗流浹背，兩領導怕熱拒不下車救人」。

不見官才不落淚（9）

不見氣象官員不下淚

天氣預警之特權玩弄得「爐火純青」，要錢不要命。對廣東地區而言暴雨等強對流天氣年年都有，但 2015 年首次強對流天氣就造成佛山 14 人遇難。廣東佛山順德區氣象局在暴雨來臨前，先後向收費用戶和相關決策人士發放預警資訊。面對普通市民沒有收到預警資訊的質疑，順德區氣象局副局長表示：免費發放預警手機短信在內地完全沒有先例，江胡時代災難面前，人的生命分三六九等，氣官（器官）衰竭得拿命來換！

不見官才不下淚（10）

不見「檢察官」不落淚

食品安全事件 10 年來每天 60 多起，超 7 成是人為。2005 至 2014 年間，全國發生食品安全事件 227386 起，處於高發期，並在 2011 年達到歷史峰值，當年發生食品安全事件 38513 起。難怪在大陸很多人都自嘲：「不吃遍元素週期表不好意思說自己是中國人」。

不見官才不下淚（11）

不見捂官（武官）不落淚

央視臺長捂瀆俱全（五毒俱全）。央視主持人趙普，因在微博上曝光毒膠囊害人事件，甭說微博，連人都消失 8 個月。正因如此官照（關照）浙江再曝毒膠囊大案，已出售逾 9000 萬粒。— 2014.09.08

不見官才不下淚（12）

不見「法官」不落淚

中國過半市級政府法治水準不及格，政府不懂法怎麼法制治理國家？— 2014.12.29

一、雷州副市長語出驚人：不能盲目相信法院。— 2013.12.31

二、山西一官員開會大罵國家規定是狗屁。— 2015.05.11

三、蠻橫的女市長韓迎新「我不懂拆遷法，不按拆遷法辦」、「我有尚方寶劍！你們隨便告，我不怕⋯⋯。」野蠻拆遷、瘋狂拆遷，百姓苦不堪言，至今舒蘭市有 6 萬居民不能回遷。

不見官才不下淚（13）

不見海官（海關）不落淚

中國海關查處 42 萬噸走私凍品。— 2015.6.26

二戰時期為戰爭儲備的凍品入境「陳年老肉」為何能長驅直入？不僅僅是海關官員，聞捂百官都是幹什麼吃的？如果不是群眾舉報⋯⋯。

不見官才不下淚（14）

不見醫官不落淚

2014 年以來中國已有 180 起醫療器械和採購相關案件宣判，然而這只是醫官勤受（衣冠禽獸）之冰山一角。

2015 年雲南醫療界驚現「塌方式」腐敗，一院、二院、三院院長全部落

馬。一院院長王天朝共計受賄超過一個億。

2015 年陝西一套設備「撂倒」8 名院長 4 名科長，370 萬設備賣出 830 萬。

2014 年安徽省醫療腐敗案院長 16 人，副院長 6 人……。

2013 年福建漳州醫療腐敗案，全市 1088 名醫務人員全部涉案，二級以上醫院也全部涉案。

不見官才不下淚（15）

不見考官不落淚

廣東湛江車管所 42 名駕駛證考官全部涉受賄，最多的一個上繳 140 多萬元。— 2013.02.06

河北省石家莊車管所爆窩案，監考民警各個收保過費，21 名民警收取駕考保過費 3500 萬元，所長笑納近 300 萬。— 2014.09.01

不見官才不下淚（16）

不見社保局官員不落淚

社保局官員違規為百人辦病退明碼標價。— 2015.06.26

胡濱利用擔任揚州市江都區人力資源和社會保障局養老保險科科長職務便利，於 2010 年至 2013 年，在辦理職工病退業務過程中，為他人謀取利益，先後多次收受他人賄賂共計 48.8 萬元和美元 4000 元。

不見官才不下淚（17）

不見銀行官員不落淚

四大國有銀行 1 年半曝出 18 起存款失蹤案，涉及金額 46 億。— 2015.06.24

繼 46 億存款失蹤案之後，銀行又曝出醜聞。

山東濱州 22 位儲戶，1.5 億存銀行 1 年後不翼而飛— 2015.12.08

興業銀行「高管攜款 30 億元潛逃」。

真存款變假存單案件頻發不斷，問責難，索賠「幾乎不可能」（見：中國公傷銀行）。

不見官才不下淚（18）

不見銀監會官員不落淚

股市遭「血洗」全國股民每戶「丟」5 萬。— 2015.05.29

2011 年中國股民均虧 4 萬不止，100 個股民中僅有不到 5 人還在操作股票，95 ％都成了「僵死帳戶」。內幕交易者不費吹灰之力輕而易舉獲利

300％。中國的股民股瘦如柴被政府玩弄於股掌之上。

不見官才不下淚（19）

不見「教官」不落淚

500多名小學生開學日發現學校已關停，家長不知情。－ 2015.09.09

白岩松：「這簡直看完讓人感覺太憤怒，你們早幹什麼來著！」。

不見官才不下淚（20）

不見不懷好「藝」官員不落淚

江胡藝術猖獗了近30年。不懷好「藝」（不懷好意）官員當上書法家協會主席屢見不鮮。陝西書法家協會換屆選出 62 名領導，含多名官員。－ 2013.01.23

藝術腐敗：請領導幹部退出書畫界。－ 2014.12.03

近日，陝西省書法家協會主席週一波撰文批評某些領導幹部，熱衷於擠進藝術家協會兼職，樂於利用書畫協會職權謀利，作品低劣卻賣得十分紅火的怪現狀。

不見官才不下淚（21）

不見買官賣官不落淚

河南省安陽原市委書記張笑東從 2003 年到 2013 年，買官賣官受賄單筆 100 萬元以上的有 9 起，20 萬元以上的有 20 起，最大的一筆 200 萬元，大部分在 5 萬至 10 萬元之間；牽涉人員多，共 33 人。

幣也正名（必也正名）

深圳羅湖區公安分局原局長安惠君，利用調整幹部之機，大肆向下屬斂財，派出所所長、副所長明碼標價。江胡時代，買官賣官猖獗。

不見官才不下淚（22）

一黨制令人背官失望（悲觀失望）

一幹部怕鞋濕，救援現場讓人背。－ 2014.06.20

江西貴溪市 3 名學生吃完午飯，在返校途中意外落水，一人死亡，一人失蹤。在救援現場市政府辦公室副主任王軍華怕鞋濕讓人背著過河。

颱風導致洪水圍城，災情很嚴重。2013 年 10 月 13 日，浙江餘姚三七鎮的一位中層幹部，下鄉視察水災。因怕弄濕高檔皮鞋，讓 60 多歲的村支書，把他背進重災戶家裏，鞋倒是沒進水，但因腦子進水而丟了官。

不痛不養（不痛不癢）（1）

　　自從江澤民當上亞種皇帝，整個中國面臨著一場前所未有的劫難。在將公有制轉為私有制的過程中，至少有幾千萬產業工人被「殺雞取卵」趕出工廠，江澤民根本不管他們的死活，被拋棄的數千萬產業工人連一分錢救濟金也拿不到。對年輕力壯的人尚且如此，對上了年紀的老人更是卸磨殺驢。正因如此，老年人走邁城（走麥城）異常艱辛。

　　在江胡統治下，養老院不僅成了擺設，而且連功能也轉變了。要麼以盈利為主，貴的出奇，普通人根本住不起。要麼變成了另類監獄。人權觀察面詢了一名曾被拘留的 15 歲女孩，她是在北京幫殘疾的父親上訪時，當街被綁架。隨後被關在甘肅省的一個養老院 2 個多月，並遭到毒打。

不痛不養（不痛不癢）（2）

　　民辦養老院欠薪血案：六旬護工砸死 8 老人。魯山 38 位老人養老院葬身火海。黑龍江敬老院 4 老人睪丸被割掉。浙江安吉一敬老院虐待老人，95 歲老人爛掉小腿。

　　正因為中國領導人感覺不到痛，所以養老院才會出現以下狀況。

不痛不養（不痛不癢）（3）

　　中國養老機構空置率近一半，民辦養老機構難發展。— 2015.07.17

養添長歎（仰天長歎）

　　北京的李蓮波女士看到瀋陽市場的前景，帶著資金和技術來到瀋陽。養老中心已經建成 1 年了，跑了無數次，但許可一直沒辦下來。記者親眼目睹了和平區民政局社會福利科、民政福利科、民間管理處、市民政局、大東民政局所有相關部門踢皮球的全過程。

不痛不養（不痛不癢）（4）

晚劫不保（晚節不保）

　　何止是不痛不養，就連對老年人晚年的「劫難」也不聞不問。

　　北京養老院：入住先交 115 萬元會費。— 2014.12.04

　　記者調查發現，對入住的老人收取押金或者會員費，已經成為養老機構的潛規則，押金額度的高低則全憑機構的一句話。一個人就 120 萬元。經營者拿著這筆進行投資，如進入股市或房地產業，或者購買理財產品，得到的收益可以說是零成本。

　　押金收取缺乏法規監督。「目前的法律法規中，對於養老機構會員費以

及押金的收取的監督是缺失的。」律師秦兵告訴記者，採用「會員制」經營的養老機構，入住老人享受的是房屋的使用權而非所有權。一旦未來企業經營出現問題，甚至陷入破產，老人們的權益就很有可能受到侵害。

不祥之召（不祥之兆）（1）

三星手機接連出現爆炸事件，在全世界召回 1 個多月後才在中國召回，但三星售後稱無法為 note7 退貨。

三星公司三番五次蔑視中國消費者底氣何在？－ 2016.10.13

不祥之召（不祥之兆）（2）

三聚氰胺 2 次作惡背後是權力不張。－ 2010.02.02（見：回光返召）

心召不宣（心照不宣）

被禁用了 10 年之久的高毒農藥仍在被反覆使用，如：呋喃丹、毒死蜱、甲拌磷、甲基異柳磷等等。

2006 年作為注射隆胸產品的奧美定被國家藥監總局全面禁止使用，4 年後又捲土重來。正因如此，中國整形業 10 年毀 20 萬張臉。－ 2014.08.05

召是孤兒（趙氏孤兒）

日化用品致癌物質排起長龍，國外早已禁用國內監管依然空白。鄰苯二甲酸脂最終致畸和致癌，而這種危害可持續到第 2 代。過去 10 年，處方藥西布曲明在中國被當做普通保健品來賣，中國的監督管理部門對此視而不見。

☞中國領導人不把毒害百姓、坑害消費者利益的事放在心上，老外也就無所顧忌了，更何況帝熊熊一國。別看江胡在中國人面前兇神惡煞，在老外面前是三孫子。外強中甘（外強中乾）江胡習甘心情願，老百姓活沒轍。中外消費者冰火兩重天，這邊軟柿子江胡息事寧人，那邊得寸進尺召坑不誤（一如既往照樣坑害中國消費者）。

連高麗都敢欺負中國，那些列強自然不在話下。2005 年以來強生至少召回 51 次，其中 48 次都將中國排除在外。江胡版的願打願挨可比周瑜打黃蓋精彩百倍。不僅把打屁股升級為打臉，而且把只能用一次的招數變成死纏爛打。極其缺鈣的江胡讓老外打百八十次毫不在乎，反正疼的是中國消費者！

不祥之召（不祥之兆）（3）

據不完全統計 2008～2014 日本東芝公司先後對存在品質缺陷的筆記本、彩電、洗衣機、手機等產品進行多次全球召回，每次都不涉及中國市場，東芝方面也不向中國消費者解釋。不僅是東芝，從夏普到豐田，從強生到宜家，

眾多跨國企業在中外市場的管理方面歷來都是「雙重標準」，在問題產品召回之時無一例外，忽略中國。

不祥之召（不祥之兆）（4）

豐田、惠普、東芝、韓國錦胡都遭遇不平等對待。今年 3 月惠普筆電爆出品質問題，惠普方面實行了召回，而在中國僅是道歉、延長保修期。今年 9 月東芝公司宣佈召回 4 萬臺筆電，中國境內也有銷售但不在召回範疇。2010 年韓國錦胡輪胎連續爆出品質安全問題，早在 06 年錦胡就在美國進行了召回，但從未在中國召回過。今年 2 月豐田車因油門踏板問題在全球範圍內大規模召回問題車輛。在北美豐田召回的車型有 16 種，美國有 8 種，中國只有 1 種。而召回的卡羅拉、雅士利等車型在中國同樣銷售，但豐田對中美消費者的態度大相徑庭。在美國豐田對車主提供上門召回服務，對親自駕車返廠的消費者補貼交通費用，在汽車修理期間還提供同型號車輛供消費者使用，而在中國車主只能自己駕車完成召回，如果零件缺貨還得多次往返。美國各地有 1200 多家經銷商進行召回，豐田及與每家最多 7.5 萬美元的補貼。而在中國賠償問題隻字未提。豐田同意支付 1640 萬美元的民事罰款，儘管獲得賠償，但美國政府對召回事件中，其他問題依然窮追不捨。在中國浙江省 251 名消費者拿到了人均 300 元的補償，其他省市的消費者分文拿不到。在中國消費者維權獲勝每案得到的賠償平均為 700 元，而美國是 35 萬美元。

不祥之召（不祥之兆）（5）

拿什麼消除「宜家們」赤裸的歧視？－ 2016.07.05

由於床頭櫃及櫥櫃壓倒致死 6 名兒童，宜家家居公司近日宣佈，將針對美國及加拿大市場召回包括暢銷的馬爾姆系列在內的 3560 萬個抽屜櫃，但此次宣佈召回的區域中並沒有包含中國。

不祥之召（不祥之兆）（6）

召牽孫李（趙錢孫李）是不得已而為之。江胡時代中國國內的所謂召回自欺欺人。之所以不把消費者的利益放在心上是因為百姓別無選擇只能在國內購物。此一時彼一時，隨著生活水準的提高中國人到國外瘋狂購物，為了留住百姓腰包裏的錢，中國政府不得不增加圍魏救召（圍魏救趙）的含金量。假召變真召並非真心保護消費者而是為了利益。正因如此江胡假召慣性依然不減當年，一些企業仍舊故技重演。

海南一藥企抗抑鬱藥為「澱粉造」14 萬盒被召回。－ 2016.02.28

當企業得知檢查組抽樣後，另取合格的樣品，將檢查組從原料庫抽取的樣品替換，試圖蒙混過關。

不祥之召（不祥之兆）（7）

江蘇南通：遭遇問題醫療「氣體」眼底手術致盲！— 2016.04.13

26 人不良反應，12 人單眼致盲。沒事故監管部門「什麼都看不見」，出現事故不得不召回「眼用全氟丙烷氣體」8632 盒（見：江胡聾瞎）。

不億而飛（不翼而飛）（1）

在江胡兩位亞種皇帝統治下，中國 23 年移民千萬，轉移資產 2.8 萬億，而在此期間沒有一個裸官被問責。

不億而飛（不翼而飛）（2）

新華視點追問：近 20 萬億元土地出讓金去哪兒了？— 2014.12.25

不億而飛（不翼而飛）（3）

中國彩票銷售過萬億元，巨額公益金去向撲朔迷離。— 2014.11.04

社科院稱：去年 640 億彩票收入去向不明。— 2015.06.26

2014 年 11 月至 12 月審計署對 18 個省的財政部門、民政部門、體育行政部門及 4865 個彩票公益金專案進行抽查審計，違規金額 169 億，約占總金額的 $\frac{1}{4}$ 左右。

不億而飛（不翼而飛）（4）

全國繳存公共維修基金超萬億，使用率不足 1％。— 2013.09.17

近年來，隨著許多建築逐漸進入「中年維修期」和「老年危房期」，急需啟用維修資金。但這筆錢因申請手續繁瑣、過程艱難，被稱為「沉睡」資金。半月談記者調研發現，這筆鉅款並未真正「沉睡」，它們不僅通過「錢生錢」悄然增加，且部分淪為一些部門的生財工具。明存「活期」暗存「定期」，數不清的利息被私吞揹帶著進入了個人腰包。

不億而飛（不翼而飛）（5）

據內部人士透露，根據不完全統計，今年以來，僅通過廣東佛山、珠海、深圳等地的地下錢莊轉移出去的錢，達到了 2 萬億。一些銀行對交易主體不審查，對交易真實性審核不到位，有些銀行的工作人員參與到地下錢莊的交易活動中。一個銀行的支行長就可以輕鬆通過地下錢莊轉走上億資金。

不億而飛（不翼而飛）（6）

新華社追問：年逾 4 千億高速收費去向，是否還貸存疑。— 2014.11.30
一、企業「日進鬥金」微利公用事業變身暴利行業。
二、收取的錢用來還貸了嗎？「東收西還」無限迴圈。
三、收來的錢被挪用或高福利養人、挪用於建樓堂館所、投資股票等。

2013 年，山東省政府還貸公路收取通行費中用來供養運營單位和企業的費用高達 7.6 億元。審計發現，合巢蕪高速公路收費經營權轉讓中，國有資產流失 12.4 億元。

不億而飛（不翼而飛）（7）

新華視點追問：那些不該收「附加費」它們最終流向了哪裡？

在關乎民生的水、電、汽油價格中，「附加費」普遍存在。按 2013 年全國用電量初步估算，僅電價「附加費」1 年可達 2000 多億元，其中居民生活用電的「附加費」就達 270 多億元……。

不億而飛（不翼而飛）（8）

「中國的公車大致是 230 萬輛，開支在 1500 億到 2000 億之間」。
官車一輛：1 年維修費 10 萬塊錢；換輪胎 40 個。— 2010.11.26

全國人大代表、湖北省統計局副局長葉青指出：每一周換一個輪胎，再明白不過了，公車除了可以私用更可以套現，這麼離譜的開銷領導照樣簽字報銷。對於葉青局長的議案，每年中紀委發改委的回覆都是：「意見很好，很重視正在考慮」這一考慮就是 8 年。如果所有的公車都採用葉青的辦法，1 年中國最少節省 1000 億。

不億而飛（不翼而飛）（9）

134 億老年福利類專案「星光計畫」如今難覓蹤影。— 2015.10.01

記者調查了北京、上海、廣州、商洛等城市，發現現在還在運行的，保留老年活動室的只有廣州一個城市。

不億而飛（不翼而飛）（10）

中國人在餐桌上浪費的糧食一年高達 2000 億元，被倒掉的食物相當於 2 億多人 1 年的口糧。中國農民還有 1.28 億農民生活在貧困線以下，人均年收入達不到 6.3 元。餐桌上浪費絕不是窮人，而是貪官汙吏。

不億而飛（不翼而飛）（11）

2014 年非法集資案值過千億，呈爆發式增長，有關部門不作為導致無數農民被坑傾家蕩產。目前非法集資案件涉及中國 31 個省份 87 ％的市（地、州、盟）和港、澳、臺地區，立案數和涉案金額都超過去年的數倍。

不億而飛（不翼而飛）（12）

中國社會撫養費每年超 200 億，數額巨大去向不明。－ 2012.05.02

據不完全統計：全國每年徵收的社會撫養費超過 200 億，但這樣一筆巨大的收費，卻沒有一個省能說清楚其具體流向。

不億而飛（不翼而飛）（13）

每年至少有數百億城市停車費，不翼而飛。2014 年底以來，「新華視點」欄目播發多篇報導，曝光國內多個城市至少一半收上來的錢沒進政府口袋。2013 年廣州停車費約 10 億元，繳納 3 千萬。2013 年北京停車費約 10 億元，繳納 3.9 億。

不億而飛（不翼而飛）（14）

「消失」的過億未納入財政部門統計的占道費哪兒去了？－ 2014.12.31

記者採訪暸解到，目前在天津城區經營約 2.4 萬個停車位的天津聯華停車公司，自 2011 年經營停車位以來，沒有向管理單位天津市國資委上繳過 1 分錢的利潤。廣州全市共有約 3.5 萬個占道停車位，按每車位每小時 8 元、每天有 10 個小時泊車保守測算，全廣州車主 1 年需付出停車費約 10 億元，這意味著僅有約 3 ％的停車費最終收歸財政。根據規定，停車企業會將收費全部上繳財政，隨後區縣財政部門按 50 ％左右比例向停車企業返還。一位經營城市中心區停車場的企業負責人向記者證實，公司每年徵收道路停車費大約 2000 萬元，每年政府會向公司返還 1000 萬元左右。這也意味著，至少一半的費用沒有落入政府口袋。

北京 74 萬個車位停車款去哪兒了？北京市 2011 年曾公佈，向企業收取的占道費 2009 年為 3372 萬元，2010 年為 2110 萬元，但隨後 3 年，收入沒有再公佈，而對進入財政的停車費具體使用去向也沒有公佈。2011 年，北京市有備案停車場 3987 個、停車位約 74 萬個，其中臨時占道停車位 50452 個。

哈爾濱市 6878 個車位停車款去哪兒了？哈爾濱到 2013 年底已啟用規範經營停車場 107 處，泊位 6878 個，完成道路泊位收費 1890 萬元。截至 2014 年 5 月末，已完成道路泊位收費為 920 萬元。這筆資金去哪兒了？

不億而飛（不翼而飛）（15）

四川賑災款在帳面上的就達 400 多個億，這些資金按照成本價和經濟適用的角度重建 N 個城區都夠了，這筆資金的使用去向呢？四川人們現在的安置條件呢？誰知道？－ 2013.09.18

不億而飛（不翼而飛）（16）

四大國有銀行 1 年半曝出 18 起存款失蹤案，涉及金額 46 億。－ 2015.06.24

繼 46 億存款失蹤案之後，銀行又曝出醜聞。

山東濱州 22 位儲戶 1.5 億存銀行 1 年後不翼而飛。－ 2015.12.08

興業銀行「高管攜款 30 億元潛逃」。

問責難索賠「幾乎不可能」。

不億而飛（不翼而飛）（17）

新華視點追問：涉農補貼。近 1 年來，全國查處各種涉農補貼問題 6000 餘起，涉及資金 20 多億元，克扣農民徵地拆遷補償款、挪用套取農業專項資金、違規發放農村危房改造和低保等涉農資金腐敗問題突出，今年 1 至 7 月全國檢察機關查處涉農領域貪腐逾萬人。

不億而飛（不翼而飛）（18）

新華視點追問：民航發展基金數十億元不知所終。－ 2014.12.25

2013 年該基金收取超過 250 億元，記者調查發現，這筆錢不少成為廣州、北京等地機場上市公司的收入，還有數十億元「其他支出」不知所終……。

不億而飛（不翼而飛）（19）

廣東欠 14 億科級幹部全家失聯。正科幹部鐘啟章失聯，一起失聯的還有其家族 2 名親兄妹、1 名堂弟、1 名小舅子等 11 名親戚。據初步調查，此案涉及債權人 82 人，債務總額超過 14 億元。－ 2015.06.22

不億而飛（不翼而飛）（20）

上海垃圾分類補貼去向成迷，每年 4 億經費成糊塗賬。－ 2013.07.28

不億而飛（不翼而飛）（21）

新華視點追問：公交卡押金。－ 2014.12.25

調查：公交一卡通發行量在中國已超 1.8 億張，每張卡押金 10 元到 30 元。大多數人認為，這筆鉅款一直躺在專用帳戶上「沉睡」，可以隨時取回。但記者調查發現，數億元押金層層被「截留」，還剩多少成「謎」；一部分押金以「運營」、「折舊」等名義被騰轉挪移甚至扣光，最終悄然落入公交

卡公司的腰包。

不億而飛（不翼而飛）（22）

陝西 2.1 億元救災中心 55 ％變商業開發。— 2015.06.19

救災中心專案以民生工程立項，但建成後將 55 ％的面積變成了商業開發。記者在專案現場看到，已經建成的 8 層救災物資儲備倉庫處於閒置狀態，7800 平方米的庫房大都空空如也。

不億而飛（不翼而飛）（23）

新華視點追問：科研經費。— 2014.12.25

科研經費成腐敗黑洞。不少人把科研經費當做「唐僧肉」，通過虛列勞務費用、收集發票衝帳、借殼套現等方式中飽私囊。2012 年，交通運輸部從其管理的 543 項科研專案的 15.56 億元預算總額中安排人員經費 1.86 億元，主要用於人員工資及補貼支出。山東省省教育廳所屬 13 所大學編報科研經費專案支出預算 9.43 億元，未細化到具體專案，全部填列為其他商品和服務類支出。

不億而飛（不翼而飛）（24）

山西投資 110 億高速公路被指豆腐渣工程，相關企業和負責人都未被追究責任。— 2014.10.30

不億而飛（不翼而飛）（25）

人大環境學院院長馬中調查發現：每年 160 億噸工業廢水不知去向。

不億而飛（不翼而飛）（26）

假的金縷玉衣估價 24 個億，頂級「大師」聯手冒天下之大不為坑害國家。隔著玻璃罩看在不伸手的情況下估價 24 個億，這麼低級的騙術，這麼拙劣的手段只有在江胡時代才能瞞天過海。

不億而飛（不翼而飛）（27）

價值上億的百部名畫，竟然可以輕鬆偷樑換柱。為何蕭元之前和之後出現掉包的畫？為何借畫的登記簿會消失？

不億而飛（不翼而飛）（28）

追問 1.77 億元兒童救助金，線民訴政府案開庭。— 2016.06.29

申請資訊公開政府答非所問，周筱起訴畢節市政府。

不億而飛（不翼而飛）（29）

　　記者在北京、天津、吉林多家檢測機構調查發現：幫助車企虛報油耗數據在業內早已是公開秘密。小排量車僅一年就用完政府 120 億油耗補貼。

C

彩花大盜（採花大盜）（1）

中國彩票銷售過萬億元，巨額公益金去向撲朔迷離。－ 2014.11.04（見：悟彩繽紛）

多彩多支（多彩多姿）

1.7 萬億彩票資金去向調查：部分用於蓋樓買遊艇。－ 2014.12.07

浙江體彩一位內部人士表示，這是 20 多年來首次中央媒體觸動彩票這個敏感問題，「也該拿出來曬曬了」。

彩花大盜（採花大盜）（2）

社科院稱去年 640 億彩票收入去向不明。－ 2015.06.26

彩花大盜（採花大盜）（3）

江西省彩票公益金 3.4 億閒置。－ 2015.10.08

彩花大盜（採花大盜）（4）

陝西救災中心專案過半被商業開發，挪用福彩公益金 6000 多萬。以建設榮譽軍人養老康復中心為名，挪用福彩公益金 6000 多萬，結果這個中心沒有一個榮譽軍人。挪用社會募捐資金和扶貧周轉金近 3000 萬建立倉儲中心。一棟本應該是應急救災指揮的大廈，就這麼奇妙地成了酒店和幹部住房。－ 2015.06.19

彩花大盜（採花大盜）（5）

彩票「中福線上」藏黑幕，涉數十億元利益輸送。－ 2015.05.15

近年來，福利彩票銷售額逐年攀升，但其銷售、開獎、公益金去向等環節屢屢受到公眾質疑。《經濟參考報》記者調查發現，作為福彩重要票種之一的「中福線上」即開型福利彩票，其獨家運營商北京中彩線上科技有限責任公司，已由名義上的國有控股企業悄然轉變為高管掌控的個人「財富帝國」，該公司高管被指利用職權隱瞞監管部門向「關聯方」暗存利益輸送，涉及金額數十億元。

彩花大盜（採花大盜）（6）

新華視點記者調查，部分公益資金被用於蓋大樓、買遊艇、補虧空。國家體彩中心原副主任張偉華、印製處原處長劉峰等人在採購彩票專用熱敏紙

期間，人為增加環節，轉手高價採購，使國家彩票發行費流失 2341 萬元。

亂花錢，甚至「有錢花不掉」。被控貪汙 4744 萬元的青島市福彩發行中心原主任王增先在任時，曾斥 2000 萬元公款，購買當時國內最頂級的豪華遊艇。記者獲得的廣東省政府採購中心招標檔顯示，2013 年 11 月起，廣東省一家彩票管理中心採購啤酒期間，還公告降低招標要求，廣州南沙區某食品店的一次中標金額就達 98.895 萬元。

近年來，國家體彩中心及陝西、青島等地彩票中心的多位負責人先後落馬，這一公益事業早已淪為腐敗的高發區。

彩花大盜（採花大盜）（7）

一半彩票公益金趴在賬上「睡大覺」。福彩、體彩兩大類彩票成立 20 多年來，中國已籌集公益金 3100 多億元和 2000 多億元。這些應「取之於民、用之於民」的公益金去哪兒了？

本應用於公益事業的彩票公益金，被民政、體育等主管部門拿來建樓、買車的現象十分普遍。在彩票的發行管理中，「一把手亦官亦商，掌控數億資金」是導致資金管理失靈的重要原因。隨著銷量快速提升，彩票管理機構既是事業單位、又是經營機構的矛盾正在凸顯。專家建議，可專門針對彩票事業立法，並成立脫離部門的監管委員會依法監督；資金的分配上也要納入國家財政預算，保證專項足額使用，避免形成部門結餘。

彩花大盜（採花大盜）（8）

億彩紛呈（異彩紛呈）

銀行信貸員用 1 億元賣彩票，資金全部來自儲戶存款。— 2013.11.27

蕭山 39 歲的銀行信貸員葛青（化名），花了 1 個多億買彩票。他已經因為涉嫌詐騙被警方刑拘。因為這些錢，都是他「借來的」。他向蕭山警方交代的借款總額超過 1.2 個億。

彩花大盜（採花大盜）（9）

博彩眾常（博採眾長）之冰山一角

陝西山陽縣 35 萬元彩票攤派給教師，人均 3000 元任務。— 2014.02.14
（見：攤娑無厭）

宿州市西二鋪中學每名老師被強行購買彩票，竟有萬元任務量。— 2013.01.16

2011 年南京來居委會辦事的居民必須買 50 元彩票，否則不給蓋章。

2009 年，四川遂寧市船山區文城社區低保戶在領取低保金時被要求，購買一定金額的福利彩票。

償此以往（長此以往）（1）

王超傑：被定價的生命。— 2015.05.24

王超傑和徐剛在青海因救人遇難。王是農村戶口獲賠 19 萬，徐是城市戶口獲賠 50 萬，一時間「同命不同價」的質疑甚囂塵上。正因如此，遵義兩只惡狗將 61 歲老人陳忠國咬死在晨練路上，在事發現場員警之所以不開槍，是因為老人的命不如綠化局長兒子家的狗值錢。

償此以往（長此以往）（2）

江蘇南通：遭遇問題醫療「氣體」眼底手術致盲！— 2016.4.13

從 2015 年 6 月到現在近 1 年的時間這 26 名患者的眼睛都沒有得到好轉，有的比手術前更嚴重了，患者們也沒有得到任何補償。

中國 7 歲以下兒童因為不合理使用抗生素造成耳聾的數量多達 30 萬人，占總體聾啞兒童的比例 30 至 40 ％。甭說賠償，就連道歉受害者也得不到。

償此以往（長此以往）（3）

鄭州一醫院突然遭強拆，6 具病人遺體被掩埋，2 千萬設備被砸壞，3 人被打傷。— 2016.01.09

上午還強拆晚上就和解，強拆者究竟是誰都沒有搞清楚區政府就表態說要急於賠償。盲償後邊隱藏著拆遷巨大的黑洞（見：血績斑斑）。

償此以往（長此以往）（4）

青島商戶快遞 10 臺電腦 6 臺不翼而飛，快遞只賠千元。— 2012.10.31（見：保價護航）

媒處躲償（沒處躲藏）

小米手機「變」大米，申通快遞最初只賠 50 元。— 2015.09.13

在河南鄭州工作的小劉，7 月 20 號，通過申通快遞，給在鄭州開封的母親寄了一部小米手機。可 3 天後，當母親拿到快遞的那一刻，「神奇」的一幕發生了，700 多元的小米手機竟變成了 50 元的大米。媒體報導了此事之後，賠償價格由最初的 50 元上升到了 500 元，最終答應按原價賠償她的損失。中國大陸的事就是這樣，不是法治而是媒治。

償此以往（長此以往）（5）

王利君和沈河區城建局簽署了一份「城市房屋拆遷補償安置協議書」協議規定賠償王利君房屋土地和相關設備，總計1千零53萬餘元，本該年底得到補償款，直到2014年一分錢也沒拿到。

杭州：市民給國土局送「瀆職」錦旗，上面繡著：敢於瀆職冒險，竊取他人房產，暗箱操作簽訂合同，得房得地共用利。張建中的房產證還在手中，但房屋在沒有拆遷許可的情況下被毀多時，他們一家始終沒得到任何賠償。

南安徵地村民7年未安置，住簡陋房屋風雨中飄搖。— 2013.07.22

拆遷補償款「被縮水」。拆遷補償標準遠遠低於國標準，不僅如此，在補償安置的過程中，他們的合法權益卻遭到村鎮二級政府的層層盤剝。村民們介紹，實際拆遷賠償時，拆遷戶的房屋每平方米僅拿到300元的補償。每平方米「被縮水」180元。

一座清代閩南古廟被拆遷，拆遷賠償款更不知道被落入誰人之手。

償此以往（長此以往）（6）

牽償掛肚（牽腸掛肚）

江西高安病死豬流入7省市，部分攜帶口蹄疫病毒。— 2014.12.28

記者調查發現，當地畜牧獸醫部門並沒有派人到達勘查現場，動物衛生監督所也沒有派人監督病死豬的處理。這些養豬場在得到保險賠償後，再把病死母豬賣給豬販子。

撤頭撤尾（徹頭徹尾）（1）

表面上立案，私底下威逼撤訴，在諸多公共事件中，早成為一種慣例。據調查，在只有4萬餘人的大浦鎮，血鉛超標的兒童數量超過300人。

2015年3月，集體環境訴訟案「湖南衡陽易XX等53人訴衡陽美侖化工環境污染兒童血鉛超標案」獲衡東縣人民法院立案，但立案後，衡東縣、鎮政府工作人員天天來家裏要求撤訴，有時候甚至待到凌晨，生活受到干擾。他們有的被告知「不撤訴就取消低保」，有的在政府工作的親友則可能「丟飯碗」。而如果答應撤訴，可以得到幾千到萬元不等的補償，並承諾政府將治療「負責到底」。所以，立案不足1月，就有42戶原告的親屬提交書面申請撤訴。這似乎為今日之審判結果埋下了伏筆。

在血鉛超標事件爆出前，美侖化工廠還曾牽涉到湖南毒大米事件。然而就是這樣一家問題重重的化工廠，在引發全國關注後，當地政府都仍在極力

護短，以至於「人前一套，背後一套」，一個公平公正的審判結果，或許早就成了一種奢望。一起在全國輿論眾目睽睽之下的「大案」都如此收場。

衡陽兒童血鉛中毒賠償、超標不賠，光明網：到底誰在裝睡。— 2016.02.28

撤頭撤尾（徹頭徹尾）（2）

成都市民侯先生曾向公安機關舉報劉某涉嫌特大偷稅漏稅、走私、職務侵占 10 億元，成都公安局卻在未通知當事人的情況下，撤銷案件。2011 年 9 月，侯先生將一面 2 米長的「不作為」錦旗送到了成都市公安局，在門口差點被值班武警沒收。

撤頭撤尾（徹頭徹尾）（3）

河北一法院自行撤銷討薪執行案。— 2016.11.20

兩男子為 8 萬元四處奔波沒想到被撤案，而且案件被終結之前他們並不知情，也從未接到過任何通知。法院解釋說：到年底了上級要結案率。

塵吟不絕（沉吟不決）（1）

中國目前至少有 600 萬塵肺病農民患者，死亡率高達 22.04％。在所有職業病中，塵肺病占 90％；在塵肺病中，農民占 90％。王克勤說，經過數年來研究分析，保守估計中國塵肺病農民至少有 600 萬人，並稱中國的塵肺病農民問題已成本世紀最嚴峻的中國問題。— 2015.12.02

塵肺病現在無法根治，廣大的塵肺病農民患者基本無錢醫治，他們靜靜的痛苦的等待死亡，為了使肺部舒適一些，他們在生命最後階段幾乎都是跪著呼吸。這是一群「跪著走向死亡」的中國最底層的農民。得了這個病，每個小時就會有 1.5 個青壯年農民被活活憋死。塵肺病農民基本都喪失勞力、貧病交加、缺醫少藥，處境極其悲苦淒慘。塵肺「寡婦村」、塵肺孤兒大量出現，已成巨大的社會問題。更嚴重的是，每年還新增塵肺病農民 2 萬多人。

王克勤說，許多塵肺病農民難逃「愈貧困愈塵肺，愈塵肺愈貧困」的魔咒，因貧困去打工，因打工而塵肺，因塵肺而失業，因塵肺而四處求醫，債臺高築、妻離子散、家破人亡。

王克勤說，一方面，塵肺病本屬工傷，完全是企業責任，但在其過去數年的探訪中從沒見過一個中國涉塵企業主動承擔工作傷害責任。因此，「讓企業承擔工傷賠償」幾乎是一句空話。

全國 600 萬塵肺病人，通過司法維權，最終拿到賠償的只有 18.75％。據

統計，全國農民工參加工傷社會保險的人數僅占總數的 24％。也就是全國近八成的農民工是無法享受工傷保險制度保障。

塵吟不絕（沉吟不決）（2）

開胸維權

得了塵肺病，是一種傷害，得了病又得不到應有的賠償，是另一種傷害，最嚴重的傷害是職業病鑒定機構的「指鹿為馬」，於是就出現了震驚世界的中國式的維權——開胸驗肺。

張海超，河南省新密市工人。2004 年 6 月到鄭州振東耐磨材料有限公司上班，先後從事過雜工、破碎、開壓力機等有害工作。工作 3 年多後，他被多家醫院診斷為塵肺，但企業拒絕為其提供相關資料，在向上級主管部門多次投訴後他得以被鑒定，鄭州職業病防治所卻為其作出了「肺結核」的診斷。為尋求真相，這位 28 歲的年輕人只好跑到鄭大一附院，不顧醫生勸阻鐵心「開胸驗肺」，以此悲壯之舉揭穿了謊言。其實，在張海超「開胸驗肺」前，鄭大一附院的醫生便對他坦承，「憑胸片，肉眼就能看出你是塵肺」。

塵吟不絕（沉吟不決）（3）

「捐獻角膜，留駐光明」行動的發起人何兵、陳謝忠、劉光前，是四川甘洛鉛鋅礦區的塵肺病受害者。3 人均為三期塵肺病農民工，都接受過社會捐資救治。但是，自 2003 年離職發病至今，3 人未得到原用工單位任何賠償和救治，他們的訴訟也未得到司法支持。

塵吟不絕（沉吟不決）（4）

塵規陋習（陳規陋習）

江西樂平塵肺病人賠償金縮水 70％。－ 2015.02.07

在趙家山煤礦，像張廷生這樣因為缺乏防護而患上塵肺病的礦工還有很多。據不完全統計，這裏共有礦工 100 人左右，已經被疾控部門明確認定為塵肺職業病的就有 36 人。這些礦工不僅已經完全喪失勞動能力，而且都出現不同程度的呼吸困難，連基本的生存都成問題。

56 歲的李教保是 36 名塵肺病礦工之一，根據江西樂平市勞動仲裁的結果，他應該獲得 11 萬多元的賠償金，但 2 年過去了，他只領到 3 萬多元。當年在趙家山煤礦工作後患上塵肺病的 36 名礦工都反映領到的賠償金遠遠低於當初仲裁的數額。

塵吟不絕（沉吟不決）（5）

湖北 8 年 2 萬多人染上塵肺病 其中近 5000 人已死亡。— 2010.02.09

從全國看塵肺病患者數以百萬，每年新增病患 2 萬人，其中農民占 9 成，他們往往貧病交加，三重傷害，雪上加霜，讓患病職工和家屬不堪重負。

塵吟不絕（沉吟不決）（6）

維權的代價不斷升級，但老百姓的權益愈來愈微弱。過去 1 個人斷指，現在 4 個人斷指，不但於事無補反而蹲拘留。開始的時候一個人開胸驗肺，現在一群人開胸驗肺。為了維權在短短的 50 天內 12 人要跳海珠橋。從黑髮告到白髮有關部門根本不予理睬，追根尋源亞種皇帝乃萬惡之源。

早在 08 年中科院院士鐘南山就直言，在他接診時發現 50 歲以上的廣州人，哪怕沒有肺部疾病，手術開出的肺都是黑的，但根據調查廣州吸煙人群的人數一直在下降，所以導致黑肺的原因就被直指空氣汙染。

儲霸王（楚霸王）（1）

專家稱：中國金融界對不起百姓。

四大國有銀行 1 年半曝出 18 起存款失蹤案，涉及金額 46 億。— 2015.06.24

記者調查發現，儲戶的存款往往被不法分子乃至銀行內部人員通過各種手段盜取：

一、「存款大盜」與銀行「內鬼」合夥冒領。

二、遭遇「忽悠」銷售，部分存款變「保單」。

三、系統缺陷、資訊洩露，存款被盜取。

儲霸王（楚霸王）（2）

四大國有銀行 1 年半曝出 18 起存款失蹤案，涉及金額 46 億。— 2015.06.24

繼 46 億存款失蹤案之後，銀行又曝出醜聞。

山東濱州 22 位儲戶 1.5 億存銀行一年後不翼而飛。— 2015.12.08

興業銀行「高管攜款 30 億元潛逃」。

真存款變假存單案件頻發不斷，問責難，索賠「幾乎不可能」。

儲霸王（楚霸王）（3）

我們到底上了誰得當？— 2016.08.22

幸福陽光社區（青城山路 133 號）145 戶以及其他社區的業主都選擇了交通銀行辦理房貸。契稅和維修基金本應該交給開發商，但當時交錢時人山人

海，雖然大夥心裏有點犯嘀咕，可一想這交通銀行是個有頭有臉的大銀行，應該不會收了錢不認賬，於是也就沒多問。

處心積慮：當事情敗露後交通銀行南塔支行把責任推得一乾二淨。直到這時億海陽光和幸福陽光社區等受騙上當的業主才知道收錢的不是交通銀行而是東澤代辦公司，而在之前他們從未聽說過有這麼一家公司。

儲霸王（楚霸王）（4）

銀行言而無信，盛忠奎22萬元利息打水漂，向盛忠奎這種情況僅丹江口市還有70多名（見：中國公傷銀行）。

儲霸王（楚霸王）（5）

「我的5萬救命款哪去了？」揭露銀行一驚天黑幕。— 2016.07.04

老人將5萬元救命錢存進銀行，兩次被莫名其妙購買理財產品。

儲霸王（楚霸王）（6）

中國銀行拒絕兌換18年前存單。— 2014.08.21

知名演員王勁松在微博上發表長微博，稱自己82歲高齡母親拿著1996年的2000元存單到中國銀行取錢卻被中國銀行拒絕，中國銀行稱按照規定超過15年的存款就不好承認。

男子持父親56年前的千元老存單，前後奔波8年，還是沒取出錢來。— 2014.07.31

一張父親遺留下的1000元定期存單，讓平山縣陳家峪村的陳蘭平大爺奔波了8年也沒有取出來。如今，陳蘭平已身患殘疾，生活貧困，走路一瘸一拐，記性也愈來愈不好，但他仍然在為這張存單到處奔波求助。讓陳蘭平一直耿耿於懷的「存單過期20年作廢」一說，記者昨日專門諮詢了人民銀行，被告知沒有這一規定。

各地都有老存單難兌。記者從網上搜索發現，湖北、河南、吉林、安徽等全國多個地方都有過老存單難兌付的事例。

儲霸王（楚霸王）（7）

為取亡父300多元存款要證三代？！銀行你贏了。— 2015.05.17

無法證明母子關係，200元「遺產」3年取不出。— 2015.05.28（見：奇勢洶洶）

儲霸王（楚霸王）（8）

建設銀行 5 年定期莫名變保險。— 2016.01.14

儲霸王（楚霸王）（9）

1 萬元錢落銀行，想找回怎那麼難？誰能看銀行監控？— 2016.01.31

儲霸王（楚霸王）（10）

西安一位 75 歲身患多種重病，在醫院治療只能依靠氧氣管呼吸的老伯被 5 個救護員抬進了銀行，僅僅是因為修改銀行卡密碼必須本人。

類似事件舉不勝舉。

儲霸王（楚霸王）（11）

銀行與貸款人聯手造假 205 名村民被坑。— 2015.04.10

沒有從銀行貸款，甚至連銀行的大門也都沒進去過，銀行卻突然催著還貸款，在黑龍江省的巴彥縣，就有很多人攤上了這樣的怪事。背黑鍋的村民找到銀行，銀行承認確有冒名，但背後真相就是不說，不良記錄就是不刪。巴彥縣郵政儲蓄銀行，負責人告訴記者，徐大壯共以 205 個村民的名義拿到農戶聯保貸款 2050 萬。

40 多人身份被冒用，信用黑名單如何清除。— 2016.02.22

法庫縣十間房鎮馬家溝村村民 40 多人從未借過貸款，可他們卻在 10 間房信用社那裏欠下了 5 至 8 萬不等的貸款。面對記者的採訪法庫縣農業信用社大堂經理一問三不知，不知道主管領導是誰，不知道主任電話，不知道貸款情況等什麼都不知道，信用黑名單如何清除？

法庫縣馮貝堡鎮李家荒地村村民王吉明莫名其妙的多了 1 萬元貸款，多次向有關部門反應無果後，在記者的跟蹤報導和督促下，經確認 2011 年王吉明名下的貸款確實不是他本人辦理並使用，之所以出現這麼大問題，是負責李家荒地村的信貸員違規操作動了手腳。

儲霸王（楚霸王）（12）

大陸國有銀行蚊子腹中刮油脂。四大國有銀行不放過任何收費機會，對小額帳戶收費、存取零鈔收費、轉存水費等服務收費、跨行取款收費等，而且收了還不算，還要漲價，追逐利益是銀行唯一的目標，而百姓就是銀行的提款機。

工商銀行成最賺錢的公司，淨利超蘋果公司。— 2015.07.13

中國工商銀行發佈年報，2014 年，工行淨利 2763 億元，同比增長 5.1％，日賺 7.6 億元。同時《財富》發佈 2015 年中國 500 強排行榜，中國工商銀行成最賺錢公司。光賺不賠，超過蘋果公司不費吹灰之力。我對中國工商銀行並無惡意，但江胡時代中國大陸銀行留給我的印象極壞！

垂簾法治（垂簾聽政）（1）

「廢除了」帝制的「帝國」——升級版的垂簾聽政無處不在，此乃中國大陸 13 億人最大之悲哀。根據分管政法的副書記的指示，無罪也起訴。於是一場荒唐的鬧劇在相山法院上演。在一審開庭時，法官問孟憲君，高尚的犯罪金額你是如何算出來的，他回答四個字「領導意見」，當時庭上滿座皆驚，一片譁然。

回頭是暗（回頭是岸）

垂簾法治比垂簾聽政黑暗千萬倍！江胡統治黑暗到了極點，甭說是法律，就是王法也被「廢除了」。正因如此，江胡瀆創造了 19 項獨一無二的世界記錄，如活摘人體器官殺人「流水線」、冤假錯案「流水線」，有毒食品人體活體實驗「流水線」。

垂簾法治（垂簾聽政）（2）

一垂定音（一錘定音）

凡是重大決策，無論是專家學者的提案，還是「其他政黨」的建議統統被拋到九霄雲外，完全聽命於垂簾。

專家稱看完大氣法三審稿想哭：被人操縱。— 2015.8.27

多位參加初稿起草專家表示，真正做研究的相關領域專家都沒有參加編制工作，「寫的建議也被扔到垃圾桶裏了。」（見：大氣晚成）。

垂簾法治（垂簾聽政）（3）

亞種「法律」連王法都不如，人權更是遙不可及。人命關天的案子甭說本人喊冤叫屈，就連律師閱卷的權利也徹底被剝奪了。閱卷通道至少關閉了 27 年之久，直到 2015 年律師通道才打開一道縫隙。

可悲的是打開一扇窗卻關上一扇門，律師的路變得更加難走，殺人犯的卷宗竟然向幽靈一樣在公安局、檢察院時隱時現。

垂簾法治（垂簾聽政）（4）

垂簾法治，錢行江胡之冰山一角

陝西男子網戀遭誣陷被判 10 年，羈押 951 天獲釋。— 2014.12.10

法官告訴王江峰：人家花了錢，必須得給你定罪。就這樣一個無罪的人，就被判了 10 年有期徒刑。

馳騁江胡（江湖）

命案政府不敢管，四川等地眾多受害人 18 年有冤無處申、有恨無處訴、有案無法破……。

劉漢黑社會橫行 18 年，故意殺人、故意傷害、非法拘禁等嚴重刑事犯罪案件數十起，造成 9 人死亡，9 名被害人中有 5 人是遭槍殺身亡。

接二簾三（接二連三）

市委書記受賄，為命案打招呼致重罪輕判。— 2016.07.16

湖南益陽原書記馬勇收受了胡雙福托人送來的 10 萬人民幣和價值 3.3 萬元的 100 克金條一根。9 名政法幹部參與洗罪，同期將受審的還有 2 名律師、1 名曾向馬勇行賄的案件當事人家屬。蘇仙區法院刑庭工作人員介紹，此系列案的 12 名被告人「全部都涉及馬勇干涉的命案」。

話一不二（劃一不二）

江漢區加油站過於密集，武漢市拆掉了三豐周邊 2 個手續齊全的加油站，而這個違法加油站卻保留下來，這個違法存在 14 年的加油站為什麼屹立不倒？湖北省一位幹部的一席話，洩露了天機：「我們中國的事就是這樣，領導的話比什麼都好使」。

垂簾法治（垂簾聽政）（5）

廣東東源法院副院長經上級授意偽造判決書。— 2013.04.16

經手偽造判決書的縣法院副院長已被檢察機關立案偵查，而涉嫌違法行為的一幹領導卻相安無事（見：核其瀆也）。

廣東東源縣法院院長不經考試就錄取自己智障兒子為公職人員，受公眾質疑後只不過是辭退了兒子接受批評教育而已。

垂簾法治（垂簾聽政）（6）

江胡時代的案件千篇一律，公安局牽著檢察院、法院鼻子走。黑龍江撫遠縣開發商徐學偉在縣委大樓離奇死亡，警方認定跳樓自殺。家屬要求看鑑定材料被拒絕，違法的是公安局將檢察院排除在外，獨立辦案。

垂簾法治（垂簾聽政）（7）

江胡訴事（江湖術士）

江胡時代訴隱刑怪（素隱行怪）之冰山一角。為奪千萬富豪財產公安局副局長王振忠精心設計「220」案殺人造假現場。晉安檢察院起訴科明知道是王振忠的馬仔刑警中隊中隊長徐承平等 10 餘名員警殺人並製造的假現場，但因頂不住壓力，還是以敲詐勒索罪起訴陳信滔。如今陳信滔已被無罪釋放，至今沒有哪個部門敢站出來公開地承認錯誤並向受害人道歉，也沒有誰來追究這些部門的責任，直到 2016 年，千萬富豪陳信滔仍在維權路上艱難前行。

垂簾法治（垂簾聽政）（8）

審案的人不判案，判案的人不審案。— 2016.06.09

法官審理案件到底面臨怎樣的壓力，律師郝巍深有體會。因為在做律師之前他曾當了 10 幾年的法官，當年之所以辭職是因為「職業疲勞」。

律師郝巍：「『職業疲勞』很重要的一個方面，大家都知道，最高法院也很清楚，全國人民都清楚，審案子的人不判案子，判案子的人不審案子，我希望能作出我獨立的法官的判斷，但事實上不可能。」

垂簾喪氣（垂頭喪氣）

北京 3 名骨幹法官離職震動法院，榮譽感低壓力大。— 2014.04.22

今年年初，北京某基層法院執行庭一位年僅 40 歲的骨幹執行法官辭職。其中的原因之一是他實在受不了「托關係」打官司的愈來愈多。有法律專家表示，在成熟的法治國家，法官享有崇高的社會美譽，工資待遇優厚，因此法官一般是這些國家流動性最小的職業之一。專家認為，如果法官們不再熱愛自己的職業，隨時準備走出法院，法院成了「鐵打的營盤」，而法官成了「流水的兵」，這不僅是法院之痛，也將成為現代法治建設之殤。

垂簾法治（垂簾聽政）（9）

「人民陪審員陪而不審」。— 2014.10.30

北京青年報記者提問：「四中全會《決定》要完善人民陪審員制度，但有觀點認為，現在的人民陪審員制度是陪而不審，我們具體如何完善，保證公眾能夠具體參與到審判中來？」

垂簾法治（垂簾聽政）（10）

立不從心（力不從心）

申訴案的立案簡直難於上青天。— 2016.02.06

這 2 年來，自從最高檢將陳滿案向最高法提出抗訴之後，每個星期，（陳滿的辯護律師）易延友都能收到要求代理的申述的求助信。

易延友：我覺得非常無力，如果一邊平反冤案，一邊在製造冤案。

法學專家田文昌：易延友教授提出了糾錯重要，防錯更重要。要防止不斷出現新的冤假錯案。除此之外，我還發現幾個成功的糾錯案件的背後，一個十分值得重視的問題——申訴案件的難度太大。全國幾例申訴成功的案件背後，還會有多少申訴無望的案件，申訴立案無門的案件，這樣的事是很多的。我們的刑事訴訟法規定，刑法規定，好像申訴權力比較大，任何人，任何時候，都可以提出刑事案件的申訴，但是在司法實踐中，申訴案的立案簡直難於上青天。我們律師有深刻體會，根本我們不敢接這類案件，因為立不上案。不僅立不上案，很多法院連書面裁定都沒有。

申有體會（深有體會）

在我知道的申訴案件就有一堆一堆的案件根本都立不上案。最高人民法院院長周強表示：「一些法院對行政案件有案不收、有訴不理，『立案難』成為人民群眾反映強烈的突出問題」。

垂簾法治（垂簾聽政）（11）

借立打立（借力打力）之冰山一角

表面上立案，私底下威逼撤訴，在諸多公共事件中，早成為一種慣例。300多名兒童血鉛中毒案，立案後衡東縣、鎮政府工作人員天天來家裏要求撤訴，有時候甚至待到凌晨，生活受到干擾。成都市民侯先生曾向公安機關舉報劉某涉嫌特大偷稅漏稅、走私、職務侵占10億元，成都公安局卻在未通知當事人的情況下，撤銷案件。

河北一法院自行撤銷討薪執行案。－ 2016.11.20

結案率濫用在中國大陸普遍存在（見：撤頭撤尾）。

垂簾法治（垂簾聽政）（12）

天大的阻立（阻力）來自於襲盡平皇帝

在亞種皇帝江澤民統治下，至少將6000名法輪功學員被非法判刑，超過10萬人被非法勞教，數千人被強迫送進精神病院受到電擊和破壞中樞神經藥物的摧殘。這些人直到後江胡時代都無處伸冤。如今雖說是「依法治國」但依然沒有人敢提此事。

垂簾法治（垂簾聽政）（13）

劉曉波獲諾貝爾和平獎後他妻子劉霞被剝奪了與外界接觸的權利。人權組織、人權觀察中國分會主任索菲裏查森說：「中國政府在迫害劉霞家人方

面毫不手軟，過去一年來劉霞的近況非常悲慘，她和家人已經成為政府的人質，劉霞被軟禁在北京郊區的一所住宅裏，軟禁劉霞的街道佈置的看守有的穿警服有的穿便衣，他們不容許外人靠近大門」。然而政府卻聲稱：「劉霞是自由的」（見：諾貝爾譽、百年不獄）。

垂簾法治（垂簾聽政）（14）

中國人民大學教授張民在網上發表評論說：「陳光成現在已經被釋放了，他已經是公民了，但他現在還是被囚禁著，而且過著比監獄還要艱難的日子。」

垂簾法治（垂簾聽政）（15）

不屈服的記者齊崇淮，即將出獄，當地政府怕他出獄後揭露出更多黑幕，於是便動用了王法，加判 9 年。— 2011.07.31

滕州法院對齊崇淮的再次起訴違犯法律常識和國際上禁止雙重處罰的原則。曾在網上曝光山東滕州市委豪華辦公大樓照片、並因此身陷囹圄的山東記者齊崇淮在服刑 4 年即將出獄之時，被滕州法院以「漏罪」加判 9 年。齊崇淮的妻子焦霞得知新判刑後，曾在滕州市委大樓前跳河輕生，後被人救起。她說，她的丈夫就是因為曝光這裏才被「領導」整進監獄，她要死就在死在這裏，以證明丈夫的清白。

焦霞說，判決很殘酷，但生活更殘酷。她一人帶著兩個孩子住在簡陋的出租屋過著悲慘的日子，常常不知道還能不能撐過明天。她說，兒子曾經問她，難道沒有王法嗎？她不知如何作答。

念斌又成嫌疑人，終審權威何在。— 2014.11.26

之前念斌在監獄裏整整 8 年，期間當地警方都沒找到充分的有罪證據，所以念斌才會被判無罪。然而在 8 月 22 日的無罪判決之後，9 月警方又重新將念斌列為嫌疑人。8 年當地警方都沒有找到的證據，在念斌被判無罪 10 多天之後，居然就「找到了」？

被終審判決無罪的人，因「真凶」沒有落網，被重新列為犯罪嫌疑人，那終審判決的既判力何在？司法權威何在？入獄已 8 年的念斌，難道一輩子就要被這麼糾纏下去？希望本案成為中國明確「禁止雙重危險原則」的契機。

垂簾法治（垂簾聽政）（16）

刑走江胡（行走江湖）之冰山一角

石寶春受賄被判刑 10 年，沒坐過 1 天牢，而且攜贓款帶刑出遊 4 年之

久。林崇中因受賄罪被判 10 年有期徒刑，靠假體檢鑒定，連一天牢都沒坐過。張海減刑牽涉公安、法律系統多達 40 多人。律師通過「江胡越獄通道」向看守所買線索讓其「舉報立功」。胡勳燾的立功行為係造假，具體方法是「移花接木」，將一個製毒販毒者的線索「做」到了胡勳燾頭上。

垂簾法治（垂簾聽政）（17）

「江胡越獄通道」之冰山一角

湖南省監獄管理局原局長劉萬清落馬牽出了 130 多名監獄系統幹部。在劉萬清的運作下，至少有 28 例罪犯以保外就醫的名義「越獄成功」。— 2014.08.14

垂簾法治（垂簾聽政）（18）

河北女子趙艷錦蒙冤被關 10 年，無罪判決後仍被關 20 個月。— 2013.05.06。

垂簾法治（垂簾聽政）（19）

19 年前無辜的陝西農民候一娃被刑訊逼供致死。法院以故意傷害罪判處王忠福有期徒刑 4 年，2015 年有人舉報，王忠福被判刑後非但沒有被收監，反而還入了黨，加官進祿，更加令人匪夷所思的是，幾經改判，被告人竟然毫不知情。

17 年前，河南林州市橫水鎮法官持槍殺人被判刑後至今仍在法院上班。— 2012.06.20。

河南洛寧縣 1 名房管所長獲刑 3 年仍留任副局長。— 2013.05.21

垂簾法治（垂簾聽政）（20）

因女兒被強姦，被迫賣淫，永州媽媽唐慧連續上訪投訴維權，2012 年 8 月 2 日唐被依法勞教，引發輿論譁然。

垂簾法治（垂簾聽政）（21）

沒有聽證，沒有行業標準，沒有回收方案，在發泡餐具造成的 2 次汙染、監管等問題未解決之前，被禁用了 14 年的一次性發泡餐具在習帝幾個月後，重獲新生。一些生產非發泡 PP 塑膠餐具的公司都感到不解和焦慮，可降解餐具和發泡餐具價格相差 10 倍，擠垮他們易如反掌。

發改委意欲何為？當然得看習帝的臉色行事。每年約有 150 萬只的銷量，習帝當然是見錢眼開了。現在國內有 100 多家企業明裏暗裏生產一次性發泡

餐具，與其暗箱操作莫如讓它重禍鑫生（重獲新生）。

垂簾法治（垂簾聽政）（22）

1.7 萬餘罐假嬰幼兒奶粉流向多個省市，半年後此事被捅了出來，官方急於滅火幫倒忙。— 2016.04.07

未知：案發前銷售了多少罐？還剩多少罐？冒牌嬰兒奶粉有哪些危害？

垂簾法治（垂簾聽政）（23）

央企毀固沙防護林 6000 多畝，無人被問責。按照有關法律，非法侵占並破壞防護林地數量達到 5 畝以上，就要被追究刑事責任，可是現在毀占了那麼多林地，除了 500 萬元的罰款，卻沒有任何人員受到追責。— 2012.11.21

垂簾法治（垂簾聽政）（24）

陝西省省國土資源廳「判決」省高級人民法院裁定無效，致使價值數億元的集體財產歸於個人名下，於是榆林市橫山縣波羅鎮山東煤礦和波羅鎮樊河村發生了群體械鬥。

地方領導發函警告法院不要「一意孤行」，結果導致農民敗訴。— 2014.10.27

重慶人付強的蛙場被劃入重慶李渡工業園區，在補償沒談好的情況下，施工放炮開山，大批蛙在炮聲中死去。付強由此與爆破公司展開了訴訟。

垂簾法治（垂簾聽政）（25）

法院判決如同廢紙一張，只有朕的聖旨才能威朕天下（威震天下）。

垂簾法治（垂簾聽政）（26）

常洪德、王豔俊、付剛，因拒絕在事先寫好的筆錄上簽字，就被吊起來打。— 2015.05.26

公安機關拘留人時必須要出示拘留證，應當立即將被拘留人送往看守所羈押，至遲不得超過 24 小時。可是常洪德、王豔俊、付剛被抓捕後，卻在琿春市公安局的審訊室裏度過了 7 天 7 夜，而且常洪德等人被送交看守所羈押後，按照法律規定，偵查人員對其進行詢問，應當在看守所內進行。可是每次審訊常洪德等人都被帶出看守所，到琿春市公安局的審訊室接受詢問。3 人被無罪釋放已有半年之久，但仍舊無法要回被非法被扣押的身份證、房證、銀行卡等私人財物。

垂簾法治（垂簾聽政）（27）

耒陽市長坪鄉譚南村支書騙保和冒領低保金一案構成貪汙罪卻只給黨紀處分。— 2014.06.09

於鋼峰被河南項城市公安局民警帶走，3 天後在刑警大隊辦公室離奇死亡，涉事民警被免刑責。屍檢報告：受害人 4 根肋骨骨折，屍體多處傷痕。

湖南衡州獄警毛祖君對 8 名服刑人員實行體罰虐待 15 人次，毆打、倒掉、用警棍電擊，證據確鑿卻免於刑事處罰，法院的理由竟是主觀惡性不大。

垂簾法治（垂簾聽政）（28）

2010 年媒體多次關注極度奢華的違法建築「海上皇宮」非但沒被拆除反而洗白了。海上皇宮違法存在了 7、8 年時間，多個部門的執法，法院的判決，媒體的譴責都奈何不了它，亞種皇帝豈能沒有皇宮！

垂簾聽證（垂簾聽政）（1）

比清朝政府黑暗千倍萬倍的是，不是一個慈禧在垂簾聽政，而是從中央到地方數不清的「慈禧」都在垂簾聽證。比濫竽充數糟糕千倍萬倍的是，垂簾聽證會中「南郭先生」不計其數。

垂簾聽證，濫竽充數之冰山一角

長沙有 80 多名聽證戶，石愛偉乃其中之一，7 年內參加了 17 場聽證會，每次參加聽證會主辦方都會給代表們一筆錢，但不許他們投反對票。

垂簾聽證（垂簾聽政）（2）

成都老太胡麗天多年來 19 次被抽中為聽證代表，7 年參加了 23 次聽證會。大陸有無數向胡麗天這樣的「托兒」幫助掩耳盜鈴，逢聽必漲。亞種皇帝的聽證會和總統的聽證會迥然不同，與其說是聽證會莫如說是漲價會。

垂簾聽證（垂簾聽政）（3）

南京市民參加聽證會被禁言。— 2013.9.14

垂簾聽證（垂簾聽政）（4）

福建寧德環評聽證會。居民代表發現，在公眾參與環評問卷調查對象名單裏，標注跟他們同村的，他們幾乎都不認識，於是對其公眾滿意度為 99％的結果產生了懷疑。

垂簾聽證（垂簾聽政）（5）

聽證代表提反對意見遭報復。河北樂城太陽城別墅 4 名聽證代表提反對意見遭報復，斷電、斷水超過 3 天，汽車和房屋玻璃多次被砸，別墅門前被

挖出一個深溝，還把死貓仍在門前。「巧合」的是在公安局取證過程中，物業公司的監控設備竟然出現了故障。

垂簾聽證（垂簾聽政）（6）

聽證會將被徵地的村民拒之門外，放棄聽證的簽名和手印是偽造的，徵地手續造假（見：輿無聲處）。

垂簾聽證（垂簾聽政）（7）

鄭州水價聽證會多家媒體被拒之門外，官方：漲價是政府職能。— 2015.08.08

8 月 7 日上午，鄭州市物價局召開「水價聽證會」，會場外戒備森嚴，民警執勤，甚至還出動了身穿警服的「特勤」，眾多省級媒體記者被拒絕入內。

輟輟有餘（綽綽有餘）

調查顯示 2000～2010 年我國農村小學減少一半，平均每天消失 96 所學校，每天消失 30 個教學點，每天消失 3 所初中。10 年間農村小學減少了 22.94 萬所，少了 52.1 %。教學點減少 11.1 萬個，少了 6 成。初中減少了 1.06 萬所，減幅超過了 $\frac{1}{4}$。過度的學校撤除導致學生上學遠、上學貴、上學難。抽樣調查顯示：小學生學校離家的平均距離是 10.83 華里，初中 34.93 華里。留職輟學和隱形輟學不斷地提高。

國家審計署 2013 年 5 月公佈調查結果：52 個縣，1155 所農村學校輟學人數，由 2006 年 3963 上升到 2011 年 8352 人，增加了 1.1 倍。而這只是輟學之冰山一角，因為全國有近 3000 個縣。

辭善總會（慈善總會）（1）

慈善公益淪為性侵工具 9 年，多名小學生被色狼性侵，若不是有人舉報，民政局、公安局等部門關仍「蒙在鼓裏」。— 2015.9.15

王振耀：我非常生氣，我們的孩子受到的傷害太多，我們的兒童保護漏洞太大，最核心的問題是管理體制的漏洞，我們出現了巨大的管理漏洞。

輿論：慈善公益何以淪為性侵工具？無序的慈善能拯救誰？

人民日報評論：「百色助學網」係王傑個人所辦網站，但他並未在民政局正式註冊，也沒有對公帳戶——所得捐款，均匯入其個人帳戶，這已明顯違反公益事業捐贈法，當地民政部門仿佛始終不知情，遑論出售監管。

「百色助學網」助學事件發生後，人們紛紛追問，這樣的惡性事件為何

會發生，且持續 9 年時間？當然應被追責的機構和部門有很多。首先，當地媒體未加詳細調查，就沖當事人「公益助學」的名頭，對其大加吹捧，這等於給其「偽慈善」發了通行證。其次，當地職能部門，包括民政、教育行政、公安等部門放棄監管。

辭善總會（慈善總會）（2）

汶川地震 760 億捐款中 80％左右流入政府財政。難怪逼捐、派捐、以權謀捐那麼倡狂。

辭善總會（慈善總會）（3）

北京僅 8％基金會披露善款流向，廣東和江蘇等省的善款收入和流向都是未知數。－ 2014.07.11

辭善總會（慈善總會）（4）

「兒慈會」回應 48 億善款神秘消失，稱「多寫了一個 0」。中華兒慈會下設的《天使媽媽》基金侵吞 680 萬元善款。安國權指出：兒慈會 13 個基金會成立後竟然從未捐出過善款。

辭善總會（慈善總會）（5）

紅會與社監委成員利益交換 2000 萬元善款被挪用花光。陝西一衛生局官員涉挪用紅會千萬資金。

辭善總會（慈善總會）（6）

煙臺慈善總會官員撞死人 疑挪用善款賠付 80 萬。－ 2013.08.19

去年 10 月份煙臺市慈善總會的原辦公室主任駕駛公車撞死人逃逸，按道理來說，這事兒既該負刑事責任，也得有民事賠償，不過事情的處理卻讓人頗為不解，肇事者沒被起訴，所賠的 80 萬元被指可能善款。

辭善總會（慈善總會）（7）

轉移善款，閆淑清突然收到善款轉捐告知書，將 25 萬元善款轉交給聊城市慈善總會，而閆淑清每月復查買藥的花銷就得 7、8 千元，而貧困的家裏早已負債累累，令她不解的是在捐款人不知情的情況下，學校將愛心隨意轉移。

辭善總匯（慈善總會）（8）

廣東清遠市連山縣一所希望小學，3 年內 2 次異地重建，原址先後被賣。－ 2014.10.15

連山職校原校園地處連山縣城的中心地段，距縣政府不過 4、5 百米。原學校的教學大樓由香港大光園住持釋慈祥捐贈 300 多萬元興建，釋慈祥還捐款 70 萬元建了一棟學生宿舍。連山職校被譽為當地最大的希望工程。

對於學校的搬遷，有連山市民提出了質疑，認為「政府此舉是為了賣地賺錢」。職校教師質疑，連山全縣只有 12 萬人，縣城只有 3 萬人，需要占地 130 畝的大醫院嗎？

辭善總匯（慈善總會）（9）

陝西岐山給殘疾人發過冬福利，臥床老頭領到超短裙。— 2016.01.04

辭善總匯（慈善總會）（10）

四川省紅會作秀大於救援。不准工作人員發放救災物質，理由是電視臺工作人員還沒來。上海紅十字會兩車賑災物質被放在廬山縣城一個倉庫裏擱置了 20 多個小時。

辭善總匯（慈善總會）（11）

慈善醜聞不斷，無法自證清白。同樣都是紅會組織為何香港紅十字會官網能查到近 10 年年報，每年年報都列出善款報告和財務收支。澳門紅十字會前往災區，餐費、水電費等都自掏腰包，這樣的透明化內地做不到。

2015 年大陸接受捐贈的總額是 817 億元，相當於人均捐款 60.4 元。大陸年度捐款總額以及紅十字會系統的募捐額都出現了連續兩年下降的情況。

辭善總會（慈善總會）（12）

心裏不善，看什麼都是惡！廣州：外國領事館公益籌款 33 萬，裏面竟有 5 千元假幣，僅韓國總領事館就收到 8 張，利用外國領事不會識別中國假幣，用假幣購買義賣品。記者拍到智利總領事失望的表情。國家統計局原副局長賀鏗在微博上說：「實在說外國領事幹這種事就是丟中國人的臉，中國就少那 33 萬塊錢。我認為真不要臉的是搞義賣的那些人。外國人想有善舉可以，請回自己國內籌款，回自己國內義賣，這是盡流入，真善舉，但是在中國義賣一定是假善舉」。

辭善總會（慈善總會）（13）

雲南「慈善媽媽」被舉報騙政府斂財數千萬。— 2015.04.01

最近，王玉瓊曾經的得力助手趙春雷舉報稱，王玉瓊借慈善名義斂財。據暸解，王玉瓊因「籌建敬老院」，以醫療慈善用地為名從政府手中低價拿

地 60 畝；聲稱壹基金向其捐助 1500 萬，又從政府手中獲得 14 年計程車廣告收益權。然而，敬老院至今都沒開工，有關投資一事目前被壹基金證實造假。「慈善媽媽」光環的背後，疑點重重。

以假慈善為名做商業案例日見多發，失控的後門該如何堵住。

辭善總會（慈善總會）（14）

重慶市民捐贈房產被要求繳稅：為何做善事也上稅。－ 2015.05.13

張阿姨想捐 40 萬元門面，認捐書簽了，過戶要繳 17.6％稅費。沙坪壩區 60 多歲的張蘭，打算將自己名下價值數十萬元的門面捐贈給重慶市殘疾人福利基金會。前日上午，她簽下認捐書。簽完字，張阿姨才發現，捐贈房產做善事沒有想像的那麼簡單，不僅手續繁多，還要繳納數萬元稅費。

辭善總會（慈善總會）（15）

捐忿棄轄（捐忿棄瑕）

成都：紅十字會募捐箱中善款發黴長毛。由於紅會監管不利，數百臺捐款箱被毀壞，甚至被盜。

重慶：捐款箱被盜，監控記錄全過程。－ 2015.09.19

這名男子拔掉電源插頭扛起捐款箱直接走人了。

辭善總會（慈善總會）（16）

善栽善栽（善哉善哉）

女子救人被狗咬傷係其男友編造，其目的騙捐。－ 2015.10.20

這兩天，安徽利辛 26 歲女子李娟被惡犬咬成重傷的事，持續在網路發酵。李娟的家人多次向媒體表示，9 月初的一個晚上，李娟在下班回家途中，救了一名被兩條大狗追逐的小女孩，自己卻橫遭不測。她的遭遇引發不少人士的捐助，目前愛心款已超過 80 萬元。利辛警方稱，傷者並非救人被咬，而是在狗主人家裏餵狗被咬。

辭善總會（慈善總會）（17）

西安 12 名環衛工領慰問品被公司扣下。－ 2014.01.22

蓮湖區土門街辦的環衛工們不理解：「讓我們拿著身份證領了慰問品，還簽了自己的名字，可為什麼東西不發到我們手裏？」環衛工想要回慰問品得到的答復是「給你一個嘴巴子」。據環衛工們反映：慰問品被拿走不止一次，前一段時間，愛心人士贈送一批手機也被狗官獨吞。記者問其原因，狗

官美其名曰：「環衛工不會使用智能手機」。

辭善總會（慈善總會）（18）

縣長慰問病人送過期食品，尷尬了誰？ — 2008.03.08

在慰問當日，便有病人家屬向有關部門舉報通江縣縣長嚴敏一行所送慰問品有不少過期食品。

辭善總會（慈善總會）（19）

來者不善，心灰義冷（心灰意冷）

援助他人腦癱雙胞胎，網店店主 1 元起義賣遭哄搶。 — 2013.01.09

一些顧客抱著一堆衣服，在捐款箱中投下 10 元、20 元，還有的只投下幾個 1 元硬幣。

一個手拎橘色購物袋的 50 多歲大媽，與同伴一個長髮大媽走進店裏，她們一件一件地拎起貨架上的衣服，連號碼都不看，直接塞進袋子，走到鞋架旁，短髮大媽掂起 2、3 雙鞋，「這鞋恁大，你娃兒穿不了吧？」長髮大媽問，「管他呢，不拿白不拿。」兩個人拎著鼓鼓囊囊的購物袋走到了捐款箱前，拿出 20 元錢塞了進去。

一個身著黑羽絨服的披肩發大媽走了進來，看到衣服，就往自己的胳膊上搭，一件摞一件，「阿姨，我們這是義賣，為這位媽媽的寶寶捐款做手術！」趙靚忍不住提醒。大媽從兜裏摸出幾張 1 元錢塞進捐款箱。

一陣哄搶之後，原本不參加義賣的店中玩具都被一搶而空。

此帝無銀三百兩

「廢除了」帝制的帝國乃 13 億中國人最大的悲哀！在大陸皇帝非但沒有進化成總統，反而退化成亞種皇帝。不穿龍袍的亞種皇帝在各方面都遠不及皇帝。僅以相聲為例，皇帝能夠容忍相聲的存在，而亞種皇帝江澤民卻把諷刺相聲打入了 18 層地獄，只留下了歌德「相聲」掩人耳目。

相齒焚身（象齒焚身）

中日天差帝別，百姓非常喜愛辛辣的相聲藝術，諷刺相聲之所以在鼎盛時期突然禦賜身亡，是因江胡兩位亞種皇帝非常懼怕相聲用辛辣的語言諷刺腐敗的社會現象。而天皇「出資」拯救奄奄一息的「相聲」則是出於無奈。

聲日快樂（生日快樂）

傳統曲藝文化遭遇電影電視等視聽媒體的光影衝擊逐漸衰弱，為了不讓傳統「相聲」在今天走向終結，一方面製作公司以落語、漫才為題材的電視

劇和動畫片讓年輕人感受到傳統文化的魅力。另一方面日本政府在東京、大阪等地陸續與建國立劇場、演繹場，並由政府出資支持傳統曲藝的振興，增進日本普通人對傳統曲藝的親近感。在資料館裏人們可以免費查閱各種落語、漫才的影像資料。為了吸引年輕人的目光許多落語師、漫才師的形象還被製造成了卡通玩具形象。

政府出資在各大城市黃金地段建造曲藝大樓，然後以極低的價格甚至免費讓「相聲」演員使用演出場所，因此票價賣得很低，再加上最繁華地段得天獨厚的地理位置吸引了很多遊客，將幾乎要絕種的「相聲」從死亡邊緣拉了回來，而且出現了復蘇的跡象。50 年前在大阪只有 20 名落語師，現在已經增加到 200 多名（落語、單人表演、漫才雙人表演相當於中國的單口相聲、相聲）。

和天皇相比亞種皇帝顯得極其渺小，而且是小人得志。亞種皇帝對曲藝事業非但一毛不拔，反而置諷刺相聲於死地。在江胡兩帝眼裏諷刺相聲簡直就是一個反對黨，皇帝絕不允許其他黨派存在，更何況是反對黨。極其腐敗、極其平庸的江胡兩帝，根本沒有能力駕馭多黨，多虧了早在 49 年其他黨派就已經名存實亡了。

歌德「相聲」根本不是相聲。它和亞種皇帝是一丘之貉。亞種皇帝糟蹋的是帝制，而歌德「相聲」糟蹋的是諷刺藝術。「現在的『相聲』不是相聲，我把電視關了不看，相聲已經到了谷底。」楊振華大師的話道出了百姓的心聲。

托江胡兩帝的腐，諷刺相聲在中國已經絕跡。因為辛辣的諷刺令江胡兩帝心驚肉跳而遭殺身之禍。極其平庸、極其無能的皇帝絕不允許諷刺高度腐敗的現實。甭說辛辣的相聲就是溫和的反腐題材電視劇也被江胡兩帝統統趕盡殺絕。弄死了演中釘，肉中刺該倒楣了。所有反腐題材的電視劇都被打入十八層地獄。到了 2016 年則更加邪乎，除了少數幾個臺播放談情說愛的電視劇，其餘所有的頻道天天都在打國民黨打日本，幾乎所有的電視劇都人為地增加了入黨宣誓的鏡頭。

D

打輿殺家（打漁殺家）（1）

法新社說：「雖然中國政府否認李強因準備深入報導地溝油問題時被殺，但在中國發生過多起記者在進行深入調查期間被謀殺事件是不爭的事實。」

打輿殺家（打漁殺家）（2）

霧埋專家（霧霾）

1997 年應百科知識約稿，中國頂級環保專家郝吉明寫了一篇文章《中國人翹首盼藍天》。

「他們非讓改題目」，他們說：「這個題目看上去很隱晦」。郝吉明說：「我這個不發表，你們也甭讓我改題目」，從此郝吉明被「打入冷宮」。江胡時代吃政治飯的「專家們」把持著話語權在電視臺忽悠百姓。

專家學者們被潛伏對老百姓來說是一場災難，為了政績江胡兩帝毫不吝嗇百姓的生命。在郝吉明「潛伏」的 15 年當中，PM2.5 奪去了無數條無辜的生命，直到實在瞞不住了，2012 年春節前夕郝吉明才出現在央視。生活在江胡兩帝時代中國人甭說人權，就是知情權也往往是在很多年以後才享有。

打輿殺家（打漁殺家）（3）

水電部門強勢施壓環保專家，不允許建設大型工程的稀特有魚類國家級自然保護區第三次被縮小。— 2015.04.10

專家稱看完大氣法三審稿想哭：被人操縱。— 2015.08.27

大禍林頭（大禍臨頭）（1）

江胡習時代，大禍林頭之冰山一角。央企毀林 6000 多畝僅罰 500 萬，森林公安管不了央企，無人被追責。— 2012.11.21

當地一名森林公安民警告訴記者，固沙防護林非常重要，沒有這道防護林，榆林市將被沙漠吞噬。別看是低矮的荊棘，卻是由飛機播種，經過幾代人數十年辛苦才取得的成果。然而，在榆林橫山縣，這個好不容易才取得的成果，卻因工業的名義正在被破壞殆盡。

按照有關法律，非法侵占並破壞防護林地數量達到 5 畝以上，就要被追究刑事責任，可是現在毀占了那麼多林地，除了 500 萬元的罰款，卻沒有任何人員受到追責。

大禍林頭（大禍臨頭）（2）

千畝山林被夷為平地，每畝 1 年僅補 120 元。— 2014.07.29

鄱陽湖畔千畝土地低價流轉被旅遊開發。山林旁邊是緊鄰鄱陽湖水域的馬影湖，向南 1000 米就是中國第一大淡水湖鄱陽湖。馬影湖是候鳥過冬的重要途經地和棲息地，此前已有造林和承包養殖專案對此地生態形成負面影響，再引進旅遊地產專案，勢必引發開發熱潮，人進鳥退，鳥類的生存環境將受到毀滅性的破壞。昭寶山莊環評沒通過，卻已經在開工興建了。

大禍林頭（大禍臨頭）（3）

四川開江 600 餘畝森林成荒山，村幹部被村民舉報。— 2014.11.20

「靠山吃山，但現在我們的依靠沒了」在達州開江縣回龍鎮陳家溝村，成片的集體山林，因超強度砍伐，幾近成為荒山。當地村民為「討說法」，從今年 2 月以來，一直奔走於開江縣多個部門，卻並未得到滿意答復。

大禍林頭（大禍臨頭）（4）

16 年樟樹林 5000 多棵一夜砍光，只因領導抱怨「擋視線」。價值 30 多萬，僅估 7.5 萬，程躍進報警。2013.11.27。

今年 9 月，南昌市一位領導到新建縣檢查工作，從該縣望城鎮青西村小山坡經過時說：「這個擋住視線了，不好看。」於是，村民培育 16 年的 4 畝多、幾千株樟樹於 10 月 9 日被連夜砍光。

在與樟樹所有者程業進、程業洪協商砍樹、賠償無果的情況下，鎮政府、村委會事前就找來資產評估公司，單方面對樟樹進行評估，並要求以此為依據給予賠償。評估書結論是：樟樹 1471 棵，價值 73893 元。但程業進說：「4畝多地，被砍掉的樟樹至少有 5000 棵，怎麼只有 1471 棵？」樟樹林被砍後，程業進到省森林公安局上訪並遞交了舉報材料。

大禍林頭（大禍臨頭）（5）

河南信陽潢川縣官員玩火拍照，燒毀樹苗 34 畝。3 男 1 女為拍照取景將34 畝樹苗燒得乾乾淨淨，已構成刑事犯罪，縱火罪而且嚴重危害公共安全，但當地林業局派出所卻濫用職權讓私了。

大禍林頭（大禍臨頭）（6）

虎石臺村民劉春珠起訴街道。— 2015.12.04

6 月 16 日夜裏，突然來一輛大鏈車把劉春珠家價值 200 萬元景觀林全給

毀了，她去報案公安局定性為刑事案件。後來瞭解到是政府在胡作非為，公安局不但改口，而且為虎作倀，無奈劉春珠起訴街道。

大禍林頭（大禍臨頭）（7）

官員套取扶貧款，從親戚手中高價購進劣苗已大量死亡。因果苗品質不合格，農民種植後造成大面積死亡等情況。— 2014.04.03

沒有經營資質的四川瀘州某園林公司蹊蹺中標，採購的梨樹苗價格高於市場價 5 倍。以此次四川瀘州恒江園林綠化工程有限公司中標金額 214 萬餘元來計算，僅此項國家扶貧資金就流失約 177 萬餘元。

大氣晚成（大器晚成）（1）

專家稱看完大氣法三審稿想哭：被人操縱。— 2015.08.27

《大氣汙染防治法》歷時 15 年修訂，於 2015 年 8 月 24 日報送全國人大常委會第 16 次會議 3 審，不出意外，通過已成定局。

「看了《大氣法》報告難以入眠，真想大哭一場。為何影響到 13 億民眾生命安全的《大氣法》，會被人操縱，我們又如何才能阻止這份『不是保障公眾利益』的法律頒佈？」8 月 25 日，一位參加過《大氣法》修訂草案起草的專家感歎，自己多麼的渺小和無力。

多位參加過初稿起草專家表示，真正做過研究的相關領域專家都沒有參家到編制工作，「寫的建議也被扔到了垃圾桶裏了。」

8 月 18 日再次審議，專家的建議根本沒有採納。自一審草案公開徵求開始，《大氣法》的修改均遭到專家的詬病。

第十二屆全國人大常委會委員、中科院科技政策與管理科學研究所所長王毅曾公開表示，「現在的大氣法文本沒有靈魂，沒有主線。主要在於大氣管理的基本思路、基本關係沒有說清楚，首先是總量控制與達標排放、品質管理之間的關係，然後是政府、企業和公眾之間的關係。」

具體說，政府怎麼負責？負什麼責？環保部內部就得要先理清，不能這個司出這個想法，那個司出那個想法，法律問題上你得說清楚，以誰為主，或者相互關係是什麼？不說清楚不是沒法落實嗎？

白岩松：環評變壞評？— 2015.03.30

過去 30 年，因環評不利，我們的欠帳已經太多。目前面臨的挑戰是清理舊賬，但絕不能欠新賬。

大氣晚成（大器晚成）（2）

1989 年，鄧小平讓「大草包」江澤民當亞種皇帝，從此大自然和中國面臨一場前所未有的災難。別看草包皇帝在美帝面前是個軟柿子，在大自然面前卻如狼似虎。面對這種情況，中國頂級環保專家郝吉明寫了一篇《中國人翹首盼藍天》的文章。文章非但不能發表，郝吉明卻被打入冷宮。

在此之後的 20 多年期間裏，那些吃政治飯的「專家們」把持著話語權整天在電視臺用 PM10 忽悠百姓，對 PM2.5 庇而不談（避而不談）。

大草包皇帝給中國和世界留下了一個碩大無比的包袱（見：十面霾伏、氣極敗壞）。大草包皇帝的殺傷力令美帝望塵莫及。儘管美帝是個血淋淋的肉食動物，但對大自然的破壞和草包皇帝江胡比起來充其量是小巫見大巫。

別看江胡瘋狂吞噬的是花草樹木，但經過發酵釋放出來的妖氣，至少得讓幾代人付出生命的代價！

大氣晚乘（大器晚成）

「美國機場數據網站 FLightStats 去年對全球 188 個大中型機場離港航班准點率的排名，在墊底的 20 個機場中，有 14 個來自中國大陸、香港和臺灣地區，准點率均不足 60 ％。」— 2016.06.21

大氣晚乘之冰山一角

2015 年年初一架由由昆明飛往北京的航班正點應該在 20：45 起飛，直到凌晨一點才讓旅客登機，之後乘客與空乘人員發生矛盾，部分乘客竟然擅自打開了飛機的 3 個應急艙門，最終導致航班無法起飛。

2013 年 5 月 22 日，深圳機場航班大面積延誤，乘客將值機櫃檯圍住，其中一名男乘客撐開礦泉水瓶，2 次把水潑灑在女性空乘身上，另一個女乘客則直接抄起值機櫃檯的掃碼機擊打電腦螢幕和鍵盤。此前由於航空公司資訊發佈不及時，或者服務態度生硬，就曾引發一些乘客的過激行為。

大行伺候（大刑伺候）（1）

長沙火車站交 20 塊錢才能吹空調，政協常委怒斥：「要錢不要臉」。— 2016.08.18

三伏 1 年中最熱的時候，可湖南長沙火車站的候車室裏竟然沒有空調，熱如蒸籠，讓人待不下去，如果候車乘客想吹空調，就必須額外交錢。

候車大廳的 4 個候車室裏都人滿為患，熱氣騰騰。不少乘客因為受不了候車室裏悶熱的空氣，紛紛跑了出來，一時間，候車大廳的過道上、樓梯上

聚滿了乘客，光膀子的、打赤腳的、坐地上或直接躺在地板上的應有盡有。記者實測溫度：室外 37 度，室內也一樣。

錢驢技窮（黔驢技窮）

高音喇叭響起：交 20 至 30 元可享受空調。聲稱一樓的商務候車室不但開放空調，還可以不用排隊優先上車。喇叭一響，立馬吸引了大批乘客前來。記者發現，這幾名男女口中的商務候車室，收費標準似乎非常隨意，一會 20 元／位，一會 30 元／位。商務候車室冷氣撲面，記者實測 26 度。

大行伺候（大刑伺候）（2）

石家莊火車站遭遇暴雨變水簾洞。— 2014.08.29

網路照片顯示，燈火輝煌的石家莊新火車站候車大廳在強降雨中，天花板漏水如注，大廳內不少候車乘客打著傘，候車座位在霧水中成排空置。石家莊新客站總建築面積約 40 萬平方米，建築規模位居全國火車站第 6 位，據說耗資一個億。有網友點評稱：石家莊是缺水城市，此火車站設計巧妙，「完美的將水幕和建築融合在了一起」。石家莊新火車站剛落成的時候還被稱為百年不落後的車站，然而竣工不到兩年石家莊新火車站變「水簾洞」，目前還沒有一個單位站出來為此事負責。

大行伺候（大刑伺候）（3）

將《中國冰導》改名為《大行伺候》實屬無奈。隨身碟被鄰居偷走，無法展現出江胡時代中國領導的形象，只記得 81 個案例之一，冰櫃神速（兵貴神速）的梗概：東三省公車很少有開空調的時候，夏天好辦將車窗打開，冬天就只能忍受煎熬了，坐車 30 分鐘以上，感覺公車就是個大冰櫃。

媒體曝光動車上有 15 元盒飯不賣，只賣貴的。— 2014.03.15

這種「賣貴不賣賤」的情況並不是 D17 次列車才有的情況，記者發現，許多動車組列車也都遵循這樣的原則。動車不僅賣貴不賣賤，還賣過期盒飯欺騙消費者。因食用國航航班上提供的過期燒餅 30 人肚子疼、20 人腹瀉。— 2013.10.07（見：期黑一團）

大行伺候（大刑伺候）（4）

2015 年年初一架由由昆明飛往北京的航班正點應該在 20：45 起飛，直到凌晨一點才讓旅客登機。全球 188 個大中型機場離港航班准點率的排名，在墊底的 20 個機場中，有 14 個來自中國大陸、香港和臺灣地區，準點率均不足 60％。

大行伺候（大刑伺候）（5）

嚇傻！男子用打車軟體上班，7 公里收費 28 萬。－ 2016.06.30

大行伺候（大刑伺候）（6）

女子誤給打車軟體充 5 萬被告知不給退可用 18 年。－ 2016.07.07

前段時間，家住河南鄭州的塗女士她在給「易到」打車軟體帳戶充值時誤充了 5 萬元，同時獲得了 5 萬元返還金額，現在餘額顯示為 10 萬元，「這麼多錢，想退又退不了，也沒法提現，啥時候能用完啊？」目前，塗女士已把她的遭遇以書面形式反映給了北京市工商局，不過，暫未接到相關回復。

大行伺候（大刑伺候）（7）

乘客打的走高速，司機竟收「驚嚇費」。－ 2016.07.16

打表費 59 元，過路費 9 元，計程車司機卻要收 80 元，自稱多出的 12 元是補償給自己的「驚嚇費」。家住南充市順慶區瀠溪街道辦的李女士就遇到了這樣一樁「奇葩」事。

黨住去路（擋住去路）

獨黨一面（獨當一面）之一瞥

中國大陸依法治國喊得震天響，所謂的依法治國就是用王法治國。什麼老虎蒼蠅一起打，一動真格的就露餡兒了。甭說是皇親國戚，就是和鑲藍旗有來往的蚊子也不許碰，反腐禁區黨校隱身於黑洞。

胡錦濤等中共重要人物都曾當過黨校校長，黨校的地位不言而喻。正因如此，中國所有的媒體都對黨校的腐敗裝聾作啞。事實上，嚴格遵守遊戲規則的中國媒體是黨校黑洞外邊，又一道黑色的屏障。所以甭說黨校開發商詐騙購房戶、動遷戶的血汗錢，就是殺人放火，媒體也會嚴密封鎖消息，不讓外界知曉。黨校是個什麼東西？資本主義國家沒這「東西」。到那裏學習 2、3 個月就可以脫胎換骨？從未見過那幫狗屁不是的黨校教授，拿出過有分量的文章。表面上光鮮亮麗的黨校實際上是個毒瘤，這個毒瘤除了吸收養分之外，什麼好作用也不起。

一個小小的市委黨校就坑害了上千戶居民，省黨校中央黨校的腐敗可想而知。可悲的是從中央到地方至少的有幾百個黨校，如果沒說錯的話中國至少有上千個區黨校、縣黨校，這麼多的毒瘤形成了一個碩大無比的黑洞。在黑洞外邊的喊痛有人聽得見，流血有人看得見。而在黨校的黑洞中無論被人怎樣宰割也無人知曉。正因如此，黨校開發商瘋狂的吸購房戶和動遷戶的血。

原本日子過得好好的，卻被黨校開發商吞噬了房子變得無家可歸。要麼寄人籬下看兒女的臉色活著，要麼拿出工資 50％左右在外租房。動遷戶每年在外邊租房，至少得 1 萬多元，非但得不到一分錢補償，還得自己出資蓋樓（黨校開發商，以增加面積為由，每戶詐騙走 10 萬元左右）。

血汗錢被詐騙走 7、8 年，回還卻遙遙無期。回遷樓早在前幾年就蓋好了，就是不讓入住，所以生活在黨校地獄裏的動遷戶，只能眼巴巴地看著人家去旅遊，看著人家吃香喝辣的。看著人家抱孫子，自己卻不敢，連個住處都沒有哪還敢生孫子。甭說結婚生子，孩子連對象都找不著，誰願意嫁給無家可歸的人。就算有人不在乎這些，被黨校黑洞隱形的痛苦，無論意志多麼堅強的人都無法忍受。之所以不讓入住，是動力不足，已經詐騙每戶 10 萬元，再詐騙 10 萬元，動遷戶不會上當。更何況在外租房多年的動遷戶早已貧困潦倒根本拿不出錢，既然再無利可圖，也就無需管動遷戶的死活。

習而不查（習而不察）那上千購房戶也不看看黨校是什麼地方，天堂有路你不走，地獄無門闖進來，黨校黑洞永遠都填不飽。

如果不被國際社會知曉，被黨校黑洞和媒體裏三層外三層緊緊包裹的中國最悲慘的動遷戶、購房戶永遠也見不到光。

冰山一「腳」（搬起石頭砸自己的腳之冰山一角）

小小的黨校擋住了幾千戶回家的路，而這樣的事在當今的中國層出不窮。如此殺雞給猴看，憑什麼讓臺灣回歸！

是誰擋住了臺灣「回家」的路

習帝一面瘋狂地給臺灣施壓、逼迫蔡英文承認「九二共識」，一面又用類似黨校這樣的「石頭」堵住兩岸統一的路。中國大陸再次瘋狂地糟蹋法律都是在搬起石頭砸自己的腳。砸自己的腳都這麼狠，砸臺灣的腳就更不再話下了。中國大陸高層導每次砸自己的腳都會增加臺灣人對兩岸統一的恐懼！

倒欠江胡（1）

倒欠之帝造者（締造者）

有史以來窮人欠富人錢的法則，被亞種皇帝江胡顛倒，於是在中國出現了無數個蝗蟲般的富人老賴。

江胡時代，窮人欠富人錢，富人雇傭打手催債，司法機關視而不見。富人尤其是政府欠窮人的錢要賴不給，司法機關則袖手旁觀。

正因如此，富人老賴，尤其是政府老賴愈來愈瘋狂，天文數字的賴賬不

斷被刷新。正因如此農民工為討債而喪命事件屢見不鮮，整個中國都陷入了難以自拔的惡性循環當中。封建社會道德約束，老賴很難生存。法治社會更是萬賴無生（萬籟無聲）。然而自從亞種皇帝江澤民統治中國開始，一直在夾縫中生存的老賴，終於可以在陽光下大搖大擺地行走江胡了。

在江胡時代，老賴的隊伍在各行各業迅速猻起（崛起），日益壯大。政府老賴、保險公司老賴、銀行老賴、商家老賴、開發商老賴、建築商老賴……

老賴們揚眉吐氣，無憂無慮的生活，百姓卻深受其害。江胡時代氾濫成災的富人老賴如蝗蟲一般鋪天蓋地，中國人尤其是農民工被捲入這場人為的史無前例的災難中飽受煎熬！

倒欠江胡（2）

帝帝倒倒（地地道道）乃江胡之罪過！有什麼樣的「皇帝」就有什麼樣的老賴。帝賴（亞種皇帝的無賴政府碩果纍纍）。

賒賬買車，借款建樓——廣東湛江市各地黨政機關累計欠債超過 18.5 億元淪為「官賴」。一些地方仍然為了政績，在無力支付工程款情況下，用行政命令推進政府工程建設。廣州，僅 2013 年就新增 382.75 億元的債務。

投資近 8 億，企業即將投產被政府關停，政府答應的賠償款「黃了」。 — 2016.04.01

海南省樂東乾金達鉬業有限公司是一家投資 7 億 7 千多萬元的合法企業，正當企業安裝完設備準備投產的時候，卻被當地政府關停了。法律規定的補償款，縣裏省裏互相推諉，3 年之後這件事沒人管了。

江蘇鹽城政府「借款」1.1 億 16 年未還，賴賬 14 年後變「捐款」（1996 至 2012 年）。1996 年江蘇鹽城要修鐵路，因財政緊張市政府通過行政手段扣除轄區內職工工資，借款 1.1 億。被借款的市民都有一張收據承諾到 2008 年連本帶息一起償還。賴賬多年後 2010 年當地出臺了一個還款方案：市直行政事業單位的工作人員「借款」改成「捐款」，省屬供電、金融、保險、煙草等部門實行「債券置換」，將政府債務轉給企業。

賴上加「搶」

江蘇發紅頭檔強扣工資修宇靖鹽高速。從 1999 年鹽城市的許多企事業單位開始扣工資修路，3 年內有人被扣了 2500 元，當時鹽城的工資每月就幾百元，房子每平米才幾百塊錢，就用這種方式當地募集了 1.4 億。

安徽蕭縣政府拖欠數千萬工程款，包工頭要錢無望，絕望自殺。一

2014.07.01

75 歲的遼寧人周勝喜，因一起合同糾紛案向寬甸縣長甸鎮政府討債 19 年。— 2016.08.03

判決成一紙空文，討債路曲折漫長。

咸陽中醫腫瘤醫院拖欠農民工工資 16 年不給。— 2013.02.23

欠款 360 萬元 15 年不還，雷州副市長語出驚人：不能盲目相信法院。— 2013.12.31

河南一鎮政府欠債百萬 13 年未還清。— 2014.03.19

柘城縣慈聖鎮政府在 10 多年前借錢高達上百萬元，該鎮東村村民張茂修是當年致富能手。2001 年，他借給慈聖鎮政府 21 萬元，但多次追要，鎮政府仍欠他 3 萬多元沒還。鎮政府欠的不止一個人的錢，就是賣了辦公樓也還不完，財政沒錢也無能為力。

鎮政府欠 2.4 萬工程款 7 年未還，被曝光後借錢支付。— 2015.05.29

高耀鎮領導在接受華商報記者採訪時稱，上屆政府遺留欠款有 100 多萬元，這幾年，陸續償還了一部分欠款。利辛縣程家集鎮政府吃喝白條 20 年沒兌現，飯店被拖垮。

內蒙一鎮政府拖欠農民 25.5 萬元飯費 16 年無人付賬。— 2014.08.12

內蒙古呼倫貝爾莫力達瓦達斡爾族自治旗奎勒河鎮政府拖欠農民 25.5 萬元飯費長達 16 年的「陳年舊賬」還要拖多久？

章往考來（彰往考來）

廣西南寧市橫縣陶圩鎮荔枝村的農民謝汝忠，1999 年借給陶圩鎮政府和財政所的 28 萬元錢，至今仍要不回來。討了 14 年賬，討回了鎮政府的一堆公章印。2009 年，心力交瘁的謝汝忠把討賬的事託付給兒子謝振新，將鎮政府和鎮財政所訴上法庭。可官司贏了，錢依舊沒要回，反倒貼進了不少訴訟費和律師費。終審判決已過去 2 年還是一分錢也沒要回。

安徽蒙城縣三義鎮政府拖欠飯館巨額接待費 10 年之久，飯館老闆劉夢夫孩子輟學，不得不背井離鄉另謀生路。

河南省許昌市襄城縣王洛鎮政府在當地一家豬蹄店 3 年欠下 70 萬元白條，以致餐館老闆耿偉傑不得不在店外掛橫幅討賬。

甘肅古浪：一鎮政府 2 年打 24 萬元白條被 4 家飯店起訴。

吃飯掏錢本是天經地義，但在甘肅省古浪縣大靖鎮，四家飯店的老闆卻遭遇煩心事：當地鎮政府兩年多時間吃飯的白條超過 20 萬。無奈之下，幾家

飯店只能將鎮政府告上法院。

煙雲過掩（煙雲過眼）

江西修水縣清源排汙管網站，2010 至 2014 年以打白條的方式賒煙酒款 12.9931 萬元。耍賴久拖不還，直到被捅到媒體、告上法庭才不得不答應還錢。村幹部 6 年打 9 萬白條吃垮小飯館，稱維穩需吃飯。— 2014.01.11

珠海市紅旗鎮政府拖欠一名 6 旬翁百萬元工程款，經多次催討，約定每年償還約 2 萬元，需 50 多年才能還清。「如果這樣還錢，要到 120 多歲才能領到全部工程款，恐怕有生之年都拿不到全款了。」近日，該名六旬翁梁先生一紙訴狀將紅旗鎮政府告上法庭。經法院調解，紅旗鎮政府同意在 2015 年 6 月 30 日前分 4 次還清欠款。

興城一飯店被打 178 張條，討債 3 年無結果。— 2014.08.14

以上案例，雖然僅僅是江胡時代政府老賴之冰山一角，但足以讓古今中外所有的老賴都望塵莫及。

倒欠江胡（3）

公檢法老賴之冰山一角

陝西法官家屬欠債 16 年不還，咸陽法院上演荒誕劇，執行局長毆打討債農民工（見：千薪萬苦）。

公檢法非法扣押 2020 萬元，10 多年耍賴不還，導致牟洋的兩家公司倒閉。— 2016.04.02

公安局經商借款 20 萬，18 年拒還，有錢蓋樓無錢還債。為了討要被黑龍江省綏化市望奎縣公安局官辦企業拖欠了 18 年的 20 萬借款，該局退休警官曆斌、劉福禎等人在望奎縣到哈爾濱的上訪路上跑了整整 13 年。儘管早在 2000 年，綏化市中級人民法院就向望奎縣公安局下發了《支付令》，可公安局成「老賴」這筆借款的本息償還仍遙遙無期。事實上，望奎縣公安局並非不具備償還能力。據政務公開信息，該局有警車約 60 輛，僅供局領導乘坐的專車即多達 11 輛。就在這幾年的執行過程中，望奎縣公安局局長換了六任，每任局長都會換新車。2005 年年初，該局一座會議室就耗資 40 餘萬元，期間還蓋了一座警官大樓。

倒欠江胡（4）

銀行老賴之一撇

四大國有銀行 1 年半曝出 18 起存款失蹤案，涉及金額 46 億。— 2015.06.24

繼 46 億存款失蹤案之後，銀行又曝出醜聞。山東濱州 22 位儲戶 1.5 億存銀行一年後不翼而飛。— 2015.12.08

興業銀行高管攜款 30 億元潛逃；多地銀行存款頻頻丟失，銀行耍賴不賠。

倒欠江胡（5）

保險公司老賴之冰山一角

瀋陽市民張鶴的父親突然意外去世，本應該獲得 29 萬元的理賠，但平安保險耍賴，理賠款被砍掉了 $\frac{1}{3}$。張鶴氣憤地說這件事了結後，將家裏的 10 份保險退出保險公司。

可以「討價還價」的保險公司賠償。薑家人不理解，保險這麼嚴謹的事，怎麼能討價還價呢？— 2016.05.18

倒欠江胡（6）

開發商老賴之冰山一角

開發商用辦房證要脅 1700 多戶業主放棄違約金。— 2016.01.04

數十戶別墅「半途而廢」入住遙遙無期，即不開工，也不退款。— 2015.10.01

100 多個業主，每戶交 13 萬購買了綠地集團的房子，3 年過後連樓的影子都見不到。拿著法院的調解書也無法要回房款。— 2015.10.25

倒欠江胡（7）

學校老賴之冰山一角

山東曆城一中學教師集體罷課，抗議拖欠工資。一位不願透露姓名的老師介紹，他每月工資 3000 多元，已經 8 年沒有發過年終獎了。工作 10 年的老師，至少拖欠 10 萬元以上。— 2015.01.13

湖北省公安縣 314 名被縣政府辭退的民辦教師為得不到公辦教師資格和應得的補償在政府面前集體下跪。— 2010.04.27

黑龍江肇東 8000 名教師不滿工資罷工，中小學停課。— 2014.11.18

據老師們介紹，罷工主要理由是工資太低：作為全國百強縣的肇東的教師工資竟然低於貧困縣 1000 元。前幾次全國普遍調整了工資水準，但這裏依然沒作出調整。

960 元代課費教師李航帆追討 15 年，近幾年，李航帆開始借助網路進行維權，終於拿到了他的 960 元代課費。— 2013.10.31

倒欠江胡（8）

商家老賴之冰山一角

標價 25 萬元的進口裘皮一穿就壞。— 2015.12.30

找到商家甫說退貨，就連相關的衣服品質合格證，海關證明之類的都不讓看，魏女士要求複印一份也遭到拒絕。魏女士說：對方不出示手續，還讓她自掏腰包去檢測。

大品牌的產品照樣耍賴。— 2016.01.14

楊阿姨特意選了知名品牌曲美，圖的就是省心。可用了不到 1 年，4 把椅子全部開裂，有橫裂的有豎裂。楊阿姨和記者來到鐵西紅星美凱龍反應問題，但銷售人員態度極其惡劣，無奈楊阿姨多次打電話給曲美家居的韓經理打電話，要求退貨，被斷然拒絕。

倒欠江胡（9）

售後老賴之冰山一角

記者近日調查發現，部分企業輪胎商家頗為「牛氣」，消費者面臨著「有『三包』無理賠」的尷尬處境。

倒欠江胡（10）

中國目前至少有 600 萬塵肺病農民患者，死亡率高達 22.04 ％。— 2015.12.02

600 萬塵肺病人僅 18.75 ％拿到賠償，面對無錢醫治塵肺病農民患者，絕大多數企業不僅耍賴不賠償，反而投井下石不承認受害者患有塵肺病，被逼無奈張海超不得不「開胸驗肺」（見：塵吟不絕）。

倒欠江胡（11）

獎經說法（講經說法）。四川宜賓周女士發票刮獎中 10 萬元，稅務部門說：印刷錯誤只給了 10 元錢。誰錯誤誰買單，應全額支付消費者，不應亂用公權力。難怪專家稱：中國金融界對不起百姓。

倒欠江胡（12）

河南官員被曝拖欠數十箱茅臺酒錢。— 2016.02.28

近日，法晚記者接到市民劉女士反映稱，許昌市工商聯副主席、襄城縣政協委員程向陽，自 2013 年至 2015 年 8 月，從她的酒行購買大量茅臺酒，但至今仍拖欠巨額酒款未結。她向程向陽出售的酒總價值 70 多萬元，但每次

他只將金額的整數部分結清。2015 年以來，劉女士分多次要回共計約 46 萬元的酒款，目前仍有約 23 萬元酒款沒有結清。

倒欠江胡（13）

有什麼樣的政府，就有什麼樣的老賴。江胡時代欠薪黑洞究竟有多深，因為捂得極其嚴密，不得而知。後江胡時代雖然遠不及江胡時代欠薪那樣邪乎，但 2013 年討薪人數至少有 270 萬人。

把有史以來所有的老賴統統加起來也沒有江胡時代老賴的數量多，無賴程度就更沒有資格和江胡時代的老賴相提並論。

倒欠江胡（14）

散兵游勇老賴之冰山一角

二審判決成擺設，3 年來肇事方拒不認賠。— 2015.11.14

鐵西區豔粉新城業主鐵先生 8 年下不來房證，已經耽誤了不少事，按法院判決，本應該按天數算利息，瀋陽聯大房產開發公司，現在不光不給利息，違約金還少給 2 成，鐵先生無論如何也不能接受，無奈只能找記者幫忙。

倒欠江胡（15）

條條大陸（靈感來自：條條大路通羅馬）

30 省分查打白條耍賴賬問題 16204 個查處 5 萬多人。— 2014.10.08

同時還發現不按標準及時足額發放徵地拆遷補償款、侵占挪用補助資金的問題 7682 個，處理 4610 人，涉及金額超過 35 億元。其中，排在第一的重慶涉及金額最為驚人，超過 30 億元。

倒欠江胡（16）

老賴經過江胡兩代瘋狂的繁殖、裂變，已經到了不抓不行的地步。

2013 年，中華全國總工會等聯合開展的「農民工工資支付專項檢查」，為農民工追回了被拖欠的 73.29 億元工資。

2013 年，全國各地移交司法的惡意欠薪案約近 900 件，可到 2014 年春節前，各地法院真正審結的只有 50 多件，連十分之一都不到。

全國法院執結追索拖欠民工工資案 1.2 萬餘件。— 2015.2.15

被查處的只是老賴之冰山一角。

倒欠江胡（17）

賴以生根（賴以生存）根深蒂固

江胡時代老賴瘋狂繁殖了 23 年，目前中國究竟有多少老賴，具體數字無法得知，因為一黨制把所有見不得光的東西都被捂得嚴嚴實實。2016 年「兩會」最高法公佈的數字：在解決執行難問題上，對 467 萬人次採取信用懲戒措施 338.5 萬名納入失信名單公開曝光。然而這只是老賴之冰山一角。

倒欠江胡（18）

陝西旬陽縣 4 位失地農民跪攔人大代表視察車輛，反映耕地全部被徵用卻得不到徵地款的問題被拘留。19 日拘留，23 日警方才出示行政處罰決定書，賴以生存的土地全部被徵用分文不給，喊冤就得蹲大獄。

耍賴不賠，或耍賴少賠乃江胡規則。浙江溫嶺釘子戶羅寶根稱 60 萬建房，賠 26 萬當然不搬。向羅寶根這樣的人極少，絕大多數人都因惹不起而飲泣吞聲，因此江胡政府極其倡狂，南征北占（南征北戰）如入無人之境。

倒欠江胡（19）

賴醫生存（賴以生存）

新聞 1+1：病房裏的「老賴」，怎麼治？— 2015.02.11

媒體發現「病房釘子戶」由來已久，各大醫院似乎都未能倖免。

江蘇衛生廳的數據顯示：每年因病人鬧病房等原因至少損失 4 億元。

深圳 2013 年數據顯示：全市共有 61 件類似案件，這些人占有的住院率可以接收 1900 名患者。

「老賴」霸占病房 7 年，法院強制執行。— 2014.06.27

自從骨折入院後，鄭某在醫院裏一住就是 6 年多，對法院的生效判決和執行公告更是熟視無睹。今天清晨 5 時，黃浦區法院展開突擊執行行動，將鄭某強制遷出病房。

2011 年底，北京門頭溝男子陳某，因交通事故受傷到北京京煤總醫院進行住院治療，待康復後，醫院先後 20 餘次下達出院通知，但陳某稱術後腿部有血栓無法伸直，認為醫院應負責，霸占病床近 3 年不願離開。醫院無奈之下，將其訴至法院。10 日下午，門頭溝法院通過強制執行將其送回家中。

深圳兒童醫院心血管科一間病房成了小敏父女倆免費「旅館」，一住就是 3 年半。醫院 14 次建議小敏出院，但他們父女賴著不走，把病房當成家。白天上班上學，晚上在洗手間私自搭建的灶臺做飯。

2 月 13 日上午，一名髖骨骨折的病人被民警送到武進醫院，此人姓名不詳，認識的人只知他平時住在火車站附近的橋洞裏。醫院隨即安排他住進骨科病房 18 床，並派護工照顧他，免費供應一日三餐。後經瞭解，18 床的病人是安徽人，70 多歲。經過一段時間的治療，病人可以出院了，但他不肯走。

相對於 18 床的裝傻，住在 16 床的 50 多歲男子更讓醫院頭疼。2 月 14 日，16 床的病人被民警送來，診斷為鎖骨骨折，經過幾天的治療本可以出院，但男子非常不配合，醫院至今不知道他的身份，更沒法找他的家人。「醫生護士跟 16 床說話，他從不開口，但他會和其他病人說話。」保潔員沈惠珍說，16 床的病人經常故意把大小便弄得到處都是。

倒欠江胡（20）

老賴「大軍」橫行中國。－ 2016.01.01

老賴之所以猖獗是因為法律被糟蹋的不成樣子，直到現在國家對老賴能做到的僅僅是把他們列入黑名單，這種軟弱無力招數，只能是限制老賴坐飛機，坐動車，但並不影響老賴們繼續發財。無力償還另當別論，問題是江胡的老賴各個都腰纏萬貫。江胡時代及後江胡時代靠耍賴發家致富者多如牛毛，靠耍賴生存者不計其數，以上案例只是老賴之冰山一角。

得到多住（得道多助）（1）

邪惡的江胡時代一切都是相反的，得到多住之冰山一角。

甘肅舟曲回應稱回應泥石流「豆腐渣大壩」：建設合規。－ 2014.04.22

剛建完的 4 道大壩被沖毀，這些「豆腐渣工程」不僅沒能發揮作用，反而帶來更大災難，但至今卻沒有官員為此負責。據官方消息，舟曲「88」特大泥石流災害中遇難 1481 人，失蹤 284 人，累計門診治療 2315 人。張東成曾帶領災民一起向上級部門反映大壩工程問題。村民反映，後來何新朝被以 12 套房子「封口」，張東成則獲 10 套商鋪及房子，人也成了公務員。

得到多住（得道多助）（2）

調查發現：鄭州 $\frac{2}{3}$ 的經濟適用房被各個部門各級領導層層扣留，只有 $\frac{1}{3}$ 的經濟適用房分給了符合條件的市民。僅房妹之父一個人就倒賣 308 套經濟適用房。

瓜目相看（刮目相看）之冰山一角

安置房、保障房：溫州曝出村官集體貪汙第一大案，10 名村官瓜分了價

值 18 億元的 316 套安置房。

溫州永嘉甌北鎮新橋村 569 套安置房被村幹部瓜分大半，前任村支書一人獨占 55 套，並以私人名義當作商品房出售，而部分失地農民無房可住。

廣西交通廳 10 年人均分 3 套低價福利房，甚至包括別墅，一套一轉手就能賺 7 倍的價錢。

得到多住（得道多助）（3）

濟南曆城原公安局長被爆擁有 16 棟樓。2008 年徵地時，其用非法手段取得田莊商品房 16 棟進行出售出租。濟南公安局稱是假的，但拿不出證據。

得到多住（得道多助）（4）

廣東陸豐市是汕尾市管轄的一個縣級市，公安局幹部趙海濱在陸豐、深圳、惠州都有房產，僅在惠州就有 192 套房。

得到多住（得道多助）（5）

檢察院副科長擁有 149 套房產，值 1.1 億。— 2016.11.3

檢察院通報，徐林保及其家人購房時間為 1995 至 2015 年，購買時價格總計 1.1 億餘元，目前他在南昌地區銀行所貸款中仍有 9600 餘萬元未還。

得到多住（得道多助）（6）

合肥市新站區站北社區書記方廣雲侵占百姓安置房 136 套並違規賣地獲 2000 萬。村民們向各級相關部門反應材料 500 份，跑省市區相關部門幾百趟，王可翠等人舉報 10 年，上級領導置若罔聞。

得到多住（得道多助）（7）

一村支書僅上海一樓盤有 132 套房子，令人咋舌。— 2014.12.04

因不履行生效判決，蒼南「房叔」上海一樓盤 132 套房子被查封。

登封造急（登峰造極）

醫生攜帶救命造血幹細胞登機遭拒。— 2014.12.02

11 月 28 日，白血病患者餘強（化名）躺在病床上，靜靜地等待著「生命種子」，給自己第 2 次生命。突然，傳來噩耗，志願者捐獻的造血幹細胞在鄭州機場「遭拒」，幸福航空拒絕了造血幹細胞免安檢的請求，醫生沒有能登機。餘強的母親聽聞，一下子癱倒在地，造血幹細胞不能及時回輸兒子體內，後果將不堪設想。幸福航空公司以「造血幹細胞是液體」為由拒絕該醫生登機。

造血幹細胞絕對不能經過X光照射。「一旦通過安檢機，X射線就會『殺死』造血幹細胞。」嚴醫生反覆解釋，並一遍遍聯繫幸福航空公司，可得到的答覆仍然是「拒絕」。機場急救中心紅十字會的工作人員也前往機場，說明造血幹細胞混懸液獨立包裝無汙染無輻射救人一命的重要性，依然遭到冷冰冰的拒絕。嚴醫生焦急萬分，為搶救患者生命，他從鄭州租了一輛車連夜冒雨趕往合肥，在淩晨3點鐘趕到醫院為患者移植幹細胞，比原計畫晚了5個多小時。

2015年上半年，全國至少有約300個肺源捐獻，但只有60例被移植，很多都在路上浪費了。

帝醜德奇（地醜德齊）（1）

民醜醜一個，帝醜醜一國。自從江澤民當上中國的亞種皇帝，社會風氣急轉直下，傳承了幾千年的社會道德被徹底顛覆。

江澤民下令建立活摘人體器官殺人「流水線」之後，他的醜惡靈魂如電腦病毒般迅速感染了整個中國社會。幾千年以來一直在陰溝裏生存的醜惡東西，終於在江胡時代，找到了在陽光下無拘無束繁殖的機會。在短短的幾十年裏，所有醜惡的東西瘋狂繁殖，並在各個領域占了上風。

帝醜德奇（地醜德齊）（2）

母醜之一瞥

自有人類社會就不可避免的發生拋妻棄子之類事情，但把古今中外所有拋妻棄子的總數統統加起來，也不及江胡時代的冰山一角。

江胡時代及後江胡時代拋妻棄子家庭不計其數。貴州僅一個村子的151名留守兒童，竟有43個孩子的母親處於失聯狀態，而在她們每一個人身後，都有1、2個甚至3、4個徹底失去母愛的孩子。在更多的地方媽媽跑了的情況屢見不鮮。

棄勢洶洶（氣勢洶洶）

嬰兒安全島試點近1年多，全國多地關閉。自多地建立嬰兒安全島以來，棄嬰者趨之若鶩，絡繹不絕。僅廣州嬰兒安全島，短短的47天時間裏，就收留了262名棄嬰。— 2015.01.16

棄不打一處來（氣不打一處來）

江蘇南京：零下3度，一女子當街產子，產後起身就走不知去向，路人救助男嬰平安。虎毒不食子，拋棄親生骨肉，讓他們在社會上煎熬，比食子

更殘忍！母愛是世界上最偉大的愛，失去了母愛的江胡時代該有多麼的醜惡，更可怕的是江胡時代醜惡無處不在。

帝醜德奇（地醜德齊）（3）

恐雀開屏（孔雀開屏）

武漢：動物園孔雀遭女童拔尾毛，家長在旁指導。— 2012.07.08

家長教孩子雁過拔毛，2個7、8歲的小女孩用花生米引誘孔雀靠近，然後使勁拔下幾根孔雀翎毛，孔雀痛得大叫並到處亂竄，兩個孩子高興得手舞足蹈。這不算什麼，據動物園的工作人員介紹，每年的五一等假日，動物園所有的孔雀翎毛都被拔光，其他動物也不能倖免於難。

雲南：稻草人展營業半天，傷亡慘重。— 2016.05.26

新聞週刊：博物館裏的「熊孩子」。這是一個由藝術家投入27個月由玻璃精心燒製而成的天使翅膀，可惜的是在孩子一番魯莽拉扯搖晃下，不到一分鐘的功夫它變成了殘缺的斷翼，永遠無法修復。— 2016.05.28

面對這段在上海玻璃博物館一處展品旁反覆播放的視頻，令人感到刺痛，不僅因為孩子的魯莽，更因他們身後未加阻止反而忙著用手機給孩子拍照的家長。在博物館工作人員眼中如此場景並不鮮見，前來參觀的孩子中有追跑打鬧、隨意丟棄垃圾，甚至還有多名頑童用同時拳頭猛砸導致展品或設備損壞，而真正少見的卻是對孩子的不文明行為肯於發聲教導有方的父母。

帝醜德奇（地醜德齊）（4）

從江澤民統治中國開始，醫院變成了創收單位，只給醫院設備，不給醫生發工資，被逼無奈，醫生不得不瘋狂惡宰病人，江胡兩帝把一批又一批白衣天使變成了魔鬼，江澤民乃醫醜之「帝」造者。

江胡帝醫醜之冰山一角。

因欠380元醫藥費剛剛縫合的傷口又被拆線而且還不打麻藥，女童躺在（ICU）重症監護室數次遭護士護士狂扇耳光，醫院做手術被要求買千元手術刀，手術臺上毆打患者……類似事件舉不勝舉。

帝醜德奇（地醜德齊）（5）

長沙一社區樓頂養狗又養馬，鄰居叫苦不迭。— 2016.03.23

「每天聽到狗吠，馬的腳踏聲，聞惡臭的糞便，嚴重影響日常生活，周圍居民苦不堪言。」。

居民在樓頂上種菜澆大糞上下左右鄰居怨聲載道。— 2016.06.28

南京市鼓樓區：包海秋居然在樓頂澆大糞，造成榮子謙家及整個單元樓梯走道臭氣熏天，2015 年 6 月 7 日包海秋又將糞便運至樓頂進行施肥，忍無可忍榮子謙和包海秋發生衝突，之後將包海秋告上法庭……。

帝醜德歧（地醜德齊）（6）

大連退伍小夥蔣萬旭當街擒賊，圍觀者竟稱「腦子有病」。— 2014.03.16

沙區五四廣場附近，一個小夥子見小偷砸車窗偷車內手提包，立刻上前抓小偷，最終將裝有 2 萬餘元現金的手提包搶了回來還給了女車主。

記者趕到位於五四廣場的一家電影院門口，一些圍觀者還在議論紛紛。「就是閑大了腦子有病，我是肯定不會上去管這樣的事兒，一旦小偷有刀怎麼辦？」一個中年男子在大聲議論著。

帝醜德奇（地醜德齊）（7）

安徽懷遠火星小學多名小學生長期遭班幹勒索，不給錢曾被逼吃喝汙物。

帝醜德奇（地醜德齊）（8）

大氣碗盛（大器晚成）後江胡時代

家長在餐廳拿碗替幼童接尿，而廁所近在咫尺。— 2015.12.07

女子餐館吃飯竟然用碗給孩子接尿，如此行為實在太噁心。事情發生在江蘇常州，監控顯示，一名白衣女子從收銀處拿了一只空碗，後面跟著一名大約 3、4 歲的小孩，坐下後，該女子將碗拿了下來，大約過了 20 秒，該女子將碗又拿上了桌子，隨後該女子做出了一個奇怪的舉動，她把碗放到了桌子底下。服務員一聞，發現那碗啤酒一樣的液體竟然是小便，這把服務員氣得夠嗆，當即就把那只碗扔掉了。

帝醜德奇（地醜德齊）（9）

貴州一餐館服務員用電飯鍋洗腳，店主被約談。— 2015.12.06

網友曝出一餐館裏一疑似服務員女子用電飯鍋內膽洗腳。

帝醜德奇（地醜德齊）（10）

深圳地鐵站電梯裏女子就地大便，上海男子在電話亭裏大便、在公車上大便、中國遊客在泰國寺廟小便池裏拉屎，此類惡行舉不勝舉（見：便地開嘩）。

帝醜德奇（地醜德齊）（11）

哈爾濱計程車，馬路中間小便，被頭頂監控全城直播。— 2016.01.22

北京馬拉松選手集體在紅牆小便已成為傳統。

帝醜德奇（地醜德齊）（12）

鄭州派出所運屍 15 公里索要 3000 元。「為啥運個屍體要花我 1 年種地的收入」。

2 大學生為救溺水兒童壯烈犧牲，而打撈公司挾屍要價，一共收取了 3.6 萬元的撈屍費。鄧某發現少女的遺體，即不報警也不打撈，只是有一根麻繩在水閘邊草草固定，等家屬來挾屍要價。

貧困夫妻無錢撈屍，兒子屍體泡 3 天。— 2015.12.12

浙江溫嶺又見撈屍漫天要價，以打撈困難大為由要 1.2 萬，即便撈不到也得支付 8000 元的辛苦費。廣州白雲區 2 名市民將屍體撈至岸邊卻招治保隊員斥責，強令將屍體推回河裏。

帝醜德奇（地醜德齊）（13）

河北大學李啟銘校園內醉酒駕車，造成一死一傷。撞人後毫不在意甚至連車都沒下繼續前行至女生宿舍接女朋友，在被校方攔下後口出狂言囂張叫喊：「有本事你們告我，我老爸是公安局局長李剛」。

山東濰坊學院大一新生正在軍訓，面對禁止通行指示牌，女教師開車闖入，結果撞傷 3 名學生，這位老獅不但不救人，反而高喊：「撞死也白撞」。少年無證駕駛撞死人，不但不反省，還發微博示威。

男子駕車險撞人，下車後還瘋狂毆打祖孫 3 人。在呼市新城區康家園社區，一名男子險些撞到陳女士等 3 人，可這名男子不但毫無歉意，反而下車後瘋狂毆打祖孫 3 人。— 2016.06.27

帝醜德奇（地醜德齊）（14）

借屍還混（借屍還魂）

西安車禍一人死亡，現場血跡斑斑，有兩名路過的青年人蹲在離屍體不遠的地方和屍體拍照留念，還擺出剪刀手姿勢，混蛋沒有憐憫之心。

帝醜德奇（地醜德齊）（15）

50 歲母親奔波 3000 公里看兒子，遭遺棄被甩耳光。家住雲南省某縣的一個小山村的王媽媽，曾因突發腦血栓，身體行動不便，近日卻奔波 3000 公里來到石家莊，只為看一眼 1 年未見的兒子。誰知見面後，卻遭兒子嫌棄，甚至還被甩耳光。原因是未事先告知，就擅自進城來看他。— 2013.09.17

16 歲孫女當街暴打親奶奶。臨沭縣沿河路與沭新西街交匯處路口，一名16、17 歲的女孩不顧眾人勸阻，將一名古稀老人按在地上，並用一隻腳踩住老人胳膊，奮力用手撕扯老人頭髮。— 2013.09.03

帝醜德歧（地醜德齊）（16）

喪心病狂肇事司機當街將被撞男子砍殺。9 月 2 日中午，位於寧波市區的詠歸路上，一輛黑色比亞迪轎車撞了一男一女後，又把前方的貨車頂出去 10 餘米遠。之後，從車上衝下一名手持馬刀的男子，當街將被撞男子砍殺身亡。— 2013.09.02

帝醜德歧（地醜德齊）（17）

救護車被撞司機丟下病重老人追趕肇事者，老人送醫院後身亡。— 2012.10.27

轎車沖上人行道，不先救人，只顧辦扯責任。— 2015.07.15

大東副食附近一輛牌照為遼 A67V20 的小轎車，衝上人行道撞上一位老太太，但司機撇下老人不聞不問，反倒和商務車辦扯起責任來，直到記者發稿時，老人還躺在第一醫院觀察室。

帝醜德奇（地醜德齊）（18）

廣州急救車拒載受傷孕婦。溫州街一個產婦在乘坐中巴車前往醫院待產的途中羊水破了，向司機求助去醫院遭拒。因怕弄髒了車，孕婦被乘客和司機撅下了車，女子在路邊生下一個女嬰。

帝醜德奇（地醜德齊）（19）

公交女售票員被割斷手筋，全車乘客袖手旁觀。— 2015.07.01

鄭州：男子公交上接連猥褻 4 名女孩，受害人和乘客無人出聲，下車時打了第 4 個女孩一巴掌。— 2015.08.01

司機在公車與色狼搏鬥，連喊 5 聲難覓幫手。— 2014.07.09

福州 27 路公車的末班車上，一名五旬男乘客猥褻一名女乘客，司機歐陽農藝師傅立即跳出駕駛位，經過一番搏鬥後成功將其制服。車上諸多乘客的冷漠令人感到憤慨。

帝醜德奇（地醜德齊）（20）

乘客發飆拽走司機，公車無人駕駛。— 2014.11.05

無人駕死（無人駕駛）

河南：鬧市區司機跳車不摘擋、不熄火、不減速，結果造成 1 死 4 傷。三門峽市一輛參加婚禮的禮炮車突然發生爆炸，爆炸的威力並不大，即使司機不跳車也沒有生命危險，但這個缺德的司機跳車時沒有把擋摘除，把火熄滅，更沒有減速，無人駕駛的車輛飛快地向十字路口衝去，結果造成 1 死 4 傷。— 2015.05.09

帝醜德奇（地醜德齊）（21）

江胡及後江胡乘客在公車上搶奪方向盤之事舉不勝舉，僅 2006 至 2014 年媒體就報導了 44 條搶奪方向盤事件。

帝醜德奇（地醜德齊）（22）

老人半身不遂開車引發事故。去浙江收藥，闖紅燈、逃逸。

帝醜德奇（地醜德齊）（23）

常州女司機嫌電動車主擋路，加速猛別將其撞死。— 2015.04.22

雲南昆明一社區地下停車場，女司機撞死 9 個月大男嬰，嬰兒母親猛敲車窗，但肇事司機始終不下車救援，路人跑過來幫忙，將奧迪挪出了一段距離才將嬰兒抱出。

孩子目睹媽媽遭遇車禍，寶馬男腳踢死者後逃逸。撞死人逃逸在大陸屢見不鮮，但河南寶馬男與眾不同。— 2015.05.22

在漯河市發生一起慘烈的車禍，3 個年幼的孩子眼睜睜的看著自己的媽媽被車撞死，痛不欲生。更讓孩子接受不了的是，司機下了車，踢了一腳躺在地上的媽媽後，開上車跑了。

廣東佛山一個 2 歲的小女孩悅悅被麵包車撞倒，司機發現軋人並未停車而是繼續用後輪碾壓然後逃之夭夭，第 2 輛車也是如此。在隨後的 7 分鐘時間裏還有呼吸的悅悅一直痛苦地躺在路上，在此期間 18 名路人漠視倒在血泊中的小女孩無動於衷。

江蘇靖江市環衛工人被三輪摩托車撞倒後，3 次被碾壓肇事者全部逃逸。

山東聊城市一位 20 多歲的蔡女士被一輛超載大貨車軋在車輪下，據現場目擊者稱蔡女士僅僅是被壓住了雙腿，但由於軋人後司機逃走，造成受害者失血過多不幸死亡。附近的村民稱在這個路段上每年都發生數起這樣的慘劇。

帝醜德奇（地醜德齊）（24）

廣東梅州：女子闖紅燈險被撞，爬上對方車頂跳舞。

帝醜德奇（地醜德齊）（25）

藥駕：女子與家人吵架後服大量安眠藥開車上高速輕生，當交警在大羊坊收費站發現她時，她已經不省人事。─ 2013.12.01

無恥到了極點，自己的爛命一文不值，卻拿別人的命當兒戲。

帝醜德歧（地醜德齊）（26）

老人公車上被踩腳居然拔刀相向。─ 2014.08.06

一位 79 歲的阿伯坐公車時被踩腳，竟從袋中掏出刀來揮舞表示不滿。坐在旁邊的另一老伯牛叔見勢徒手奪刀，化險為夷。

一言不合就拔出刀，老人公車嚇壞乘客。─ 2016.07.15

昨天早上 8 時 30 分左右，正值上班高峰期，一輛 B9 路公車從海珠區珠江南景園開往天河區華景新城。監控顯示，上車後，老人就與發生推搡的乘客爭吵起來。老人火氣愈來愈大掏出了一把 10 釐米長的小刀，試圖攻擊對方，中年乘客原本還指著老人對罵，看到這個陣勢，也嚇得和同伴往後門躲。

北京地鐵內一女孩因搶座持刀劃傷乘客臉。─ 2012.12.21

帝醜德奇（地醜德齊）（27）

小夥因在公車上未讓座遭多名老人毆打。─ 2014.09.05

瀋陽：女孩給老人讓座時抱怨，遭一家三口暴打鼻樑被打塌現場視頻曝光。─ 2014.04.02

記者調查發現不少青年人都有過類似遭遇。例如：杭州 K192 公車上一小夥沒給抱小孩婦女讓座，被其丈夫連扇 5 個巴掌，小夥被打得鼻血橫流，鏡框也被打飛，斷成幾截。事後乘客發現小夥子腿殘疾。─ 2012.08.24

小朋友因生病未讓座，老人怒不可遏。─ 2016.07.16

在中綠廣場開往合肥南站 11 路公車上，一個老人咄咄逼人讓生病的小朋友給他讓座。小朋友感冒難受，一直在咳嗽，沒有說話。老人的辱罵氣得小朋友的母親發抖，然後說要下車！老人聽到了就說：你們快滾下車吧，像你們這樣不知道尊敬老人的快點滾吧。

因生理期不適女生未能給幾個老人讓座而被罵哭。─ 2015.04.12

近日，寧波某中學女生稱放學坐公交回家，因生理期不適未能給幾個老人讓座而被罵哭。老人說她不僅讀書差品行也差，還拿走她校牌說要找校領導。該女生發帖感歎：如今，不是老人變壞了，而是壞人變老了。

帝醜德奇（地醜德齊）（28）

乘地鐵無人讓座，孕婦「坐堵」車廂門致列車晚點。— 2016.09.02

9 月 1 日上午，地鐵 10 號線的一輛列車在十裏河站被逼停。一名自稱孕婦的女士由於車廂內無人讓座，車門打開後，這名女子徑直坐在地鐵車門處，阻止列車開動。乘客逼停地鐵的事件也並不鮮見。8 月 16 日，南京地鐵一乘客因為其姐姐未能及時上車，下車後故意用行李擋在列車門和安全門之間，導致列車車門無法正常關閉，停運 174 秒。

帝醜德奇（地醜德齊）（29）

一、浙江：情侶酒駕撞倒老人，謊稱帶老人去醫院，竟將她拉到拉野外活埋。經法醫鑒定老人是窒息死亡（見：棄不成生）。

二、通州區正場鎮附近發生一起車禍，肇事司機謊稱送受傷老人去醫院，中途卻把老人扔下，還對老人大打出手。— 2011.09.25。

三、閻良區一老人騎自行車帶著小孩，路過迎賓大道南段時被一黑色小轎車撞倒，老人生命垂危。肇事車司機謊稱送小孩到醫院，半路卻將小孩棄路上，駕車逃逸。— 2003.11.07

四、四川都江堰肇事司機「主動」送醫，半路將人丟草堆中，閃人。— 2013.11.13

帝醜德奇（地醜德齊）（30）

常青路段正在施工，道路十分狹窄，而張某下車買菜，隨意停在機動車道上致使本來就擁堵的道路變得水泄不通。

帝醜德奇（地醜德齊）（31）

采花大道（采花大盜）

高架橋上順花盆，這賊挺損，膽挺大。— 2015.10.10

迎賓路高架橋竣工通車，橋上長達 3 公里的景觀花廊，短短 10 天內就丟了 300 多盆花和 100 多個花槽。

帝醜德奇（地醜德齊）（32）

山東：家長曝育嬰師虐待嬰兒，視頻顯示：狼保姆瘋狂虐待 4 個月大的嬰兒。— 2015.06.14

帝醜德奇（地醜德齊）（33）

長興縣環衛工人到銀行倒開水被拒，百餘商戶，「你在不出去我就打 110」陳阿姨被銀行職員拉了出來。

湖南鄭州環衛工制止亂扔瓜皮遭6男1女毆打。

廣州3名遛狗女子大罵清潔工：你們的名不如狗值錢。

帝醜德奇（地醜德齊）（34）

中國式「空投」之冰山一角。— 2016.05.24

從江胡時代開始到現在，近30年的時間裏，從樓上往下扔東西，從來就沒間斷過。微波爐、磚頭、玻璃、啤酒瓶、玻璃碴子、烏龜、鋤頭、生活垃圾、醬茄子、粽子。

帝醜德奇（地醜德齊）（35）

江西警方破獲「重金求子」電信詐騙

半年抓獲600多人，依靠詐騙漁村變富婆村。

帝醜德奇（地醜德齊）（36）

反刻為主（反客為主）

情侶將愛情宣言刻烈士公園，市民稱應剁手。— 2014.2.16

飛機舷窗被刻「到此一遊」— 2015.12.02

埃及金字塔上有中國人刻上了到此一遊，丟盡了中國人的臉。

西紙坊景區裏的饅頭窯景點，紙糊窗戶被遊客捅成了馬蜂窩，破破爛爛的十分難看。— 2016.10.05

帝醜德奇（地醜德齊）（37）

乘客大喊「我現在要離婚」叫停起飛航班。— 2016.07.07

機上的另外500多名乘客跟著遭殃，江胡習時代地對空搗蛋，舉不勝舉（見：機飛狗跳）。

帝醜德奇（地醜德齊）（38）

護士高呼「我是孕婦」反遭患者母女踢肚子，被打護士34歲，好不容易才懷孕，結果被踢流產。— 2014.02.23

西安多名孕婦肚子遭拳擊，警方成立專案組。— 2014.03.25

大媽腳踹孕婦肚子。— 2015.10.20

10月16日下午2點，太原市奧林匹克公園門口，為停車位一位老太太猛踹孕婦肚子。

深圳：不滿半夜查房，產婦丈夫暴打懷孕女護士。— 2013.09.15

海南：因拔針速度慢，患兒父親毆打懷孕女護士導致該護士腦震盪。醫

生：護士被毆打致腦震盪，下腹陣痛存在流產可能。— 2016.07.10

帝醜德奇（地醜德齊）（39）

美國一名消費者給中國賣家打出差評，並從專業角度寫出 800 字的評論對問題進行分析，他沒想到竟然引發中國賣家跨洋「轟炸」。從接連不斷要求刪除差評的郵件騷擾中，不乏悲情攻勢，甚至言語威脅。

白岩松：國外有一個客戶對網路上一個產品給出差評，居然遭到來自中國廠商銷售人員的越洋騷擾，這騷擾比產品遭差評可糟糕多了，而面對這個騷擾，我們應該怎樣給他差評呢？

帝醜德奇（地醜德齊）（40）

大連不銹鋼果皮箱丟失嚴重，部分市民搬回家醃菜。— 2012.10.29

帝醜德奇（地醜德齊）（41）

公車上千把愛心扇子，半月丟了一半。— 2014.07.14

瀋陽：司機王振，為給乘客一個良好的乘車環境，自掏腰包買了 1000 多把扇子放在 296 路線上所有公車上，半月丟了一半。有媒體報導過瀋陽公車上丟失的安全錘高達 5000 把。

帝熊熊一國（1）

熊貓是中國的國寶也是世界的寶貝兒，在西方國家領導人的眼裏江胡兩位亞種皇帝簡直就是 2 只極其馴服、可愛的大熊貓。

威風掃帝（威風掃地）

儘管江胡在中國人面前飛揚跋扈，但在美帝面前卻低三下四，所以美國敢炸中國大使館，所以菲律賓、南韓、越南等小國都敢這在中國頭上拉屎。

當媒體把百姓的目光吸引到釣魚島、黃岩島「對峙」的時候，高麗不費吹灰之力就獲得了巨額財富。最近幾年韓國對中國漁船的罰款總額高達 1.64 億元人民幣，得寸進尺的韓國大幅度加強了對「非法捕撈」的中國漁船制裁的力度，罰款上線提高了 1 倍……。

普京敢於收回克裏米亞，江胡敢收回被菲律賓、越南等國侵占的領土嗎？連「芝麻」都不敢收回，西瓜就更甭提了。到現在襲盡平一直捂著蓋著，不敢提江澤民出賣給俄羅斯 344 萬平方公里領土的罪惡！

帝熊熊一國（2）

江胡時代的中國軍隊，根本沒有資格和毛時代的中國軍隊相提並論。武

器愈來愈先進，膽量卻愈來愈小。這也難怪「慈禧太后」的軍隊不是用來抵禦外國侵略，而是鎮壓老百姓的。更何況江胡任命的高級將領都是酒囊飯袋。如田修思一個對空軍一竅不通的人，當空軍政委。拿手術刀的軍醫被江澤民提升為將軍的不止一人。王牌軍38軍的趙團長，全軍他業務最好，就把他轉業了，而狗屁不是的團長卻被提拔為師長。

以上僅僅是中國軍隊將領集體缺鈣之冰山一角。

假設給這些酒囊飯袋100艘航空母艦，他們敢打仗嗎？一提打仗不尿褲子就燒高香了！

如果總是拿美國做藉口，拿世界大戰做藉口，被侵占的領土永遠也無法收回。江胡不是普京，所以「小米加步槍」的菲律賓敢於和「強大」的中國海軍對峙。心裏「缺鈣」即使擁有最先進的武器，又有什麼用呢！

顛倒紅綠（顛倒黑白）

大陸的媒體「大哥大」央視居然視丹如綠，難怪大陸很多人對央視不屑一顧，正因為央視不招人待見才出現了南京一名校禁止學生週末在家看湖南衛視，只能看央視的愚蠢作法。現在央視雖然治好了「色盲」，但「不分青紅皂白」的恥辱卻留下了不光彩的一頁。

前幾年「中國漢字聽寫大賽」選手答題的設計是，3盞紅燈表示正確，綠燈則表示答案錯誤。央視那些咬文嚼字的播音專家們，果然中招。因為素質太低，只認得黑白，卻分不清紅綠。

道貌岸然的播音專家們坐在評委席上顛倒紅綠的時候，解說嘉賓、導演、編導、策劃、攝像、服裝、道具整個團隊都聽之任之，這麼低級的錯誤竟然貫穿整個賽季，真不知道央視這些人是幹什麼吃的！是酒囊飯袋現了原形呢？還是世外高人佈的局？總之一群低素質的專家盤踞在央視是個不爭的事實。

綠燈行紅燈停的國際慣例被央視糟蹋得一塌糊塗。媒體大哥大的新聞導向對百姓的影響特別大，難怪成千上萬的中國人闖紅燈。

避孕套裝水，搶占科普陣地。世界上稀奇古怪的事物數不清，最令人驚奇的是央視對避孕套情有獨鐘。堂堂的央視女主持，在億萬觀眾面前擺弄避孕套，揉來揉去成何體統，這和讓劉謙上春晚如出一轍，雕蟲小技。要看就看大師的表演，把飛機、火車、軍艦變得無影無蹤。

見錢眼開的央視

2013年9月，丁俊暉上海大師賽奪冠，播廣告掐斷頒獎禮。

霸道的央視

轉播休斯頓火箭對洛杉磯湖人比賽，就剩 3 妙，球迷們瞪著眼睛觀看是否能絕殺，可就在這節骨眼央視給掐了，播放中國女排比賽錄影。五迷三道的央視：動不動切斷電視劇播一些雜七雜八的節目。

央視愚弄百姓

央視記者楊建賽前就已經得到了劉翔傷勢嚴重很難跑完全程的消息並向上級做了彙報，提前做好了 4 種解說方案。正因如此，女主持人雅雯被曝於 2 年前離開央視，轉行賣起了拉麵，對央視來說是極大的諷刺！

劉儀偉、崔永元、王志、程前、黃健翔、許戈輝、趙琳、文清、魯豫、楊瀾等人，為何集體「出逃」？留在央視的只有 2 種人，一種向白岩松那樣水準非常高的節目主持人，另一種酒囊飯袋（見：包磚隱玉）。

典實成金（點石成金）

廣西崇左市 1 年裏花在孩子學習上的費用不足百元，全校只有一本字典。

2010 年 12 月，中央電視臺記者張芸收到來自廣西崇左一所小學的信件，反映當地小學生缺乏字典等工具書的狀況。隨後，她親自前往武德鄉科甲完小 3 年級一班採訪，震驚地發現：全班真的只有一本字典，而且已經被翻得破破爛爛。在字典的扉頁上，孩子們用稚嫩的字體寫著：「本書值千金，破了傷人心，朋友借去看，千萬要小心。」

缺字典的不僅是學生，這所小學全校教師也只有一本公用字典輔助教學。字典的匱乏，導致不少 3 年級以上小學生至今不會查字典，寫作業更是錯字連篇。而在記者後續的調查中發現，貧困地區農村中小學缺乏字典的現象絕不是個例。據廣西壯族自治區教育廳統計，在全區義務教育階段的 600 多萬名學生中，缺字典的學生達 340 多萬名。而且，許多小學生使用的還是 5 元一本的盜版字典，錯訛甚多，印裝粗劣，誤人子弟。

究其原因，經濟條件還是首要的。筆者在廣西接觸到很多家長，「他們說 1 年的收入大概 1000 多元，能用在孩子這一年學習上的花費是 70 元到 100 元，相對來說，10 幾塊錢一本字典太奢侈了。」而在寧夏固原這樣的國家級貧困區，類似情況也很普遍。這裏的農民收入普遍不高。一本簡裝版字典定價雖然只有 12 元，但大多數家庭仍難以負擔，僅賣 2、3 元的盜版字典便乘虛而入。當地許多農村中小學生購買和使用的都是盜版字典。盜版雖然內容和正版沒什麼區別，但印製粗劣，前半本和後半本紙張的顏色、質地都截然不同，有的字跡甚至模糊不清。

碘金成鐵（點金成鐵）

2009 年 3 月底，「舟山論壇」上，一群網友發起了集體抵制碘鹽的行動，抗議食鹽中強制加碘。

2007 年到舟山市人民醫院接受甲狀腺疾病手術的患者達 770 多人，比 5 年前增加了 500 多例，其中甲狀腺癌病例更是增加了 1 倍以上。

目前中國正處於甲狀腺疾病的發病高峰。2001 年，第二軍醫大學附屬長海醫院分泌科黃勤等人對寶鋼集團進行了一次為期 4 個月的調查，發現確診的 310 例甲狀腺疾病患者中，有 183 例是在食鹽加碘後 3 年半內發生，然而在巨大的利益驅使下，碘金成鐵之工程，直到 2014 年年底仍舊如火如荼。

碘鹽成金（點石成金）

中國人吃鹽的成本向燒油一樣居全球前列。中國的人均食鹽消費額與人均國民收入之比分別為 0.12，美國、法國、澳大利亞為 0.06。

高利潤驅使，高碘地區難以買到無碘鹽。— 2014.05.12

2005 年，河南省衛生部門將商丘市列為高碘地區，要求鹽業公司「停止供應碘鹽」，但鹽業公司始終未予理睬。鹽業的腐敗與跋扈可見一斑。

在日常生活中幾乎買不到非碘鹽。有的居民為了買到非碘鹽，甚至不得不到衛生行政部門指定的醫療機構，開具證明。未加碘的鹽很難在合法管道流通，基本上均當作「私鹽」處理。

制鹽企業以每噸 400 元左右的出廠價將食用鹽出售給專營鹽業公司；鹽業公司在其中加入價值僅 20 至 30 元的碘，隨後將加碘食鹽的批發價漲至每噸 3000 至 4000 元的價格供應給終端零售商；終端零售商又以每 500 克 1.2 元至 1.6 元的價格賣給普通消費者，相當於上漲到每噸 6000 至 7000 元。食鹽從生產廠家到最後環節消費者手裏前後價格相差 10 倍之多。

目前中國居民戶碘鹽覆蓋率達到 97.5 %，遠高於 70 % 左右的全球平均水準。同時，中國碘缺乏病得到了有效控制，兒童甲狀腺腫大發病率由 1995 年的 20.8 % 下降至目前的 5 % 以下。中國人每天攝碘量達到了驚人的 220 微克至 850 微克，遠遠超過世界衛生組織劃定的每天 200 微克的安全線。作為世界碘缺乏病最重的地區之一，歐洲 2009 年年底的統計數據顯示，52 % 的人口碘缺乏。與此同時，歐洲只有 28 % 的國家採取了碘鹽措施，而該項措施也只是推行碘鹽，多數國家讓民眾自願選擇。

丟足保居（丟卒保車）（1）

江胡乃球權之毀（求全之毀）罪魁禍首

鑫有餘而不投足（心有餘而力不足），把金錢看的高於一切的江胡時代足球場愈來愈稀少，摩天大樓卻愈來愈密集。

建高爾夫球場扔多錢都捨得，對足球場一毛不拔還算是好的，昔日的能踢球的場地全都被毀蓋起了高樓，球場愈來愈稀少。正因如此，中國足球成績愈來愈差，世界排名下降到 100 多位，其原因在於政府熱衷於蓋樓不讓孩子踢球。什麼從青少年抓起全是屁話，沒有普及就沒有提高。學者建議賣地錢 1％建球場的建議，被當做耳旁風。深圳足球場地緊缺，場租費高昂。踢一場球，租用場地的費用從 700 至 800，3000 至 4000 不等，數倍與之毗鄰的香港。香港免費足球場有將近 200 個，收費足球場的價格大約是深圳的 $\frac{1}{16}$。

蓮花山南邊足球場擬建百米高樓，300 多支業餘球隊在這裏揮灑汗水。

丟足保居（丟卒保車）（2）

球生不得，球死不能（求生不得，求死不能）

對於草根球隊來說，「訂場」是一個最現實的難題。— 2014.10.01

由於深圳場地的愈發緊俏，足球早已不是一項說踢就能踢上的運動。

有錢才能「動」？由於不滿意球場的關閉，有深圳球迷半吐槽、半現實地表態說：繼去香港買奶粉、打醬油之後，該輪到深圳球友去香港踢球了，如若成行，也真是一種諷刺。不過，這也只能是深圳球迷的福利，畢竟離香港近，而全國其他城市的球迷又該去哪兒踢？

白岩松說，在北京，他常年踢球。現如今，球場收費真是愈來愈貴，對年輕的孩子或收入不高的中老年人來說，想踢球或進館打羽球、網球，價格是一高高的牆，難道我們要在城市中喊一句口號嗎？沒錢、別動！運動的動。

在接受央視採訪時，深圳晚報記者也說道，球場在深圳愈來愈成為稀缺資源，福田區有 50 多個球場，其實一大部分都屬於學校，而學校球場自從出現校園砍人事件後，為了保障學生安全，球場是不對市民開放的。一位足球俱樂部負責人陳心心也在節目中說：「蓮花山球場被關閉後，很多熱愛足球的孩子也面臨無球可踢的情況，市中心足球場愈來愈少，孩子放學後再去關外踢球不現實。」

在寸土寸金的深圳，不少足球場因其被規劃為商業用地的屬性而不得不接受最終被拆掉的命運，近年來，像展鵬一樣被拆掉的球場不勝枚舉：梅林關球場、松坪山球場、深大凱紅球場、科技園球場、高新基地球場、邊防球

場、康爵翠海球場等。而這些球場被拆除後，人們卻不見新球場的出現，如今，深圳的足球場愈來愈稀少，摩天大樓卻愈來愈密集。根據相關統計，目前深圳 200 米以上的高樓大廈已有 37 座，加上規劃或在建的 74 座，總數量將達 111 座，這一數字已超過相鄰的香港，但是，土地更為金貴的香港卻設有不少足球場館，而不少社區足球場是免費向市民開放。

一位線民在新聞後評論：比起深圳香港應該更寸土寸金，香港為什麼能建那麼多足球場呢，去數數深圳市中心有多少高爾夫球場？

毒厲王國（獨立王國）（1）

自從江澤民當上中國大陸的亞種皇帝，不僅國內的毒販子歡呼雀躍，國外的洋人更是歡天喜地，再也不用為那些令人頭痛的難以處理的垃圾發愁了，所有劇毒垃圾源源不斷地運進中國，中國成了世界上最大最毒的垃圾王國。

環保總局首席科學家吳玉萍在接受記者專訪時說，全世界的電子垃圾約 70％進入中國。「中國現在已經成為世界最大的電子垃圾傾倒場。」

吳玉萍表示，電子垃圾中含有鉛、鎘、鋰等 700 多種物質，其中 50％對人體有害。在回收過程中如果處理不當，將嚴重汙染環境。在進入中國的電子洋垃圾中，相當大的比例是最「毒」的成分。

毒厲王國（獨立王國）（2）

格力新廠全球最毒。— 2015.06.05

格力鄭州建新廠遭抗議，教授稱將成全球最毒工廠。投訴人是鄭州大學機械電子專業的副教授，他稱，自己對於電器電子產品的拆解行業非常暸解，電子垃圾是「全球最毒」，這個新廠應該是提取這些電子產品中的重金屬。而就目前國內的技術來看，勢必會造成嚴重汙染。

毒厲王國（獨立王國）（3）

東邪吸毒（東邪西毒）

毛宰東把地主、資本家及所有有錢人弄得家破人亡。江宰民不僅瘋狂地惡宰百姓，而且把整個中國弄得汙天黑地（烏天黑地），13 億人都無法逃脫被迫吸毒的厄運。PM2.5 瘋狂地吞噬著中國人的生命，超級毒梟江擇民給中國帶的巨大災難。現在中國大陸每年新發腫瘤病例 350 萬，腫瘤專家指出：2033 年，中國人肺癌的發病會出現「井噴」。

毒厲王國（獨立王國）（4）

環保部專家：中國幾乎所有汙染物排放量世界第一，更可怕的是未知環境風險。— 2013.11.02

2010 年二氧化硫、氮氧化物排放總量分別為 2267.8 萬噸、2273.6 萬噸，位居世界第一。煙粉塵排放量為 1446.1 萬噸，遠遠超出環境承載能力。

武漢 1 年 20 萬噸廢棄物處置不當，毒性是砒霜 900 倍，二惡英對人體危害要高於砒霜。— 2013.12.18

山東龍口造紙廠臨近海域 6 萬平方米範圍內，葫蘆島鋅廠臨近海域 5 萬平方米範圍內，都已經沒有水體生物，成了海底沙漠（見：海哭石爛）。

據測算，2009 年電池企業排放重金屬廢水總量 1200 多萬噸，其中鉛蓄電池企業排放廢水 1000 多萬噸；產生重金屬固廢 22 餘萬噸，其中含鉛固廢 21 餘萬噸，含鎘固廢約 4000 噸；廢舊鉛蓄電池有組織回收率不足 30 ％。

毒厲王國（獨立王國）（5）

多年來練江流域沒有一座汙水處理廠和垃圾填埋場。僅流經潮陽區市區的護城河沿河排汙口多達 300 多個，居民的生活汙水直接排到河裏。

練江流域的水質 1998 年是劣 V 類，之後就一直是劣 V 類。— 2015.07.01

2000 年一份報告顯示，練江流域的貴嶼北林，地表水中鉛含量是世界衛生組織推薦可飲用水標準的 2400 倍！

毒厲王國（獨立王國）（6）

一名商人網路舉報晉江「毒地」

晉江市華順生豬養殖場建立於 2012 年，前身為一家石油化工廠，經查在該產區內地面下 3 至 4 米的部分區域，填埋了多達 5000 多噸的危險廢棄物，汙染面積相當於 24 個標準籃球場。

毒厲王國（獨立王國）（7）

以潰攻毒（以毒攻毒）

2014 年 12 月 25 日，央視新聞爆出山東魯抗醫藥大量偷排抗生素汙水，濃度超自然水體 1 萬倍，並涉嫌和第三方運營公司進行汙水數據造假。

汙染監測數據造假。前不久，寧夏啟元藥業被查出汙染治理設施運行異常、涉嫌數據造假的問題，即當設備停運、鍋爐煙囪排放煙氣明顯變化時，線上監測數據卻紋絲不動。— 2014.03.25

去年山東省查處了 17 家對環境自動監測數據弄虛作假的企業。近期寧夏不斷曝出有企業線上排汙監測數據造假，而這類「貓膩」事件近年來在全國

已是屢見不鮮。

毒厲王國（獨立王國）（8）

毒占鰲頭（獨佔鰲頭）

央視曝光：一些美白祛斑化妝品汞含量超標 6 萬倍。強力祛印消斑霜汞含量為每千克 39435 毫克，超標近 4 萬倍。京朝陽醫院職業病中毒醫學科主任郝鳳桐說：「這 2 年生活性汞中毒，化妝品導致的占 8 層以上」，因化妝品中毒入院的受害者不計其數。

毒厲王國（獨立王國）（9）

電鍍黑窩點汙染廢液直滲地下。— 2014.12.02

11 月 4 日，邢臺市公安局環安支隊和寧晉縣環安大隊在寧晉縣唐邱鄉唐邱村發現一非法電鍍加工廠，該工廠老闆孫某租用場地，雇傭柳某、粱某等進行電鍍生產加工，非法使用危險化學品「鉻酸酐」往液壓杆上鍍鉻，並將鍍鉻過程中產生的廢水直接通過暗管排到電鍍車間外 4 米深的磚砌滲井中，使廢液直接下滲地下。經監測，發現水中有毒重金屬六價鉻超標 5000 倍，總鉻超標近 1000 倍。

化工廠非法排汙「塑膠布」做防滲。10 月 22 日，邢臺警方對河北省南宮市垂楊鎮崔村李某經營的海源化工廠進行突查發現，該工廠將廢渣直接儲存在廠房門口西側的大鐵罐中，而廢水則排入院子南邊一個防滲坑裏。防滲坑很隱蔽，坑上蓋有鐵絲網、草簾子和塑膠布，並被覆上了土。當民警掀開塑膠布和草簾子時，刺鼻的酸味撲面而來，嗆得民警直流淚。民警發現，所謂的「防滲」就是坑下鋪了一層塑膠布。

毒厲王國（獨立王國）（10）

湖南石門雄磺礦，在礦廠關停後 3 年後的 2014 年，選礦車間砷的含量依舊高得驚人（砷含量 53000 毫克每千克）。

水汙染和大氣汙染 95 ％的汙染物質都會沉澱或飄落在土壤之中。在石門雄磺礦區，多年來河水沖走的 30 萬噸礦渣和空氣中的 2 萬噸粉末，最終讓大地遭殃，該地區 12 平方公里的耕地遭受汙染，小麥砷含量超標高達 28 倍。

毒厲王國（獨立王國）（11）

雲南省曲靖市陸良化工實業有限公司非法傾倒了 5000 多噸工業廢料鉻渣，致使水庫致命 6 價鉻超標 2000 倍，嚴重汙染造成了 77 頭牲畜死亡，發

生了這麼大的生態危機，至少捂了 2 個月才被迫見光。

毒厲王國（獨立王國）（12）

又現毒跑道！北京一小學塑膠跑道用了不到 10 天，25 名小學生流鼻血。— 2016.06.24

瑞安一小學被曝有「毒跑道」學生流鼻血反復發燒，身上過敏等等症狀，近 $\frac{2}{3}$ 孩子病倒。美蓮小學塑膠跑道檢測毒物超標 20 倍。深圳外國語學校初中部新鋪設的跑道樣本送檢結果顯示，甲苯和二甲苯總和超標 140 倍。

在 2015 年不完全統計出現毒跑道問題的有江蘇、廣東、上海、浙江、江西、河南等 6 省市的多個學校，具體城市多達 15 個。

毒厲王國（獨立王國）（13）

山東「奪命快遞」造成 1 死 9 傷的悲劇，圓通等 4 家公司曾送過 20 多次毒快遞。

毒厲王國（獨立王國）（14）

毒販一年發 3000 次快遞全國運毒。— 2015.12.15

瀋陽警方打掉販毒團夥 11 個，抓獲犯罪嫌疑人 119 人，繳獲毒品 59.1 公斤，其中冰毒 57.4 公斤，海洛因 1.7 公斤，麻姑 11000 粒，扣押涉案車輛 19 臺，毒資 200 餘萬元……。

毒厲王國（獨立王國）（15）

房屋裝修毒素逐年上升，芳香殺手達到國家標準 3 倍。— 2016.04.17

毒厲王國（獨立王國）（16）

央視《新聞調查》：陸豐毒村的變遷。— 2015.05.17

一個偏僻小村莊，0.54 平方公里，14000 多人，而涉毒犯罪嫌疑人就有200 多人，村裏有 77 個製毒工廠，1 個炸藥製造窩點，甚至擁有槍支、手雷、管制刀具、弓弩等武器，兩度被國家禁毒委「戴帽」，全國冰毒案件樣品近 7成來自這裏。從 2006 年至 2011 年，「近 6 年時間，全國有 22 個省市破獲的1077 宗毒品案件涉及陸豐，抓獲的陸豐籍毒販人數逐年增加，從 2006 年的 65名到 2011 年的 341 名，6 年翻了 5 倍多。」「僅 2012 年前 4 月，全國又抓獲97 名陸豐籍毒販，同比增長 147％。」

博社村村長村支書蔡東家帶頭製販毒，卻一路當選陸豐市、汕尾市兩市人大代表。蔡東家製度販毒之事，天知地知，陸人皆知，唯獨人大「不知」。

毒厲王國（獨立王國）（17）

國家禁毒委：中國實際吸毒者超人口 1％。— 2015.05.12

禁毒工作如果做的不好會產生加法甚至乘法，2014 年中國吸毒人數實際超 1400 萬。

毒厲王國（獨立王國）（18）

中國控煙 10 年，捲煙生產量反增加近 50％，香煙重金屬超標 3 倍以上，世衛煙草控制組織授予中國——煙灰缸獎。

毒厲王國（獨立王國）（19）

在遵義湄潭縣毒魚事件時有發生，有人甚至在水源地投毒捕魚捕蝦。投毒捕魚捕嚇對環境破壞非常嚴重，但屢禁不止。投毒捕魚捕蝦在各地屢見不鮮。— 2015.10.15

毒厲王國（獨立王國）（20）

後江胡時代有毒食品遠不及江胡時代那麼邪乎，但依然令世界各國望而生畏。10 年來中國食品安全事件 22 萬起，其中 75％系人為。— 2015.11.30

無處不在，五花八門的有毒食品活體實驗每天至少 60 起，面對著鋪天蓋地的有毒食品 13 億中國人別無選擇硬著頭皮選菜。

蔬菜：毒韭菜、毒榛子、毒蘑菇、毒土豆、甲醛白菜、「毒粉條」、毒豇豆毒豆角、毒豆芽、毒辣椒。

肉、蛋、油類：42 萬噸走私凍肉，2000 多噸病死豬肉、毒狗肉 12 餘噸、2.5 噸有毒黑板筋、2 噸毒牛百葉、毒皮凍拌肉皮、甲醛皮凍、「毒鴨血」、毒鹹蛋、硫酸銅松花蛋，每年有 200～300 萬噸地溝油返回餐桌。

海產：毒魚翅、火城發海參、孔雀石綠水產品、染色毒海帶、注膠毒蝦仁。

主食：甲醛麵條、塑膠米線、鎘大米（中國市場大米 10％鎘超標）。

調味品：毒薑、毒「大料」。

乳製品：毒牛奶之冰山一角。

蒙牛檢出強致癌物，黃麴黴素 M1 超標 140％。2010 年中國，「三聚氰胺」捲土重來。甘肅、青海、吉林等地又出現三聚氰胺嚴重超標的「毒奶粉」。蒙牛集團統一配送的學生奶導致 251 名學生被送往醫院治療（見：飲頸受戮）。

以上僅僅是江胡時代有毒食品之冰山一角。

有毒食品活體實驗進行了近 30 年時間，之所以絲毫沒有減弱的跡象，是因為有毒食品傷不到特權階層及有錢人半根毫毛。正因為如此，以瀆供毒（以毒攻毒）愈演愈烈（見：人在江湖，食全食美）。

毒厲王國（獨立王國）（21）

喝砒霜水的村莊，459 個癌症村之一。離北京 43 公里的河北省大滄縣下旬村就是癌症村。各類癌症、白血病奪去了不少村民的生命，飲用水砷超標 2.95 倍，錳超標 3.8 倍，通俗地說這個村的村民一直在喝砒霜水。— 2013.02.27

一張 30 人的死亡名單。村民馮軍挨家挨戶進行調查，做了一張近 10 年夏墊村因癌症致死的名單，其中有 30 人，「村子裏有兩三千人，其中還有一些人已經外出打工，這份名單並不完全。」

到目前為止，中國官方從未進行過癌症村調查。— 2017.01.01

毒厲王國（獨立王國）（22）

900 倍的「砒霜」毒害城市居民。

本應沒有居民樓的區域，佈滿密密麻麻的樓房。— 2013.12.18

未通過環評非法生產，武漢 1 年 20 萬噸廢棄物處置不當，毒性是砒霜 900 倍，二惡英對人體危害要高於砒霜。鄰近垃圾焚燒廠社區，居民自己統計的一張死亡名單，從 2013 年年初到 11 月份，只有 1000 多人的芳草苑社區接連有 8 位居民，因為患肺癌、肝癌、淋巴癌等疾病相繼去世。

毒厲王國（獨立王國）（23）

湖北棗陽的 3 名小學生在學校附近超市以 1 元的價格購買了一包驅蚊手環，隨後佩戴手環和圍觀的同學都出現了頭暈、噁心、腹痛的症狀，最終共 29 名學生被送往醫院治療。

毒厲王國（獨立王國）（24）

貴州：畜牧用鹽流入農村賣給人吃，利潤接近毒品。近期，貴州省遵義市多地群眾反映，自 2014 年以來，畜牧用鹽流入農村賣給人吃。— 2016.07.15

公安機關提取了群眾購買的飼料添加劑氯化鈉送檢，貴州省鹽產品品質監督檢驗站檢驗認定，送檢品均不含碘，不符合食品安全國家標準食用鹽碘含量技術標準，人不能食用。

貴州省鹽務管理局鹽政處處長王宏說：「貴州市場每年只需 5000 噸飼料添加劑氯化鈉，而 2014 年 7 月至今進入貴州的飼料添加劑氯化鈉超過 20000

嗵，遠遠超過畜牧用鹽需求量。」

毒厲王國（獨立王國）（25）

劇毒鐵桶惹禍，熏死玉米，嗆倒人。— 2014.06.29

明明標有劇毒字樣，醫院還是隨隨便便賣給了個人。由於毒性太大，有 3 位農民在給玉米施肥的時候，被熏迷糊了，其中一位當場不省人事。幾天之後，記者來到現場，廢棄物已被清除，但殘留的氣味還讓記者感到頭暈、噁心（見：姑息養奸）。

毒厲王國（獨立王國）（26）

央視：市面上 95％瑪瑙手鐲由劇毒化學品染色。— 2014.04.09

「染色」瑪瑙：檢測結果不容樂觀，亟待行業標準。染色藥水主要成分就是高腐蝕性的硝酸鉀、硝酸鈉、硝酸銀等。不止廈門東埔村，染色瑪瑙在遼寧阜新縣同樣存在了 20 年。

毒厲王國（獨立王國）（27）

浙師大女生宿舍集體中毒原因揭秘，新宿舍甲醛過大。— 2014.12.04

毒厲王國（獨立王國）（28）

北京消協抽檢床墊竟有一半品質不合格，甲醛超標很普遍，最高超過國家標準 39.7 倍。內部用料夾雜編織物、石粉、沙石、秸稈。

毒厲王國（獨立王國）（29）

國家質檢總局抽檢：部分木製傢俱甲醛超標嚴重。— 2015.01.08

毒厲王國（獨立王國）（30）

毒涼席可致嬰兒畸形。孕婦睡了甲醛含量超標、甲醛釋放量超標的涼席，甚至會影響下一代。

市場購買竹制涼席甲醛含量多超標可致嬰兒畸形。— 2013.08.12

2014 年南京質監局對 142 個涼席樣品進行了檢測，超 7 成樣品都不合格。

每週品質報告：不爽的涼席。— 2015.08.16

浙江省質監局這次總共抽檢了 87 個批次，其中 57 個批次合格，30 個批次不合格，不合格占 34.5％。生產領域 6 個批次不合格，不合格率占 13.3％，流通領域不合格是 24 個批次，占 59.4％。

不合格樣品：甲醛釋放量嚴重超標，最高的超過國家標準 10 倍以上。

毒厲王國（獨立王國）（31）

小吸管藏隱患。— 2015.09.20

國家現行標準規定：吸管中的原材料，主要是食品級的聚丙烯。

朝吸相伴（朝夕相伴）

江蘇省質監部門此次檢測發現：吸管中添加重金屬染料，禁用偶氮染料、滑石粉、過量塑化劑等成分，甚至個別吸管涉嫌醫用廢棄物進行生產。

潰厲王國（獨立王國）（1）

賣國賊江擇民不僅出賣了 344 萬平方公里領土，更是對毒害中國大陸。

有獨鐘（情有獨鐘），自從江擇民當上中國大陸的亞種皇帝，全世界的洋人歡呼雀躍，劇毒垃圾如入無人之境源源不斷運進中國，中國成了世界上最大最毒的垃圾王國。三帝一「賣」相承，江擇民把「95 個臺灣」出賣給「沙俄」，胡僅濤聽之任之，習帝則瘋狂燒納稅人的錢給普京舔腚（見：一燒一路）

潰厲王國（獨立王國）（2）

皇潰乃天下第一潰的時代，早已落伍，因基因的退化，亞種皇帝比皇帝有過之無不及。自古以來，皇帝都嚴格遵循一個原則：順天意，從不冒犯大自然，所以大自然毒魔躲在潘多拉的盒子裏，從不出來禍害人類。但自從鄧曉平這個瘋犢子讓江擇民當上亞種皇帝之後，「中國的大自然」被瘋狂地殺雞取卵遭到了毀滅性的破壞，多虧了亞種皇帝中國獨有，否則人類必將滅亡！

每當江擇民潰癮發作的時候，文武百官潰癮也跟著發作，每次潰癮發作最大的受害者就是大自然。在江胡統治的 23 年裏，「中國的大自然」被破壞得千瘡百孔。

潰厲王國（獨立王國）（3）

「廢除了」帝制的「帝國」乃 13 億中國人最大的悲哀！在大陸皇帝非但沒有進化成總統，反而退化成亞種皇帝。不穿龍袍的亞種皇帝在各方面都遠不及皇帝。正因如此，中國的環境汙染愈來愈嚴重，有毒食品氾濫成災，假貨鋪天蓋地，礦難層出不窮，血拆沒完沒了，數不清的豆腐渣工程核聚變，冤假錯案不斷被複製……。

潰厲王國（獨立王國）（4）

「廢除了」法律的「帝國」就連王法也被糟蹋得一塌糊塗。世界上唯一

的一條「殺人流水線」乃江擇民瀆創，江擇民瘋狂地用「牛刀殺雞」之狠毒令有史以來所有的暴君都望塵莫及。江擇民在和平年代的大規模虐殺，無論是殺人的數量還是殘忍程度都令戰犯們望塵莫及

瀆屬王國（獨立王國）（5）

瀆一無二（獨一無二）

江擇民瀆創的「冤案流水線」前無古人後無來者。江胡瀆創的有毒食品流水線，瘋狂地拿 13 億人活體實驗，已經接近 30 年……。

奪席談京（奪席談經）

斯諾燈，照膽量

這個地球上敢收留斯諾登國家沒有幾個，多虧了世界上有個偉大的普京敢和美國抗衡，否則斯諾登死無葬身之地。俄羅斯的經濟根本沒資格和中國相提並論，但普京的膽量卻令全世界佩服，財大未必氣粗，斯諾登在去俄羅斯之前是在中國香港轉機……。如果中國是最後一站斯諾登早已命喪黃泉。

下面的「禮物」獻給江胡習皇帝。勇敢的貓鼬逼退獅子順利脫身。在非洲馬薩馬拉國家公園裡，勇敢地貓鼬並不怕獅子，這隻貓鼬靠利爪和咆哮讓 4 只獅子不知所措，它鑽進洞穴之後又跳出來與獅子對持，甚至將獅子逼退。雖然被 4 隻獅子團團圍住，貓鼬還是順利脫身。如果江胡習皇帝有普京 1％的膽量，中國不至於被菲律賓等過欺負到如此地步！就算擁有 100 艘航空母艦也沒用，江胡習皇帝嚴重缺鈣。

E

惡貫滿營（惡貫滿盈）（1）

中央財政每年撥 160 億，用於為農村義務教育階段的學生們，提供營養膳食補助，猶如唐僧肉妖怪們不吃上一口怎能放行，從上到下缺乏配套資金使用和監管機制。孩子們的午餐費營養了貪婪的局長、校長。浙江永康教育局局長及 12 名中小學校長等 15 人貪汙學生午餐，金額達 400 多萬元。

惡貫滿營（惡貫滿盈）（2）

大三女生的微博裏開始對「縮水」營養午餐的大聲疾呼：我要跟湘西州或者鳳凰縣教育局掐一架、送過期奶到學校，你們是想毒死孩子們？

惡貫滿營（惡貫滿盈）（3）

在短短一個月時間裏，實行免費營養餐的地區連續發生 3 次重大問題。

5 月 22 日，青海省西寧市大通縣 7 個鄉鎮，72 所學校的 548 名學生吃了牛奶核桃酥麵包，出現不同程度的食物中毒症狀。

5 月 16 日，廣西都安 400 餘名小學生喝，「營養餐牛奶」導致腹瀉。

4 月 25 日，雲南富源縣某小學，給學生供應發黴麵包做「營養餐」。

湖南新化縣多所小學，連發多起學生因食用營養餐中毒，入院治療事件。

湖南省婁底新化縣的孟公鎮、坐石鄉、奉家鎮等多個鄉鎮小學的學生近日吃了學校統一配送的牛奶餅乾後，出現頭痛、腹痛、嘔吐等食物中毒症狀，數十名學生住院治療。

2013 年 10 月 11 日下午，重慶市南川區南平鎮中心小學 91 名小學生午餐喝牛奶出現腹瀉症狀或自述身體不適，後被送入南川區人民醫院治療。

除此之外學生營養午餐還吃出訂書釘和頭髮。

惡作具（惡作劇）（1）

2013 年 9 月 9 日孟村回族自治縣育才小學新學期開學當天，500 多名學生出現了咳漱、打噴嚏、眼睛發澀、流淚、嗓子發乾、發癢等症狀。當地環保檢測顯示：該校教室內甲醛含量最高超標 4 倍，汙染源初步確定為課桌椅。

惡作具（惡作劇）（2）

塑化劑文具可致男孩「女性化」，女孩性早熟。— 2015.10.01

無奈的是由於國家強制性標準沒有對文具中的鄰苯二甲酸酯、甲苯、二甲苯等指標做出要求，因此這些指標監管處於空白。

惡作具（惡作劇）（3）

亞種皇帝統治下的帝下作坊（地下作坊）之冰山一角。賓館日用品多產於地下作坊。一些小作坊就在路邊敞著門加工「三無」六小件。牙刷不用消毒，用髒水泡泡便包裝起來了，最便宜的六小件一套只需5角錢。記者發覺，工廠的工人幾乎所有都是近旁的居民，「杭鎮子上幾乎家家戶戶都做旅社一次性用品，眾多工廠也找它們代工。」業內之人紹介說。

據資料顯露，杭鎮子經售一次性旅社用品的門面店有800多家，出產公司有1100多家。除此以外，沒有工商註冊、沒有出產允許的小作坊一樣霸占非常大的批市場份額。小作坊賺代工費，本身沒有啥子問題，不過小作坊的機器、廠房、背景和出產要求與正規的出產廠家根本沒有辦法等量齊觀。業內報料，縱然註冊過的廠家，也有眾多沒有自個兒的出產廠房，大多產品來自家庭小作坊和地下工廠，在市場存在廣泛缺工的背景下，業內之人稱旅社用品「小作坊」多少有些道理。

餓運當頭（厄運當頭）

農婦吃政府食堂吃出多少「罪名」？2012年7月4日，四川仁壽縣陸家鎮25名村民到鎮上辦事，正趕上飯點就在鎮政府食堂就餐，幾天後黃滿雲被行政拘留15天，罪名是帶頭把食堂飯菜搶光，致使鎮政府工作人員中午餓肚子。農民在鎮政府食堂，吃了一頓飯，先是吃出了一個「搶吃」的惡名，繼而又吃出了一個「非法聚眾上訪」的罪名。

雲南：因帶飯進教室，3名高中生被開除學籍。

兒刑牽理（兒行千里）（1）

江胡時代中國王法非但沒有進化成法律，反而退化的連封建社會都不如。小兒科刑法醜態百出，例如：刑不上大夫，同罪不同法，判罰嚴重縮水。

兒刑牽理（兒行千里）（2）

男子坐牢7年後才二審，法院稱書記員忘交上訴狀，17年後陶雲江案仍無結果。－ 2014.05.21

官員一審後上訴還沒二審就接到執行通知。－ 2016.6.28

張遇春一審被判刑後，提出上訴卻被法院剝奪，直接送達了執行手續！

兒刑牽理（兒行千里）（3）

中國每年約有10萬名兒童被遺棄，目前中國沒有單獨設立棄嬰罪，雖然

刑法第 261 條規定了遺棄罪，但屬於自訴案件，嬰幼兒顯然無法提起自訴。

兒刑牽理（兒行千里）（4）

神經病人被判刑入獄一路綠燈。失蹤了 3 年的河南智障者李天禧的家人突然接到了三門峽監獄電話通知，李將刑滿釋放讓家人來接。

兒刑牽理（兒行千里）（5）

「檔式執法」+「罰款一元」糊弄誰？違法占地案荒唐執法：8 年 4 罰，每平方米罰 1 元。廣東省陽江市當地國土部門按每平方米 1 元錢予以罰款。

「罰酒三悲」（中國法律、失地農民、國土資源之悲哀）執法者自欺欺人的罰酒三杯，對違法者來說是敬酒三杯。正因如此，非法占地行為不僅未得到阻止，相反占地面積愈來愈大，被占地面積逐步擴大為 7 萬多平方米。

近年來，這種「罰點球」現象（點到為止）比比皆是。最典型的莫過於故意損毀文物後，交一筆很有限的罰款就順利「過關」。

山寨羊毛衫天價罰單案再宣判，罰金縮水 10 倍究竟迫於輿論壓力還是以前的判決失准。— 2012.05.22

兒刑牽理（兒行千里）（6）

習帝登基之後，做的第一件事就是更加極其嚴格的控制輿論，於是那些吃政治飯的「法學家」特意制定了網謠 500 的法律，但意想不到的是被張家川少年案弄得灰頭土臉。

兒刑牽理（兒行千里）（7）

交警槍殺肇事者獲嘉獎，檢察機關批捕後潛伏原單位 20 年。— 2016.06.19

兒刑令人深惡痛絕，最終的結局是公安局賠償給受害人家屬 70 萬元，濫殺無辜的員警逍遙法外了。

兒刑牽理（兒行千里）（8）

17 年前，河南林州市橫水鎮法官持槍殺人被判刑後至今仍在法院上班。

兒刑牽理（兒行千里）（9）

於鋼峰被河南項城市公安局民警帶走，3 天後在刑警大隊辦公室離奇死亡，涉事民警被免刑責。屍檢報告：受害人 4 根肋骨骨折，屍體多處傷痕，雙手黑紫色，手腕處、腋窩以及腿部等均有不同程度的勒痕，對此公安局狡辯說：「肋骨骨折是在醫院檢查時造成的」。

湖南衡州獄警毛祖君 2009 年 5 月至 2010 年 9 月，對 8 名服刑人員實行

體罰虐待 15 人次，毆打、倒掉、用警棍電擊，證據確鑿卻免於刑事處罰，法院的理由竟是主觀惡性不大。

兒刑牽理（兒行千里）（10）

湖南 300 多名兒童兒童血鉛中毒未獲賠償，光明網質問：超標不賠，到底誰在裝睡。— 2016.02.28

判決結果，只能愈發讓人感到沉重與無力（見：戲法袒子蒙）。

兒刑牽理（兒行千里）（11）

如果購房者不按期付款，就要按總房款的萬分之一，按日賠付違約金。但開發商違約了賠付就不一樣了。不是按日，而是按年的萬分之一賠付違約金。孫大娘：按著這個霸王條款，開發商一輩子不給我們辦放票我們就只能得到 44 元，小兒科法律對此熟視無睹（見：萬裏償城、償惡不悛）。

兒刑牽理（兒行千里）（12）

每 18000 起的環境行政處罰，才有一起可能進入到司法領域。

兒刑牽理（兒行千里）（13）

全國 600 萬塵肺病人，通過司法維權，最終拿到賠償的只有 18.75 %。

兒刑牽理（兒行千里）（14）

政協委員王小康：多生娃罰 80 萬，違法排汙罰不到 8 萬。違法排汙罰款是超生罰款的 $\frac{1}{10}$。— 2014.03.06

「河北『紅豆湯事件』，70 家企業都有問題，總計罰款平均下來，每家不到 8 萬。」汙染企業之所以無法無天是因為保護性罰款的呵護！

兒刑牽理（兒行千里）（15）

央企毀固沙防護林 6000 多畝，無人被追責。按照有關法律，非法侵占並破壞防護林地數量達到 5 畝以上，就要被追究刑事責任。— 2012.11.21

河南信陽潢川縣官員玩火拍照，燒毀樹苗 34 畝。3 男 1 女為拍照取景將 34 畝樹苗燒得乾乾淨淨，已構成刑事犯罪，縱火罪且嚴重危害公安，但當地林業局派出所卻濫用職權讓私了。事發已 2 月受害人至今未得到賠償，迫於媒體壓力公安部門做出賠償 1000 元的決定，給媒體面子而並非是給法律面子。

兒刑牽理（兒行千里）（16）

目前中國在押犯每年至少有 20 %～30 % 獲減刑，而官員獲減刑、假釋、

保外就醫的比例高達 70 %（刑走如飛）。

最高檢建議 711 名罪犯收監執行，原廳局級以上 76 人。— 2014.08.27

廣東：138 名保釋假釋罪犯被重新「收監」。— 2015.01.08

山東收監 66 人，成都收監 28 人……。檢察機關則披露，2010 年，僅得以糾正的不符合保外就醫條件、程式或脫管漏管者就高達 555 人。

兒刑牽理（兒行千里）（17）

環衛局長冒領環衛津貼加班費 57 萬，免予刑事處罰。— 2015.6.24

放虎歸山，環衛工人處境更加艱難。河南新鄭市 72 歲環衛工（臨時工）靳春波連續工作 12 小時中暑死亡。身份不同，待遇迥異，一樣的工作兩種人生。鄭州環衛工不勞而獲每月拿 4 千，臨時工拼死拼活一個月只掙 1 千元，而且一幹就是 20 年，這缺失公平的制度何時才能終結！當今中國大陸的環衛工幾乎都是臨時工，而且平均年齡都在 60 歲以上。廣西柳州車窗拋物致環衛工人屢屢受傷，臨沂城區 5 年來 214 名環衛工遭遇「生死劫」。

兒刑牽理（兒行千里）（18）

老太跌倒，好心的彭宇將她扶起送到醫院。沒想到老太及其家屬一口就咬定彭宇是「肇事者」，根據疑罪從「有」的原則法院判決彭宇賠償 45876 元。2011 年 6 月 16 日，天津市紅橋區人民法院就此事作出判決，王老太因跨越隔離護欄屬違法行為，對事故的發生負有不可推卸的責任，許雲鶴被判決承擔 40 % 的民事責任，賠償 11 萬元，其中包括王老太殘疾賠償金 9 萬元。記者看完這份民事判決書後，發現法院並無證據證明許雲鶴撞人。

兒刑牽理（兒行千里）（19）

民工 4 年討薪未果，記者採訪後一朝解決。— 2013.01.22

河南省盧氏縣幾十位農民工奔波 4 年，終於拿到了 50 多萬元血汗錢。

「嵐皋縣政府為農民工跨省討薪被拒門外」的消息爆出，並很快成為輿論熱點。在嵐皋縣農民工向青龍縣政府請求幫助討薪，沒有對社會秩序造成任何破壞的前提下，有 6 名礦工先後被以「聚眾擾亂社會秩序罪」逮捕，其中 4 人一審被判刑。嵐皋方認為，這些工人的有罪定論有待商榷。

F

防不剩房（防不勝防）（1）

以下案例不過是江胡習時代防不剩房之冰山一角，更悲慘的是奪命血拆。

鄭州一醫院突然遭強拆。6 具病人遺體被掩埋，2 千萬設備被砸壞，3 人被打傷。— 2016.01.09

防不剩房（防不勝防）（2）

河南開發商深夜強拆民宅女房主只穿內衣被拖出。— 2016.07.09

夫妻半夜裸身被拖走扔到墓地，早上回家，家已變廢墟。— 2014.08.11

夫妻裸體被綁架，強拆無人敢管，員警稱不便立案。— 2013.07.23

防不剩房（防不勝防）（3）

旅遊回來房子變廢墟。開封市民朱女士帶著孩子趁暑假外出旅遊，沒想到回來後就發現房子被拆了，連傢俱等生活用品都被埋在裏面。— 2015.08.16

防不剩房（防不勝防）（4）

深圳羅湖區連發 4 起暴力拆遷，數人被打傷入院，連婦女和老人都不放過。— 2013.04.18

防不剩房（防不勝防）（5）

誤以類聚（物以類聚）

午夜「誤拆」。開封鼓樓區一業主郭曼全家正在家裏睡覺，一幫人突然闖進她家，不由分說將她們拖了出去，然後用推土機推平了房子。傢俱電器、小孩兒車等都被埋在廢區裏，事後文盛房地產公司發現「拆錯了」房子。— 2010.05.18

清代老宅遭破壞，拆遷辦：拆錯了。— 2014.08.01

武漢多戶居民凌晨遭強拆，街道辦：誤拆。— 2015.03.31

深圳龍華舊改專案拆遷補償未談妥，4 戶業主樓被誤拆。— 2015.07.17

浙江紹興三江古村五處老臺門被誤拆，誰之過？— 2015.11.19

寧波民宅「誤拆」戶主被強行架出。— 2013.01.09

防不剩房（防不勝防）（6）

沒有協議，沒有走正規的招拍掛制度，開發商就這樣進行強拆。6 旬老人遭強拆。和平區望湖北路 23 號劉元傑、鄭洪蘭 2 位老人被打入院，出院後發現房子已被強拆。— 2014.04.04

防不剩房（防不勝防）（7）

2015 年 1 月 23 日，柘城縣邵園鄉原聯社家屬區的一名戶主，在尚未達成房屋拆遷補償協議的情況下，被強行帶離，房屋遭遇強拆，財物被掩埋毀壞。之後，戶主在廢墟上搭建簡易房，暫時居住。

防不剩房（防不勝防）（8）

新年凌晨遭強拆，7 旬老太無處安身。2013 年新年剛過，河南平頂山市湛河區百樓村李桂榮家的房子就被 100 多人強拆。

防不剩房（防不勝防）（9）

2012 年 10 月 23 日深圳南山區開發商強拆，廠房一夜變廢墟，凌晨 5 臺大型鉤機等設備只花了 20 幾分鐘，3 棟廠房就被拆光，事發時 3 步一崗 5 步一哨，區域所有的人都被限制出入。

防不剩房（防不勝防）（10）

陝西寶雞市男子賈新德，「在坐牢 23 年後回家時發現，房子已被鄉政府賣掉」。— 2013.10.22

防不剩房（防不勝防）（11）

不動產登記，96％的市縣「還沒動」。— 2015.04.21

截至 3 月底，中國 300 多個地市州盟、2800 多個縣市區旗中，只有 50 個地市、101 個縣完成了不動產登記職責整合，占比分別不到 16％和 4％。即使已經完成職責整合的市縣，大多數也尚未將相應的登記機構進行整合，具體從事登記的工作人員尚未整合到位。

放蕩不緝（放蕩不羈）（1）

公檢法袖手旁觀，農婦憑一己之力追凶 17 年。

放蕩不緝（放蕩不羈）（2）

雲南陳年命案告破：死者父親自費民間緝凶 13 年。— 2014.11.22

放蕩不緝（放蕩不羈）（3）

檢察機關認為金凱涉嫌故意殺人批准逮捕，這之後 18 年沒有結果，負責追捕的辦案人員說：金凱一直在逃，抓不著，而事實上這個開槍射殺肇事司機的交警，一直在自己原來的部門上班，領工資，生活如常。

放蕩不緝（放蕩不羈）（4）

17 年前，河南林州市橫水鎮法官持槍殺人被判刑後至今仍在法院上班。李用順被殺後，留下了雙腿殘疾的女兒和妻子相依為命，生活艱難。在這 17 年來，她們除了忙農活就是申訴，卻一直沒有得到一個公正的說法，每日以淚洗面，焚香燒紙祈求老天開眼。— 2012.06.20

放蕩不緝（放蕩不羈）（5）

陝西 6 男子輪姦 1 女，5 人判 10 年主犯卻「無罪釋放」，5 年之後媒體報導了此事，第 2 天興平市警方火速刑拘主犯。

放蕩不緝（放蕩不羈）（6）

天津漢沽區：在派出所裏，1 名男子在 5、6 個員警面前被活活砍死，直到殺人犯跑出派出所，員警才敢出去追，還是沒敢上。當員警們忽略了職業操守，忘記了職責，任憑一樁兇殺案在自己的工作場所，在自己的眼皮子底下發生，讓人禁不住懷疑他們到底是打擊犯罪還是縱容犯罪。

放蕩不緝（放蕩不羈）（7）

面對管利鴻打砸擦鞋店，刀砍王凱，追殺民警，大鬧派出所，一系列違法犯罪行為，濱河路派出所民警，任由他轉身而去。

放蕩不緝（放蕩不羈）（8）

成都火車站派出所40 多名員警與小偷勾結。小偷如果要進入候車大廳行竊，必須要給在該段執勤的鐵路員警交納數百元不等的「入場費」。員警設專門帳戶接受孝敬。

放蕩不緝（放蕩不羈）（9）

武漢公安局督察大隊及紀檢部門聯手包庇扒竊頭目 5 年，民警黃建春每次舉報都受打擊報復，連評職稱的資格也被剝奪。

放蕩不緝（放蕩不羈）（10）

村民羊被偷警方不受理，自己破案後報警反被民警打昏厥。— 2015.10.13

「醫藥費已經花去 2 萬多元，還需後續治療，但小龍潭派出所只賠償 1 千多元。」

放蕩不緝（放蕩不羈）（11）

緝往開來（繼往開來）

多家新聞媒體綜合報導了「廣西孕婦遭員警釣魚執法，被勒索 10 萬」一事。「胖警官」向吳良彩索要 10 萬罰款，見吳良彩不鬆口後，便要求她依法炮製「黃鸝」的做法，去「釣」別人。後來，吳良彩成功「釣」了一人後，又交了將近 2 萬元的罰款，警方一分錢發票或收據都沒給她。

山東平度警方設下陷阱釣魚執法將陳寶成拘禁。抗強拆記者陳寶成領金鉤子村民維權 7 年。— 2013.07.04

菲正常死亡（非正常死亡）

8 歲女童菲比之死，「老外」成了眾矢之的。— 2014.12.08

有人在網上指責「老外」虐待孩子，更有甚者汙蔑「老外」以撫養為名斂財。有人說孩子撞在桌角上導致出現嚴重內傷，當時雷蒙恩並不在中國，他回美國看望 85 多歲的父親。當他回來時發現孩子喊疼，就把菲比送到醫院。好在雷蒙恩有不在現場的證據，謀殺罪名不成立，但虐待的屎盆子還是扣到了雷蒙恩頭上。理由是怕虐待的事情被發現，半年內幾次搬家。

少見多怪。外籍「養父」之所以帶 10 名中國娃「失蹤」，是因為孩子們吵鬧，鄰居反感，攆老外搬家。一葉障目，不見泰山。某些人就是這樣：對這麼多年來政府不作為視而不見，只知道責怪老外。可憐的老外替中國政府收養的孩子，卻鬧了一身不是。

在北京照顧 10 幾個孩子 10 幾年談何容易。國女士今年 76 歲從 2004 年開始通過熟人介紹她一直幫助雷蒙恩照顧孩子。她說：「好多老頭老太太都幫忙，但陸續有的有病，有的離世，就剩下我和牛阿姨 2 人」。

國女士說：「10 年來不斷有人聽說這裏收養殘疾兒童，把孩子送到雷蒙恩這。這裏，加上菲比一共 5 男 6 女，11 個孩子，最大的 17 歲，最小的剛剛送來 3 個月大。這些孩子大多患有唇齶裂，是由雷蒙恩聯繫治療的，除了一個年齡最大的孩子患有智障，其他的目前大部分都已康復。」

奮發塗牆（奮發圖強）（1）

白壁青螢（白璧青蠅）

廣西壯族自治區：狗官下令高速公路沿線的房屋統一刷成白色，每家草民費用最少 2000 元，多則上萬元，面對從天而降的費用百姓叫苦連天。水電局、農林局、公安局、政法委、鎮政府傾巢出動，威脅不粉刷就不給上戶口……不粉刷日後肯定給小鞋穿，無奈只能忍氣吞聲。粉刷牆壁尚可理解昆明宜良縣讓百姓自己掏腰包把墳墓油漆成綠色。

墳墓刷綠漆，騙鬼還是騙人？— 2010.07.22

從昆明市宜良縣城往狗街沿途，公路兩側山上墳墓墓碑要麼被刷上一層綠油漆，要麼被「披」上綠色或黑色的「偽裝網」。村民說廣播通知稱不這樣做就要炸墳，轄區街道辦事處的答覆是：這是上面的要求，如果不刷綠漆，在綠綠油油的青山上，東一塊西一塊的白色墳墓，很難看……。

用油漆來搞「綠化」，這種「創舉」在其他不少地方也曾有過。由於過度開採造成水土流失，不少地方的山體遭到破壞，塗上綠漆後，光禿禿的山體重新披上了「綠裝」，顯示出「盎然綠色」，很是養眼。

用偽裝網來遮擋有礙觀瞻的地方，同樣也有先例可尋。江蘇某縣級市大徵農田搞開發，為防國土部門衛星監控，就採用過這種披上偽裝網的做法。

奮發塗牆（奮發圖強）（2）

甘肅貧困縣漳縣鉅資建 10 多公里「遮羞牆」。— 2012.12.03

漳縣位於甘肅省定西市南部，是古絲綢之路的交通要衝，也是一個國家級貧困縣。近日，人民網記者從漳縣境內 212 國道經過時發現，沿線的部分村莊在路邊豎起了一堵堵高約 2 米、用琉璃瓦裝飾的牆，將路邊農戶的房屋遮擋住，部分牆體已經刷成白色。

奮發塗牆（奮發圖強）（3）

鄆城建「遮羞牆」迎領導視察。— 2014.08.29

多位群眾反映，當地為了迎接領導視察，緊急建起了圍牆，將百姓的實際生活面貌遮掩起來。然而，在一些統一著裝的牆後面，卻是破舊不堪、狹窄逼仄的民居，農田荒地，甚至垃圾場。彭樓鄉一家臨街的養雞場，也被這種牆壁圍了起來。

匿名人士：這畫那畫的，弄的遮羞牆，也不說把老百姓的破屋給修修，就弄個牆畫上畫，這在我們當地叫「遮羞牆」，各個鄉鎮都有這個事。

瘋刀江箭（風刀霜劍）

在江澤民統治下中國黑暗到了極點，黑監獄無處不在。廢棄太平間、農家大院、養老院、招待所、上訪訓誡中心、等等都被畫地為牢。

在數不勝數的另類黑監獄中最悲慘的是精神病院！江胡時代「被精神病」者不計其數。暗箭傷人「被精神病」成為江胡迫害政治犯最常見的手段之一，至少有數千名法輪功學員被強迫送入精神病院受到破壞中樞神經藥物和電擊的摧殘，更悲慘的是習帝絲毫沒有解救他們的意思。被精神病成為濫權工具，江胡統治下，精神病院變成了舉報者的地獄。

中國重症精神病患者「散落民間」，每年肇事過萬起。— 2015.07.01

江胡時代中國精神病收治制度存在巨大的缺陷，該收治的不收治，不該收治的卻被強行收治（被精神病）使得中國精神病收治更加混亂不堪，而美國等法治國家被精神病的幾率極低。

扶為禍始（福為禍始）（1）

有扶同享（有福同享）

外國朋友北京地鐵暈倒，路人爭相來扶。— 2016.01.28

一外國朋友在太陽宮站內暈倒，路人立刻過來攙扶，接連發生溫暖畫面：一女孩立刻撥打急救電話；一男孩脫下羽絨服為他披上；懂中醫的阿姨為他按摩穴位；急救人員 5 分鐘內趕到診治。「我感覺好多了，謝謝！」外國朋友說。如果是中國人倒地，路人則逃之夭夭。在大陸扶起倒地老人有可能意味著傾家蕩產。彭宇、徐雲鶴因扶起老人被訛上了，不但吃了官司丟了工作還的承擔巨額賠償。在此之前多起百姓高度關注的法律訴訟中見義勇為的人都被判支付巨額賠償。幾個法院判例就能把整個社會的良知打壓下去，於是中國就陷入了惡性循環的怪圈——老人倒了無人扶。

扶為禍始，勒在其中（樂在其中）逼上涼山（逼上梁山）。法院這一盆盆冰水澆下去，「飛訛老人」爆炸式的增長，傳承了幾千年扶老攜幼社會風氣急轉直下，太多太多的人被逼上涼山。如此一來本不該是問題的問題成了嚴重的社會問題。中國每年 4 千萬意外跌倒的老人面臨的是前所未有的寒冬。

扶為禍始（福為禍始）（2）

廣東一男子扶老人被指撞人，為證清白投水自殺。— 2014.01.13

2013 年 12 月 31 日，吳偉青與一街坊扶起受傷倒地的老人到醫院，並墊付了部分醫藥費，隨後他被老人家人指撞倒老人。2014 年 1 月 2 日，吳偉青

跳水塘自殺。此後，吳偉青大女兒稱，父親是被冤枉的。而老人的大女兒堅稱，人是吳偉青撞的。只要有家屬在場，周老漢就會咬定是「被撞的」，沒家屬在場時，又是另一種說法。而陳觀玉見到周老漢時，周老漢的家屬確實沒有在場。後來警方調查的結果：老人是自己摔倒的，和吳偉青毫無關係。

扶為禍始（福為禍始）（3）

老人自摔誣陷學生，「天網」監控證清白。— 2015.07.24

近日，四川彭州一老人騎自行車過馬路時，在路口摔倒。而後，一名騎著自行車路過的學生停車，熱心地問候傷情。不過，該學生卻遭到老人的誣陷，稱是學生將其撞倒。好在當地公安調取監控畫面，為學生證明清白。

扶為禍始（福為禍始）（4）

好心司機助人反被訛詐。— 2009.12.03

11 月 30 日，銅陵一名計程車司機好心扶起了摔倒在地的老人，老人卻一口咬定是被司機撞倒的。雖然，人證物證都證明這位司機是冤枉的，但老人依舊胡攪蠻纏，直接坐在計程車引擎蓋上，不讓袁師傅離去。交警趕到後，仔細檢查了現場，發現老人沒有任何被計程車擦碰的痕跡，確信老人在撒謊。一招不靈，老人繼續打電話報警喊來民警。民警綜合了交警及證人的說法，也認定老人在撒謊。由於老人坐在計程車上堅決不離開，袁師傅權衡再三，只好答應賠償現金 200 元，還給了老人 20 元的打車費。

扶為禍始（福為禍始）（5）

南京小夥堅持扶倒地女子，結果遭誣陷。— 2015.08.12

小葛騎車經過南京和燕路時，看到一中年女子被經過的一輛車撞倒在地，小葛趕緊下車要扶該女子，路過的李大爺勸：「小夥子你別扶，我沒有車我來扶不要緊」，但小葛稱年輕人看到總要去扶，就將其扶起，卻被女子咬定是肇事者。多虧了李大爺和其他幾個人作證，誣陷者的陰謀沒有得逞。

扶為禍始（福為禍始）（6）

陝西漢中：扶摔倒老人反被誣陷，監控還清白。— 2015.08.23

8 點 20 分，騎電動車老人突然在馬路上摔倒，而離他 7、8 米遠的馬路對面 14 歲男孩小何剛好通過，看到老人摔倒後小何趕緊停下車扶起老人，結果被賴上。查明真相後民警對老人進行了批評教育。

扶為禍始（福為禍始）（7）

3 小孩扶老人被訛。— 2013.11.22

　　蔣光榮老太太在正南花園獨自行走時摔倒，江先生兒子和另 2 個小朋友在樓下玩耍，看見一太婆摔倒便上前去扶，不料太婆起身後卻說是 3 個孩子打鬧將自己撞倒的。太婆痊癒後甚至住到了江先生家中，要求賠償醫藥費。達州警方公佈了調查結果，現查明，傷者蔣某是自己摔倒，並非由 3 個小孩推倒（有三名目擊證人證實）。太婆自己摔倒，屬敲詐勒索，太婆兒子處以行政拘留 10 日並罰款 500 元。

扶為禍始（福為禍始）（8）

證言不諱（正言不諱）

　　這個婦女真無賴，人家幫她反訛人。— 2006.06.23

　　見行人被摩托車撞倒，好心人將其送到醫院，反被對方索賠，幸好有目擊者幫其洗去冤屈。家住玉林城區的黃先生竟遇上這樣的事。民警帶著黃先生回到事故現場，旁邊擺煙攤和該處店鋪的所有個體戶都證明了黃先生的清白。事後，民警對該婦女進行了批評教育。

扶為禍始（福為禍始）（9）

　　重慶：好心扶老人，又被訛了。— 2015.10.01

　　監控視頻顯示：當晚 7 點 23 分左右一位老人不幸摔倒在王先生車前，老人子女很快趕到現場，一口咬定是王先生駕車撞倒了自己的母親，王先生一時百口難辨，警方經過勘察還原了事實真相。

扶為禍始（福為禍始）（10）

　　好心扶老人卻被訛，南京交警：找證人揭穿謊言。— 2015.06.11

　　一位騎電動三輪車的老太太摔倒在地，江寧一好心市民上前攙扶，沒想到被老人指為肇事者。江寧東山交警介入調查後，通過調取事發現場監控，並找 3 名目擊證人，均證明好心市民並非肇事者，從而揭穿老人的謊言。

扶為禍始（福為禍始）（11）

　　廣東汕頭：高三學生救助老人反被誣陷。— 2013.11.16

　　看到一名騎電動車的老人摔倒在地，汕頭市河浦中學的兩名高三學生立即上前將其扶起並護送回家。不料被訛詐要求 2 人擔責並賠償。無奈被訛學生發帖為求公道。終於，事發的 2 天後，楊校長找到了一名親眼目擊當天事發經過的學生，該名學生證實，小玲和小文 2 人在馬路的對面，「不可能是

這2人撞到他的」。在事實面前，老人不得不歸還了兩名學生此前墊付的1200多元醫藥費。

扶為禍始（福為禍始）（12）

大學生自稱扶老太被賴，網上尋目擊者證明清白。— 2015.09.11

9月8日，淮南師範學院學生袁大震在距離學校北門幾百米的地方，看見一位老人摔倒，當時很多人圍觀，但無人幫忙。袁幫忙送進醫院並墊付2000多元醫藥費，結果反被老太太和女兒反而賴上，無奈網上尋目擊者證明清白。9月7日終於有目擊者站出來為袁作證。

扶為禍始（福為禍始）（13）

老人暈倒路邊獲巡警救助，醒後立馬問「你咋撞我」。— 2014.02.10

正月初五，煙臺交警一大隊民警孟慶跟兩個民警在路上巡邏，至毓西路時，一位老人俯臥在地上，過往行人很多，卻沒人敢扶，民警跑上前去，一看老人摔的滿臉是血，便撥打了120，並慢慢將老人扶起來，救護車過來後，民警們又幫忙將老人送上救護車。昏迷的老人蘇醒過來，第一句話就是：「小夥子你怎麼撞我？」令民警哭笑不得，幸虧民警執勤執法時隨身攜帶執法記錄儀，才得以還民警清白。

扶為禍始（福為禍始）（14）

徐添悅救人被訛，監控視頻還清白

2011年10月15日傍晚，海寧南北大道發生了一起備受關注的交通事故。一位年過半百的老伯被人撞傷暈倒在地，一名過路女子出於好心伸手相助，不料竟被人誣陷引來麻煩。海寧交警回放了監控視頻，此事終於水落石出。

扶為禍始（福為禍始）（15）

老太太摔倒在地，好心人將其送衛生院檢查被反咬

安徽蕪湖：老太太摔倒在地，好心的陶良雲將其送衛生院檢查並送回家，老太太一口咬定是被陶良雲撞到，多虧了監控錄影還好心人清白，老太太的陰謀沒得逞，錄影顯示：老太太騎山輪車拐彎太猛自己翻車，而陶良雲只是個沒有車的路人。

扶為禍始（福為禍始）（16）

江蘇：大伯扶起摔倒小夥被訛300元，監控最終還原真相。— 2014.03.04

一輛三輪電瓶車拐彎時，突然發生側翻，土比子格好心將司機扶起，反

倒被訛詐，不給錢司機就對他拳打腳踢，無奈土比子格給了司機 300 元，事後被打傷的土比子格到醫院看病又花了 330 元醫藥費。好心扶人反遭訛詐，多虧監控最終還原真相。

扶為禍始（福為禍始）（17）

扶人小夥被冤枉，行車記錄儀還清白。— 2014.03.15

安徽亳州小夥李明駕車去城中送貨時，看到一名騎電動車的老人跌倒了。李明將老人扶起後，聯繫了她的家人，並把老人交給同村的兩個親戚。可 2 小時後，一個電話讓他懵了，五馬中隊交警說：老太太親戚告他交通肇事逃逸，多虧了行車記錄儀清楚地還原了當時的情況。

扶為禍始（福為禍始）（18）

一名年邁的老人倒地受傷，南通汽運集團駕駛員殷紅彬將車停穩後，下車將被撞傷的老太太石書英扶起，但老太太的兒子郝軍報案稱殷紅彬撞傷了他的母親。好在車內有監控錄影，將他整個救人過程記錄下來，還他清白。

扶為禍始（福為禍始）（19）

快遞小哥好心扶老人被冤枉，監控拍下全過程還小夥清白。— 2016.10.09

如果沒有監控吳江的快遞員小楊就被這位 88 歲老人訛上了。

扶想聯翩（浮想聯翩）（1）

老人摔倒扶還是不扶？旁觀者想了 3 分鐘，可老人在水中已沒了呼吸。8 月 30 號下午，開封暴雨，路面積水成河。一名 60 歲老人騎電動車涉水時突然倒地，在水中不停掙扎。多名路人上前圍觀後又退回，2 男 1 女急忙趟水過去想扶起老人，但還沒走到跟前就退了回來，怕被訛上。3 分鐘後，老人被另外一群路人拉出，卻已死去。更可悲的是在此期間多輛汽車駛過老人身旁都熟視無睹。— 2015.09.06

扶想聯翩（浮想聯翩）（2）

路遇騎車女子倒地，「賓士大叔」先拍照取證再扶人。— 2014.02.11

2 月 10 日中午，泰興街頭的一起車禍，一名男子騎電動車時撞倒一名女子，下車準備扶時聽女子說「頭疼」，扔下她騎著電動車溜之大吉。這時，路過的「賓士大叔」先拍照取證再扶人。

扶想聯翩（浮想聯翩）（3）

在瀘州敘永街頭，7句太婆昏倒眾人圍觀沒人敢扶幸被過路員警救起。本月初，一名7旬老人疑似心臟病發，暈厥在敘永路上，眼見老人生命跡象愈來愈微弱，周圍的群眾卻沒人上前施救，時間一分一秒過去，老人性命堪憂……。幸好此時，一名偶然路過的民警，及時上前對老人施援，老人最後才撿回一命。— 2013.11.27

扶想聯翩（浮想聯翩）（4）

中國政法大學教授吳丹紅的父親從飯館出來後暈倒了，飯店老闆怕被訛上沒有報警，3、4個小時路人沒人去扶也沒人打電話，最終死亡，類似情況舉不勝舉（見：見倒不救）。

扶想聯翩（浮想聯翩）（5）

一名老人倒在路上，圍觀人群無一施以援手，直到老人大喊：「沒人撞我，我自己摔倒的」路人才敢相救。

扶想聯翩（浮想聯翩）（6）

司機守護摔倒老人不敢扶，家屬到場連問5遍你撞的嗎？— 2014.05.13

在福州永泰縣城關往丹雲鄉方向嶺下村路段，一名80歲依伯突然摔倒在路中間，過路行人和車子都避而遠之。只有司機徐暉留下守護。他又是報警，又是指揮車輛繞行，但因為有顧慮，就是不敢上前扶。

扶想聯翩（浮想聯翩）（7）

大視大非（大是大非）

央視《面對面》播出程善道攙扶義舉。— 2014.08.19

央視報導了上饒餘幹縣路虎車主程善道在東莞冒雨扶起倒地的事蹟後，他兒子很詫異地問他：扶個老人要上電視嗎？

扶老攜幼乃人類的傳統美德，區區小事，何足掛齒，但到了後江胡時代卻變成了大視大非問題。馬年春晚小品《扶不扶》引發全國熱議，臺詞「這人倒了咱不扶，這人心不就倒了嗎？」成為金句。「扶不扶」折射出兩種人心。

服毒恣殺（服毒自殺）

李寧、耐克、阿迪達斯等眾多運動品牌被爆含毒已久，整改遙遙無期。— 2014.06.26

壬基酚（和辛基酚）已經被歐盟禁用，國內尚無標準。李寧、耐克、阿迪達斯等知名品牌含有環境激素壬基酚聚氧乙烯。

上海歐霞服裝廠3年抽檢4次出現品質問題。質檢部門的檢測報告顯示：可分解致癌芳香胺染料的材料，黑榜有名卻常常中標。

廣州市休閒服裝專項品質檢測結果顯示：合格率僅為46％。甲醛含量pH值超標已是服裝檢測中常見問題，而多個品牌含有可致癌芳香胺燃料的危害性極其嚴重。六一前夕，國家質檢總局對兒童服裝抽檢。200種童裝中有26種不合格，最可怕的是上海、溫州、佛山幾家企業生產的5種童裝竟然使用了可致癌的染色劑。全國有4萬多家兒童服裝生產企業，成規模有品牌的專業廠家不足200家。

低檔洞洞鞋致癌物含量明顯高於中高檔產品。— 2014.07.02

福名虛譽（浮名虛譽）（1）

江胡時代，中國名義上800多家福利院，但大多是聾子的耳朵擺設。

北京太陽村兒童救助中心，儘管成立了10多年，但至今沒有完成民政註冊。80萬人口的蘭考縣竟然沒有一個福利院。貧困的蘭考「沒錢」建福利院卻斥資2000萬建財稅中心。廣東揭陽市榕城區福利院從95年成立至今，10多年從未運作過。

福名虛譽（浮名虛譽）（2）

微福私訪（微服私訪）

湖南衡東縣福利院兩名兒童接連死亡，陳飛宏是福利院唯一的全科醫生，而醫務室裏只有體溫計、血壓計、注射器等最簡單的醫療器具。

在瀋陽市兒童福利院3樓歡樂家園記者看到了幾乎每個房間都有1、2個孩子的手腳被捆綁著，有的孩子雙手被綁在一起，有的孩子的腳被綁在欄杆上，管理方稱「怕孩子自殘」。

記者來到禎祥鎮福利院，看到大多數老人衣衫襤褸，長長的指甲滿是泥汙，進入老人居住的房間，幾乎都能聞到刺鼻的氣味。

福名虛譽（浮名虛譽）（3）

悠國憂民（憂國憂民）之冰山一角

國家收養的孤兒的比例只占2％左右的。清潔工劉啟先和妻子想把撿到的兩個棄嬰送福利院，但福利院讓他找孩子的親生父母開證明，他怎麼能找得到，無奈只能替國分憂。

G

蓋事無雙（蓋世無雙）（1）

　　江胡時代，無數個無蓋之井張開血盆大口，以廣州為例：100 多萬個井蓋，14 萬井蓋無主。

　　「吃人」的枯井，誰來管？

　　農村的枯井數不清，大多都處於無人管理的狀態。

井中長鳴（警鐘長鳴）

　　2015 年至今根據媒體報導意外墜井事件 29 起。31 名墜井者近 8 成是兒童，近 4 成生命最終未能被挽救。— 2016.11.01

　　蠡縣中孟村，一小孩不慎落入 40 米枯井喪命。— 2016.11.6

　　11 月 6 日聰聰跟著父親在地裏收白菜不慎落入 40 米深的枯井。

　　陝西 3 歲男童墜入 10 米深井。— 2016.11.20

　　村名及時趕到用粗麻繩系摘要上將孩子救了上來。

　　遼寧朝陽女子墜 15 米深枯井。— 2016.11.16

　　幼童掉入排水道，鑿壁大營救。— 2016.11.22

　　繞過了井口沒躲過井蓋計程車四環路上遭殃。— 2016.11.02

　　11 月 2 日晚上 7 點多，當時天黑加上沒有路燈，梁國瑞師傅車開得很慢，躲過沒蓋的井，卻壓上井蓋導致造成 2 個輪胎爆胎，修車花了 980 元。梁師傅用 3 天時間找井蓋的所屬單位，路政、城建、瀋陽市排水處都說與己無關。

　　「咬」傷騎車人，無蓋井無人認領。— 2016.11.19

　　張鐵成騎車路過楊家路勝利大橋時，突然「陷井」，當時就昏了過去。掉了 4 顆牙，嘴縫了 50 多針，藥費花了 8000 多元，張家人跑了 3 個多月和平區排水處和是排水處都仍然互相推脫。

　　瀋陽：女孩掉進 1.9 米深井。— 2016.07.04

　　金家街馬官橋北 200 米處，無路燈無井蓋，為了防止他人掉進去，受傷的女孩劉暢在井口放上樹枝提醒路人。

蓋事無雙（蓋世無雙）（2）

　　不到半年的時間內，在鄭州，無蓋窨井先後奪去 3 個鮮活的生命。— 2015.04.14

蓋事無雙（蓋世無雙）（3）

上海一路口窨井井蓋未蓋致一名男孩墜入身亡。昨天下午，記者來到滬松公路靠近九杜路的事發現場，看見了事發地點還有窨井未蓋井蓋。— 2014.11.11

瀋陽市府廣場「天井」吃人，6旬老人失足身亡。所謂的防護網一碰一個窟窿，像這樣未完工的天井市府廣場有4個，而且沒人看護。老人出事前曾經發生過2起事故，一人折了胳膊，所幸的是都保住了命。— 2013.08.09

淮北市汙水窖連奪7命，留下7個殘破的家庭，15名失去父親的孩子。

徐州一名3歲男孩掉進無蓋窨井，5天後孩子遺體被打撈出水。

湖南常寧市一個2歲小孩在綠化帶玩的時候，掉進無蓋窨井溺水死亡。

成都市雙流縣某社區一個2歲男孩在玩耍時，掉進沒有井蓋的窨井。

河南漯河：老人墜井消官兵倒掛金鉤營救。

無蓋井將撫順一市民轎車被坑趴窩。

殘缺不全的井蓋，用竹簽紮起的井蓋，「紙片」井蓋，被雨水沖走的井蓋，或者乾脆不知所蹤的井蓋，究竟還要用多少生命的代價才能填補起危機四伏的陷阱。

蓋事無雙（蓋世無雙）（4）

窖苦連天（叫苦連天）

大連某工地電工保先生不慎掉進下水井，造成脾腎破裂，肋骨骨折。

大東區李女士掉進下水井，多虧她胖，掙扎10分鐘，鄰居把她拽上來。

蓋事無雙（蓋世無雙）（5）

長沙女孩楊麗君掉進井裏身亡之後，記者走了1200米左右的距離，數出了30個窨井，其中有16個沒有井蓋。

長沙理工大學雲塘校區附近，井蓋丟了，人們把一截樹枝插到井裏，當做臨時的警示標誌。附近居民老劉回憶，井蓋失蹤很長時間了。曾有人連人帶車（電動車）都卡在井裏。記者在現場看到，有些井口旁放置著磚頭，有些插著樹枝，但大部分就空空如也地敞著，沒有任何警示標誌。

蓋事無雙（蓋世無雙）（6）

濱州市區一路段不足500米路段，竟然有22個井蓋缺失。濱州市民孫女士向本報反映了在市區黃河一路渤海十六路棒槌孫居委會以東的一段路存在的上述險情。— 2013.07.25

記者發現，就在這段不足 500 米的路段上，公路南側的長方形雨水井井蓋幾乎全部丟失，只在東段有少數井蓋存在。而附近的窨井井蓋也絕大部分缺失。記者沿路數了數，該路段沒有井蓋的井口竟然多達 22 個，更讓人擔心的是晚上該路段路燈還不亮。

蓋事無雙（蓋世無雙）（7）

江西最大的地震災民安置社區：江西九江瑞昌瑞民家園被爆窨井蓋的內芯為竹篾。

蓋事無雙（蓋世無雙）（8）

2014 年 2 月山西河津常好村 3 歲孩子樂樂不慎掉入一廢棄枯井內。

蓋事無雙（蓋世無雙）（9）

長春市：2 歲男孩玩耍時掉入 3 米深電纜井下。該井是附近建築工地留下，以前有一個紙殼遮擋，可昨天不翼而飛了。— 2014.03.27

2 歲小男孩墜入 10 米深井，消防官兵緊急救援。3 月 31 日，雲南省紅河州蒙自市一名 2 歲多的小男孩墜入 10 多米的深井，經紅河特勤中隊和蒙自消防大隊官兵 3 個多小時的救援，該名小孩終於獲救出井。— 2012.04.01

蓋事無雙（蓋世無雙）（10）

薄物多聞（博物多聞）

南京現「紙片」井蓋，最薄處只有 0.7 釐米。— 2014.07.07

有市民投訴稱，在南京仙林大學城的仙林大道邊上，有一個奇葩的窨井蓋。這個窨井位於綠化帶邊上，井蓋是綠色的早已破爛不堪，最薄處只有 0.7 釐米，從破碎蓋子可以看到裏面所謂的鋼筋最多有筷子粗，而窨井約有 3 米深，井很深水很急，存在很大的安全隱患。南京當地管委會負責人回應，井蓋是塑膠的，強度能承受成人踩踏。

蓋事無雙（蓋世無雙）（11）

實拍女記者站竹簽井蓋突發斷裂跌落受傷。人民網海南視窗報導《海口投資千萬開墾專案現豆腐渣用竹簽代替鋼筋》一事，有媒體記者在體驗「竹簽井蓋」時，井蓋發生斷裂，女記者掉落坑中，腿部受傷。— 2014.08.08

蓋事無雙（蓋世無雙）（12）

2014 年 12 月江西南通一位 6 旬老人掉進枯井中。

蓋事無雙（蓋世無雙）（13）

2 歲男孩掉進工地 35 米深井。— 2014.04.01

3 月 29 日晚 7 點 19 分，航空港區鄭港辦事處山石王村機場二期施工工地，一名 2 歲半男童在玩耍中不慎墜入井中。經過 8 小時的艱難救援，消防官兵挖掘出直徑 80 米、縱深約 20 米的生命通道，被困男童被成功救出。

蓋事無雙（蓋世無雙）（14）

長沙暴雨 21 歲女孩楊麗君墜落到沒有井蓋的窨井被沖走後死亡。— 2013.03.22

蓋事無雙（蓋世無雙）（15）

廣西南寧遭遇暴雨，受害人萬女士在柳家農貿市場不慎墜入被雨水衝開井蓋的排水井不幸身亡。— 2013.06.09

蓋事無雙（蓋世無雙）（16）

東陵大橋南橋頭無井蓋「坑車」。— 2013.09.09

蓋事無雙（蓋世無雙）（17）

2013 年 4 月 13 日河北省邢臺市岐山縣 6 歲孩子不慎掉入枯井中。

蓋事無雙（蓋世無雙）（18）

2012 年 9 月內蒙古巴彥淖爾市一名 4 歲兒童在玩耍摘果子時，不慎掉入 8 米深的枯井中。

蓋事無雙（蓋世無雙）（19）

6 年前，保定市徐水區大王店鎮孫秀田老人的老伴，在採酸棗的時，失足掉進枯井中不幸身亡。

趕盡砂絕（趕盡殺絕）（1）

鄱陽湖 200 年沉砂 10 年被挖盡，砂霸與政府分食暴利。— 2014.12.08

長江沿線非法採砂這一「水上牛皮癬」頑疾難除，幹流偷採猖獗，支流和湖泊濫挖加劇。按照江砂一噸 10 幾元的價格計算，一艘採砂船偷採一晚毛利達數萬元乃至 10 幾萬元。在暴利驅使下，採砂、運砂已經形成完整產業鏈條。更為甚者，一些地方砂霸、黑社會乃至政府部門也參與到這個利益鏈條之中。在採砂集中的洞庭湖區及巴河等支流區域，採砂業成為一些地方財政收入的主要來源，受到地方保護。

有調查研究表明，鄱陽湖和洞庭湖成為長江砂石採挖的「重災區」，鄱陽湖採砂船數量一度高達 450 艘，1 年的採砂量甚至達到鄱陽湖 20 年沉砂量，連續 10 年高強度採砂使其 200 餘年的沉砂量採挖殆盡。2006 年以來，「重災區」轉向洞庭湖區，每年採挖 7000 萬立方米左右，高峰年份 1 年的採砂量為洞庭湖區 10 年左右的沉沙量。

基層執法人員表示，與採砂的暴利比起來，違法成本太低，甚至可以忽略不計，「即使沒收非法採砂船，改造一條砂船也就幾十萬元，幾個晚上就可以賺回來」。

長江水利委員會今年對中下游湖北宜昌至安徽東至水域 1200 公里江段進行檢查中，發現 438 艘採砂船，而按照目前實施的採砂規劃，許可採砂船隻不能超過 46 艘。有關專家呼籲，如不能有效遏制非法採砂和濫採亂挖行為，斬斷採砂背後的暴利鏈條，恐對長江流域的環境、生態產生一系列的負面影響。專家建議「非法採砂入刑」

趕盡砂絕（趕盡殺絕）（2）

狂盜採砂，僅一個村就有 2000 畝農田變沙坑。— 2013.08.26

河北省正定縣南樓鄉正上演瘋狂的盜採砂。從 2007 年至今，僅陳家疃村一個村，已經有 2000 多畝農田被毀，變成深達 10 多米的沙坑。當地鄉幹部說，全鄉目前被毀農田已達 5000 多畝。

村民說，直到現在他們也不知道到底是誰在挖沙。村裏也多次向上反映過，縣裏鄉里都來過人，但問題一直得不到解決。挖沙的挖了村民的地，大家也不敢過分阻攔，「因為誰阻攔誰挨打」。

趕盡砂絕（趕盡殺絕）（3）

砂氣騰騰（殺氣騰騰）

運砂司機向記者透露：高速大橋橋墩下面瘋狂採砂，從未見過相關部門前來制止過。— 2015.12.25

江西省撫州市南城縣：記者看到採砂船和運砂船主要集中在橋與橋之間，雖然每座橋下都設有一塊白紙紅字的巨大提示牌：禁止在高速公路橋樑跨越的河道上游 500 米，下游 2000 米範圍內採砂，但不少採砂船違規停靠在離河岸 30 米左右的地方瘋狂開採，有的採砂船離大橋橋墩甚至還不到 20 米。

西江沿線僅靠國道兩邊約 400 米長的轄區內，開了大大小小幾十家採砂場，砂石緊挨著國道，存在極大的交通安全隱患，因為採砂船長期作業撫寧

高速大橋下面已經形成了多個深坑。

趕盡砂絕（趕盡殺絕）（4）

甘肅武威騰格裏沙漠腹地遭汙染。— 2015.03.23

「沙漠地區極其缺水，生態系統非常脆弱，對環境特別是地下水造成汙染後，幾乎沒有恢復的可能性」。為了 GDP 排放汙染物連沙漠都不肯放過。

高不誠低不救（高不成低不就）（1）

低保戶 6 成不是貧困家庭，而真正貧困家庭 8 成沒有享受低保。中科院社會保障部綠皮書：2010 至 2011 年抽樣調查涉及安徽、福建等 5 省市 90 個鄉鎮，在受訪的 696 戶低保戶當中有 436 戶不是貧困家庭卻享受低保救助，而真正貧困家庭 8 成沒有享受低保。

村官死去的父親還拿著低保，而活著的貧困戶卻身無分文。死人保、富人保、關係保，弱勢群體的救命稻草淪為關係戶的唐僧肉。該取消的沒取消，該評上的沒評上，低保與超生掛鉤。

根據調查 1988 年以來約有 16 % 的經濟適用房賣給中高收入者。與之相伴的出現了一人多房的現象。

高不誠低不救（高不成低不就）（2）

海口：沖坡嶺熱作場 72 戶低保竟戶有 61 戶嚴重作假（膠廠書記、房地產商等人）。

北京：宣武區陳伍喜舉報 1 千萬富豪吃低保 8 年。

高不誠低不救（高不成低不就）（3）

央視報導湘潭「高檔貧困戶」。— 2013.11.15

湘潭民政部門最近在核查申請低保、廉租房的人進行核查時，發現多名有大房子、開豪車的人，隱瞞了自己的真實情況，也在申請的行列。

高不誠低不救（高不成低不就）（4）

2008 至 2014 年，淮南共有 703 戶不符合條件家庭違規享受廉價保障房待遇，涉及租賃補貼 285.56 萬元。

高不誠低不救（高不成低不就）（5）

河南項城市住建設局、紀檢和監察部門重重審核符合條件的 1256 名申購人，很多人都是在政府部門任職的公務員，更可笑的是 18 歲以下的未成年人就有 42 人，1990 年以後出生的達到上百人，最小者 6 歲。獲准申購經濟適用

房公開造假。6 歲孩子購經濟適用房都敢公示，說明沒有暗箱操作而是明搶。

民政部部長李立國：我國低保誤差率為 4%，屬於國際較低水準。關係保、人情保、騙保、錯保一直飽受社會詬病。

高不誠低不救（高不成低不就）（6）

低保亂象之冰山一角

長坪鄉譚南村支書黃國華為 12 人違規辦理了低保，其中 8 個是村支書家親屬，還包括村支書去世的父親，而與此同時，要養活 2 個智障兒的貧困老人王鳳娥卻常年得不到救助。民政局調查結果又發現 402 起違規現象。

貴州省銅仁市沿河縣甘溪鄉茶園村主任楊勝萬貪汙退耕還林款及低保金 16.61 萬元。黔南州羅甸縣翁保村原村支書王士才貪汙低保金等 14.47 萬元。黔東南洲天柱縣石洞鎮槐寨村原村支書吳述海等 3 人貪汙低保 9.68 萬元。重慶市南川區三泉鎮半河社區黨委書記李世倫騙取低保案等。海南 16 人受到黨紀政紀處分。

高怎無憂（高枕無憂）（1）

鐘身大事（終身大事）

「時間就是性命。倘若無端的空耗別人的時間，其實無異於害命」魯迅說。

湖南考場錯發終考信號，導致考試提前結束 1000 多人深受其害，無獨有偶四川廣元市廣元中學第 13 考場，時鐘一度失靈，顯示時間比實際慢 30 分。

安徽蕪湖 1200 名高考考生英語聽力失職事故。— 2015.06.10

2015 年 6 月 8 日下午，安徽蕪湖市田家炳中學考點高考英語聽力播放設備出現嚴重故障，時而磁帶噪音特別大，時而乾脆沒有聲音，1200 名深受其害，不得不重考。

高怎無憂（高枕無憂）（2）

官門大吉（關門大吉）

高校保送生多為廳官子女，官二代造假進重點大學。— 2015.05.14

一位高校招生辦負責人說，明知這些「保送生」就是官宦子弟，資質平平，根本考不上重點院校，但是有人多次打招呼，並稱以保送名額換科研經費投入，結果高校只好「放水」。

在湖北，唯一獲得推薦外語類「保送生」資格的武漢外國語學校，2014 年公示了 150 名語言類「保送生」名單，但個人資訊中只有姓名，沒有顯示

考生成績和其他符合推薦資格的說明。

　　廣東省教育考試院副院長黃友文說，由於評審標準和程式不向社會公開，省級五科競賽獎「保送生」亂象頻出：集體獲獎專案「亂搭車」，父親組織比賽兒子拿獎，把老師的發明創造拿去參評等等。

　　南方 2 所高校對近年「保送生」跟蹤調查發現，這些學生在學科特長、創新能力、組織才能、社團活動等方面並未顯示過人之處，有的在學習成績上反而不如高考生。記者在多個省市調查發現，由於存在自我裁量甚至暗箱操作空間，加上相關資訊透明度低，以及高校面試存在「走過場」等原因，一些特殊群體將「保送生」管道異化成為子女升學「捷徑」的狀況依然讓人憂心忡忡。

　　保送生不看成績看背景。這是記者採訪中一些令人憂心的事實：南方一所高校相關領導向記者透露，該校梳理總結 10 年「保送生」情況時發現，絕大多數「保送生」為廳局級領導幹部的子女；在中部某省的 2014 年「保送生」中，幾名廳級領導幹部的孩子赫然在列；廣東一名落馬副省級幹部子女被曝憑藉一項科技發明獎造假獲得重點大學的保送資格……。

　　東北大學一位官員坦言：「我們發現很多招上來的省優生，並不是我們想像中的那麼優秀，從學生資料看，他們有深厚的家庭背景，中學校長可能也難抵壓力。」

　　旨在為優秀學生提供免試入讀重點大學的「保送生」制度，從上個世紀90 年代以來，頻頻曝出徇私舞弊、弄虛作假的案例。例如，前 2 年憑信息競賽省級一等獎獲推薦保送的學生在高校測試時竟有一半不掌握相關知識，近三分之一不敢參加測試；還有憑藉省級三好學生獲保送資格的學生，就讀後被人舉報其三好學生資格不是在他就讀的中學獲得的。

高怎無憂（高枕無憂）（3）

　　2009 年重慶高考狀元何川洋考了 659 分，但涉及少數民族造假引起軒然大波。何川洋的父親重慶巫山縣招辦主任何越大，事後承認將兒子的民族由漢族改成了土家族。當年僅重慶就有 31 名考生違規更改民族成分。

高怎無憂（高枕無憂）（4）

父財任氣（負才任氣）

　　2009 年浙江紹興一中參加航海模型加分測試的 19 名考生中 13 名的家長「官二代」、「富二代」。

航模要拿成績不是靠自身的技能而是借助於器材的的性能。遙控器的好壞決定成績。有錢人買進口的，經濟條件差的買國產的。國產器材肯定賽不過進口航模。從事這一專案要在全國跑來跑去一般家庭承受不起。獲得高考加分的學生，首先依靠經濟實力淘汰掉一大批買不起進口器材的學生，然後在通過其權力擠掉一小部分經濟實力較好但卻沒有權力的學生家長，最落後形成既有經濟實力又有權力的加分俱樂部聯盟。

高怎無憂（高枕無憂）（5）

運酬帷幄（運籌帷幄）

2014 年遼寧省理科超過 660 分的學生有 672 人，其中有各類加分的人數超過 200 人，家長反映本溪高級中學、鞍山一中、遼河油田高級中學 3 所學校的 2 級國家運動員分別是 87 人、43 人、40 人，其中很多人都有造假嫌疑。

被質疑的「神校」。本溪高級中學在 2014 年高考的高中生中湧現出近 90 位體育名將。他們中有足球之星、泳壇健將、羽壇精英、乒壇奇人等。這些人按規定高考加 10 分，連日來來自瀋陽、遼陽、丹東等省內的學生家長不斷到相關部門反映情況，要求對溪高級中學等學校的 2 級運動員考生重新測試，追查事件的真相維護高考的公平公正。未來的救贖。特長生招生考試教育腐敗的高發區。

高怎無憂（高枕無憂）（6）

2003 年海南大學藝術學院抽查學生發現美術專業前 2 名幾乎不會畫畫，音樂專業大四的學生不會看五線譜。

人大副教授陳偉曝自主招生腐敗：有學生僅考 10 多分。－ 2014.06.06

過去幾屆有的學生考試得 10 來分 20 來分，超級低，正常學生再不用功，60、70 分還是可以得的。

2006 年鞍山一中 1200 名學生參加高考其中有 153 名二級運動員。有的號稱籃球專案的國家二級運動員幾乎連籃球都沒摸過。

2009 年浙江航模比賽高考加分中出現弄虛作假行為。

2010 年湖南出現武術高考加分亂象。

2011 年貴陽大批量產生射擊天才。

僅在 2013 年高考，河南就有超過 300 人獲得國家二級運動員資格，此外 2014 年哈爾濱市也出現了對 800 名中考生加分的質疑。

哈爾濱市中考生加分再現「貓膩」，跑調女生獨唱獲加分，還有女子 500

米速滑第一名，平常身體虛弱連體育課都上不了。

高怎無憂（高枕無憂）（7）

加長理短（家長里短）

想加分就加分，想放棄就放棄，本該嚴肅的高考加分竟然如此兒戲。

2014 年高考後，遼寧部分家長對 1072 名優體生加分提出質疑，270 人不得不放棄高考優體生加分資格。

本溪高級中學二級國家運動員分別是 87 人，這些人按規定高考加 10 分，因為不斷有家長告狀，本溪高中 58 人不得不放棄加分資格。

翻開本溪高中的歷史得到的數字更是讓人震驚。2013 本溪高中獲得加分的人數達到了驚人的 103 人，幾乎包括了所有的體育專案的加分，甭說高中就是大學也只能支持幾個重點專案。

為何連體育課都不怎麼上，體優生竟然占到了十分之一？為什麼連游泳池都沒有，卻能培養出若干名國家級游泳二級運動員？來自考生的爆料更是驚人。二級運動員明碼標價：足球 4 萬，游泳 8 萬。

高怎無憂（高枕無憂）（8）

漯揚才子（洛陽才子）

河南漯河高級中學今年有 74 人獲得了 10 分的國家二級運動員高考體育加分，占到了河南全省體育加分總人數的十分之一。

蹊蹺一、一個高中的國家二級運動員的加分人數比得上幾個市的加分人數。蹊蹺二、不知名的體育名校。蹊蹺三、學霸大都文武雙全。

高怎無憂（高枕無憂）（9）

紋機起舞（聞雞起舞）

河南高考弊案。考場主考官都可以用錢搞定，7 萬元打點一個考場。

高考第一天，槍手走過場，指紋驗證露破綻。一名女槍手，在驗證指紋時，誤將應該貼在中指的假指紋貼在食指上，伸入驗證機引發報警，不過監考老師還是在第 4 次驗證指紋時，讓女槍手通過了驗證。杞縣第二高中其他一些槍手也都順利完成第一天考試。

2014 年 1 月 3 日，全國碩士研究生招生考試前一天，哈爾濱市春天賓館 305 號房間，100 多名統一報考哈爾濱 MBA 碩士研究生的學生在接受最後的考前培訓，主要內容就是熟練開關無線電信號接收設備，躲避考場巡查。

2006 年曝出陝西省洋縣老師組織高二優秀學生替考事件。

2007 年河南鄲城縣曝出高考替考黑幕。

2007 年安徽碭山縣發生過一起性質嚴重的集體替考事件（未遂）。

2008 年甘肅天水替考案，5 名主犯被判處 5 個月至 3 年不等的有期徒刑。

2012 年河南高考查出 25 人替考。

2014 年河南全省查處違規違紀 165 人，其中替考 127 人。

2015 年記者臥底曝光跨省替考團夥。愈來愈大的槍手規模，愈來愈先進的替考手段，愈來愈多的違規例證，高考公平該如何保障。

高怎無憂（高枕無憂）（10）

輕查淡泛後遺症（清茶淡飯）

記者臥底暗訪曝光跨省舞弊「軍團」。— 2015.06.14

要不是有臥底調查的記者在高考的第一天報警舉報，這些混入江西南昌高考考場的舞弊者或許仍不會被察覺。他們不僅對外號稱「可以憑空設定一個人的全套虛假高考資訊」，而現實中，也的確「神通廣大」：「槍手」提供的個人照片不僅能被錄入江西教育考試院的官方系統，而且替考者還都拿著印有自己照片的身份證、准考證順利進入了考場。更為蹊蹺的是，開考後被考官收走查驗的本是印有槍手照片的假身份證，但在事件曝光後，警方從監考人員處提取到的卻是考生的真實證件……。如今，9 名高考舞弊者被警方抓獲，當地教育行政部門的聯合調查也已展開。

高怎無憂（高枕無憂）（11）

推而廣知（推而廣之）

山西考生梁繼鵬被篡改志願續：省招辦公安局「踢皮球」。— 2014.08.02

複讀 1 年，分數增加了 140 多分。在本應高興的時候，志願被篡改的事讓整個家庭陷入焦慮。梁繼鵬的高考志願確實被修改，省網監大隊已經掌握了操作此次修改的 IP 地址，但他拒絕透露志願被修改的時間和 IP 地址。

高怎無憂（高枕無憂）（12）

一個人冒名頂替上大學需要一攬子部門怠忽職守。從層出不窮的高考舞弊到私下運作冒名頂替羅彩霞案、林琳案屢見不鮮。

高怎無憂（高枕無憂）（13）

一、200 多名學者致信教育部長籲徹查廈大性騷擾事件。— 2014.09.09

二、武漢大學：欠公眾一個交代。

武漢大學黨委宣傳部的一則聲明讓公眾詫異。聲明稱：學校對這種盜用武大名義的詐騙事件深惡痛絕，把自己摘得乾乾淨淨。

騙子為何在學校如此輕車熟路？學校的管理到底有多少空子？還有多少在讀的學生也像他們一樣是拿不到文憑的黑戶？而這些被騙的在大學度過4年的孩子們，又該如何走出大學的校門。

三、2014年10月9日，河南農業大學門口聚集了近千名學生和家長，在學校門口打出了「農大聯合詐騙」、「還我學上」等標語。

四、糊南大學。湖南大學近日被曝一次性接受17名外校研究生轉入該校就讀，被公眾質疑或存在「轉學腐敗」。轉學提出的特殊困難也著實有些特殊。

有的以「氣候不適」，有的以「不習慣飯菜」，還有的以「油畫過敏」等千奇百怪的理由，就能從全國排名百名開外的院校，轉學「跳龍門」至全國排名30多位的湖南大學，這些學生究竟什麼來頭？（詳情見：普鍍眾生）。

高怎無憂（高枕無憂）（14）

高校替課族

加一個聊天群，只需要告訴時間、地點、性別，支付25元就有人替你去上一節課，這樣的事情在一些大學正在上演。那些收錢的替課族，大多都是大三、大四的學生。他們通過仲介接單，支付寶付款，甚至還可以包月包年。

替點名、替體檢、替就寢，替生意早已形成完整產業鏈。有時一節課上，替課者就達10％，學生司空見慣，老師不聞不問。替考四六級，替寫各類學術論文的造假新聞還未停歇，如今明碼標價的替課族又滲入到高校日常生活中。如此明目張膽，學校是不能管？還是不想管？高校的教學水準和管理漏洞也同樣值得反思。

罩處不勝寒（高處不勝寒）（1）

大學生楊波濤含冤入獄10年，在獄中被灌屎尿、捏下體。— 2014.02.26

楊波濤接受採訪時提到被商丘市梁園區公安分局時任局長劉玉舟等人刑訊逼供的細節：他十幾個晝夜不能睡覺，被拳打腳踢、強灌屎尿、揉捏睪丸，鬍鬚、腋毛和陰毛全被拔光……。

雖然劉玉舟因犯窩藏、包庇、縱容黑社會性質罪，巨額財產來源不明罪，刑訊逼供罪，幫助犯罪分子逃脫罪，以及非法持有槍支罪被繩之以法，但楊波濤的冤案公安局仍舊遲遲不肯改正錯誤。

罜處不勝寒（高處不勝寒）（2）

黑山縣劉凱利服刑 17 年後無罪釋放，誤判殺人。— 2013.10.10

劉凱利：「他們不僅拳打腳踢，還用電棍電我的腹部、頸部、頭部，甚至連生殖器也不放過，如果當時不按他們的指認招供，恐怕我的性命早就不復存在了。」。

罜處不勝寒（高處不勝寒）（3）

黑龍江敬老院 4 老人罜丸被割掉。— 2014.07.22（見：走邁程）

割公送得（歌功頌德）

住房公積金被高、中收入者所獲得，普通納稅人只能獲得可憐的 1.5 ％左右。— 2016.10.10

住房公積金被質疑違反初衷，專家建議取消。2015 年北京的住房公積金使用比例僅占繳存職工的 1.5 ％左右。也就是說，100 個繳納住房公積金的人，只有一個半人在使用住房公積金，這讓住房公積金的使用效率大打折扣。對此，中國勞動學會副會長蘇海南表示，住房公積金主要是被高、中收入者所獲得，現行的住房公積金制度會加大收入差距水準，同時給企業帶來沉重的負擔，建議取消住房公積金。

「十二五」期間，住房公積金繳存額 56970.51 億元，年均增長 15.74 ％，期末繳存餘額比「十一五」期末增長 129.63 ％。

記者採訪得知，當前的「五險一金」就相當於職工工資的 40 ％左右，其中住房公積金的比重約 12 ％，因此，階段性適當降低住房公積金繳存比例，當然可以減輕企業負擔。

蘇海南指出：事實上，有錢的單位、有錢的個人因個人公積金錦上添花，沒錢的單位、沒錢的個人是雪中沒人送炭，這種不合理的利益關係需要打破。

鉻為其主（各為其主）（1）

汙染盟主江胡「罪」大的「貢獻」在於「鉻」種有毒食品、藥品。

廣州番禺區金山村村民使用混合垃圾做肥料種菜。經檢測垃圾肥樣品：鉻超標 243.3 ％，鉛超標 30 ％；土壤樣品：銅超標 29 ％；3 個蔬菜樣品鉛超標分別為：228 ％、221.7 ％和 152 ％。

鉻為其主（各為其主）（2）

知名企業修正藥業、海外製藥等 9 家企業生產的 13 個批次的藥品鉻含量超過國家標準規定的 2 毫克每千克的限量值，超標最多的達 90 多倍，通化金

馬藥業股份有限公司超標 70 多倍。修正藥業、通化金馬從不檢測鉻含量。

記者看到，僅一張化驗單上顯示該廠所用華星膠丸廠的膠囊就達 2040 萬粒。而檢驗人員未經檢測就在鉻的檢測專案寫上了合格的結論。在卓康、華星等膠囊廠，竟然連檢測膠囊鉻含量的設備都沒有。

鉻為其主（各為其主）（3）

2012 年，全國共有 56 億噸汙水被直排入海，其中僅石油類就達 1026.1 噸，此外還有汞、六價鉻、鉛、鎘等化學元素。

鉻為其主（各為其主）（4）

山東濰坊企業高壓泵地下排汙，導致地下水汙染。— 2013.02.17

經監測，發現水中有毒重金屬 6 價鉻超標 5000 倍，總鉻超標近 1000 倍（見：絕地三尺）。

鉻為其主（各為其主）（5）

陸良化工廠牆內滲出的水導致龍潭出水口 6 價鉻超標 200 多倍。土壤檢測顯示地下 5 米的土壤已經受到汙染。

鉻為其主（各為其主）（6）

甌海一非法電鍍廠被取締，重金屬超標 300 多倍。檢測結果顯示，排放的廢水中重金屬鉛、鉻不同程度超標，其中鉻超標 300 多倍。— 2014.05.12

鉻為其主（各為其主）（7）

5222.8 噸劇毒鉻渣倒入水庫，致使水庫致命六價鉻超標 2000 倍。— 2011.08.15

事後雲南將 30 萬立方米受汙染水，鋪設管道排入珠江源頭南盤江。

鉻渣堆露天堆放，沒有任何防護，風吹雨打就會對地表水、地下水、土壤帶來很大的汙染。

鉻為其主（各為其主）（8）

張家營村村委會主任說：在附近的一座山上，還發現了大量隨意傾倒的鉻渣廢料，數量達到了 4000 多噸。

楊石煥家的羊群在家附近的黑煤炭溝裏喝了水之後，突然死了 75 隻羊，1 頭牛，1 匹馬。

姑息養監（姑息養奸）（1）

監假利兵（堅甲利兵）

　　一黨制國家手握兵權者無人敢監管，在江擇民瀆創的世界上唯一的活摘人體器官殺人「流水線」上，被活著挖心刨肝者不計其數。在監管愈來愈完善的法治時代，中國卻背道而馳。江胡瀆創（獨創）的全監覆滅（全軍覆滅）前無古人，後無來者。

姑息養監（姑息養奸）（2）

　　江胡政府的監管部門對毒害事件，視而不監（視而不見），聽而不聞。

　　5.7 億元未冷藏疫苗非法流入 24 省。濟南警方破獲非法經營疫苗案，案值 5.7 億元。— 2016.03.18

　　山西：劣質疫苗毒害兒童，近百名孩子致死致殘。陳濤安實名舉報，3 年舉報 30 餘次，有關部門無動於衷。— 2012.09.07

　　廣西假狂犬疫苗系開水兌藥製成，涉及接種者 1656 人，一個男孩的死亡揭開了黑幕。— 2010.09.27

　　周口 300 多名兒童被打過期疫苗，其中 2 名已死亡。— 2015.09.20

　　山東：臨沭縣一男孩種疫苗後不能說話行走，政府要求不准上訪。— 2014.07.28

姑息養監（姑息養奸）（3）

　　勾監搭背（勾肩搭背）江胡政府的監管部門與違法企業穿一條褲子。— 2011.09.01

　　作為監管部門，居然不履行自己的監管職責，卻在證據確鑿的情況下，牽線讓售假者與舉報者「私了」，並加蓋公章做見證，堂而皇之地將政府公信打價上市。杭州藥監局江幹分局要求職業藥品打假人高敬德與售假藥者簽署調解協議，協議要求他放棄包括投訴舉報、訴訟、行政復議、向媒體曝光等各種形式追究售假藥者和藥監部門的責任。

姑息養監（姑息養奸）（4）

　　未通過環評非法生產，16 億搬遷費去向不明，政府不作為，監管形同虛設。武漢 5 家垃圾焚燒廠每年涉違規處置 20 萬噸致癌物，毒性是砒霜 900 倍，二惡英對人體危害要高於砒霜。— 2013.12.18

姑息養監（姑息養奸）（5）

每週品質報告：散戶蔬菜種植地成了監管盲區。－ 2015.12.06

被禁用了 10 年之久的高毒農藥仍在被反覆使用，如：呋喃丹、毒死蜱、甲拌磷、甲基異柳磷等等。

姑息養監（姑息養奸）（6）

記者在長達 5 個月的時間內，多次對廣東、山東、河南、河北等地的一些經銷蔬菜的農產品市場進行了調查，發現市場內農產品品質安全檢測機構形同虛設的現象並非個例。

姑息養監（姑息養奸）（7）

江胡時代中國成了世界上最大最毒的垃圾王國。外國人再也不用為那些令人頭痛難以處理的垃圾發愁了，所有劇毒垃圾源源不斷地運進中國。

海關、工商、環保、公安，還有其他執法部門，這中間有任何一個環節發揮作用，其實都能截斷整個鏈條。問題的出現，說明從原料的走私進口到產品的銷售流通，整個監管過程存在著系統性的疏失。

姑息養監（姑息養奸）（8）

三聚氰胺 2 次作惡背後是權力不作為。－ 2010.02.02

在 2008 年的三聚氰胺事件中，曾被公眾所質疑的一個地方在於，回收的近萬噸的三鹿奶粉如何銷毀、銷毀途徑，大部分沒有完全公開的資訊。

因為存在監管空白、跟進空白和落實空白，才直接導致此後上海熊貓煉乳、陝西金橋乳粉等多起乳品三聚氰胺超標案件的發生。

姑息養監（姑息養奸）（9）

檢疫成了無人監管的盲區，生病的肉雞只要能掛鏈（2 斤以上）都收購。

海口萬斤「垃圾魚」流入市場銷往眾多魚煲店。海口鬧市區內暗藏上百家鯰魚塘，10 年多年來無人監管。

監管懶貪「笨」瘦肉精氾濫成災。早在 2002 年國家多部門就聯合發佈公告：禁止在飼料中使用瘦肉精，但多年以來瘦肉精反而大行其道，中國最大的肉製品供應商雙匯也涉及此案。

8 個部門管不好一頭豬，一頭豬打垮了多少監管者？－ 2011.12.17

據一些豬經紀人透露碰到突擊檢查豬尿樣，他們就用人尿冒充豬尿，就是這樣粗劣的手段監管部門就被輕易「蒙蔽了」。在記者調查期間，根本沒

見到一名主管部門的監管人員，豬肉出廠時卻依舊具備檢疫合格證。檢疫環節監管依舊真空。

姑息養監（姑息養奸）（10）

慈善公益淪為性侵工具 9 年，多名小學生被色狼性侵。— 2015.09.15

若不是有人舉報，當地民政部門仿佛始終不知情，遑論出售監管。

成都：紅十字會募捐箱中善款發黴長毛。由於紅會監管不利，數百臺捐款箱被毀壞，甚至被盜。

姑息養監（姑息養奸）（11）

因監管的疏漏，未經處理化的工廢水排入了沁水東河直接流入了黃海。近海汙染嚴重，養殖戶全都損失慘重，一位養殖戶告訴記者：2013 年全軍覆沒，他損失過億。

山東濰坊等地企業高壓泵地下排汙，監管部門沉默。— 2013.02.17

安徽池州：化工園超標 136 倍汙水直排長江，通河水被汙染無法灌溉，汙水溝多次被放水無人監管。

泛毒不緝

劇毒鐵桶惹禍，熏死玉米，嗆倒人。— 2014.06.29

遼中縣滿都戶鎮裏接到舉報：有人往地裏傾倒廢物，黃土路兩旁原本長勢很好的玉米，在傾倒廢物之後，方圓 30 米範圍內的玉米已經變黃枯死。由於毒性太大，有 3 位農民在給玉米施肥的時候，被熏迷糊了，其中一位當場不省人事。幾天之後，記者來到現場，廢棄物已被清除，但殘留的氣味還讓記者感到頭暈、噁心。明明標有劇毒字樣，醫院還是隨隨便便賣給了個人，明明知道桶裏裝的是劇毒，王某還是隨隨便便倒在玉米地裏，它暴露了醫藥、化工和廢棄物監管的漏洞。

姑息養監（姑息養奸）（12）

花錢買證安全誰來保障？特種設備操作證買賣調查。— 2015.07.24

東方時空調查：不培訓不考試給錢就辦資格證，花錢買證竟然合法有效，培訓機構自教自考，監管有漏洞。

姑息養監（姑息養奸）（13）

私家車迅猛增長，車內兒童安全座椅徒有虛名。熱賣品牌碰撞試驗結果令人瞠目結舌，安全設施形同虛設。中國大陸尚無監管，業內也無自我約束。

姑息養監（姑息養奸）（14）

危險的放射源，危險的丟失。— 2014.05.13

人為疏忽 18 年後還在上演。本應被嚴格監管的放射源卻被工人揣回家。

姑息養監（姑息養奸）（15）

血漿採集冒名頂替，層層監管形同虛設。武威 10 餘名中小學生被脅迫賣血 48 次。— 2014.08.12

姑息養監（姑息養奸）（16）

塑化劑文具可致男孩「女性化」，女孩性早熟。— 201510.01

無奈的是由於國家強制性標準沒有對文具中的鄰苯二甲酸酯、甲苯、二甲苯等指標做出要求，因此這些指標監管處於空白。

姑息養監（姑息養奸）（17）

檢測報告披露驚人內幕超過 92.3 ％的香水，近半數的護膚品、洗滌護髮類產品竟含有致癌成分鄰苯二甲酸脂、二惡烷、滑石粉、人造麝香、汞等。日化用品致癌物質排起長龍，國外早已禁用國內監管依然空白。鄰苯二甲酸脂最終致畸和致癌，而這種危害可持續到第 2 代。

姑息養監（姑息養奸）（18）

青少年整形現象世界各國普遍存在。國外有法律程式做保障，中國相關監管尚屬空白。

姑息養監（姑息養奸）（19）

違法占地建廠監管部門「視而不見」。在沒有完成各項徵地手續、沒有與農民達成補償協議的情況下，湖北隨州百畝耕地被強占，施工方出動大型機械毀田奪地。農民護地被砍傷，至今仍在住院治療。— 2013.12.02

姑息養監（姑息養奸）（20）

北上廣津回應「停車費一半沒進政府口袋」。收費公示難產，落馬官員「錢袋子」仍在監管之外（見：瀆屬王國）。— 2015.02.11

姑息養監（姑息養奸）（21）

據統計，中國現有玻璃幕牆 2 億平方米，占全世界的 85 ％，然而由於多頭治理，玻璃幕牆的監管僅僅流於形式。每一塊「真空玻璃」都成了高懸在空中的「炸彈」。玻璃行業一位業內人士向記者透露：「涉及到玻璃的安全

監管，不僅在杭州是空白，在全國絕大多數城市也是空白。」

姑息養監（姑息養奸）（22）

100M 的帶寬，實際上可能達不到 10M。這是老百姓有意見的主要原因。曾劍秋稱，未來運營商和監管部門應該在具體的落地服務上進行提升（見：隘不釋手）。

姑息養監（姑息養奸）（23）

彩票「中福線上」監管部門向「關聯方」暗存利益輸送數十億元。公益資金被用於蓋大樓、買遊艇、補虧空。— 2015.05.15

姑息養監（姑息養奸）（24）

倒騰房票，開發商、仲介、政府官員「三贏」的生意，但直接炒高了房價，坑害了普通購房者，嚴重損害了國家稅收和政府公信力。

按照國家規定，已經預售的房子是沒有辦法再改名字的，這些所謂「直改名」的房子到底是怎麼逃過有關部門監管的？房產仲介的經理們說這是最簡單的事：那些擁有「房票」的人把房子轉給下家時，只要與開發商、房管部門打個招呼，再去房管部門修改一下相關票據就可以了。

姑息養監（姑息養奸）（25）

官員頻玩失蹤，這看似兒戲的背後，暴露一些官員處於失控狀態。特別是某些單位的一把手，上級不監管，下級不敢監管，所以置身黨紀國法之外。

姑息養監（姑息養奸）（26）

記者調查「出生證」買賣黑幕。出生證明成為非法牟利的買賣！找仲介買「證明」孩子順利上戶口正規醫院出具全套假出生證明。造假窩點藏在哪？監管去哪了？

姑息養監（姑息養奸）（27）

垃圾棉流向監管空白。骯髒下腳料搖身變成鬆軟棉胎，僅一家黑作坊一年就有 8 萬多床垃圾棉在五愛市場、南八馬路多家軍品服務社銷售。

姑息養監（姑息養奸）（28）

北京的大米市場亂象叢生，各種概念滿天飛，普通的糧食被賦予了各種功能，卻無人監管。

姑息養監（姑息養奸）（29）

一包湯圓竟 2 個生日，畫皮產品一路綠燈流向市場監管有眼無珠。

姑息養監（姑息養奸）（30）

勢管嬰兒（試管嬰兒）

在中國窮人超生難逃被罰得傾家蕩產的厄運，但中國名人富人隨心所欲超生無人監管，試管嬰兒方面的法律如同空白。

姑息養監（姑息養奸）（31）

車用尿素匱乏，價格參差不齊。中國汽車工業協會調查結果顯示：截止今年 4 月底，672 個加油站中，沒有一家有車用尿素溶液加注設備，僅有 2 ％的加油站供應車用尿素溶液。原因在於國家沒有明確規定：哪個部門保證供應，哪個部門負責監管。

姑息養監（姑息養奸）（32）

在居民社區裏大肆拆、改、建，以至於形成了風氣，形成了規模，虹景花園成了「違章建築的博覽園」，這樣監管缺失，執法癱瘓的典型數不勝數。

姑息養監（姑息養奸）（33）

在不到一週的時間裏就曝出 8 起幼稚園違規給孩子集體服用處方藥事件。尤其是陝西楓韻幼稚園，在長達 5 年時間裏給孩子餵處方藥病毒靈，無人監管。

姑息養監（姑息養奸）（34）

多城市消費場所假洋酒氾濫成災。目前中國對酒吧等管道監管存在空白，關於酒類的管理的法規尚未立法。北京、上海、廣州幾個城市除外，其他地方生產銷售酒類無需許可。如今洋酒造假已經形成了收購舊酒瓶、造假勾兌、銷售一條龍產業鏈。行業人士指出：中國市場上 70 ％的拉菲都是假的。

姑息養監（姑息養奸）（35）

浙江永康教育局局長及 12 名中小學校長等 15 人貪汙學生午餐，金額達 400 多萬元。深圳校長用學生伙食費買豪車，多地學生食物中毒愈演愈烈。免費營養午餐成罪魁禍首，資金不足，監管不嚴使營養午餐成了唐僧肉（見：惡貫滿營）。

姑息養監（姑息養奸）（36）

史上最牛豬耳朵，不能送檢。家住重慶的張阿姨買了一只臘豬耳朵，回家後蒸了 40 分鐘，泡了 4 天，煮了 3 小時，依然硬得連刀都切不動。當地質監局和食品藥品工作人員都稱不歸自己管。

股劍傷民（谷賤傷農）（1）

一黨制和多黨制股市天淵之別。在多黨制國家炒股有人暴富有人成了窮光蛋，而中國大陸的股民清一色全都股瘦如柴（骨瘦如柴）。專家稱：中國金融界對不起百姓……。

蒙在股裏（蒙在鼓裏）

多米諾股牌（多米諾骨牌）玩弄於股掌之上，2 個交易日，A 股累計蒸發 8 萬億元，投資者均虧損超過 16 萬元。中國股民刻股銘心（刻骨銘心）。

A 股一天僅僅交易 13 分鐘，熔斷機制到底保護了誰。— 2016.01.07

從 2015 年史無前例的股災中剛剛回過神來的股民們，進入 2016 年，尚未回過神來，接連被兩根大陰棒砸暈了頭。1 月 4 日，滬指暴跌 6.86％，史上第一次熔斷；1 月 7 日，滬指再度暴跌 7.32％，一週內第 2 次熔斷，A 股全天僅僅交易了 13 分鐘。本是從股災中吸取教訓的熔斷機制，卻未能讓股民們免於恐慌，反而製造了更大的恐慌和更大的暴跌。2016 年開年一週，A 股暴跌 11.96％，創造史上最差開局。鳳凰財經調查顯示，超 8 成股民認為熔斷機制並無卵用，並沒有保護股民。中國證券登記結算有限公司最新數據顯示，最近一週持有 A 股的投資者有 5026.28 萬人，照此計算，1 月 7 日當天，人均虧約 7.95 萬元。如果把 1 月 4 日計算在內，這 2 個交易日，讓 A 股投資者人均損失了近 16 萬元。

股劍傷民（谷賤傷農）（2）

股掌之上

股市遭「血洗」中國股民每戶「丟」5 萬。— 2015.05.29

中國股市的神奇之處在於：你總是會 2 次踏入同一條河流。網友吐槽：躲過無數漲停，卻從未錯過跌停。

又創世界紀錄：成交量超 2.4 萬億。成交量方面，滬市成交 12479.26 億元，深市成交 11726.54 億元，滬深兩市成交額超 2.4 萬億元，再次創下「世界紀錄」，而這已是連續 4 個交易日突破 2 萬億成交。

股劍傷民（谷賤傷農）（3）

2011 年中國股民人均虧 4 萬不止，100 個股民中僅有不到 5 個人還在操作股票，95 ％都成了「僵死帳戶」。內幕交易者不費吹灰之力輕而易舉獲利 300 ％。胡緊套宰民皇帝乃罪魁獲首，A 股熊冠球。

股劍傷民（谷賤傷農）（4）

趁火打劫

四川南充財政局股市套現 2 億遭質疑。— 2015.07.08

A 股大跌南充市財政局賣出「金宇車城」600 萬股，套現收入 2 億多元。財政局的錢是政府公共資金，一旦股市跌了損失的是國家財政。此外黨政機關也不是法人，不具備股東資格。

股劍傷民（谷賤傷農）（5）

外蒙股（內蒙古）

2012 年發達國家股市也都呈現出修復性上漲，美國股市從年初即開始震盪上揚，到 9 月已完成收復 2008 年次貸危機暴跌後的失地，一舉創出 5 年新高，距離最高點觸手可及。歐洲經濟復蘇形勢最好的德國，在發達國家中漲幅最高，較年初上漲 25 ％左右，然而與中國經濟作為全球經濟復蘇的一面旗子背道而馳的是中國股市卻在這一年創出了 4 年的新低。上證指數年限極可能全球罕見的收出三連音成為全球表現最差的股市之一。

股劍傷民（谷賤傷農）（6）

內蒙股（內蒙古）

2013 年，民航發展基金超過 250 億元，記者調查發現，這筆錢成為廣州、北京等地機場上市公司的收入，還有數十億元其他支出不知所終……。

股劍傷民（谷賤傷農）（7）

蒸蒸日喪（蒸蒸日上）

10 餘家國企 7 年市值蒸發近 10 萬億元，中石油居首。— 2014.07.04

16124 點或許是 A 股投資者心中的痛，對大部分上市公司股價來說，這個點位的價格就像珠穆朗瑪峰一般難以逾越，這其中大國企的「高差」最為驚人。大國企之殤《第一財經日報》統計了從 2007 年年底以來所有持續交易的上市公司 A 股市值，蒸發市值榜上最多的 10 家公司 8 家是國企：中國石油 3.79 萬億，中國石化 1.17 萬億，工商銀行 1.13 萬億，中國人壽 9218.57 億元，

中國神華 8398.88 億元，中國銀行 6703.67 億元，中國鋁業 3228.38 億元，中國平安 3190.61 億元，中國遠洋 3025.25 億元，中國太保 2691.13 億元，招商銀行 2655.88 億元，交通銀行 2519.47 億元，寶鋼股份 2382.04 億元，大秦鐵路 2376.14 億元，中國國航 1871.62 億元。

股劍傷民（谷賤傷農）（8）

玩幣歸詔（完璧歸趙）

亂市出「英雄」，有亞種皇帝罩著黨政高級官員商海叱吒風雲，獨董制度實行 14 年，獨董變成官董。他們既是黨政幹部又是上市公司董事。

截至 2014 年 5 月 27 日，全國共清理黨政幹部在企業兼職 40700 多人次，官員獨董的年薪，少則數萬，多則百餘萬。來自北京的官員獨董占總數的 4 成。最高任職中央機關 412 人，最高在省級機關任職 427 人，最高在市級機關任職 248 人，總計 1100 人。

股劍傷民（谷賤傷農）（9）

以資股勵（以資鼓勵）去庇鼠山莊（避暑山莊）療養。

白岩松：「現實中也有很多『老鼠倉』這樣的大老鼠過街人人喊打，可是法律對他懲處並不重。甚至有這樣的一個案例，我們來看著名的高檢抗訴高法『馬樂案』，他原來就是基金裏頭，非法獲利 1883.34 萬，涉案金額 10.50 億多，但是判處有期徒刑 3 年，緩刑 5 年。也就導致後來高檢直接抗訴高法」。「吳所長，你怎麼看待老鼠過街，人人當然要喊打。但是真打的時候，法律這個武器是個軟棒子，甚至有可能是氣球吹的⋯⋯。」

股劍傷民（谷賤傷農）（10）

厚金薄股（厚今薄古）

證監會主席焦剛在求實雜誌上發表文章：「近年來，違法案件成多發高發態勢。2009 至 2012 年，案件增幅年均 14％，2012 年同比增長 21％，2013 年上半年同比又增加 40％。目前內幕交易案件數量超過一半，欺詐發行、虛假資訊披露案件在快速上升。即使發現資本市場存在一些違法現象，對相關公司及人員的處罰往往也是大而化小，小而化了，不了了之。據統計目前資本市場的法規規則超過 1200 件，問責條款達到了 200 多個，但其中無論是刑事責任還是行政經濟責任，沒有啟動過的條款超過 $\frac{2}{3}$」。

股劍傷民（谷賤傷農）（11）

江屍企業（僵屍企業）

和資本主義社會不同中國的企業不管虧損到什麼程度都不退市，此乃江胡時代，中國獨有的一道風景線，優勝劣汰完全被顛覆。— 2015.02.08

財務造假橫跨 5 年，南紡股份 2006 年至 2011 年連續六年虧損 3.44 億元，為何不退市，新版退市缺少細則（見：假的連雲）。

股劍傷民（谷賤傷農）（12）

「新聞聯播情緒指標」成炒股神器：踩准 5 月股市大跌。— 2015.05.11

炒股不跟《新聞聯播》，便是神仙也枉然。在不少資深人士眼裏，《新聞聯播》已成 A 股的「投資研報」，而且不少時候相當靠譜。

據媒體報導，招商證券高級分析師夏瀟陽通過研究分析發現，《新聞聯播》自 4 月 9 日起開始宣傳一帶一路的中國南車、中國北車（南車北車），南北車也自 4 月 9 日起打開漲停啟動一輪翻倍行情；當《新聞聯播》4 月 19 日停止宣傳一帶一路後，南北車 4 月 20 日起便一路下滑，調整幅度超過 25％。

4 月 21 日，《新聞聯播》報導「廣東、天津、福建自貿試驗區掛牌」，第 2 天相關概念股象嶼股份立刻應聲大漲 9.45％。

有老股民分享看《新聞聯播》炒股經驗稱，看《新聞聯播》要做到細讀文本，不僅要關注具體的新聞內容，也要關注新聞時長和其他新聞欄目重播的力度，當出現上市公司的時候，就要字字加以分析了。

也有股民不再自己苦苦琢磨《新聞聯播》背後所透露的股市秘密，轉而守著夏瀟陽推出「《新聞聯播》情緒指標」。據稱這款「預測神器」可以根據《新聞聯播》出現的熱詞分析股市的走向：大小跌、走平、大小漲。

股劍傷民（谷賤傷農）（13）

包裝出來的「資產」

山東黃金 2.5 億資產包裝成百億— 2013.07.04

停牌近 3 個月後，山東黃金於 6 月 29 日推出醞釀已久的重組方案，擬向大股東山東黃金集團等定增收購近 100 億元的黃金資產，同時配套募資 30 億元，定增價格皆為 33.72 元。此次收購方案的資產預估增值率約 3.5 倍，最高的一塊資產甚至增值 41.6 倍。

此外，山東黃金此次所收購的資產中，含有 2012 年 6 月由母公司山東黃金集團高價買入的資產。時間已過 1 年，黃金價格由當初每克 323 元跌至 242

元，但山東黃金集團轉讓給上市公司的價格不僅沒下調反而漲幅可觀。

《金證券》記者注意到，對於重組方案，山東黃金的投資者紛紛選擇用腳投票。山東黃金股吧裏一位股民表示，這不明擺著利益輸送嗎？這樣的重組方案也能通得過？

網友「精准打擊者」發帖稱，根據重組預案，在此次擬注入的標的資產當中，山東天承礦業有限公司以及山東盛大礦業股份有限公司名下的鑫源礦業，為山東黃金母公司山東黃金集團以 37.58 億元的高價從當地民企手中購得。而由當地民企所控制的天承礦業 2010 年末的淨資產僅 1.51 億元，民企通過盛大公司收購鑫源礦業公司 100％股權的代價也僅有 8151.64 萬元。也就是說，民企以不足 2.5 億的成本購得金礦後被山東黃金集團用近 40 億元收購，再把相關資源估值成 100 億元由山東黃金買單。這一重組預案也被戲稱為「山東黃金請客，股民大買單」。

國計慣例（國際慣例）（1）

亞種皇帝江擇乃國計慣例之開山鼻祖，在他統治下開創的國計慣例數不勝數。在這裏我首先要講的是江澤民犬子的國計慣例。

量小非君王之子，無漬不皇帝。大陸有 13 億人口，手機的擁有量可想而之，為了撈更多的錢，貪得無厭的皇帝爺倆開創了移動通信、聯通雙向收費的國計慣例。中國移動通信一年的利潤至少是 27％，而美國移動通信公司的利潤才 1％。

獲不單行（禍不單行）

江宰民皇帝執政 15 年，他的犬子瘋狂斂財，中國的手機雙向收費至少瘋狂惡宰了 15 年，江宰民皇帝下臺後，手機雙向收費逐漸開始向單項收費過度。然而胡緊套宰民皇帝更黑，惡宰更瘋狂。

國計慣例（國際慣例）（2）

小靈通都取消了，捆綁套餐照樣收。— 2015.08.18

表面上臭名昭著的雙向收費時代已結束，但霸王風采依然不減當年。雖然小靈通已退網，但捆綁套餐照樣收，僅王先生一個人就被套走了幾千元，王先生討說法，雖然理虧但聯通依然霸氣十足，只同意退給王先生 764 元。

江胡規矩：老百姓欠一分錢話費也不行，三天兩頭給發短信催你，不交錢就停機。重新開機罰款、滯納金少交一毛都不行。移動、聯通欠用戶的則另當別論。王先生已經有好幾年沒用小靈通了，卻被套走了幾千元，全國的

捆綁用戶可想而知。

國計慣例（國際慣例）（3）

乘人之微（乘人之危）

胡緊套宰民皇帝比江宰民皇帝更狠毒，他把套在 13 億百姓脖子上的絞索勒的更緊，而且更加肆無忌憚地胡勒。一字千金天價微博，手機境外更新 3 條微博回國後竟欠費數千元。北京的金娜女士從古巴回國途中在莫斯科短暫停留期間僅僅更新了 3 條自己在新浪的微博，回國後卻被告知因欠費停機，寥寥數字竟然欠費 3917.7 元，比把金女士從莫斯科運回北京還貴。天價微博不算貴，境外手機聊 QQ 網費竟能換轎車。

國計慣例（國際慣例）（4）

去了一趟印尼，上了一個半小時 QQ，手機欠費 3.4 萬，能買一輛 QQ 轎車。— 2010.11.30

家住河南省鄭州市南陽路的薑先生，上月底去了趟東南亞的印尼，想著用手機 QQ 能方便聯繫國內朋友，去之前他開通了國際通話上網業務，交了1000 元開通國際業務的押金……。

閑來無聊上了一個半小時的手機QQ，回國後竟然發現欠費高達 3.4 萬元。薑先生自嘲到：原來自己聊得不是 QQ 而是一輛貨真價實的 QQ 轎車。

被瘋狂惡宰的經歷的中國人舉不勝舉，例如：夏天先生在香港用內地手機上網搜地圖，3、4 次竟花去 500 多元人民幣！最後 70 港元買了本地圖。

國計慣例（國際慣例）（5）

男子出差澳門 8 小時，手機欠費 1 萬 4。— 2014.08.09

深圳的李先生因出差滯留澳門 8 小時，結果被通知手機欠費 14259.83 元，帳單顯示其在澳門累計產生約 274M 的國際漫遊上網流量。對於該流量費，李先生稱，自己使用的是蘋果手機，在澳門幾小時裏只掛著 QQ，並未上網或者看視頻。「我肯定不願意掏這筆錢，也掏不起。」李先生自稱從事業務工作月收入才 2 千元，這筆 1.4 萬餘元的手機費對他來說無疑是筆鉅款。

國計慣例（國際慣例）（6）

威利無比（威力無比）

目前，國內漫遊費成本幾乎為零，可錢卻一直在收。從國際上來看，一個國家的運營商在自己不同分公司向用戶收取漫遊費，這種情況實屬罕見。

女子出國 3 天手機流量費 1 萬 6，媒體曝光後女子 1.6 萬元天價流量費被免單。— 2015.05.11

5 月 1 日，胡女士前往美國塞班島旅遊。5 月 4 日，胡女士回到國內。當天下午，胡女士被告知，她的手機電話欠費 16989 元，其中有 16592 元是手機上網費。客服告訴胡女士，塞班島上網費是 81.92 元／兆。胡女士說，她除了最初使用了微信之外，已將網路關閉，並一直使用 Wi-Fi。因此，對於為何會產生高額的流量費，她一直無法理解。此事經媒體報導後，已有了轉機。胡女士向記者表示，通信運營商已經答應免除這些費用，手機已能正常使用。

張女士在新北區萬達廣場蘋果專賣店，花 4000 多元買了蘋果手機，可這智能手機買了不到 2 個小時，話費就高達 500 多元，讓她實在難以接受。

貴州的廖先生新買的手機，使用不過 2 小時就被扣了 500 多元的話費。

國計慣例（國際慣例）（7）

陰謀詭 G（陰謀詭計）

相聲「歪批三國」裏有這樣一個包袱：周瑜在臨死前感歎道：G 生瑜，何生量！（既生瑜，何生亮）。

3G 手機號莫名變成 4G，工作人員稱是國際慣例。— 2014.09.17

不久前，北京市民黃女士驚詫地發現其手機信號從移動 3G 自動變成了 4G，這導致每月的上網流量神不知鬼不覺的增加了 300 多元。「換新卡後，雖然多次收到短信問是否要開 4G，可我始終沒同意開通啊！」她說。

黃女士說，她並沒有簽訂關於開通 4G 的業務受理單或合同。類似情況發生在不少用戶身上。據北京等地一些用戶反映，自己手機多次收到短信詢問是否開通 4G，拒絕多次後，仍被強行開通。

國計慣例（國際慣例）（8）

漫無邊計（漫無邊際）

在大陸消費者永遠都不知道國際數據漫遊是怎樣一個計費標準。

北京聯通計費 1 天 35 小時。石先生辦理的是包月套餐，2 月份剛過 4 天就欠費了。單子一打出來石先生就懵了，記錄上說他一共上網 139 小時，這樣算下來平均每天 35 小時以上。

無數個手機用戶被中國電信惡宰。來自 QQ 網友的調查顯示高達 71.2 的網友表示自己曾經遇到過手機流量費突然增高的情況，不知為啥幾個小時的話費竟然高達 3、4 百元。瀋陽市民張熙無意中發現被中國電信多扣了 2 年

「話費」（每個月多扣 15 元，而張熙並沒有開辦郵箱和彩 E、互動星空這兩個專案）。在大陸向張熙這樣被中國電信「偷偷」惡宰的手機用戶多如牛毛。

國無遠綠，必有近憂（人無遠慮）

中國大陸重啟綠色 GDP 研究，10 年前曾遭地方政府強烈反對而擱淺—2015.03.31

傳統的國民經濟核算體系，特別是作為主要指標的 GDP 已經不能如實全面的反映經濟活動對自然資源的消耗和生態環境惡化的狀況，甚至還會讓人產生誤解。

過海關斬陸將（過五關斬六將）（1）

自從江擇民當上大陸的亞種皇帝，全中國的不法分子如魚得水，全世界的洋人歡天喜地，再也不用為那些令人頭痛的難以處理的垃圾發愁了，所有劇毒垃圾源源不斷地運進中國，中國成了世界上最大最毒的垃圾王國。

過海關斬陸將（過五關斬六將）（2）

沙頭角海關「集體淪陷」，海關「守門人」成「放水人」

江胡兩帝向洋人俯首稱臣，海關、工商、環保、公安，還有其他執法部門拱手而降自然不在話下，正因如此走私如探囊取物。

今年以來深圳海關已有 23 人落馬。— 2014.11.18

過海關斬陸將（過五關斬六將）（3）

截止 6 月 23 日，中國海關查處 42 萬噸走私凍品。— 2015.06.26

如果不是根據群眾舉報線索，深圳破獲全國案值最大的走私凍肉案，天津、大連、瀋陽、廣州、南寧等海關走私凍品大案不知何時才能破獲。

「太臭了，整整一車廂，打開門差點吐了。」長沙海關緝私局警員張濤說。

過海關斬陸將（過五關斬六將）（4）

團夥走私日本輻射海鮮賣中國，案值 2.3 億元。— 2016.08.21

日本 311 大地震後，幾乎所有國家都禁止進口福島附近海域的海鮮，但中國照單全收。青島海關 21 日公佈，一走私團夥近 2 年來走私帝王蟹等高檔海鮮 5000 餘噸，日本福島附近海域受核輻射汙染的海鮮，被換裝後運往境內！

過海關斬陸將（過五關斬六將）（5）

新聞 1+1：走私食品如入無人之境？— 2016.11.24

10 多年前就被禁止的越南生豬真的被禁住了嗎？僵死肉來了！核輻射海鮮來了！有口蹄疫風險的生豬也來了！走私入境的越南生豬，面對聯合執法竟然沒有一個部門過問。

在（祿平縣和愛店鎮）全長 25.5 公里的邊境線上，竟然有 20 多條走私通道。其中最有名的是 2012 年私人老闆出錢修建的那乎屯通道。在中國的愛店鎮家家戶戶走私，每天走私 1 萬多頭。

4 個單位設卡檢查，每出一車要交 3 萬元的保車費後，無檢疫證明越南生豬便可暢通無阻的運進屠宰場，屠宰場根本不管也沒有檢疫證明照樣屠宰。

過海關斬陸將（過五關斬六將）（6）

大米走私猖獗：下得了高速上得了火車。走私團夥為搬米越境破壞多處高速路護欄，從河口到新街這段 60 多公里，多達 70 餘處開口。據雲南省有關部門 2015 年上半年統計，向這樣的私開通道，在全省邊界地區共有 170 餘條。

過海關斬陸將（過五關斬六將）（7）

全世界數量驚人的電子垃圾中約 70％進入中國。— 2015.09.28

在進入中國的電子洋垃圾中，相當大的比例是最「毒」的成分，中外商人「裏應外合」把洋垃圾鼓搗進了中國。

過海關斬陸將（過五關斬六將）（8）

劇毒洋垃圾圍城中國，地方利益致洋垃圾走私氾濫。— 2015.01.04

塑膠洋垃圾之所以會進入中國，是因為中國的買主出比其他國家高兩倍以上的價錢回收，經過重新加工，再流向市場。而多數分揀和清理這些洋垃圾的人員，都是不識字……。

過海關斬陸將（過五關斬六將）（9）

迄今為止最大宗「洋垃圾」走私案。— 2014.02.24

海關通報表示，各地在行動中共抓獲走私犯罪嫌疑人 54 名，當場查扣涉案集裝箱 185 個及電子垃圾散貨 200 多噸。經查明，該走私團夥自 2013 年以來共走私 2800 多個貨櫃及散貨電子垃圾共計 72000 餘噸。

2013 年起，海關展開「綠籬」專項行動，加強進口固體廢物監管和打擊「洋垃圾」走私。全國海關破獲走私固體廢物走私案件 221 起，查證涉案固體廢物 97.5 萬噸，查證廢礦渣、廢塗料、廢輪胎、舊衣服等禁止進境「洋垃圾」4.7 萬噸。

過海關斬陸將（過五關斬六將）（10）

東興一老闆半年走私「洋垃圾」2500多噸。— 2014.07.12

東興一醫療器械公司老總當起保貨人，從國外走私「洋垃圾」入境，舊衣服「洗個澡」就出售，半年走私舊衣服、廢電腦2500多噸，運到廣東經過處理後上市銷售。據楊某交代，歐美、日韓等地淘汰的舊衣物有專門公司回收，政府還要貼錢處理，國內一些走私老闆則像垃圾一樣買下，取道越南走私入境。而他的老家陸豐市，則活躍著上萬家洋貨翻新處理工廠。

「很多衣服隨便消下毒就上市，更多的沒做任何處理。」楊說，經過家庭式小作坊分揀、洗燙、包裝後，相對整潔的舊衣服經不法商販之手流入國內市場，特別是網上商城，直接賣給消費者，一些殘破的衣服則被分揀出棉布、鈕扣和拉鏈等輔料分別出售。

過海關斬陸將（過五關斬六將）（11）

跨境走私汽車案，3年共走私入境各類高檔車輛3000餘輛。— 2013.11.28

過海關斬陸將（過五關斬六將）（12）

成都海關聯合深圳海關查獲一特大木炭走私網路，涉及4省5市。— 2015.07.22

過海關斬陸將（過五關斬六將）（13）

2013年11月05日廈門市。2巨梟走私象牙11.88噸，價值6.03億元，為近年來中國海關查獲的最大象牙走私案

過海關斬陸將（過五關斬六將）（14）

海關查獲110噸跨境走私柴油，貨櫃車香港加油賣到深圳收油點。— 2014.04.22

H

海哭石爛（海枯石爛）（1）

渤海環境嚴重惡化，幾乎成「死海」。— 2015.10.01

往大海裏不斷地排汙使渤海水質不斷地惡化。渤海每年承受來自陸地的 28 億噸汙水和 70 萬噸汙染物，占全國海域接納汙染物的 50%。目前渤海大型魚類資源基本破壞，小型魚類資源嚴重衰退，年產量縮減 10 倍以上。

山東龍口造紙廠臨近海域 6 萬平方米範圍內，葫蘆島鋅廠臨近海域 5 萬平方米範圍內，都已經沒有水體生物，成了海底沙漠。

天津、河北、山東、遼寧大搞工業建設都沒少禍害渤海。

海哭石爛（海枯石爛）（2）

海參養殖汙染環境破壞候鳥棲息。一般的海參圈，5 年清一次圈，每畝用 70 至 80 公斤生石灰殺菌。每當海參圈放水的時候，大量的生石灰再加上海參養殖育苗大量用藥都被潮水帶到近海，造成魚類大量的死亡，對候鳥充滿了危機。整個渤海灣的遼東半島至山東半島一帶，海參圈比比皆是，有的甚至幾萬公頃連成一片。通過衛星圖片可以看到，在盤錦海參圈已經深入到斑海豹的國家級自然保護區，保護區的規劃一調再調逐年縮減。

近海養殖產業密集對近海海域造成汙染，渤海灣生態系統現在已經處於亞健康狀態，水體呈嚴重富營養化，氮磷比重已嚴重失衡。

海參養殖利益高汙染更高 近海其他生物幾近滅絕。據遼寧省海科院等多家機構監測數據表明，海參養殖對海洋汙染嚴重，排放的 COD、氨氮等指標是其他養殖業的數百倍。記者走訪附近漁村瞭解到，面對經濟利益，近幾年海參圈海養殖興起迅速。有漁民表示，在這片海裏，像烏魚、對蝦等其他生物現在都已經「滅根了」。

海市滲樓（海市蜃樓）

中國建築存在「隱形癌症」。— 2014.02.22

全國政協委員調研地下滲漏與建築安全時透露，目前中國大陸建築滲漏率高達 80% 以上，這種現象蔓延到地鐵、橋樑、大壩、垃圾填埋等處工程領域。中國多地發生因地下管網滲漏，造成泥沙流失致地面塌陷的事故。

滲漏，尤其是建築地下防水工程的滲漏，甚至被稱作建築的「癌症」。著名工程專家楊嗣信教授更是指出，「建築地下防水對於建築安全的重要程度，僅次於建築結構。」在調研會上楊嗣信介紹，根據對國內建築事故的調

查，70％以上的公用、民用建築物事故來自屋面和外牆滲漏，特別是劇場、體育場館等大型公共設施，80％以上都出現過滲漏事故；80％以上的地鐵、隧道及市政工程都曾出現因混凝土開裂而導致的工程滲漏事故，而隨著經濟的發展，滲漏開始從衛生間、地下室、外牆等逐步蔓延到了包括地鐵、高橋、橋樑、垃圾填埋、大壩等在內的許多工程領域。

實際上，現在建築工程的防水材料和技術水準愈來愈高，驗收合格率愈來愈高，但使用中的滲漏率卻也愈來愈高。

北京龍陽偉業科技股份有限公司董事長王偉向認為，滲漏意味著地下混凝土結構可能存有缺陷，如酥松、孔洞、貫通裂縫等等。在地下水的侵蝕下，隨著時間的累積，這些缺陷會逐漸擴大，導致鋼筋銹蝕、混凝土劣化等一系列問題，損傷建築結構，引發建築形態改變，危害建築安全。

王偉將建築工程比喻為一棵樹，地下工程比喻為樹的根，「根爛了，樹會怎樣？」托江胡兩帝的腐，海市滲樓這種難得一見的自然奇觀走進了千家萬戶，不僅如此江胡兩帝還創造了城市看海等「奇跡」。

盒是幣（和氏璧）（1）

藥價高出同類藥品 20 倍也能輕鬆中標，廣東藥企怒告國家發改委。

不僅單獨定價的「專利藥」造假，藥品換馬甲已是醫藥界公開的秘密。為維繫藥品暴利，藥企將廉價而療效好的藥品改頭換面，按「新藥」重新定價的例子比比皆是。藥企改頭換面的方式五花八門，有的在不改變藥品成分及含量的情況下，僅通過改變包裝或名稱來提高價格；有的在藥理作用及臨床適應症沒任何改變的情況下，通過改變劑型、規格等達到提高藥價目的。

媒體曾報導，羅紅黴素有 40 個名字，頭孢三嗪有 30 個名字，抗菌藥氧氟沙星的名字達 52 個之多，還有常用感冒藥快克、感康、太福、永隆的通用名都是複方氨酚烷胺膠囊。「藥價虛高」、「一藥多名」的問題一直廣為輿論所詬病，每年「兩會」期間，都是代表、委員議論的熱點。但是藥企改換藥品名稱、規格及包裝，按「新藥」重新定價的變相漲價行為仍未遏制住。

盒是幣（和氏璧）（2）

多地區醫院清潔工倒賣藥盒，一個抗癌藥盒至少賣 300 元，藥販將假藥以買來的包裝盒重新包裝，再以上萬元價格推出市場。這樣的假藥網路覆蓋全國 30 個省區，被抓的人 1700 多名，繳獲的假藥，按正品計算超過 20 億。

盒是幣（和氏璧）（3）

2015 年月餅生產怪像。空白月餅盒賣的火爆，裝啥月餅隨心所欲，除了月餅盒很多商家都在賣鍍金月餅托。

記者來到溫州商城調查，一位從事月餅行業 10 年的老闆爆料：小廠家生產的月餅，因為加入了太多的防腐劑，放 3 年都不變質。前 2 年賣剩下的月餅，換個包裝照樣賣。記者問銷售人員：月餅盒上生產廠家、廠址、日期咋是空白呢？銷售人員說：生產許可證、日期、QS 號等都是複印社列印出來的，可以隨意填寫，完全可以以假亂真。

河東濕吼（河東獅吼）（1）

江濕遍地（僵屍）江胡造孽之後中國濕地的淒慘景象。

河北省濕地消失了 90％，即便僥倖存留的濕地 8 層以上變成了汙水排泄場所。遭破壞的濕地遍佈華夏大地，破壞程度已經波及了原有濕地的 50％。沿海灘塗面積削減過半。濕地開墾面積達到了 1000 萬公頃。

鄭州黃河南岸濕地曾是鄭州市的一處天堂。然而從 2010 年開始美景被終結了。新版水滸將這裏作為外景拍攝基地，攝製組離去一片狼藉，濕地遭到嚴重的破壞，草地大面積消失，取而代之的是一處處模仿戰場煙火黑色的傷口，濕地的水中到處漂浮著垃圾，被破壞的濕地面積 4 萬多平方米。

浙江紹興鏡湖濕地內大型推土機正在刨地取土，挖沙讓孟津黃河濕地水禽自然保護區不在平靜，玉環旋門灣濕地公園鳥兒背後是建築廢料堆和吊臂。安徽淮北市臨渙礦濕地，因連年乾旱湖內水位急劇下降。

敦煌西湖濕地面積從 11.35 萬公頃退縮到 9.8 萬公頃，按照這個速度在過半個世紀西湖濕地將完全消失，敦煌將完全陷入沙漠。

被譽為中國最美濕地大草原的若爾蓋湖 300 多個湖乾涸了 200 多個，草原沙化面積達到了 10.53 萬公頃，還在以每年 11.65 的速度遞增。

白洋澱原有大小澱泊 143 個，現在僅剩下 40 個澱，大約 50％的濕地在人為開發中消失了。

黑龍江三江平原原有沼澤失去了 8 層，千湖之湖北省湖泊銳減了 $\frac{2}{3}$，喪失了 56％的紅樹林，全國各類大小湖泊消失了上千個，眾多濕地水質逐年惡化為生態埋下了隱患。

在南方中國最大的淡水湖鄱陽湖水域面積從 4000 平方公里減少到不足 50 平方公里。陝西關中一帶 30 多個縣已經消失了上千個池塘。

河東濕吼（河東獅吼）（2）

洞庭湖萬畝濕地被高價拍賣：政府參與利益角逐。— 2014.11.13

河東濕吼（河東獅吼）（3）

濱臨滅絕（瀕臨滅絕）

國家海洋局統計：近 20～30 年中國超過一半的濱海濕地已經消失了，而且重要因素就是填海工程。資料顯示：近 15 年渤海填海造地面積 551 平方公里，沿海灘塗濕地減少了 718 平方公里，環渤海海岸線總長度縮短了 260 公里，而近年來渤海灣的填海造地規模更盛。遼寧省沿海六市造地規劃高達 1000 平方公里，山東半島確定的 9 個造地的面積也達 420 平方公里。

港口建設過於密集導致，不同港口之間惡性競爭，很多港口吃不飽，而海岸線卻永久性消失了。近些年沿海填海造地侵占海洋生態空間不可逆轉的改變了海洋生態環境。填海建港擠占海洋生態空間。近海養殖產業密集對近海海域造成嚴重汙染。濱海濕地消失誰之過？

核其瀆也（何其毒也）（1）

廣東東源法院副院長經上級授意偽造判決書。— 2013.04.16

不允許挪用的社保基金被拿去投資，導致虧損 308 萬元無法收回；本該追究責任的公務人員逍遙法外，卻有法官偽造判決書對「窟窿」資金進行「依法核銷」。這就是發生在廣東省河源市東源縣的荒唐事。經舉報，經手偽造判決書的縣法院副院長已被檢察機關立案偵查。而指示「想想辦法」、「口頭同意」上述涉嫌違法行為的一幹領導卻相安無事。

核其瀆也（何其毒也）（2）

2013 年 4 月 8 日，河北深州市唐奉鎮農村信用社假造死亡名單曝光，核銷貸款，副市長在列。清單當中有 43 人「死亡」，15 人「失蹤」，消失的 58 人當中包括副市長魏志春、市公安局副局長崔朋等 43 人。

58 人共被核銷貸款約 250 萬元。他們中有縣公職人員、法院人員、鄉鎮幹部、村幹部及其親屬等。記者發稿前已證實到 13 名「死者」和 6 名「失蹤者」健在。這些貸款的核銷，都提供有死亡證明等相應材料。活人怎麼開出的死亡證明？當地公安機關稱從未開具，信用社則稱絕不敢偽造死亡證明。網上爆料稱，對於位高權重的人，信用社主任以核銷貸款送人情，沒權沒錢的借款人送給信用社主任 20％到 30％的禮便予以核銷。知情人稱，爆出的核銷清單上的大多數都有償還能力，其中有的位高權重難追討，甚至有的有

抵押物也被核銷，從而逃避債務。「類似的問題在各地信用社並不少見。」

在深州信用聯社核銷貸款清單上，副市長魏志春也名列其中，原因是「死亡」。清單顯示，魏志春 1997 年 3 月 7 日自兵曹信用社借貸 41 萬，1997 年 7 月 7 日到期。魏志春稱確實借過款，也確實沒還。同樣在「死亡名單」的，還有深州市公安局副局長崔朋，1998 年 1 月 18 日借款 3.2 萬，1998 年 12 月 20 日到期。崔朋在電話裏講述的情況與魏志春相同。他稱信用社從來沒向他個人催要過，貸款核銷，也從來沒有與他溝通過。「我也不會找人給自己開死亡證明。」當時的兵曹鄉黨委書記王三墜也在「死亡名單」。他分別在 1996 年和 1998 年貸款 3 萬和 4.8 萬。崔朋介紹，王目前退休在家，肯定「健在」。

魏志春說，當時兵曹鄉財政緊張，後來幾人相繼調走，一直沒還。除了死亡，名單上還有 15 人核銷原因是「失蹤」。其中有唐奉鎮刁馬莊村民刁二純與刁紅燦。據村民介紹，他們是一對夫妻，目前在無錫工作。他們各自的父親，分別是前任和現任村書記。另一「失蹤」村民唐奉鎮東蒲疃村葛建波，記者核實到他現在是村委委員。

黑白無償（黑白無常）（1）

江胡習時代，形形色色的賠償，償使英雄淚滿襟（長使英雄淚滿襟）。

女孩陪領導赴宴遭暴力性侵致死，獲 130 萬工傷賠償。— 2014.08.19

「酒烈士」、「強拆烈士」比「真烈士」值錢

安徽民警陪領導喝酒被喝死算因公犧牲，獲賠 130 萬。— 2014.08.07

逾 7 成受訪線民稱吉林徵地致死城管不應申報烈士。— 2014.08.13

陝西韓城：搶建服務區，強挖因公殉職職工墓。— 2015.02.11

韓城礦務局下峪口地區公墓位於龍門鎮渚北村 108 國道旁，占地約 10 畝。1978 年 10 月，礦務局為安葬歷年來在煤礦生產中因公犧牲和殉職的職工專門徵用地，這裏先後安葬了 100 多位因公犧牲、殉職以及部分因有工傷自然亡故的職工。在單位和親屬不知情也不在場的情況下墳墓被挖，親屬第 4 天才知曉。

黑白無償（黑白無常）（2）

好警不償命（好景不長）之冰山一角

交警槍殺「肇事者」獲嘉獎，檢察機關批捕後潛伏原單位 20 年。— 2016.06.19（見：兒刑牽理）

17 年前，河南林州市橫水鎮，法警持槍殺人，被判刑後，至今仍在法院

上班。

於鋼峰被河南項城市公安局民警帶走，3 天後在刑警大隊辦公室離奇死亡，涉事民警被免刑責。

討薪女工周秀雲案被太原警方就地正法，受害者侄子將施暴視頻在網上曝光，員警亂了陣腳，私了賠償金由 54 萬猛增到上百萬，但家屬不為所動。

黑白無償（黑白無常）（3）

黑心償（黑心腸）

煙臺慈善總會官員撞死人，疑挪用善款賠付 80 萬。— 2013.08.19

河南許昌縣一局長醉駕撞死人，60 萬元賠償完全由員工墊付。披著員工集資的外衣透露著政府部門權力的霸氣。西峽縣氣象局局長禹相傑駕公車陪領導遊玩中，由於操作失誤將路邊 3 個行人撞死，南陽市西峽縣氣象局拿出鉅資買單。

滑山論劍（華山論劍）

江胡後遺症每次爆發都會震驚世界，一場極為罕見的滑坡。— 2015.12.27

12 月 20 日中午，深圳光明新區（恒泰裕工業園）突然發生滑坡，鋪天蓋地泥沙將山腳下的 33 棟工廠廠房宿舍樓和其他建築瞬間吞噬。截止到週四，失聯與遇難者人數已經有 8000 人左右。此次滑坡災害並非是自然山體滑坡，而是受納場渣土堆填體的滑動，多年來人工堆積的渣土和建築垃圾是滑坡的罪魁禍首。此次滑坡不屬於自然地質災害，而是一起安全生產事故。初步測算，此次事故中，滑坡體的總土石方量超過了 400 萬方，覆蓋面積超過了 38 萬平米。50 多個足球場的覆蓋面積，最深達 10 幾米的覆蓋高度，令人震驚，並不得不思考，為什麼人工堆積可達到這樣的程度，並且造成傷害。

渣土圍城並不僅僅在深圳。中國地質學院地質研究所研究員蘇德辰：如果按照相關部門修建尾礦坑的要求做好排水，修建堅固的大壩是沒有問題的。然而現在的問題是，不設防。在深圳滑坡事故發生後，記者在廣州黃埔區將軍山附近的一個堆場看到，堆場邊為了掩人耳目用了綠色的網把它網住，遠處看綠油油一片。靠近廣深高速公路一側則是種了一排 2 至 3 米的樹木，連擋土牆都沒有，更別說大壩了。深圳滑坡事故以慘烈的方式把江胡時代的後遺症演繹得淋漓盡致。

劃山論劍（華山論劍）（1）

法院錯劃之冰山一角

華紡股份討回 1417 萬存款。一起與自己並無實際利益的官司，卻被法院錯誤執行，公司 1417 萬元被強制劃撥 8 年有餘。— 2011.06.01

劃山論劍（華山論劍）（2）

憑著有明顯錯誤和疑點的委託書，法院在不通知老劉本人的情況下，讓騙子把 507 萬鉅款領走了（見：最高法怨）。

劃山論劍（華山論劍）（3）

女子被異地法院莫名劃扣 11.5 萬元。— 2016.05.29

陝西省旬陽縣郭昌霞從未去過保定，也從未涉及經濟訴訟，今年 4 月銀行卡裏的 11.5 萬元莫名其妙地被河北保定市清苑區法院劃扣。郭昌霞查詢發現雖然涉及經濟糾紛的被執行人和自己的名字一模一樣，但其他身份資訊卻完全對不上。郭昌霞告訴記者：要坐 22 小時火車，她覺得特別委屈，「本來是法院的錯嘛，為什麼讓我和丈夫過去？」

滄州農民因同名同姓被法院劃走 6 萬。— 2014.08.25

滄州市滄縣農民李朝明在銀行沒貸過一分錢，但他辛辛苦苦積攢的 6 萬元，卻因「欠貸未還」被法院執行走。

與欠債人同名同姓一男子被法院扣走 9 千多元。福綿管理區一陌生女子，把玉林市張海東和周華夫婦當成「老賴」告上法庭，法院在他們沒有收到傳票，沒有到庭的情況下，判他們償還 9000 多元，而他們直到工資存摺被法院強制扣錢後，才知道自己成了「冤大頭」。— 2012.01.12

劃山論劍（華山論劍）（4）

5 千多元存款「蒸發」原是被法院錯扣，事發合浦。合浦縣法院強制從徐女士帳戶上劃扣 5150 元，對此徐女士感到不可思議，「我從來沒打官司，也未接到法院相關傳票」。— 2014.11.18

劃山論劍（華山論劍）（5）

今日說法：莫名其妙的官司。— 2016.08.08

2010 年 6 月 29 日王孔福到銀行去取錢，可是存摺裏一分錢也沒有，王孔福和妻子到銀行總部查詢，記錄顯示王孔福帳戶裏的退休金居然被濟南市槐蔭區法院給劃走。王孔福夫妻倆一沒欠人家錢財，二沒打過官司，連法院在

哪他們都不清楚。當王孔福夫妻倆在法院見到從未見過的判決書時徹底傻了眼。直到此時王孔福夫妻倆才知道自己作為被告打了一場從來不知道，也從來沒有出過庭的官司，而更令人匪夷所思的他和原告李博素不相識……。

華山論賤（華山論劍）（1）

自有人類歷史以來，江胡統治下百姓的生命最賤，納稅人的血汗錢最賤，領土主權最賤……，黑暗透頂的不僅是法律、人權、社會道德無數次被賤踏（踐踏）就連王法也被糟蹋得一塌糊塗。

731 皇帝江擇民

亞種皇帝江擇民不僅是無數起冤假錯案的罪魁禍首，而且殺人流水線的帝造者（締造者）。在江擇民瀆創的殺人「流水線」上，數百萬人被活著挖心刨肝，因「功勳卓著」，數名魔鬼軍醫被江擇民提升為將軍。而日本731部隊則因殘忍程度遠不及江軍，沒有一個劊子手因此而被提升為將軍，所以他們只能無奈地望江興歎。

和平年代江擇民的魔鬼軍醫對同胞實施挖心刨肝，要比戰爭年代日本人拿中國人做活體實驗更殘忍千萬倍。在保護人權的法治時代，江擇民的挖心刨肝比沒有王法的奴隸社會的抽筋剝皮更殘忍。更何況在奴隸主虐殺奴隸事件只是零星發生，而江擇民的殺人流水線，則是按訂單批量挖活人的心肝脾肺等器官。江擇民的殘忍令歷史上所有的暴君、奴隸主以及731部隊望塵莫及。正因如此，國際人權主席稱之為「這個星球上前所未有的邪惡」。

華山論賤（華山論劍）（2）

731皇帝江擇民瀆創的另一條殺人流水線更是邪惡無比，有毒食品人體活體實驗流水線。建立軟刀子殺人流水線，這麼陰損的招數日本731部隊想都不敢想。在這條有史以來世界上獨一無二的流水線上，13億中國人都無法逃脫活體實驗的厄運（特權階層和有錢人除外）。

罪惡滔天的是在人類高度文明的社會，這種慘無人道大規模的有毒食品活體實驗竟然長達近30年。最瘋狂年代的數據不得而知，近10年中國食品安全事件22萬起，平均每天至少60多起，僅廣東2001年以前，因蔬菜農藥中毒每年都在1500人以上。

華山論賤（華山論劍）（3）

登峰造殂（登峰造極）江擇民統治下瀆創的豆腐渣工程，經胡僅濤時代的反覆降質，更加危震天下（威震天下）。2008年，汶川地震絕大多數學生

並非死於地震而是死於校舍豆腐渣工程。

華山論賤（華山論劍）（4）

江胡時代，官員們視百姓的命如草芥，尤其是遇到天災人禍更是瀆殺勿論（格殺勿論）。1994 年 12 月 8 日，新疆克拉瑪依市舉辦中小學文藝匯演，演出中現場突然著起大火，325 人在火災中喪生，其中 288 人是學生。當大火剛燃起，市教委一名官員大喊：大家都不要動，讓領導先走，20 多名副處級以上領導全部成功逃脫，而孩子們全都被活活燒死。

江胡惡習，依然不減當年

2015 年 3 月 25 日，克拉瑪依大火 6 人遇難。官方微博通知：由於昨夜風太大，克拉瑪依大西溝等地發生火災，請各位朋友謹慎言行、切勿在朋友圈、微博等發有關視頻、圖片各類資訊……。

華山論賤（華山論劍）（5）

河北車禍高發地：50 條人命換不來一個紅綠燈。官方：等省裏批准。—2016.07.04

深圳龍崗區紅綠燈同時亮，交警部門嚴重瀆職不負責任，最終導致司機誤判造成 3 死 3 傷。早在一星期前就有市民多次投訴要求維修，慘劇發生前一天還有市民在微博上向交警投訴，交警部門不予理睬。

高壓線落地十餘天沒人管 2 青年觸電死。— 2016.06.27（見：獨立王國）

6 萬伏高壓線橫穿小學 30 年，夏天雨比較大的時候閃火花。拿數千名孩子的生命當兒戲。

頭上懸 50 萬伏高壓線。有關部門在施工的時候，根本不考慮農民的死活，否則就不會把 50 萬伏高壓線架在人家頭頂上。— 2014.07.10

天津港 8．12 特別重大火災爆炸事故死亡遇難人數 164 人，721 人入院治療。按規定：危化品倉庫應與周圍公共建築物離至少保持 1000 米。記者實地腳步測量發現，萬科清水港灣社區與該倉庫直線最近距離約為 560 米。

升級版捨命不捨財

早在 2011 年整個三公消費就已經達到 1.9 萬億，占行政開資的 60％，是 2010 年軍費的 2.8 倍。如今的中國更是財大氣粗。儘管中國政府揮金如土，但對待百姓依然是極其吝嗇，捨得百姓的命不捨政府的財。

30 多個孩子撐竹筏上學，村民說：在 30 多年中過河死了 20 多人。河寬才 500 米修橋才花幾個錢，中國問題不是錢的問題，是領導人對生命態度問

題，上良不正下良歪（上梁不正下梁歪）不足為怪。

　　孩子冒生命危險爬懸崖藤梯上學，10 多人喪生，當地政府置若罔聞。－ 2016.06.01

　　四川「懸崖村」：孩子爬藤梯上學，最新小的 6 歲。所謂藤梯路就是用木頭和藤條編成梯子，在懸崖上搭出的一條路，即使身手敏捷的年輕人上山也需要 1.5 小時。而在沒有藤梯的岩壁路段攀爬極為危險，轉向山體的另一側時，懸崖絕壁能下腳的地方不足巴掌大，再加上高山深谷的大風讓人站立不穩，村民上下山曾不止一次發生意外，大概有 10 人左右在路上墜崖身亡。

　　對阿土列爾村的村民們來說，現在最大的願望是有一條與外界通聯的安全的路。湖南一山村兒童每天依然爬垂直天梯上學，下面是 60 至 70 米的懸崖，全村人眼巴巴盼望著通往山外的路早點完工。

　　桑植縣苦竹平坪鄉張家灣村，村裏學齡期的孩子，只能靠攀爬天梯出入村落。如果不走木梯，就必須攀爬岩壁，費上 4 至 5 個小時才能走到鎮上。

　　四川梁山的小學生冒著生命危險攀爬鐵索上學。湍急的河水在下面滾滾流過，孩子們背著書包，有的雙手緊緊抓住鋼索雙腳在下面艱難滑行，有的乾脆趴下雙手抓住橋面的的鋼索，雙腳踩住另一端慢慢移動。一個孩子不小心掉了下去，好在下面的橋墩接住了他撿回了一條命……

華山論賤（華山論劍）（6）

　　福建省：徵地不成光天化日之下暴力毆打村民致死。蓋尾鎮鎮黨委書記楊漢景、鎮長黃明華、鎮政府工作人員全體出動近 800 人和幾臺吊機在交警和警車開道下進入東井宮村西埔，見村民就暴打，阮建凡更被活活打死！

賤死不救（見死不救）

　　河南：村民王曉玲女兒被燒死。拆遷辦沒有任何手續進行暴力強拆，當日，夏侯村 5 組村民王曉玲家突然不明原因著火，120 急救車、消防車當時就停在拆遷現場，但不及時施救，致使王曉玲的女兒被活活燒死。

　　湖北巴東、河南中牟相隔僅 3 天，就有 2 名農民因強拆喪命「皇權」。

華山論賤（華山論劍）（7）

賤死不咎（見死不救）

　　天津漢沽區：在派出所裏，一名男子在 5、6 個員警面前被活活砍死。

　　交警槍殺肇事者獲嘉獎，檢察機關批捕後潛伏原單位 20 年。－ 2016.06.19

　　17 年前法官持槍射殺上訴人被判刑後至今仍在法院上班。－ 2012.06.20

無辜的農民被 6 名員警刑訊逼供致死，3 名員警逍遙法外 14 年之久。—2016.05.24

公檢法袖手旁觀，農婦憑一己之力，跨省追凶用時 17 年。

雲南陳年命案告破：死者父親自費民間緝凶 13 年。— 2014.11.22

華山論賤（華山論劍）（8）

幸災樂禍

826 特大交通事故 36 人死亡，3 人受傷，很多人悲痛欲絕，安監局長楊達才卻喜笑顏開。陝西一名官員在延安車禍現場面露微笑的照片被人傳到網上，引起了不滿。— 2012.08.29

2008 年「512」大地震中央領導到綿陽災區視察災情，走在後排的譚力，面帶笑容。這個笑容，立刻引來一片非議。

武漢黃陂官員微笑處理兒童溺亡事件。— 2013.08.02

浙江義烏 8 旬老人下跪，官員微笑回應。— 2014.07.15

華山論賤（華山論劍）（9）

張先生在飛機上突發腸梗堵，好不容易熬到飛機著陸，但空姐與急救人員相互推諉，為了誰該抬他下飛機而爭執了 50 分鐘，無奈張先生自己勉強下飛機爬進了救護車，但因為上了民航牌照的機場救護車進不了市區，幾經周折張先生險些喪命（見：霸王別機）。

上海飛海口客機因暴雨求備降，連續遭到三亞和廣州 2 個機場拒絕，最終，飛機降落時已經逼近了飛行的最低油量。此後，國內又連續發生了多起類似事件（見：霸王別機）。

醫生攜帶救命造血幹細胞登機遭拒。— 2014.12.02（見：霸王別機）

2015 年上半年，中國至少有約 300 個肺源捐獻，但只有 60 例被移植，很多都在路上浪費了。

華山論賤（華山論劍）（10）

中國煤礦百萬噸死亡率甚至是美國的 26 倍。中國煤炭產量居世界榜首，礦難世界第一。遼寧阜新礦難死亡 214 人 30 人傷，「715」靈石礦難一次死亡 50 多人，吉林八寶煤礦 4 天 2 起礦難 35 人死亡，11 人失蹤，16 人傷。第 2 起事故本可以避免，但公司負責人為了保礦視生命為兒戲，在沒有制定搶險方案的情況下，擅自帶人下井，結果造成 6 名礦工遇難，4 人輕傷，11 人下落不明。

華山論賤（華山論劍）（11）

山西劣質疫苗毒害兒童，近百名孩子致死致殘。陳濤安實名舉報，3 年舉報 30 餘次，有關部門無動於衷。此類事件舉不勝舉。

華山論賤（華山論劍）（12）

帝王統治下人命不如草芥，亞種皇帝統治下人命更賤，尤其是嬰兒命。

假奶粉受害娃娃之冰山一角

阜陽 3 家醫院兒科已經收治了 171 例「大頭娃娃」，其中有 13 名「大頭娃娃」不幸死亡。2008 年，三鹿奶粉中非法添加了非食用物質三聚氰胺，「毒奶粉」導致了「結石門」事件 29.6 萬嬰兒被檢查出有腎結石，6 例死亡。2010 年「毒奶粉」捲土重來，甘肅、青海、吉林等地又出現三聚氰胺奶粉。

華山論賤（華山論劍）（13）

上行下效，救生兒戲

急死人！120 急救電話，插播 60 秒廣告。— 2013.05.25

21 日，襄陽市南漳縣境內發生一起車禍，3 人倒在血泊中，市民戴先生見狀急忙撥打 120，電話那頭卻傳出語音廣告，「3G 新時代，小說看得痛快……」時間長達 60 秒。120 急救電話插播 60 秒廣告是變相害命。

華山論建（華山論劍）（1）

自有人類社會以來，偷工減料之所以無法形成氣候，是因為無論皇帝也好，總統也罷，一直遵循著「人命關天」這一原則。在封建社會搞工程建築的敢偷工減料，皇帝二話不說拉出去砍頭，在資本主義社會偷工減料更是寸步難行。然而亞種皇帝江擇民登基後，所有喪盡天良的害人蟲，終於可以揚眉吐氣了。壓抑了幾千年的邪惡，在江胡時代瘋狂邪裂變（核裂變），在極短的時間內小打小鬧偷工減料裂變為席捲全國的豆腐渣工程。

在江胡兩帝的統治下，豆腐渣工程多如牛毛，缺筋少樑之建築屢見不鮮，中國建築工程滲漏率高達 80％以上，甚至上演了上海在建 13 層住宅樓整體倒塌的奇觀。只有豆腐渣工程帝造者才有資格帶著最爛作品參加華山論建。

華山論建（華山論劍）（2）

豆腐渣工程的含命量，罪莫大焉。江胡兩帝聯手潰創的豆腐渣工程在地震中的殺傷力，至少達到了 1000％。

華山論建（華山論劍）（3）

危化企業及倉庫選址應與周圍公共建築物、交通幹線、工礦企業等距離至少保持 1000 米，而眉縣金渠鎮無任何手續的米石廠離村民家不到 10 米遠。江胡時代，與居民區一牆之隔的危化企業數不勝數，正因如此，天津港 8‧12 特別重大火災爆炸事故造成了 164 人死亡，721 人入院治療的慘劇。

與死神共舞。中國依然還有 1.1 億居民住宅周邊 1 公里範圍內有石化、煉焦、火力發電等重點關注的排汙企業，1.4 億居民住宅周邊 50 米範圍內有交通幹道。— 2016.11.11

華山論建（華山論劍）（4）

缺筋少樑（缺斤少兩）

湖南鳳凰縣大橋垮塌 64 人遇難。整座大橋已經成為了一片廢墟。奇怪的是，大橋的橋墩裏看不見鋼筋。— 2007.08.13

河南義昌大橋坍塌後外露「鋼筋」過細引爭議。— 2013.02.01

浙江省嵊州市沿宅村村民發現，文娛中心裂縫愈來愈嚴重，有些預製板支撐不住垂了下來。仔細查看原來少了 18 根樑，這項工程從土地審批到設計都沒有走正規途徑。

廠房交工後，僅 3 個月就出現嚴重品質問題。局部開裂，屋頂漏水且愈來愈嚴重，甚至出現大樑斷裂的情況，新房變成了危房（見：房危畫見）。

山東日照沿海防潮堤建成不足 3 年垮塌，數百米無一根鋼筋。— 2015.01.21（見：塌塌實實）

黑龍江雙鴨山市集賢縣：自來水辦公樓突然塌陷致 6 人死亡，調查結果顯示整個辦公樓沒一根鋼筋。湖南平江大橋垮塌 6 人失蹤，記者質疑橋面無一根鋼筋。

貴州凱裏市第三中學投入使用不到半年的新教學樓，發生地板坍塌，37 名學生跌入 10 米深的地下停車場內，7 名學生住院治療。據媒體披露，坍塌處的樓板內竟然無一根鋼筋。

山西投資 110 億高速公路被指豆腐渣工程，如橋樑裸露鋼筋、有細微裂縫；中間隔離帶鋼板螺絲未擰緊，甚至沒有螺絲帽；橋護欄澆築有的錯位等等。

筋非昔比（今非昔比）

江蘇一車禍撞破豆腐渣工程：蘆葦杆當鋼筋築堤壩。— 2012.01.03

泰州市高港區一男子在家門口倒車的時候，由於方向失控，一下子撞破護欄墜入了冰冷的河中，沒想到這一撞居然是揭開了泰州南官河河堤工程品質問題，應該用鋼筋水泥修築的堤壩，竟然使用了蘆葦杆做替代。

媒體報導：在海南省文昌市，345噸重量偏差嚴重低於國家標準的「瘦身鋼筋」，竟然暢通流入保障性住房專案工地，部分產品已經加工待用。

南京：中央金地樓盤 C 棟 400 多戶人家中，有上百戶已經出現了品質問題，稍微一碰樓板，鋼筋就露了出來，如此樓盤如何被驗收合格。─2015.01.09

安徽省安慶市太湖縣最大的一個拆遷安置社區又發現了眾多房屋品質問題。很多住戶家的大樑、樓頂陽臺等發生了斷裂，屋面和牆體出現了傾斜下沉，石灰和混凝土厚厚的散落一地，屋頂上的窟窿足有臉盆大小，80％以上的房子無人敢住。

筋筋計較（斤斤計較）

寧杭高鐵使用「瘦身」鋼筋，將原直徑 8 毫米的鋼筋瘦身成 6.80 毫米或 5.80 毫米。由於鋼筋加工行業競爭激烈，建築單位不僅不支付加工費還索取額外的回扣和好處，所以將鋼筋拉細瘦身就成了這個行業的潛規則。

南京的一批被拉長的「瘦身」鋼筋，由原來的直徑 8 毫米，「瘦身」為直徑 7 毫米多一點。這批鋼筋在位於南京燕子磯的鋼筋倉庫被拉長「瘦身」之後，即運往岱山保障房建設工地。

華山論建（華山論劍）（5）

牆本節用（強本節用）

「東北冬天非常冷，牆體至少得是 37 牆（牆的厚度為 370 毫米）。但社區全都蓋成了 24 牆（一塊普通紅磚的厚度約為 23.5 毫米）」舒蘭市檢察院工作人員表示，「像這種保障房專案，相當部分的資金由國家撥款，牆體原本規劃的是 50 牆。」

華山論建（華山論劍）（6）

河南鄭州：100 多萬劣質磚，監理部門竟「不知情」。匯景嘉園社區 300 多戶拆遷安置房兩批 100 多萬劣質磚在工地使用，房屋主體工程接近完工的時候，一位拆遷戶偶然發現社區使用的牆磚用手一戳大面積脫落。新鄭市宏基建材公司雖然有檢驗合格報告，但報告中並沒有石灰爆裂這樣關鍵指標。

華山論建（華山論劍）（7）

濱江大道旁現神秘「爛尾樓」。— 2015.10.18

生命乃頭等大事（帶 E 字的鋼筋就是業內所說的抗震鋼筋）。在質監站和住建局的庇護下，以次充好，用 257 噸普通鋼筋假冒 E 字的鋼筋，當內部員工向有關部門反映時，浙江辛迪公司的辦公樓已經蓋到了 22 層。

華山論建（華山論劍）（8）

滲樓海市（蜃樓海市）

中國建築存在「隱形癌症」。全國政協委員調研地下滲漏與建築安全時透露，目前中國建築工程滲漏率高達 80％以上。而隨著經濟的發展，滲漏開始從衛生間、地下室、外牆等逐步蔓延到了包括地鐵、橋樑、大壩、垃圾填埋在內的許多工程領域

石家莊火車站遭遇暴雨變水簾洞。石家莊新火車站剛落成的時候還被稱為百年不落後的車站，然而竣工不到 2 年石家莊新火車站變「水簾洞」，目前還沒有一個單位站出來為此事負責。— 2014.08.29

華山論建（華山論劍）（9）

倒虛批吭（搗虛批吭）

大風吹倒抗 8 級地震的安居房，昭通市永善縣黃華鎮政府官員瞪眼說瞎話：品質沒問題。惠民工程變成豆腐渣工程。2012 年 5.7 級地震 43 人死亡，150 多人受傷如今又添心痛更讓人心寒的是政府官員拿生命當兒戲。

北京某處的經濟適用房，竟然一拳就能打出牆洞，一腳就能踩出大坑。武漢市的一些保障房電梯失靈、房門打架、外牆保溫材料一捅就破。

北京大興區明悅灣社區保障性住房成了豆腐渣工程，經檢驗專家論證這個社區 9 棟保障房專案中 8 棟混凝土強度未達到標準。從預拌混凝土生產單位到建設單位再到施工單位和監理單位，不合格混凝土輕鬆闖過 4 關。

當無數個豆腐渣工程拔地而起的時候，建設施工單位、監理部門、監管部門都難辭其咎，到頭來沒有人承擔責任。

華山論建（華山論劍）（10）

建在懸上（箭在弦上）

成都一棟 7 層居民樓突發地陷，100 戶居民撤離。劉女士介紹，事發時她正在家中為家人準備午飯，突然聽到一聲轟響。劉女士說，由於不知道當時發生了什麼事，她趕忙與家人一起撤出屋外。站在屋外的劉女士被眼前的一

幕驚呆了，原來是地表塌陷形成了一個大型坑洞，而塌陷的部位正好位於劉女士家客廳下方。塌陷部位長約 5 米，寬約 1.5 米，深近 4.5 米。─ 2015.07.10

不實臺舉（不識抬舉）

北航音樂廳舞臺坍塌：仍有 10 名師生留院治療 ─ 2015.11.29

演職人員正在臺上謝幕，舞臺突然坍塌，露出了一個長約 5 米、寬約 2 米的缺口，25 人被送醫院，傷勢較重的學生被送到 306 醫院。

欄摧玉折（蘭摧玉折）

廣西：柳江一教學樓 2 樓走廊護欄坍塌致 27 人墜落 4 人傷勢較重。

華山論建（華山論劍）（11）

嬰年早逝（英年早逝）

江胡時代創造了一個又一個人類建築史上的「奇跡」，最值得誇耀的是上海閔行區在建 13 層樓房整體倒塌，1 人死亡。

2009 年 6 月 27 日 5 時 30 分許，上海蓮花南路羅陽路蓮花河畔社區在建的 13 層住宅樓整體倒塌，一裝修工死亡。

後江胡時代

江蘇淮安地標性建築金地廣場屋頂倒塌，開業不到一年。─ 2015.08.08

7 月 31 日下午 17 點 45 分許，江蘇淮安市淮安區金地商業廣場 2 號樓突發坍塌事故，坍塌面積約 100 平方米。

北京延慶在建樓房坍塌致 2 死 3 傷。─ 2015.05.10

鄭州一在建樓房倒塌致多人被埋 3 人當場死亡。─ 2015.01.19

河南在建樓房坍塌 5 人遇難事故或因地基未打牢。─ 2014.12.21

19 日下午 5 點左右，河南信陽市光山縣上官崗幸福花園一棟樓房，在施工過程中坍塌，現場多人被埋。

廣州一在建樓房倒塌致 2 死 6 傷。凌晨 4 時 20 分許，廣州白雲區鐘落潭長腰嶺村馬池塘街億富路邊一在建的 6 層樓房發生毀滅性倒塌，村民稱現場有十幾名裝修工，廣州警方通報稱已造成 2 死多傷。─ 2014.11.15

西安一在建房屋倒塌已造成 5 人死亡。─ 2014.08.20

華山論建（華山論劍）（12）

少年夭折

溫嶺廠房坍塌：「拖」出來的災難？

溫嶺大溪鎮一家建成才 8 年的鞋廠廠房倒塌，14 人遇難，33 人受傷。─

　　早被查出的安全隱患，早被查出的違章建築。在 2014 年 1 月份，同樣是在溫嶺大溪鎮同樣是一家鞋廠火災造成 16 人死亡。

華山論建（華山論劍）（13）

青壯年猝死

　　浙江奉化塌樓事故：評上危房，卻遲遲未能加固，建成時間：1994 年，倒塌時間：2014 年 4 月，房齡：20 歲。

　　貴州遵義紅花崗區塌樓事故，倒塌的 9 層居民樓建成時間：1993 年，倒塌時間：2015 年 6 月，房齡：22 歲。

　　貴州遵義匯川區塌樓事故：這是一座脫離監管的違章建築，建成時間：1995 年，倒塌時間：2015 年 6 月，房齡：20 歲。

　　江西萍鄉市安源區新學前巷一幢 6 層民房的 4、5、6 層發生坍塌。救援人員又從現場找到 3 具遇難者遺體，至此已造成 4 人死亡，此外還有 2 人失聯。倒塌時間：2016 年 2 月，這座樓房建於 80 年代。

　　2013 年 3 月，浙江紹興一座 90 年代居民樓倒塌。

　　2012 年 12 月，寧波市徐戊三村一座 90 年代居民樓倒塌。

　　2009 年 9 月，浙江奉化南門一座 90 年代居民樓倒塌。

　　2009 年 8 月，石家莊市一座 80 年代居民樓倒塌。

　　2009 年 7 月，四川內江市一座 80 年代居民樓倒塌。

華山論建（華山論劍）（14）

未老先摔（未老先衰）

　　杭州富陽一座 4 層樓房今天中午發生垮塌，2 人獲救。－ 2015.07.27

　　白岩松：「我們各行各業有很多的規定，面上看，這些規定也都有道理，但實際上，這道理往往遭遇我們生活中另外的問題，於是就站不住腳。比如 14 歲的樓不用強制體檢，可當初有建築施工方偷工減料，監理方又假裝看不見，14 歲的樓等於 80 歲的健康狀況。您說體檢要求是該按 14 歲的來，還是按 80 歲的來呢？」

華山論建（華山論劍）（15）

　　吉林遼源：一居民樓 10 戶陽臺集體坍塌，事故導致 1 人死亡 4 人受傷。－ 2015.10.23

　　昨天下午 1 點 40 分左右，這棟居民樓 2 個單元的陽臺，突然脫落，造成

1 死 4 傷。樓齡超過 20 年。

　　被「剁塌」的陽臺！－ 2015.07.07

　　白岩松：您好觀眾朋友，歡迎收看正在直播的《新聞 1+1》。這剁餃子餡，把自己家的陽臺給剁沒了，這事估計是編的吧？但它還真是真事。就在前幾天在瀋陽，一位大媽準備做晚飯正在剁餃子餡，然後就聽見陽臺嘎嘎響，然後大媽過去看了又回來，這時候陽臺一下子就不見了。

　　我們來看，7 樓的陽臺，把 6 樓的陽臺也給帶沒了，再然後呢，5 樓陽臺剩一半了，瀋陽市大東區梧桐園社區三號居民樓建成時間：2001 年，坍塌時間：2015 年，房齡：14 歲。

　　躺著也「中槍」陽臺水泥「玩蹦極」樓下轎車「中大獎」。－ 2015.06.27

　　和平南大街百合園社區附近 104 號樓 8 層陽臺外牆脫落。最大一塊長約 80 公分，厚 10 多公分，水泥塊砸扁一輛私家車，幸虧車裏沒人，否則後果不堪設想，其餘的水泥塊砸壞臺階後沖出 7、8 米遠。

　　6 樓陽臺護欄頂沿邊緣脫落的水泥塊從天而降。瀋陽市民劉濤是皇姑區某社區的業主。2011 年 6 月 24 日上午，劉濤剛將自己的馬自達 5 轎車停在樓下，忽然從樓上掉下來幾個水泥塊，砸在他的車上，車頂出現一個大坑和幾個小坑。後來發現水泥塊是 6 樓陽臺頂沿邊緣脫落下來的。

華山論建（華山論劍）（16）

　　據計算「十二五」期間中國每年因過早拆除房屋浪費數千億元。

　　按理說豆腐渣工程到了還賬期，應該是三天兩頭出現樓房倒塌事件，倒塌高峰期之所以永遠也不能到來，因為巨大的浪費掩蓋了一切，幾乎所有的豆腐渣工程還沒來得及倒塌就被拆除了。更何況前 20 年左右建的居民樓一般等都是在黃金地段，早就有人眼紅了，所以等不到青壯年時期就被拆除了，實行安樂死的目的不是為了拯救百姓的命運，而是為了得到更大的經濟利益。

　　江胡兩位亞種皇帝特別有福，歪打正著瘋狂的拆樓蓋樓，安樂死掩蓋了史無前例的豆腐渣工程。

　　貴州遵義一棟 7 層居民樓整體垮塌。6 月 9 號凌晨 2 點多，貴州遵義市匯川區一棟 7 層居民樓整體垮塌，幸運的是房子裏的 68 戶居民在事發前半個小時，被同住一棟樓的姬遠奎夫妻叫醒，全部安全撤離。－ 2015.06.10

華山論建（華山論劍）（17）

裂跡斑斑（劣跡斑斑）

上海一樓房開裂嚴重，樓下伸手樓上「見」。— 2014.04.12

在上海天山二村 120 號，記者看到該樓房室內和外牆出現了不同程度的牆面開裂，門窗傾斜，2 樓住戶的手能從屋頂伸到 3 樓。該樓房共有 14 戶居民，目前已有 7 戶搬離。

今晚封面：房屋裂紋「追凶」。— 2014.05.13

2009 年 11 月，小女兒王學莉在於洪區松山恒泰麗晶社區路，給劉煥琴老兩口買了一套房子，入住才 4 年，就成了危房。牆體嚴重開裂，除了大面積牆面裂縫，每個牆角都出現了裂痕。隔壁鄰居家也相續出現了險情，住在這樣的房子裏居民們整天提心吊膽。

今晚封面：安寧醫院怎麼就成了「豆腐渣」。漏電漏水、地板開裂、牆皮掉落、天花板塌腰，頂棚變成了黑窟窿，裡邊的電線耷拉下來，因混線有的走廊不敢開燈，到了晚上一片漆黑。— 2014.07.21

華山論建（華山論劍）（18）

入住還不到 3 年樓體開裂傾斜，傾斜距離 40 釐米，甘肅蘭州一社區驚現「麻花樓」。— 2016.01.14

太原一居民樓一夜變「樓歪歪」。山西太原迎擇區文廟街道一居民樓一夜傾斜 2.5 度，48 戶居民全部撤離。往塌陷處灌注混凝土後傾斜得到緩解，現在傾斜 2.7 度。— 2014.08.28

2009 年 7 月中旬的一場大雨後，四川成都「校園春天」社區原來距離就很近的 2 棟樓房居然微微傾斜，靠在了一起。於是，網友取名「樓歪歪」。

近年來，「樓歪歪」事件又相繼出現在了廣西南寧、河北承德和廣東廣州等地。昨天，山西太原的一棟居民樓也加入了「樓歪歪」的行列。這座建成僅 3 年的居民樓，整棟樓出現傾斜，大大小小的裂縫分佈在樓體的各個角落。事發後，樓內百餘名居民已被疏散到安全區域，相關檢測正在進行中。

海口市建國路一棟名為外貿大廈的 17 層大樓被颱風吹歪。記者從下向上望去，能看到市民所稱的「樓歪」情況比較明顯，外貿大廈明顯向左側傾斜，本是 1 至 2 米寬的樓間距，但是到了 5 層開始與左側的建築物完全相連。

上海「樓親親」業主憂慮重重，牆根裂縫可伸進手指。— 2014.11.29

擠在一起的屋頂，破裂的女兒牆，能塞進一隻手的裂縫，在上海浦東新區川沙鎮心圓西苑社區，兩幢 15 層的高樓竟然就這樣「親」在了一起。心圓西苑位於上海市浦東新區華夏二路 1500 弄，是上海迪士尼配套的動遷社區。22 日上午，業主秦女士最先發現 17 號、18 號兩棟樓的樓頂觸碰到了一起，

這一狀況引發居民恐慌，並被冠以「樓親親」的稱謂出現在公眾視野。

華山論建（華山論劍）（19）

皮於奔命（疲於奔命）

住進新房不到 1 年時間外牆整體脫落。— 2016.04.26

沈遼路榮盛錦繡天地社區 6 號樓總共 18 層，昨天 1 至 15 層外牆突然脫落，就在脫落處幾米之外就是兒童玩耍區域，幸虧沒有砸到人。這個社區其他的樓牆皮也搖搖欲墜。

瀋陽玉麟大廈頭頂懸利劍，出入難安心。長 7 至 8 米，寬 4 至 5 米的牆皮從 28 樓墜下，砸中了停在樓下的 10 多輛車，受損最嚴重的整個車棚都被拍扁了。— 2014.05.20

存在隱患位置都在 25 層以上，也就是說 70 至 80 米高空。28 層明顯開裂有 3 處，鼓包有 3 處，在 5 單元東側有一處明顯開裂約 10 平方米左右。2013 年 3 月 22 日大廈外牆脫落，砸壞 7 輛車，砸傷 1 名路人。

瀋陽和平區天津南街一棟 19 層大樓外牆瓷磚脫落砸穿一樓銀行牌區，4 輛車受損，1 輛車的後輪軸承被砸斷了。前年這棟樓牆皮脫落砸壞 3 輛車。

大風刮掉 5 層樓牆皮，4 車被砸 2 人重傷。— 2014.02.10

近日，濱城迎來了多日的大風天氣，前日夜間，甘井子區張前路 9 號樓外牆皮大面積脫落。現場探訪時看到，脫落的外牆皮足有 5 層樓高，樓下遍是掉落的牆皮碎片。

大風刮落學校牆皮，網友稱「豆腐渣」。— 2014.03.26

法庫東湖三中七年級樓體外側苯板，因風大而大面積飛落，二區宿舍也出現相同情況。部分牆體也存在安全隱患。剛入住半年，就出現這麼大面積的牆皮脫落，豆腐渣工程害人不淺！

於洪區巢湖街 13 號萬家名苑社區：樓體嘩嘩掉牆皮，居民出行提心吊膽。

記者看到多出牆皮脫落，嚴重的 20 平方米不見蹤影。居民們說：出現這種情況有一段時間了，張女士：動靜非常大就像房子塌了那種。

軸承名苑社區頂層居民反映牆壁長黑毛牆皮嘩嘩掉。— 2014.10.08

哈市香坊區油坊街 195 號軸承名苑社區 4 號樓 3 單元 702 住戶劉女士反映，自己入住 7 年，牆體也長了 7 年毛，現在一共十餘處。

上海居民樓外牆脫落樓下小汽車遭殃。— 2015.07.14

記者在社區裏發現，綠化叢中、地面上隨處可見脫落的外牆碎片，社區

裏多輛汽車因此遭殃，有的擋風玻璃被砸碎，車頂上還有脫落的外牆碎片，車身和地面上都是玻璃碎渣；還有的車門上被砸出了凹痕。

業主們說，這樣的情況已經不是第一次了。蕭女士：從我們 15 號樓開始維修外牆，一修就是 3 年，我們經常生活在灰塵彌漫、噪音刺耳、（門）窗不能開、地面一片狼藉之中，嚴重干擾居民生活。

樓體外牆大面積掉落激怒居民。— 2015.12.08

華山論建（華山論劍）（20）

建忘症（健忘症）乃江胡時代中國建築之通病，例如：坤業城入住 5 年電梯井連個門都沒有，非常危險。— 2015.08.16

樓沒裝電梯，樓道沒燈，社區沒路燈，沒井蓋，飲用水得自己買，洗衣沖廁所水得到樓下去打。

千窗百孔（千瘡百孔）

東方銀座中心新房近半數沒窗，有的連單元門都沒有，辦入住還得自己買滅火器，這樣情況瀋陽不止一家。

華山論建（華山論劍）（21）

秦皇島一社區 9000 餘套防火門均由蜂窩紙填充。

河南鄭州驚現「紙糊安全門」用手能撕開。

河南洛陽安置房：牆體無水泥房門紙糊。— 2014.03.24

瀋陽：克儉社區 79 號樓原來的門用了 10 年依然鋼筋鐵骨，但新換的單元門 2 至 3 個月就剖腹自殘，由於失去了紙做的蜂窩狀填充物的支撐，用手輕輕一推，超薄的鐵門隨即出現了幾道彎。

洪湖一街 40 號，5 棟樓 21 個單元的鋼板門夾紙殼。

華山論建（華山論劍）（22）

退避三設（退避三舍）

貴州貴陽：788 套廉租房無排汙管道，居民生活條件惡劣苦不堪言。— 2015.11.25

沒有大糞臭，哪有五穀香。江胡習時代中國建築「大師」的「原生態」設計傲視群雄。高科技時代的建築竟然沒有電源插座。洛陽第一拖拉機製造廠拖拉機學院，校舍不裝插座，食堂充電一次 5 毛。食堂裝了 130 多個插座，一個學生一天充電 2.5 元左右，一個月的費用比話費還高。

在絕戶設計座收漁利（坐收漁利）這幅作品中，中國建築「大師」把江

胡政府瘋狂惡宰百姓醜惡嘴臉表現得淋漓盡致。第二經濟大國赫赫有名的大城市南京，公安局門前沒有停車場多輛警車違停，此乃中國的建築「大師」之「傑作」。想方涉法（想方設法）糟蹋法律方顯江胡本色。

南京鼓樓公安局門前多輛警車違停並非個例。— 2015.03.31

在江胡統治下公檢法瘋狂糟蹋法律的案例屢見不鮮。正因如此，中國的建築「大師」將最近的停車場設計在兩公里之外。對公檢法來說，還沒出門就違法，出門違法自然不在話下。

華山論建（華山論劍）（23）

撞治未酬（壯志未酬）

渾南區華髮首府：9、16、17、18 號樓等多棟住宅都面臨同樣一個問題。

一、無論是出門還是回家都難免被鄰居家的外開門撞傷。

二、內開門住戶遇火災高溫燒烤金屬門時，不能用手去抓。而外開門，一覺端開便可逃生。

三、如果是竊賊想入室盜竊，內開門很容易撞開。

華髮首府負責人：「如果是哪天公安局下個文，就會要求所有住宅，必須內開門。有的國家也是這樣規範的。因為員警可以去撞這個門，外開門是無論如何也撞不開的」

律師陳浩：從現有的規定來看，關於入戶門的開啟方向，實際上沒有明確的法律規定，但門的距離過近，確實容易造成，鄰居在開啟門的過程中造成傷害，或者其他的不必要的後果。

華山論建（華山論劍）（24）

1999 年至今全國發生無數次橋樑坍塌事故，較大橋樑坍塌事故 30 多起，但屢見報端的橋樑垮塌事件中，公眾看不到設計、施工、監理、管養等方面的直接責任者，而多是外力乃至自然力量因素使然。

橋樑最短壽命不斷被刷新。大部分橋樑通車不過 10 餘年，短的只有 1 至 2 年。

華山論建（華山論劍）（25）

山西太興鐵路被指偷工減料：用黃泥巴糊涵洞。— 2014.06.30

總投資 87 億元、穿越晉西黃土高原和呂梁山山地的太原至興縣鐵路工程，本應採用優良材料填築，卻被大量就地取材的黃土所替代。

華山論建（華山論劍）（26）

山西投資 110 億高速公路被指豆腐渣工程，相關企業和負責人都未被追究責任。— 2014.10.30

華山論建（華山論劍）（27）

甘肅舟曲剛建完的 4 道大壩被沖毀。— 2014.04.22

這些「豆腐渣工程」不僅沒能發揮作用，反而帶來更大災難，但至今卻沒有官員為此負責。

西安河堤現豆腐渣工程，用腳一踩就是窟窿。— 2016.02.13

省水利部明確指出康平縣三臺子水庫存在安全隱患。村民曝料大壩都是用煤矸石糊弄的。由於水庫整體下沉，施工單位自欺欺人用煤矸石加固原來的大壩，在大壩兩側的土堆上被雨水衝開的痕跡隨處可見。— 2014.06.08

由於煤矸石含有硫等物質，溶解於水造成水庫汙染，每天都有死魚。針對這種情況村民們多次向縣政府及有關部門反應，但一直無人管。

華山論建（華山論劍）（28）

廣東雷州副市長回應運河改造後決口：損失不大。— 2014.05.22

涵洞修好後，堤壩只用松土填上，連鋼筋水泥都沒有，居民們說：等到雨季堤壩就會垮，雨季未到堤壩就已經垮了。

華山論建（華山論劍）（29）

河北白洋澱觀荷長廊倒塌致 14 人傷 3 人傷勢嚴重。— 2016.08.03

7 月 30 日 15 時 50 分許，白洋澱元妃荷園景點 60 多米觀荷長廊倒塌，導致 14 名遊客（5 男 9 女）不同程度受傷，其中，1 人面部受傷、1 人大腿骨折、1 人肋骨骨裂，傷情較重。

華山論建（華山論劍）（30）

「江胡豆腐渣萬里長城」倒塌之冰山一角

武漢一圍牆倒塌行人瞬間被埋 6 女 2 男不幸遇難。— 2016.07.02

江夏區臧龍島九鳳西路一家電子技術有限公司 4 號門附近，一堵約 3 米高圍牆突然垮塌，靠近圍牆行走的人群瞬間被埋。

安徽省淮北市民辦中學同仁中學發生牆體倒塌事故，造成 5 死 2 傷。— 2014.12.08

2013 年 9 月 10 日，湖南湘潭縣一學校圍牆突然倒塌，2 學生娃不幸遇

難；2013 年 11 月 6 日，四川瀘州一學校圍牆倒塌，致 3 死 6 傷；2010 年 10 月 12 日，貴州安龍縣一學校圍牆倒塌，致 5 死 9 傷；2010 年 8 月 6 日，四川仁壽一學校圍牆突然整體倒塌，致 1 死 1 傷……

甘肅蘭州一社區圍牆倒塌 9 人被埋 1 人死亡。昨天下午 5 點左右，甘肅蘭州市西固區玉門街經緯一號社區圍牆倒塌，圍牆一側的 9 名路人被埋壓，其中 1 人當場死亡，3 人重傷，5 人不同程度受傷。

華山論建（華山論劍）（31）

廣場銅錢雕塑突然倒地砸死 10 歲男孩。— 2015.08.08

8 日下午約 6 點，四川德陽中江河畔南灣半島外一廣場上，銅錢雕像倒塌，一名在旁玩耍的 10 歲男孩遭砸死，奶奶趕來後當場哭暈。

華山論建（華山論劍）（32）

以上華山論建涉及的僅僅是建築品質方面的問題，其他方面的問題見：安勒死、塌在叢中笑、日漸橋脆、建在閑上、閑外之陰、建忘症、萬建穿心、住成大挫。

華山論鑒（華山論劍）

有史以來騙子最猖獗的時代，非江胡時代莫屬。江胡時代騙子和鑒寶專家穿一條褲子，正因如此，中國鑒寶大師集體「打眼」之案例屢見不鮮。騙子用最低劣的騙術，不費吹灰之力就騙到了 24 個億。假漢代玉凳拍出 2.2 億天價。文化部藝術品評估委員會委員王敬之說：「假的實在太厲害，造假造的太不專業。」

贋麗奪目（豔麗奪目）

江胡時代贋品成搶手貨。「雅賄」贋品已經成為一種洗錢工具。

一、把贋品通過不合法鑒定管道，鑒定成真品，然後以貪官名字交給拍賣公司拍賣，送禮人指使他人高價競買。

二、把真品按贋品價格賣給貪官，拍賣會作扣，真品低價拍賣，貪官低價買走。

皇帝的新「一」（1）

江胡兩位亞種皇帝的新「一」之冰山一角

安國權指出：兒慈會 13 個基金會成立後竟然一次也未捐出過善款。

皇帝的新「一」（2）

陝西救災中心以建設榮譽軍人養老康復中心為名，挪用福彩公益金 6000 多萬，結果這個中心沒有一個榮譽軍人。— 2015.06.19

皇帝的新「一」（3）

廣東揭陽市榕城區福利院從 95 年成立至今，10 多年從未運作過的事實。

皇帝的新「一」（4）

80 萬人口的蘭考縣竟然沒有一個福利院。

皇帝的鑫裝（皇帝的新裝）

亞種皇帝的鑫裝愈漂亮，百姓的生活就愈淒慘。

中國農民還有 1.28 億農民生活在貧困線以下，人均年收入達不到 6.3 元，這就是江擇民吹噓太平盛世。— 2014.10.17

薪鑫向榮（欣欣向榮）

後江胡時代的欠薪遠不及江胡時代那麼邪乎，但依然令世界各國望塵莫及，270 萬人討薪「軍團」前無古人，後無來者。

100 多年來科技發展成果超過了人類千年發展的總和，江胡兩帝 20 多年的拖欠超過了人類社會千年拖欠的總和。僅廣東湛江市各地黨政機關累計欠債超過 18.5 億元。欠薪愈狠皇帝及政府的鑫裝愈華麗。

地鑫引力（地心引力）

河北省永年縣廣府鎮呂堤村幾十戶村民收入上萬元的耕地，補償款才不過 2000 元，像這種強徵在江胡統治下多如牛毛。

貴州：貴陽市三元村失地農民只得到了每畝 4000 元的補償，高爾夫場開發的別墅卻數百萬元一套（見：暴取喋奪）。

釜底抽薪

中國九成行業週工時超過 40 小時。— 2014.11.29

過半數行業每週要加班 4 小時以上。— 2014.11.29（見：枷班加點）

萬象更鑫（萬象更新）

政府積累財富的比重愈來愈大，而個人收入占比愈來愈小。政府存款專案下的資金，從 1999 年 1785 億元上升到 2008 年 16963 億元，猛增 9.5 倍。城鄉居民收入占 GDP 比例已降到歷史最低點。

朕親自坐賑指揮（坐鎮指揮）賑的鑫裝當然豪華無比！汶川地震 760 億

捐款中80％左右流入政府財政。中國南都公益基金會常務副理事長徐永光歸納了災後捐款四不見。第一：捐贈人看不見捐款用在那裏。第二：災區群眾看不出哪些是捐款。第三：災區政府看不到捐款在哪裏。第四：民間公益服務看不見。

回光返召（回光返照）

三聚氰胺二次作惡背後是權力不作為。— 2010.02.02

在2008年的三聚氰胺事件中，曾被公眾所質疑的一個地方在於，回收的近萬噸的三鹿奶粉如何銷毀、銷毀途徑，大部分沒有完全公開的資訊。也有多位網友發帖詢問，三鹿之外的涉嫌三聚氰胺的乳品企業，為何聽到的是召回資訊，卻惟獨沒有銷毀公告。

2010年，中國「三聚氰胺」捲土重來，甘肅、青海、吉林等地又出現三聚氰胺奶粉。2008年未被銷毀的問題奶粉作為原料，生產乳製品，性質非常惡劣。衛生部部長陳竺指出：2009年以來，一些地方查處了上海熊貓煉乳、陝西金橋乳粉、山東「綠賽爾」純牛奶、遼寧「五洲大冰棍」雪糕、河北「香蕉果園冰棒」等多起乳品三聚氰胺超標案件。這些案件都是使用了2008年未被銷毀的問題奶粉作為原料，生產乳製品，性質非常惡劣。

在2008年三聚氰胺事件之後，對於一大批流通在市場上的問題產品的監控仍存在空白。

毀於一誕（毀於一旦）

中國人過耶誕節已經幾十年了，習帝登基以後風雲突變，2014年耶誕節前夕，一所學校規定誰過耶誕節就處分誰，一個地方教育部門發文禁止在校園內慶祝聖誕。

「匯」當淩絕頂，一覽眾山小

銀行支行長詐騙牽出地下錢莊案：金額超120億。— 2015.08.26

據內部人士透露，根據不完全統計，今年以來，僅通過廣東佛山、珠海、深圳等地的地下錢莊轉移出去的錢，達到了2萬億。

國家外匯管理局管理檢查司歐陽雄處長告訴記者，地下錢莊的資金境內、境外分別流動，人民幣和外匯分別交割，在國際收支統計、跨境資金流動監測中均無法顯現，對人民幣的匯率水準、國內利率水準和內外部經濟均衡狀況等，都會產生不利影響。而且經濟好的時候，大量「熱錢」通過地下錢莊流入，在重點行業、重點領域就會推高商品價格。一旦經濟狀況不好，人民

幣預期貶值時，熱錢又會大量流出。

賄當淩絕頂（1）

湖南 56 名省人大代表賄選涉案金額逾 1.1 億元，終止了 749 名人大代表資格。2012 年 12 月 28 日至 2013 年 1 月 3 日，湖南省衡陽市召開第十四屆人民代表大會第一次會議，共有 527 名市人大代表出席會議。在差額選舉湖南省人大代表的過程中，發生了嚴重的以賄賂手段破壞選舉的違紀違法案件。現初步查明，共有 56 名當選的省人大代表存在送錢拉票行為，涉案金額人民幣 1.1 億餘元，有 518 名衡陽市人大代表和 68 名大會工作人員收受錢物。

賄當淩絕頂（2）

四川省嚴肅查處南充拉票賄選案，共 477 人涉案。— 2015.09.16

2011 年 10 月 19 日南充市委五屆一次全會前，時任儀隴縣委書記楊建華用公款 80 萬元，自己出面或安排下屬，向部分可能成為市委委員的人員送錢拉票，通過拉票賄選當選市委常委；上述問題共涉及人員 477 人，其中組織送錢拉票的 16 人，幫助送錢拉票的 227 人，接受拉票錢款的 230 人，失職瀆職的 4 人；涉案金額 1671.9 萬元。

賄當淩絕頂（3）

2005 年至 2014 年，王天朝利用擔任雲南省第一人民醫院院長的職務便利，為他人在醫院基礎工程建設、醫療設備採購、醫生崗位調整等方面牟取利益，多次收受他人財務，共計現金人民幣 3500 餘萬元，以及價值人民幣 8000 餘萬元的房產 100 套、停車位 100 個。近 10 年，每天都貪 1 萬左右。

賄當淩絕頂（4）

衡陽市南嶽區鑫盛置業有限公司董事長左建國 2007 年就曾通過賄選的方式，用 370 萬元當選衡陽市第 10 屆人大代表，而今年他又化了 300 萬元賄選，再次成為湖南省第 10 屆人大代表。

湖南企業家 32 萬賄選人大代。邵陽一位領導通知黃玉彪按花名冊給有投票權的代表送錢。書記、縣長、人大主任送 3 千，代表送 1 千。落選才知道錢送的太少，更何況今年價錢長了一倍。

賄當淩絕頂（5）

有關醫生貪汙受賄的事情，百姓的耳朵早就聽出了「繭子」，下面講的是全醫覆沒的事情或許能引起百姓的興趣。

2015 年《雲南醫療界驚現「塌方式」腐敗》。— 2015.04.28

一院、二院、三院院長全部落馬（見：醫團漆黑）。

2014 年安徽省醫療腐敗案，院長 16 人，副院長 6 人。

陝西偵破一起醫療系統腐敗窩案，8 名正副院長落馬、4 名科長涉案。— 2015.05.12

珠海公立醫院集體淪陷，9 個藥劑科長全涉貪落馬。— 2010.12.20

珠海市檢察院發佈資訊，全市 9 家公立醫院全部涉及醫藥公司賄賂，9 醫院藥劑科主任全部涉嫌其中。

賄當淩絕頂（6）

廣東湛江車管所 42 名駕駛證考官全部涉受賄，最多的一個上繳 140 多萬元。— 2013.02.06

河北省石家莊市車管所第三分所 20 多人淪陷其中。

火燒赤幣（火燒赤壁）（1）

韓劇燒人民幣畫面耐人尋味。— 2016.01.20

該場面播出後引起了中國網友們的不滿和抗議，那些有眼無珠之人豈能看到集官二代、富二代於一身的習帝燒錢之猖獗。

火燒赤幣（火燒赤壁）（2）

從江擇民統治中國開始，多年來一直高燒不退，無論怎樣瘋狂燒納稅人的錢都不會被問責，正因如此，火燒赤幣愈演愈烈。

一燒一路

中俄天然氣大單，俄羅斯賺大了。中俄天然氣的談判長達 10 年，始終沒進展，因為俄羅斯要價太離譜。敗家子習帝登基後這筆天價虧本大買賣很快做成了。把中國幾千萬個富二代燒錢總數統統加起來也不及習帝一次燒的多，更何況習帝每次周遊列國都得燒錢，少則幾十億，多則成千上萬億的燒錢。— 2014.05.22

火燒赤幣（火燒赤壁）（3）

任志強在中國宏觀經濟論壇上的演講，演講非常精彩，多次被掌聲打斷。他有一段話是這樣講的：比如說「一帶一路」都跑到外頭去了，我們自己家裏的事還沒解決好呢，如果把許諾給各個國家的那麼多錢轉到我們國內來，我們中國的經濟會高速發展。

火燒赤幣（火燒赤壁）（4）

2011 年整個三公消費是 1.9 萬億，占行政開資的 60％，是去年軍費的 2.8 倍，全年經濟增長的 50％。大約是吃掉了 1 萬艘航空母艦，10 萬架殲 10 戰鬥機。如此規模的消費可以為 7 億中國人交 1 年的失業保險，可以讓 2 億中小學生免費上學 9 年。

火燒赤幣（火燒赤壁）（5）

近 5 年來，中國天然氣上游價格上漲了 50％，2010 至 2012 年進口天然氣價格上漲了 68.6％。有媒體調查發現，中國大部分城市，天然氣經營不但不虧損，反而暴利。中石油進口天然氣燒錢兇猛：3 年虧千億。— 2014.06.23

火燒赤幣（火燒赤壁）（6）

四川省省長魏宏還就此向李克強「訴苦」：62 號檔導致四川 410 個正在實施還沒論證的專案和 290 個已簽約還沒實施專案停滯，涉及近 1 萬億投資。

火燒赤幣（火燒赤壁）（7）

據計算，「十二五」期間中國每年因過早拆除房屋浪費數千億元。近年來，「短命建築」屢見不鮮，一個個響噹噹的建築在「青壯年」時期就被「推倒重建」，著實令人惋惜。— 2014.10.17

城鄉建設部副部長仇保興：中國被拆除建築的平均壽命只有 30 年。

中國建設科學研究院對 2001 至 2010 公開報導的 54 處過早拆除的主要拆除原因進行了調查：合理拆除占 10％，不合理拆除占 90％。

火燒赤幣（火燒赤壁）（8）

134 億老年福利類專案「星光計畫」如今難覓蹤影。— 2015.10.01

記者調查了北京、上海、廣州、商洛等城市，發現現在還在運行的，保留老年活動室的只有廣州一個城市。

火燒赤幣（火燒赤壁）（9）

擺無聊賴（百無聊賴）

國家在十一五、十二五投入幾百億的環保設備成了擺設。更有甚者連裝樣子也免了，根本就沒有脫硫設備。

山西耗資 8.5 億監控系統失效，汙染水源傾倒山溝。— 2013.01.08

早在 2008 年山西投資 8.5 億元建成號稱全國領先的汙水源監控系統形同虛設，罪魁禍首企業至今未停產。

火燒赤幣（火燒赤壁）（10）

科研經費怪像：國家科研經費年投入 1.2 萬億，成果轉化率僅 1 成。科研經費成腐敗黑洞。多家單位將科研經費用於吃喝拉撒睡，工資、獎金、福利、辦公經費、考察、出國。買車、交通、零花錢。蓋房、裝修、購買辦公傢俱、個人費用支出，個人電話費、私家車保險費和汽車油料費等，甚至有的經費說不清花到哪裡去了，有的單位甚至發了上億元。— 2014.12.23

火燒赤幣（火燒赤壁）（11）

四大國有銀行 1 年半曝出 18 起存款失蹤案，涉及金額 46 億。— 2015.06.24

繼 46 億存款失蹤案之後，銀行又曝出醜聞。

山東濱州 22 位儲戶 1.5 億存銀行 1 年後不翼而飛。— 2015.12.08

興業銀行「高管攜款 30 億元潛逃」。

這些丟了的存款，能否索賠追回？在年初某媒體的報導中，一位律師在接受記者採訪時表示，「現實的情況是，賠償幾乎不可能」。

火燒赤幣（火燒赤壁）（12）

投資百億南京一濕地公園成垃圾場。由於監管不到位經常被人偷倒建築垃圾，到處是油漆桶熟料帶、水泥塊。同時官方的數字也存在縮水，濕地公園的面積比之前的報導少了一半（28.7 公里÷2）。— 2016.10.25

火燒赤幣（火燒赤壁）（13）

未通過環評非法生產，16 億搬遷費去向不明，武漢 5 家垃圾焚燒廠每年涉違規處置 20 萬噸致癌物。— 2013.12.18

火燒赤幣（火燒赤壁）（14）

燒錢辦晚會：各地辦慶典 1 年花費 40 億，誰燒錢多，誰就是收視率冠軍。一個春晚，光上星的節目就 40 多臺，成本達 5 億元。

火燒赤幣（火燒赤壁）（15）

投資近 8 億企業即將投產被政府關停。— 2016.04.01

3 年前正當海南省樂東幹金達鉬業有限公司安裝完設備準備投產的時候，卻被當地政府關停了。由此引發了一系列問題，如：企業建設中發生的債務無法支付，政府耍賴不管了。

火燒赤幣（火燒赤壁）（16）

7 省市 7 萬多「吃空餉」者 1 年吃掉 3.5 億至 14 億元。— 2012.06.19

因所有見不得光的東西都捂得嚴嚴實實，所以江胡時代及後江胡時代中國究竟有多少公職人員在「吃空餉」？每年吃掉多少納稅人的錢？這個問題或許沒有人能說清楚（見：不計前閑）。

火燒赤幣（火燒赤壁）（17）

投入上億元的企業，被地方政府「一紙檔」強行關停。— 2015.04.28

安徽省 24 家煙花爆竹生產企業因不滿地方「紅頭文件」，將安徽省人民政府告上合肥市中級人民法院。企業安全生產許可證尚未到期，卻遭「強拆式」關停，地方政策為何「朝令夕改」，「紅頭文件」如何越權代法？

「我是一夜之間傾家蕩產，現在有家不敢回。」安徽翔鷹煙花爆竹有限公司法人代表喻本勝怎麼也沒想到有一天他會將省政府告上法庭。翔鷹公司是安徽省最大的煙花爆竹生產企業，廠址位於安徽省六安市，占地 1250 畝，總投資 1.1 億元，員工 800 餘名。

火燒赤幣（火燒赤壁）（18）

「消失」的過億未納入財政部門統計的占道費哪兒去了？— 2014.12.31

火燒赤幣（火燒赤壁）（19）

記者在河南省新野縣採訪「毀公園建酒店」竟發現，短短 3 年多的時間，新野縣因重複建設毀掉的新建專案就多達 5 個，總造價超億元。當地群眾對政府的巨額浪費怨聲載道。

火燒赤幣（火燒赤壁）（20）

新修的馬路，第 2 年就刨開，全國都這麼幹，百姓稱之為「馬路拉鏈」。到目前為止馬路拉鏈至少瘋行了 30 多年。

長春市朝陽區湖寧路 1 個月被挖 2 次。— 2015.07.28

有居民問：「為什麼不能一起挖呢？第 1 次封路的時候為啥不能和 2 次供水改造一起弄呢？」

火燒赤幣（火燒赤壁）（21）

一部車 1 年的維修費是 10 萬，還有一部車 1 年換了 40 個輪胎。中國大陸的公車一年至少「燒掉」1000 億（見：不億而飛）。— 2010.11.26

火燒赤幣（火燒赤壁）（22）

杭州城管委 1 年花 8000 萬買垃圾袋，未在決算中列出。— 2014.10.29

記者剛剛從杭州市城管委獲悉，2013 年市區兩級購置垃圾袋實際使用資

金 2858.93 萬元。

　　杭州市散裝水泥辦公室（杭州市經信委系統）僅 16 名工作人員，年度公務接待開支達到 35.65 萬元。

　　湖北黃石藥監局 49 萬採購 150 套制服，被疑「天價」。— 2014.08.25

火燒赤幣（火燒赤壁）（23）

　　廣州各區政府採購預算首次公開，暴露問題不少。廣州天河區街道出現多個「天價」採購預算。一個隨身碟 1 千元，27 個隨身碟共需花費 27 萬元。普通的路由器每個不過百餘元，今年要購買 2 個路由器預算總價 7.17 萬元。辦公室租金每平米 140 萬……。

火燒赤幣（火燒赤壁）（24）

　　大樓今年 2 月份開始裝修，花費 31.5 萬元，6 月裝修完搬進去，9 月就搬出來了。黔南州回應「18 家政府單位集中拆遷」。

火燒赤幣（火燒赤壁）（25）

　　貧困縣燒納稅人錢更狠！廣西：國家級貧困縣花 5 千萬畫 2 隻鳥，實際造價 2 百萬。

火燒赤幣（火燒赤壁）（26）

笑貧不笑猖（笑貧不笑娼）

　　江胡習時代貧困縣倡狂燒錢絲毫不亞於富貴縣。

　　國家級貧困縣「大手筆」1500 萬購課桌椅全系次品。— 2014.09.10

　　邵陽縣把全縣近 10 萬套有些還是剛買 1 至 2 年的學生課桌椅，全部一次性按 10 元一套處理掉，再花 150 元一套購買新的，有人舉報稱，這些課桌椅品質明顯不合格，無法正常使用、鏽跡斑斑、貨不對版、鋼板薄、脫漆嚴重等問題。買這麼多桌椅，即使是合格的企業也賺錢，然而為了讓企業和個人賺得更多就故意放次品進來。

J

機飛狗跳（雞飛狗跳）（1）

江胡習時代狗人傲世群雄（傲視群雄），尤其是大鬧天宮的狗人令世界各國遊客望塵莫及。

地對空搗蛋（地對空導彈）

飛機準備起飛女子突然大喊：我要馬上離婚，叫停航班。— 2016.07.07

當地時間 7 月 4 日，莫斯科飛往海參崴的飛機準備起飛，一名 40 多歲的中國大陸女子突然大喊：我要馬上離婚。無論乘務人員怎麼勸，女子始終堅持要下飛機。無奈機上的另外 500 多名乘客也被迫下了飛機……

機飛狗跳（雞飛狗跳）（2）

長沙：航班延誤，機場女地勤遭乘客潑飯羞辱。— 2016.4.29

4 月 24 日晚，一架從長沙飛往三亞的 JD5766 次航班因天氣原因延誤，多名旅客要求見航空公司代表未果，與地勤人員發生爭執。爭執中，一位女旅客向地勤人員潑灑餐盒，還有另一名男旅客打了地勤人員耳光。被打之後，這名工作人員準備離開，可該男子並未甘休，追上前扯住該名工作人員的領口，揚起拳頭準備繼續毆打，在其他工作人員和同伴的制止下才罷手。

據當地媒體報導，事發後，其中被掌摑的工作人員被送往醫院，初步診斷為腦震盪。被潑灑餐盒物品的工作人員小麗在接受採訪時稱，當時她正在向乘客解釋，一位女乘客突然直接把盒飯往她身上潑，她想走開但被旁邊一名男子攔住。「她就繼續往我身上潑，潑了起碼有 3 次。」

機飛狗跳（雞飛狗跳）（3）

2013 年 5 月 22 日，深圳機場航班大面積延誤，乘客將值機櫃檯圍住，其中一名男乘客撐開礦泉水瓶，2 次把水潑灑在女性空乘身上，另一個女乘客則直接抄起值機櫃檯的掃碼機擊打電腦螢幕和鍵盤……。

機飛狗跳（雞飛狗跳）（4）

飛延走弊（飛簷走壁）雪上加霜

2015 年年初一架由昆明飛往北京的航班正點應該在 20：45 起飛，直到凌晨一點才讓旅客登機，之後乘客與空乘人員發生矛盾，部分乘客竟然擅自打開了飛機的 3 個應急艙門，最終導致航班無法起飛。

有些事情還真不應該完全歸罪於脾氣火爆的狗人，江胡習飛延走弊乃病

根。全球 188 個大中型機場離港航班准點率的排名，在墊底的 20 個機場中，有 14 個來自中國大陸、香港和臺灣地區，準點率均不足 60％。

機犬不寧（雞犬不寧）（1）

狗人不僅在陸地上不講道德，到了天上也照樣跳出來頻頻製造事端。

2014 年 12 月 11 日，中國遊客在泰國航班上拿泡麵潑空姐，謾罵、恐嚇、威脅空服人員，尤其還揚言要炸飛機，造成了惡劣的影響，更恐怖的是中國遊客不斷地在飛機上惹是生非。

機犬不寧（雞犬不寧）（2）

大連，深圳 ZH9724 航班，4 名女子在 7000 米高空廝打。因乘飛機時調整座椅距離，4 名大連女乘客在一架正在 7000 米高空飛行的航班上互毆。— 2015.04.16

機犬不寧（雞犬不寧）（3）

男子向空姐潑水扔垃圾要對方為其脫褲子，被拘 5 天。— 2015.08.22

8 月 20 日乘坐昆明航空航班 KY8234（杭州至昆明）坐於 14F 的旅客範某自己不小心將一杯飲料灑在了自己褲子上，範某要求乘務長幫他擦拭。乘務長詢問範某：隨身行李中是否有換洗的褲子，請他換了以後幫他清理。範某聽後要求乘務長幫他脫褲子，乘務長面對這一切無理的要求，只能不停地道歉，隨後範某還放出狠話：「你再多說一句，我就用果汁潑你！」並要求乘務長告知姓名、工號，要進行投訴。乘務長告知範某後，範某不予理睬。隨後將手上的垃圾砸在乘務長臉上，乘務長見狀只有離開範某的視線，範某又把一杯果汁潑向身旁乘務員身上，周圍多名旅客同時受到牽連。

機犬不寧（雞犬不寧）（4）

國航班機多人打群架，外國人在旁看笑話。— 2014.12.18

12 月 17 日上午 9 點，由重慶起飛前往香港的國航 CA433 航班上 2 名乘客發生了爭執，原因是前排乘客嫌後排小孩太吵，而後排乘客即責怪前排座椅影響了他們，協商不成便動手打了起來，幾名乘客扭打在一起，一名女乘客更是被擠到了行李架上場面一度失去控制非常混亂。

機犬不寧（雞犬不寧）（5）

2012 年 9 月 3 日，一架瑞士航空的客機，計畫從蘇黎世飛往北京，在飛行 6 個小時後，2 名中國男子突然大打出手。起因是前排乘客將座椅靠背放的

太低，引起後面乘客不滿，進而導致 2 人鬥毆。

機犬不寧（雞犬不寧）（6）

2012 年 9 月 7 日，四川航空一架由塞班飛往上海的航班，2 名中國乘客發生鬥毆。不少乘客試圖勸架，空乘人員也在廣播裏要求乘客停止打架。

機犬不寧（雞犬不寧）（7）

2012 年 2 月，一則《美聯航返滬航班拒載中國夫婦》的報導引發關注，這對中國夫婦在美國關島返回上海的航班上，因對空乘人員調整行李表示不滿，反復使用「shut up」，結果機長以「航空安全」為由報警，將這對這對夫婦趕下飛機，並拒絕他們的道歉和重新登機的請求。相比之下，此次「中國遊客大鬧亞航」事件，4 名中國遊客能夠順利返回中國，已經是幸運很多。在那之後大韓航空出臺了韓語、英語之外的一個中文的提示，請注意中文提示的內容，在航空器客艙內發生對乘務員、職員施暴、脅迫、妨礙工作、吸煙、性騷擾等行為，依據韓國航空保安法，處於最多 5 年以下有期徒刑，或者 500 萬韓元以下的罰款。

機犬不寧（雞犬不寧）（8）

重慶再現客機安全門被開事件。－ 2015.01.12

從拉薩飛重慶的空客 319 型 PM6272 航班抵達江北機場，落地滑行完畢後，機組尚未開啟艙門。這時，一位中年男子突然打開機上的應急出口門（安全門），「嘩」的一聲響，冷風全部倒灌進客艙裏。

2015 年 1 月 10 日，昆明機場 2 名乘客打開航班安全門被拘留 15 日。

2015 年 2 月 14 日，吉林延吉，乘客擅開應急滑梯，致航班延誤。

2014 年 12 月 14 日，廈航 MF8453 航班在杭州準備起飛時，左側機翼處 52 號位上一名年近 50 歲的男子，突然將安全門打開，涉事男子未受處理。

2013 年 12 月 16 日下午 2 時 30 分，南寧飛重慶的 G52652 次航班降落停靠廊橋後，機上坐在第 13 排的一名姓丁的男子發現安全門上有一個紅色把手，心生「這個東西會不會跟家裏的門一樣」的想法，偷偷把扳手朝下方拉了一下，導致安全門裂開 1 釐米左右的縫。後該男子被拘留 5 日。

2013 年 12 月 14 日，28 歲的重慶男子馮某 14 日乘坐四川航空某航班從重慶飛往北京。當飛機落地停穩後，馮某嫌排隊下機的人多，便擅自打開安全門，導致逃生氣囊滑梯打開。

2012 年 3 月 30 日，一架由三亞飛往重慶的航班在滑行時，一名 40 多歲

的女乘客由於想上洗手間，便從座位走向飛機尾部的安全門出口處，把安全門當成廁所門打開，導致飛機應急滑梯釋放。

2010 年 6 月 26 日下午 5 時 30 分，一架從杭州飛南寧的航班，突然出現儀錶盤紅燈報警，顯示機艙內外氣壓不正常，機長趕緊調頭將飛機開回杭州機場。經查，坐在安全門邊上的乘客童某在起飛前曾動過應急門，導致安全門出現一條縫隙。

激起民糞（激起民憤）（1）

在毛的時代掏糞車每天晚上都進城掏糞，江胡時代化糞池幾年也不掏一回，在瀋陽至少有上千個化糞池數年未清理過，在中國有無數個潛伏的「炸彈」隨時可能爆炸。廣州深圳：鞭炮扔進化糞池引爆，一男童遇難。

激起民糞（激起民憤）（2）

瀋陽渾南一社區化糞池發生爆炸，受傷兒童送醫院緊急救治。渾南新區佳華社區東區 A4 號樓樓前化糞池爆炸後形成 2 米寬 2 米長的一個深坑，路燈杆被氣浪炸倒，一名兒童額頭受傷，送往附近醫院緊急救治。

激起民糞（激起民憤）（3）

瀋陽化糞池爆炸，1 死 1 傷。— 2014.02.07

農曆「破五」當天，瀋陽皇姑區華山路 37 巷 7 號樓下，一位父親，帶著一對孩子放煙花時，化糞池井蓋被氣流崩飛，將 4 歲男孩額頭砸傷並將其捲入糞池中。女孩因回車中取東西躲過一劫，孩子的父親左眼被砸出血，在本能地爬向井邊救兒子時昏迷過去。事發後記者採訪，5 個部門踢皮球，都說自己沒責任。爆炸原因：化糞池 1 年多的時間未清理過一次。

激起民糞（激起民憤）（4）

2014 年 2 月 20 日下午，武漢地下化糞池沼氣集聚導致爆炸，巨大的衝擊波掀翻附近 6 輛汽車，3 人受傷。原本平整的路面炸出一個大坑，大塊水泥板磚石散落一地，路面破損面積約 30 平米。一聲巨響，小男孩落入窨井中。

激起民糞（激起民憤）（5）

重慶潼南一社區化糞池突發爆炸，致 3 小孩 1 死 2 傷。2011 年 1 月 11 日下午 3 時許，潼南縣江北新城金桂苑社區一個化糞池突發爆炸，致正在附近玩耍的 3 小孩 1 死 2 傷。

激起民糞（激起民憤）（6）

788 套廉租房，無排汙管道，居民生活條件惡劣苦不堪言。— 2015.11.25

激起民糞（激起民憤）（7）

化糞池不掏，下水道反水居民家變「游泳池」馬路變成了大冰場。—
2016.01.06

1 日至 3 日，潘先生家面臨一場「災難」從下水道不斷地往上反糞水，傢俱、糧食、生活用品等全都泡在水裏。1 至 2 分鐘就掃出一桶水，根本就停不下來，一進屋記者看到這情形驚呆了。潘先生的老伴說：晚上根本沒時間睡覺，3 天好幾百桶，全樓自來水都關了，但依然無法阻止糞水往上反。這些年來下水道反臭水就沒斷過，物業不管，只能自掏腰包花錢疏通，一次 100 元，已經疏通了 30 多次。這次實在是扛不住了。屋裏都成「河」了，該找的地方都找了，跑了幾天都沒人管，這一家子徹底蒙了，無奈找媒體幫忙。記者和潘先生老伴來到瀋陽市創維房產物業有限公司……

激起民糞（激起民憤）（8）

安民社區 19 號樓：下水道汙水橫流，居民有家不想回。— 2015.12.28

原本不寬敞的道路，一半都被汙水覆蓋，汙水中還漂浮著各種雜物，不遠處的井口不斷地往外冒髒水，家門口埋汰成這樣居民有家不想回。

化糞池滿了無人掏，導致汙水橫流。居民們自己掏錢疏通下水，時間長了總不是辦法。堵了疏通，疏通後又到堵。實在沒辦法住在一樓的鄧先生把自來水水閘給關了，只有這樣才能保證他家的廁所不反水，可這樣一來樓上的居民又不幹了。大家跑了不少地方，問題遲遲沒解決。

激起民糞（激起民憤）（9）

天津北街 7 號樓三天兩頭停水，100 多戶居民苦不堪言。— 2016.03.19

經常停水的原因在於化糞池多年未淘，往上返糞湯，樓下的住戶不得不關閉水閥，結果就造成了惡性循環，最遭罪的是那些老年人，腿腳不好使還得上別處去打水，雪上加霜的是這棟樓大多數住戶都是 70 至 80 歲的老人。

激起民糞（激起民憤）（10）

臭水橫流 2 月，居民望「溝」興歎。— 2016.03.30

沈河區十二緯路會武街 64 號樓樓下，有幾個下水井返臭水，臭水淌了 2 個多月了，愣是沒人管。接到居民舉報記者張譯丹趕到現場看到整個社區到處都是返上來的臭水，站在溝邊記者就被臭味熏得喘不過來氣，常年生活在

這的居民苦不堪言。門市老闆秦先生：他們幾年也不抽一回，主要幹大糞太多堵死的原因。

激起民糞（激起民憤）（11）

瀋陽一民工掉進化糞池中毒身亡。消防官兵用了 1 個多小時才將他撈出，但已經死亡。— 2016.08.21

常州市武進區馬杭眾恒肉聯廠有 2 人掉化糞池身亡。— 2015.01.21

兒子掉入化糞池父親及老鄉施救，3 人均中毒身亡。

一農民工不慎掉入化糞池，4 交警全力救助幫他脫險。

激起民糞（激起民憤）（12）

糞湯泡屋。遠洋天地業主於女士家糞湯泡屋的原因在於化糞池多年不掏，對此多個部門互相推諉，因太臭於是於女士的女兒不得不住在親戚家裏。—2016.10.09

激起民糞（激起民憤）（13）

一樓返糞湯 8 戶「上甘嶺」

大年初六起，家住東陵西路 43 棟 3 單元的居民：一樓屋內糞水直流，地板起皮家電被淹，一氣之下關上水閥，樓上居民吃不上水，只好下館子。

記常之懼（季常之懼）（1）

法新社說：「雖然中國政府否認李強因準備深入報導地溝油問題時被殺，但在中國發生過多起記者在進行深入調查期間被謀殺事件是不爭的事實。」

記常之懼（季常之懼）（2）

曝光山東滕州豪華辦公樓記者齊崇淮獲刑 4 年，即將出獄，政府怕他出獄後揭露出更多黑幕，於是又開始瘋狂地糟蹋法律，加判 9 年。— 2011.07.31

滕州法院對齊崇懷的再次起訴違犯法律常識和國際禁止雙重處罰的原則（見：垂簾法治）。

記常之懼（季常之懼）（3）

揭黑幕記者仇子明在經濟觀察報和網上發表數篇有關凱恩集團的負面報導遭全國通緝，洛陽員警圍毆記者，每日經濟新聞記者被打，華夏時報記者被打，貴州電視臺第 5 頻道法制第一線記者盧某被打，只要報導帶血的 GDP 最輕的是遭到一頓毒打。目前中國尚無明確條款保護記者監督採訪權，始終沒有一部真正意義上的新聞法。

記常之懼（季常之懼）（4）

遼寧西豐原縣委書記履新職，曾派員警進京抓記者。— 2008.11.23

張志國因派公安人員到北京拘傳對西豐縣進行輿論監督的記者被撤職，9個月之後，竟然不可思議地東山再起。

記常之懼（季常之懼）（5）

山東平度警方刑拘抗強拆記者陳寶成，陳寶成帶領金鉤子村民維權 7 年。

記常之懼（季常之懼）（6）

記者石俊榮因報導「天價煙」被停職，在輿論壓力不得不讓石俊榮複職。

記常之懼（季常之懼）（7）

新快報 2 名記者前往廣州市白雲區太和鎮調查當地頭陂村狗眠地違法建築問題時，在太和鎮政府內遭一男子襲擊，一記者左眼角流血不止；報警後，記者趕往太和醫院治療，另 2 名記者趕來照顧他們，不料遭到至少 6 名男子瘋狂圍毆長達半小時。

枷班加點（加班加點）（1）

中國 9 成行業週工時超過 40 小時，過半數行業每週要加班 4 小時以上。— 2014.11.29

國家統計局數據顯示，勞動者的年工作時間是 2000 至 2200 小時左右，這個數字相當於英美德法等國家 20 世紀 20 至 50 年代的水平。

愈加之最（欲加之罪）

「加班」是職場人士最痛恨的事，勞動者高效率低工資。勞動報酬的巨大「逆差」成就了 GDP 的天價「順差」，正因如此，瘋狂的枷班在中國愈演愈烈。正因如此，中國在短短 20 至 30 年裡幾乎超越了所有的經濟大國，成為全球經濟發展最快的國家。

假期隨期（嫁雞隨雞）

中國人假期時間遠少於世界平均水平；由於過度勞動所導致的勞動者職業病和過勞死現象比較突出。

枷班加點（加班加點）（2）

江胡時代中國經濟高速增長「無償貢獻」之冰山一角。

無以復枷（無以復加）

「童工像白菜一樣買賣」，他們沒有任何勞動保障，每天工作 12 至 16 小

時，漂亮女孩隨時還會遭遇工頭的強姦……。

枷班加點（加班加點）（3）

西安某高校安排千名「勞工」進富士康。湖南鐵道職業技術學院強制安排學生到廣東企業流水線頂崗實習 1 週 6 天班，每天 10 幾個小時體力勞動。從事專業不對口，高負荷體力勞動，在多數學生身體不適的情況下，學校仍不准許中途退出，否則不發學位證。倚仗高科技、人口紅利和「免費政績午餐」江胡時代的中國不費吹灰之力就成為世界第二經濟大國。

枷班加點（加班加點）（4）

江蘇昆山，一起突如其來的劇烈爆炸掀翻了臺資企業中榮金屬製品有限公司拋光車間的屋頂，車間內 200 多名加班工人傷亡慘重。目前，已造成 75 人死亡，180 多人受傷。

假的連雲（甲第連雲）（1）

偽造之冰山一角，6 萬多份自願捐獻器官資料。江澤民瀆創（獨創）的世界上獨一無二的活摘人體器官殺人流水線，至少虐殺了數百萬人（見：一江工程萬古哭）。瀋陽軍區老軍醫多次投書海外媒體揭露：江澤民「按需殺人」的罪惡產業。僅老軍醫本人經手偽造的自願捐獻器官資料就有 6 萬多份，他指出由於巨大的活體來源，在中國進行的地下非公開的器官移植數量要比公開的多幾倍：如果官方公開的數是 1 年 3 萬例，那麼實際數量是 11 萬例。

假的連雲（甲第連雲）（2）

江胡統治下，公檢法造假之冰山一角

為奪千萬富豪財產公安局副局長王振忠精心設計「2 · 20」案殺人造假現場。晉安檢察院起訴科明知道是王振忠的馬仔刑警中隊長徐承平等 10 餘名員警殺人並製造的假現場，但因頂不住壓力，還是以敲詐勒索罪起訴陳信滔。警方做假證據，徐金龍、許玉森、張美來、蔡金森被死刑。

從「死刑」到「無罪」獄中申訴 21 年。— 2016.01.04

陝西民工討薪被拘，警方關鍵證據造假。— 2013.12.23（見：拘心巨測）

根據分管政法的副書記指示，無罪也起訴。於是一場荒唐的鬧劇在相山法院上演（見：垂簾法治）。

東東源法院副院長經上級授意偽造判決書。— 2013.04.16（見：核其瀆也）

假的連雲（甲第連雲）（3）

廣東江門市原副市長林崇中因受賄罪被判 10 年有期徒刑，靠假體檢鑒定，連一天牢都沒坐過。

釋同兒戲（視同兒戲）

石寶春，被判處有期徒刑 10 年，憑藉假的膀胱癌監外執行，不僅當庭「釋放」法院還「贈給他」17 萬贓款。在江胡時代，靠造假保外就醫之案例數不勝數。

假的連雲（甲第連雲）（4）

安評弄虛作假，把危險化學品倉庫建立在人員稠密的居民區附近。多部門瀆職造成了天津港 812 特別重大火災爆炸事故，123 人死亡，721 人入院治療的悲劇！

假的連雲（甲第連雲）（5）

湖南湘陰縣商業總公司集體造假，套取國家專項資金並以「福利分錢的方式據為己有」侵吞國有資產 1.61624 億元，麻陽政府機關出公函為貪官求情，要求輕判。

假的連雲（甲第連雲）（6）

環評造假之冰山一角－ 2015.06.25

福建寧德鼎信實業有限公司的三期專案舉行環評聽證會，公眾滿意度為 99 ％的結果子虛烏有。

假的連雲（甲第連雲）（7）

汙染監測數據造假－ 2014.3.25

去年山東省查處了 17 家對環境自動監測數據弄虛作假的企業。

日前，環保部通報了其中 7 起環境監測造假案例－ 2015.06.15

很多線上監控設備都是企業自買自用，導致企業傳送給環保部門的數據，睜眼說瞎話。明明煙囪冒著濃濃黑煙，線上數據卻顯示排放達標。線上設備長期顯示統一數值，現場一看汙染非常驚人，近期環保部監督發現這類現象屢見不鮮。數據造假約占檢查企業的 1 成。採樣分析儀上隨便接幾根導線，隨意篡改向環保監控平臺傳送的監測數據。

汙染排放數據造假。環保部不久前在山西、河北、陝西等地摸底調查發現修改二氧化硫數據極為普遍，被達標數據源源不斷傳送到各地環保主管部

門。國家在十一五、十二五投入幾百億的環保設備成了擺設。更有甚者連裝樣子也免了，根本就沒有脫硫設備。例如：山西聚義集團沒有任何環保手續，就在環保部門眼皮底下常年肆無忌憚地排放，環保局則成了保護汙染的擋箭牌，而聚義集團只是汙染排放之冰山一角。

假的連雲（甲第連雲）（8）

政績造假

GDP 注水，2012 年地方各省 GDP 之和超出全國 5.76 萬億元。

東北多地 GDP 數據造假：一些縣經濟規模趕超香港－ 2015.12.10

「相關部門做過一些核查，有些投資數據至少有 20％的水分。」。

假的連雲（甲第連雲）（9）

廠家檢測機構串通造假，製造出虛假油耗數據，居然堂而皇之的張貼在工信部網站上，以備消費者查閱。記者在北京、天津、吉林多家檢測機構調查發現：幫助車企虛報油耗數據在業內早已是公開秘密。小排量車僅 1 年就用完政府 120 億油耗補貼。

假的連雲（甲第連雲）（10）

汽車尾氣檢測數據不僅檢測站造假，生產設備的人裏也有內鬼，高精尖設備也能用來造假－ 2015.9.13

對尾氣排放設置限值，本來是用來控制尾氣汙染的國家強制標準，生產廠家卻在分析軟體上動了手腳。本應該有嚴格的限定檢測標準，他們卻可以人為操縱，任意給出想要的數據。

尾氣檢測系統的生產廠家與檢測站及「黃牛」合謀作弊。由於可以在軟體上人為控制檢測數據，所以有的檢測站乾脆連做做樣子都省了。檢測不合格的車輛，只要車主肯花錢，在黃牛的幫助下，甚至不用上檢測線複檢就可以拿到合格報告。設備生產廠家、檢測站、黃牛、車主各取所需，造成了一輛又一輛尾氣不合格的車輛跑在路上帶來汙染，這就是記者在多省市暗訪看到的事實。

假的連雲（甲第連雲）（11）

江胡時代假打之「楷模」

杭州藥監局江幹分局作為監管部門，不履行自己的監管職責，卻在證據確鑿的情況下，牽線讓售假者與舉報者「私了」，並加蓋公章做見證（見：

姑息養姦）。

假的連雲（甲第連雲）（12）

2014 年 12 月 25 日，央視新聞爆出山東魯抗醫藥大量偷排抗生素汙水，濃度超自然水體 1 萬倍，並涉嫌和第三方運營公司進行汙水數據造假。前不久，寧夏啟元藥業被查出汙染治理設施運行異常、涉嫌數據造假的問題。

假的連雲（甲第連雲）（13）

治理水汙染記者調查：山東益康藥業整改中多處造假。— 2015.04.16

經央視記者實地調查，看到環保設備基本是擺設，運行資料基本是造假，連應付檢查用的汙水，也基本用自來水代替。依環保部專家觀點，如此常識性的虛假，卻能順利通過摘牌，那些環保官員，確實有瀆職之處。

假的連雲（甲第連雲）（14）

統計造假之冰山一角

恩施州舉債迎檢查。統計員都是辦公室人員兼職，根本不懂統計。每年上報的經濟數據基本都是根據上級的指標和提示算出來的，這是基層政府的普遍做法。

市住建局虛報棚改數字，省住建廳協助瞞天過海，聯手欺騙國家統計局 — 2015.08.28

上級給田家庵區上證鄭地塊棚改任務是 9365 套，當年只完成 888 套，四平市住建局虛報的數字占當年棚改任務的 87％，近 9 成都是虛報的，然而審計部門發現這些問題後，四平市住建局又編造虛假的彙報材料，繼續隱瞞事實。督察和審計發現 2014 年淮南市上報完成保障房開工任務總計 57044 套，實際完成 45953 套，虛報 11901 套。

淮南市還存在違規分配保障房的問題。袁先才通過鄉財政所出具的虛假工資收入證明申請到了廉租房，2 年共騙取 7488 元。江胡時代百萬富翁靠造假獲得廉租房案例數不勝數（見：高不誠低不救）。

假的連雲（甲第連雲）（15）

財務造假之冰山一角

財務造假橫跨 5 年，南紡股份虛增利潤終獲罰。— 2014.11.04

南京國資委控股的南京紡織品進出口股份有限公司創下近 10 年來上市國企財務造假紀錄。2006 年到 2010 年連續 5 年虛構利潤 3.44 億元。

假的連雲（甲第連雲）（16）

銀行與貸款人聯手造假之冰山一角

哈爾濱市巴彥縣豐農村的多名村民名下背了不少貸款還不上，還留下了不良記錄。可農民說：「我們根本沒借錢呀！這是有人冒用了我們的名義，我們是替他背了黑鍋。」找到銀行，銀行承認確有冒名，但背後真相就是不說，不良記錄就是不刪。這讓當事農民不能接受。

核銷貸款造假

河北：信用社假造死亡名單，核銷貸款，副市長、市公安局副局長等43人在列（見：核其漬也）。

假的連雲（甲第連雲）（17）

殺人犯張曉宇逃亡13年期間，5個部門50多名國家幹部參與了一系列漂白造假過程。廣東省檢察院證實張海立功減刑造假屬實，已立案審查。張海減刑牽涉公安、法律系統多達40多人。

假的連雲（甲第連雲）（18）

2014年四川省古藺縣政府為了取得中央財政補助資金，安排安監局、國土局、財政局、工商局、地稅局等部門為72戶企業統一開具虛假註銷證明，獲取中央財政補助資金2351萬元。

2014年5月四川經信委下屬釀酒研究所，使用虛假材料，套取中央專項資金315萬，其中將6.45萬元的設備發票虛報為240萬元。

2012年6月和2014年7月青海省原海東區和海南藏族自治州通過在專案申報書中提供虛假國有土地使用材料，申請中央專項資金6000萬元，用於原海東區和海南州示範性綜合實踐其他專案建設。

2012年以來，福建省華安縣財政局、經信局直接或與企業串通，騙取中央補助資金4334.6萬元。

假的連雲（甲第連雲）（19）

證件造假之冰山一角

醫生勾結仲介暗賣假出生證，幫被拐兒童上戶口。— 2015.01.21

假的連雲（甲第連雲）（20）

獻血證被倒賣，3000元辦真證。從未獻過血的人還有他的配偶直系親屬等可根據廣州獻血管理規定，堂而皇之辦理免費的用血手續。

237

假的連雲（甲第連雲）（21）

一條龍造假讓北京周邊房價暴漲。開發商辦假戶口、假社保、假按揭、假抵押，一條龍造假幫外地人買房北京周邊房價暴漲。— 2013.09.21

假的連雲（甲第連雲）（22）

結紮率造假

為了完成指標，一些地方、一些人員用盡心思。彝良縣洛澤河鎮一村委會副主任與計生宣傳員夥同他人編造 8 個已做結紮手術的婦女假資訊，沖抵該年該村結紮任務。造成虛假計生數據被上報到國家計生資料庫，3 戶結紮對象超生等嚴重後果。

假的連雲（甲第連雲）（23）

中國買賣論文如「超市購物」年銷售額 10 億以上。— 2014.10.20

中國大陸買賣論文已經形成產業，2009 年規模達 10 億元。用反剽竊軟體查詢，2007 年的樣本數據中，72％的文章是全文抄襲，24％的論文為部分抄襲，只有 4％的文章不存在抄襲。

論文造假黑幕曝光。— 2016.07.15

從職稱論文、碩士論文、到博士論文。顧問部負責瞭解買家需求，有創作部尋找寫手代寫，甚至還有特別技巧通過軟體查重。一篇 5000 字的職稱論文，只要 1 天就能交稿，代寫版發。一篇博士論文，全文 12 萬字，報價 7 萬元。在廣州名匠文化傳播有限公司僅去年 1 年就完成 5000 單業務。在中國提供類似服務的公司舉不勝舉，如在成都一家同類公司，員工規模超過 500 人，客戶名單涉及超過 500 所高校的學生，目前該公司已被立案調查。

假的連雲（甲第連雲）（24）

發票亂象叢生。廣州市天河區多家加油站的超市即使不加油購物也可以開發票。加油站便利店的東西至少比超市貴 1 成左右。既然可以公款報銷，很多人就會多買東西。另外網上發票也能隨便開，一個研究生要報銷書費卻在某購物網站買了一雙運動鞋，不管買的是什麼都可以開成你想要的內容，很多學生都這麼幹。廣州一些高校裏的超市也有貓膩，一些教授用學術研究經費買日常生活用品，超市可以把大米開成圖書發票順利報銷。

假的連雲（甲第連雲）（25）

獎牌造假之冰山一角

央視曝醫衛行業學會明碼標價賣獎牌。— 2014.02.17

中國多家知名地產商花錢買聯合國人居獎，5年之間至少有200多個樓盤「獲得聯合國人居獎」。聯合國人居獎有嚴格的評選流程和入選標準，其關注的核心是公益，商業運作根本不在關注之內。省優、部優、國優早已滿足不了胃口，所以中國的商人打出聯合國旗號騙人。

假的連雲（甲第連雲）（26）

假戲真唱，聽證專業戶之冰山一角

中國有的聽證戶數不勝數，每次參加聽證會主辦方都會給代表們一筆錢，但不許他們投反對票（見：垂簾聽證）。

假的連雲（甲第連雲）（27）

中國的陪審員陪而不審。— 2016.11.20

假一陪十（假一賠十）甭說中國的陪審員陪而不審，就連法官都是審案的人不判案，判案的人不審案（見：垂簾法治）。

假的連雲（甲第連雲）（28）

廣東揭陽民政局官員向寺廟「借」孤兒應付上級檢查，因而暴露了福利院成立10多年從未運作過的事實。— 2013.01.12

假的連雲（甲第連雲）（29）

資質造假之冰山一角

花錢買證安全誰來保障？特種設備操作證買賣調查。— 2015.07.24

東方時空調查：不培訓不考試給錢就辦資格證，花錢買證竟然合法有效，培訓機構自教自考，監管有漏洞。

假的連雲（甲第連雲）（30）

「掛證族」出租資格證坐收萬元。不僅是建築行業，設計、監理、資產評估、工程質詢等行業掛證早已是普遍現象。人證分離隱患巨大，特別是對道路橋樑等施工企業來說，證到人不到乃豆腐渣工程根源之一。早該正本清源，遺憾的是正義之劍始終懸掛在空中。

假的連雲（甲第連雲）（31）

北京200多名企業高管賣「山寨洋文憑」，中國企業高管賣洋文憑趨之若鶩。簡歷造假，平均每5份就有1份存疑或不實。— 2016.01.06

文憑「注水」在一些高校畢業生求職中已成公開的秘密。

假的連雲（甲第連雲）（32）

江胡時代百萬富翁靠造假獲得廉租房案例數不勝數。根據調查 1988 年以來約有 16 % 的經濟適用房賣給中高收入者（見：高不誠低不救）。

假的連雲（甲第連雲）（33）

廣東一名法院副院長經上級授意偽造判決書（見：核其瀆也）。

假的連雲（甲第連雲）（34）

湖南岳陽兒童福利院公開招聘，前 3 名均作假。江胡時代招聘造假舉不勝舉。

假的連雲（甲第連雲）（35）

死人居然領到土地補償款。為了侵吞村裏的土地補償款，3 個「村官」採取虛報土地數量、地面附著物和收入不記賬等方式，共同貪汙侵占 97 萬元土地補償款。— 2009.04.23

假的連雲（甲第連雲）（36）

新疆庫爾勒民政局經費不足發假結婚證引關注。— 2013.12.26

假的連雲（甲第連雲）（37）

情感節目造假。廣電總局給予河北某電視頻道停播 30 天處罰，情感密碼節目中，雇人表演不孝兒子對父親出言不遜、百般欺辱。情感節目不造假是最起碼的底線，為獲得高收視率贏得廣告商的青睞，造假乃家常便飯。

假的連雲（甲第連雲）（38）

收視率造假王國。擠走了尼爾森公司，央視索福瑞一手遮天，因為獨裁沒有競爭，沒有第三方的監控和管理，索福瑞提供的數據各家電視臺只能全盤接受。

假的連雲（甲第連雲）（39）

央視曝醫療美容假冒亂象：上海交大 9 院頻遭冒充。— 2015.04.19
上海華美醫療美容醫院剛交了罰款，就立即恢復虛假宣傳的違法行為。

假的連雲（甲第連雲）（40）

江蘇泗洪 20 餘條新建馬路一夜之間全部蓋上了黃土，並種上了黃豆或為應付國土督察。— 2014.07.26

假的連雲（甲第連雲）（41）

校長被 PS 上小學畢業照，家長表示：學校這種做法明顯弄虛作假，擔憂給孩子不良影響－ 2015.06.26

假的連雲（甲第連雲）（42）

家長 PS 孩子進風景偽造暑假旅遊照。－ 2014.08.12

假的連雲（甲第連雲）（43）

焦點訪談：「監獄發明」須打假。－ 2015.05.13

目前發明專利減刑中國沒有統一的標準。由於發明專利可以減刑，因此一些專利代理機構乾脆做起了相關業務。北京中科華創知識產權代理有限公司，業務人員表示，通過買發明專利來減刑的客戶很多，尤其是呼和浩特內蒙那邊購買量特別大。

假的連雲（甲第連雲）（44）

高校保送生多為廳官子女，官二代造假進重點大學。－ 2015.05.14

從上個世紀 90 年代以來，頻頻曝出徇私舞弊、弄虛作假的案例（見：高怎無憂）。

假的連雲（甲第連雲）（45）

為何連體育課都不怎麼上，體優生竟然占到了 $\frac{1}{10}$？為什麼連游泳池都沒有，卻能培養出若干名國家級游泳二級運動員？來自考生的爆料更是驚人。二級運動員明碼標價：足球 4 萬，游泳 8 萬（見：高怎無憂）。

假的連雲（甲第連雲）（46）

2003 年海南大學藝術學院抽查學生發現美術專業前 2 名幾乎不會畫畫，音樂專業大四的學生不會看五線譜。

假的連雲（甲第連雲）（47）

真假慈善：雲南「慈善媽媽」被舉報騙政府斂財數千萬。－ 2015.04.01

「籌建敬老院」被壹基金證實造假。以醫療慈善用地為名低價拿到土地 60 畝，然而時至今日敬老院仍未動工，居住一事也被證實造假。以假慈善為名做商業案例日見多發，失控的後門該如何堵住。

假的連雲（甲第連雲）（48）

揚州社保局官員胡濱與捐客勾結偽造病歷，違規為百人辦病退。捐客在社會上招攬生意，打聽有意辦理病退的人員，明碼標價收取「費用」，偽造、

編造病歷、檢查報告及住院記錄等虛假申報材料。— 2015.06.26

　　胡濱負責初審通過，以及在體檢、複檢、評審過程中協助造假，打通關係，確保病退最終審核通過。胡濱與掮客通過市場化運作的方式，搞起一條龍服務，最後達到只要申請人交錢和參加體檢，就能辦理病退。

　　申請人通過賄賂達到少繳養老保險金、提前領取退休金的目的；權力掮客達到利用胡濱的權力，獲取賄賂差價的目的；胡濱通過出賣公權力，先後多次收受他人賄賂共計 48.8 萬元和美元 4000 元。

假的連雲（甲第連雲）（49）

　　墓中無人（目中無人）在中國隨處可見，例如：「華夏龍苑」公墓把在世村民名字刻墓碑上，還有不少明星的名字被刻到墓碑上，這個墓地假墓空墓至少有 200 多個。弄虛作假，一箭雙雕。

一、為了應付上級檢查。
二、為了取得公益性公墓證，然後悄悄賣給外地人。

假的連雲（甲第連雲）（50）

　　中國「大眾創業、萬眾創新」的時代大潮下，伴隨著新一輪造假。
　　人民日報：有鄉鎮借身份證假註冊完成創業指標。— 2015.08.09
　　某地工商部門核查去年新註冊的一批個體營業執照時，發現不少缺少經營場所，有名無實。細瞭解發現，原來，一些鄉鎮為完成創業指標，借用一些群眾的身份證去登記註冊，絲毫不管事後是否被查實註銷。

假的連雲（甲第連雲）（51）

　　假住院、假用藥、假手術，貴州部分市州查出大量醫院騙保。— 2015.08.18
　　對安順市 41 家醫療機構進行抽查的結果是，「問題查處率達 100 ％」。也就是說，每家醫療機構都有套取新農合資金的行為。

假的連雲（甲第連雲）（52）

　　安康：公安局網上通緝犯竟是造假，被害人苦等 14 年。— 2014.06.11
　　就在收網行動前 1 週，因為沒有完成指標，旬陽公安局兩負責資訊錄的員警參與造假。

假的連雲（甲第連雲）（53）

　　新聞 1+1：廣西馬山縣，何以劫貧濟富？！

雙重造假：不貧的卻被扶了，而真貧的被說成已經脫貧。

3119 人的扶貧對象中，竟有 3048 人超過貧困線，僅有 61 人符合標準。3119 名造假扶貧對象中有 343 人屬財政供養人員，2454 人購買共 2645 輛汽車，43 人在縣城購買商品房或自建住房，439 人為個體工商戶或經營公司。

馬山縣是國家級貧困縣，到 2020 年馬山縣還面臨著 10 萬人口的脫貧任務。扶貧資金被貪汙挪用的現象在中國各地不斷出現。2010 至 2012 年審計署抽查的 19 個縣普遍存在虛報冒領擠占挪用扶貧資金等問題，甚至將扶貧資金用於請客送禮、大搞形象工程等。

假的連雲（甲第連雲）（54）

供應商承認供應了冒牌鋼筋 257 噸。施工方和監理方都承認採用的不是抗震鋼筋，濱江區質監站和住建局卻否認弄虛作假的行為，睜著眼睛說與假冒偽劣不沾邊。在質監部門的庇護下，大樓蓋到了 22 層，最終由示範樓變成爛尾樓。

假的連雲（甲第連雲）（55）

江蘇連雲港：幼稚園應對檢查通知「差生」別來了。上級要來幼稚園檢查，潘老師給 20 位學習成績差的家長發了通知，讓他們不要來幼稚園上課。為了一節公開課，一半學生都放假，這也太假了。— 2015.12.04

假的連雲（甲第連雲）（56）

中國公傷銀行裏的假存單。四大國有銀行 1 年半曝出 18 起存款失蹤案，涉及金額 46 億。— 2015.06.24

繼 46 億存款失蹤案之後，銀行又曝出醜聞。山東濱州 22 為儲戶 1.5 億存銀行 1 年後不翼而飛。— 2015.12.08

當初從銀行窗口遞出的存款單現竟在取款時變成偽造的，就這樣 22 人總計 1.5 億元的存款在銀行失蹤了。真存款變假存單案件頻發不斷，問責難，索賠「幾乎不可能」。

假的連雲（甲第連雲）（57）

網上募捐造假。— 2016.01.18

近日網友所披露的，一個粉絲達 59000 人次的「知乎女神」@童瑤，竟然是個男子。更令人始料不及的是，此人自導自演了一場女大學生患病無錢救治的「大戲」，通過公佈支付寶帳號的手段，騙取愛心捐款達 15 萬元。

騙捐事件不能總靠網友火眼金睛，對於網路發佈求助帖、微博勸募、淘寶義賣等活動，網路平臺負有不可推卸的核實義務。

假的連雲（甲第連雲）（58）

在中國電影票房的造假早已不是新鮮事。隨著保底發行和捆綁第三方的熱潮，自掏腰包買票房的行為，已成為發行方的商業手段。— 2016.03.26

電影《葉問3》被指存在非正常時間虛假排場的現象。新華社消息稱，該片被查實的場次有 7600 餘場、涉及票房 3200 萬元；同時總票房中含有部分自購票房，發行方認可的金額為 5600 萬元。電影票房造假屢禁不止，媒體呼籲出臺相關法律法規。

假的連雲（甲第連雲）（59）

哈醫大二院一些科室違法違規偽造和大量塗改醫療文書，亂收費給死人開藥，多收 2.2 萬多元。— 2014.04.04

假的連雲（甲第連雲）（60）

北京對假冒「公交集團工作人員」攬客無可奈何。— 2016.04.30

記者多次走訪積水潭地鐵站附近發現，一出地鐵站，就能聽到附近城管執法站的喇叭裏不斷播放著謹防上當的提醒，而距離地鐵站 200 多米就是北京市旅遊集散中心的正規發車處，但仍有遊客上當。

「因為他們穿著公交制服才信他們呀。」不少遊客這樣說。記者發現，「工作人員」一般都聚集在地鐵站出口，遊客去旅遊集散中心的路上便被截住，總是借張貼的假站牌主動搭訕遊客「熱情告知」，不少遊客便信以為真。對此，一位執法的城管人員頗感無奈地說：「一共有 4 夥 80 個人左右專門幹這個。我們每天都過來撕假的站牌，撕了又貼，貼了再撕，我們也很頭疼。」據他介紹，有專人在此巡邏，發現情況後會立即舉報，但儘管知道這些人冒充正規公交集團工作人員，礙於無法限制其人身自由無從下手。「知道是假冒的，但我們也不能扒掉別人的衣服呀。」而對於運載遊客至大巴車的小輪車，西城區城管大隊德勝門分隊的人員回覆，難掌握證據進行現場執法。

假的連雲（甲第連雲）（61）

上海天路彈性材料有限公司經理李兵在接受記者採訪時揭露：送檢樣品塑既塑膠顆粒檢測合格是假的，他們並沒有參與過檢測，產品也是假冒我們的品牌（見：毒厲王國）。

假的連雲（甲第連雲）（62）

中國女登山家被疑借直升機登珠峰。— 2014.05.29

假的連雲（甲第連雲）（63）

虛假的資訊已經成為房產仲介行業的慣例，不標一個低價就不能把消費者套進來，價格是用來釣魚的。儘管有 84 ％的消費者在接受仲介服務時遇到過糾紛，但其中只有 20 ％選擇了舉報和投訴。

假的連雲（甲第連雲）（64）

吉林一幼稚園擺拍孩子吃水果視頻，拍完收走水果。吉林省吉林市創世紀小博士現代幼稚園部分家長發現，他們收到的視頻竟是「擺拍」的，拍好視頻後，水果、糖果等食物均被幼稚園一一收回。— 2016.07.14

假的連雲（甲第連雲）（65）

假低保，真漏洞。低保戶 6 成不是貧困家庭，而真正貧困家庭 8 成沒有享受低保。村官死去的父親還拿著低保，而活著的貧困戶卻身無分文（見：高不誠低不救）。

假的連雲（甲第連雲）（66）

飛行員資質造假：2008～2009 年飛行經歷不實甚至飛行經歷造假的多達 200 人，其中僅深圳航空的飛行員就有 103 名。

幸福航空發生客機衝出跑道事件— 2015.5.10

民航局：機長對警告視而不見，副駕駛不具備基本操作標準。

假的連雲（甲第連雲）（67）

中國最大的旅行服務提供商攜程出售假機票。攜程多次售賣「他人積分票」欺騙消費者，攜程讓旅客冒用他人的名字值機，被拒絕登機的事件舉不勝舉。2016 年 1 月 7 日，在東京羽田機場 1 號航站樓，付先生被要求協助日方調查和接受詢問。同樣的遭遇有王女士和她的愛人、知名作家蔣方舟等人。

假的星羅（甲第星羅）（1）

自有人類歷史以來就有造假者，但因勢單力薄，根本無法形成氣候。到了江胡時代一直在陰溝裏生存的造假者，終於可以在陽光下，肆無忌憚地造假了。100 多年來科技發展成果超過了人類千年發展的總和，千年造假總和不及江胡時代的造假的冰山一角。

扒先過海（八仙過海）

在江胡兩位亞種皇帝的庇護下，無數個造假者借助於先進的科學技術，尤其是高科技瘋狂造假：假貨鋪天蓋地，假貨比真貨多，假貨市場遠比真貨市場大，真貨只是萬綠叢中一點紅而已。

假的星羅（甲第星羅）（2）

江胡時代「打假」乃「假打」——百姓單槍匹馬打假，政府袖手旁「關」（關照、庇護），正因如此，造假、盜版、山寨、克隆、侵犯知識產權等，越來越瘋狂。實在看不下去，極少數人走上了打假的不歸之路。

方舟子以一己之力勇鬥群魔，10 年打假至少 1 千件以上從未失手。他的質疑讓基因皇后陳小妮消聲滅跡，他揭開了珍奧核酸虛假宣傳面目，他披露清華教授劉光輝學術造假，他揭露蒙牛添加牛奶蛋白質含有致癌風險……

一件件學術腐敗被揭露，一個個騙子現出原形，方舟子的勝利愈多愈顯得淒涼，更讓人沮喪。揭露的造假事件被處理的寥寥無幾，大多數不了了之。

以瀆攻毒（以毒攻毒）

山西：劣質疫苗毒害兒童，近百名孩子致死致殘。陳濤安實名舉報，3 年舉報 30 餘次，有關部門無動於衷。正因如此，日後又出現了 5.7 億元未冷藏疫苗非法流入 24 省等一系列問題。

根據廣西柳州患者陶某舉報，公安部成功破獲一特大制售假劣人血白蛋白、人用狂犬疫苗等假藥系列案，查獲假藥 1.6 萬瓶。犯罪嫌疑人用蒸餾水灌裝，加入維生素 K1 調色，冒充藥品銷售，查明該團夥已售出假人血白蛋白 8000 餘瓶，假狂犬疫苗 10800 支。作為監管部門，杭州藥監局不履行自己的監管職責，卻在證據確鑿的情況下，牽線讓售假者與舉報者「私了」。

後江胡時代

馬雲市值 2 千億美元的帝國建築在假貨高山之上，誰也毫無辦法。

國家工商總局發佈 2014 年下半年網路交易商品定向監測結果。監測共完成 92 個批次的樣品採樣，非正品率高達 41.3 ％，其中淘寶網的樣本數量分佈最多，但其正品率最低，僅為 37.25 ％；13 億中國人，誰敢說他沒受過假貨的坑害，多次受到坑害的人屢見不鮮。

假的星羅（甲第星羅）（3）

後江胡時代豆腐渣工程依然猖獗，在質監站和住建局的庇護下，以次充好，用 257 噸普通鋼筋假冒 E 字的鋼筋，將樓蓋到了 22 層，政府官員依然拿人命當兒戲。帶 E 字的鋼筋就是業內所說的抗震鋼筋。

假的星羅（甲第星羅）（4）

液化氣摻假各地事故頻發，僅株洲城區

半年發生 8 起事故（燒傷 5 人，3 人深度燒傷）。鐵達公司每天僅液化氣摻「二甲醚」就達 4.5 噸。然而這只是中國液化氣摻假之冰山一角。

假的星羅（甲第星羅）（5）

在中國出售假種子並非個別現象。一些經銷商非法經營，沒有合格證書，沒有正規包裝，沒有種子標籤，貪便宜很多農民上當。黑龍江查哈陽農場水稻種植戶張金在佳木斯蓮江口懇豐種子經銷處花 1 百多萬元買的種子竟然是假種子深受其害。

混亂的市場坑農的種子。真的紅譽 6 號胡蘿蔔種子，1 畝地能產 12000 斤以上。假的紅譽 6，一畝地產 1 至 2 千斤。假種子 1 畝地損失 6000 元左右。內蒙古自治區正藍旗 1625 畝大概損失 900 萬左右。警方調查這種假冒的紅譽 6 號，實際上是奇跡 1 號。按種子法規定這種拿 A 種子當 B 種子賣的就是假種子。— 2016.04.13

焦點訪談：非法制種問題重重。— 2015.10.14

今年 8 月，農業部對甘肅國家級玉米種子生產基地進行專項檢查發現：張掖、酒泉、武威、金昌等地均存在違法生產種子現象。記者粗略統計檢查結果，甘肅省涉嫌非法生產玉米種子的面積近萬畝。

假的星羅（甲第星羅）（6）

假化肥之冰山一角

郟縣 100 多村民被假化肥坑得傾家蕩產。— 2015.08.09

「忽悠團」、「專家」、「教授」、「講座」、「培訓」用化學試劑障眼，新名詞洗腦，結果河南郟縣 100 多村民被假化肥坑得傾家蕩產。村民們說：從事發到現在已經 2 個多月了，他們也向記者一樣跑遍所有相關部門，開始的時候工商局和質監督局相互踢球，後來不得不對推銷人員罰款 1 萬 5 千，但這處罰太輕，騙子們根本不在乎，換個地方繼續行騙。

被「減肥的化肥」

假冒偽劣化肥充斥市場，檢測顯示：鉀含量竟然是零。— 2015.10.08

河南唐河縣對肥料取樣檢測結果顯示：南京碩豐肥業這份標識氮磷鉀為 17 － 17 － 17 的肥料為不合格產品，其中鉀含量竟然是零，這種肥料施用後將嚴重影響作物產量。一位關注化肥行業 10 多年的知情人告訴記者，今年化

肥價格、人工成本都在上漲，但很多地方化肥銷售價卻還在下降，根本原因就是偽劣肥料充斥市場。廠家、銷售商通過偷減肥料有效含量獲取暴利。

守土有責

化肥減肥，減的是道德。偽劣化肥的危害巨大，輕的毀掉農民 1 年的收成，重的汙染土壤破壞耕地，造成多年彌補不了的損失。

假的星羅（甲第星羅）（7）

假的金縷玉衣估價 24 個億，中國頂級文物專家集體打掩（打眼），隔著玻璃罩看在不伸手的情況下估價 24 個億，這麼低級的騙術，這麼拙劣的手段只有在江胡時代才能瞞天過海（見：金纏脫殼）。

假的星羅（甲第星羅）（8）

五常大米年產量最多為 105 萬噸，全國市場上標售至少有 1000 萬噸。著稱的黑龍江五常大米，憑藉獨特品質贏得了全國消費者的青睞。— 2015.05.31

然而，近幾年，五常大米「天價」、「摻假」等市場亂象頻遭曝光。記者調查發現，五常市五常大米年產量至多為 105 萬噸，但業內人士估算，全國市場上標售的「五常大米」至少有 1000 萬噸。這意味著，市場上大量的五常大米都是假冒的。此外，所謂五常「調和米」催生了「拼縫」行業。不少五常市的「能人」從外地收稻，轉手賣給加工企業，利潤十分可觀。

有業內人士介紹，相當一部分「五常大米」是在銷售地「調和」或「包裝」而成的，江西和福建等一些地方，甚至成了這些米的「產地」。

「五常」大米新民製造

新民個體業主宋某未經許可在其加工銷售的大米外包裝袋上使用「五常」商標，新民工商部門共查獲假冒大米 26 噸，其銷售金額 11.2 萬元。

大米市場亂象叢生，業內人士坦言 9 成「泰國香米」是假貨。五常大米造假被曝光，記者走訪部分超市，發現泰國香米也曾曝出造假。目前市場上不少是用外觀相似的江西「923」大米冒充。— 2010.07.16

假的星羅（甲第星羅）（9）

價格不菲的有機食品變投機食品，機構認證交錢就給。上海幾家大型連鎖店出售各種有機食品，一袋 400 克裝的有機大米售價高達 17.9 元，而在一旁產自黑龍江的優質大米 10 千克才售 66.8 元。有機無機價格相差 7 倍。有的食品包裝上只添了有機產品認證標纖，沒有認證機構標纖。有些大米包裝袋上印有 6 家有機機構的認證。認證公司既不全程跟蹤有機食品包裝，又不完

全監控有機產品標識的使用，在一些地方的印刷市場連審核程式也可免去。

假的星羅（甲第星羅）（10）

中國每年約 150 萬噸地溝油流向餐桌。— 2010.01.17

湖南：長沙黑作坊「下腳料」竟煉出「合格豬油」。

河南警方破獲制售偽劣食用油案，現場繳獲假冒偽劣名牌食用成品油 15573 桶，共計 47 噸。— 2011.11.07

瀋陽工商查封制假窩點，高仿真金龍魚 5 分鐘造一桶。— 2011.03.01

一、散裝油冒充「金龍魚」：沈北新區工商部門查獲假冒「金龍魚」商標標識 16.88 萬個、瓶蓋 12.22 萬個、掛標 2800 個、空瓶(5L)6336 個、製假原料油 60 桶及灌裝完畢的假油數十桶等。

二、「豬雜油」、「雞脖油」當好油賣：沒有任何手續的不法分子購進鮮冠油（雞頭、脖部位的油）和鮮雜油（豬腹內的雜油）等原料油，在沈北新區一花卉基地內煉製、加工成品油向外銷售。

端了黑窩點起獲假金龍魚

工商武清分局會同公安部門在梅廠鎮北王平村搗毀一處製售假冒食用油的黑窩點，在現場起獲假冒金龍魚、福臨門、魯花食用油商標標識 5 萬餘份，用於製假的散裝原料油 2 噸、空油桶 17280 個、包裝紙箱 3658 個、瓶蓋 29600 個等包裝物，以及稱量用地磅秤、筆記本、記賬憑證和運油車輛等物品，並根據現場詢問取得的線索，又在某社區車庫內查獲假冒金龍魚、福臨門、魯花等品牌成品食用油 285 箱，共計 1140 桶。

假的星羅（甲第星羅）（11）

進口「陳年老肉」充當冷鮮肉禍害老百姓。— 2015.06.26

6 月 23 日截止，全國海關查處 42 萬噸走私凍品。這些走私凍品包括牛肉、豬肉、雞肉，還有三文魚、銀鱈魚等海產品，不少產品因超過保質期腐敗變質。早年還有二戰時期為戰爭儲備的凍品入境。

假的星羅（甲第星羅）（12）

黑龍江查獲 20 年來最大假鹽案，夠 100 萬人吃 100 天。— 2016.07.13

制假嫌犯說，他們生產假鹽有 1 年的時間了，產品已流入哈爾濱市場。

假冒偽劣鹽農村氾濫：畜牧用鹽賣給人吃利潤達 20 倍。— 2016.07.15

販賣假冒偽劣食鹽案直線上升。以貴州為例：2014 年 580 多起，2015 年上升到 1210 多起，2014 年鹽務部門移送的涉鹽刑事案只有 3 起，2015 年達

到 70 起。

天津成假鹽重災區，局地假冒偽劣鹽食用率達 80％。寶坻地區，幾乎村村都吃假冒偽劣食鹽，個別村假冒偽劣食鹽食用率達到 80％以上。—2015.08.12

特大假鹽案告破，2 萬餘噸工業鹽冒充食鹽銷往 7 省市。— 2015.07.02

警方介紹，去年底，江蘇省泰州市鹽政執法部門在日常檢查中發現有大量包裝標注為「北京中鹽加碘精製鹽」字樣的食用鹽在本地低價銷售，經檢測，該食鹽中碘含量為零，並檢出亞硝酸鹽成分，確認系工業鹽。該團夥從 2008 年開始造假，截至被查獲，該團夥已製售假劣食用鹽 2 萬餘噸。

內蒙古查獲 80 噸假鹽私鹽，用工業鹽代替食鹽。— 2016.03.25

嫌犯從 2014 年起以工業鹽冒充食用鹽，產品銷往河北內蒙古等地。

山西查處非法銷售鹽產品案，涉案數量超 200 噸。— 2015.07.27

25 日接舉報後，鹽務部門對一處出鹽地進行開倉查處，現場查獲存鹽 40 噸左右，為「三無」產品，已查明非法銷售鹽產品超過 200 噸，另有數量待核的非法銷售有標識精製工業鹽和鹽磚。

假的星羅（甲第星羅）（13）

廉價樹膠冒充珍貴蜂膠。蜂膠美譽堪比黃金，年產量僅 300 噸銷量卻達 1000 多噸。中國國內蜂蜜銷量百萬噸，實際純蜂蜜產量只有 20 萬噸。湖北、武漢等地人造蜂蜜東窗事發。

假的星羅（甲第星羅）（14）

歷史罪人鄧小平讓江擇民當「皇帝」政中藥害（正中要害）。自從江澤民當上中國的亞種皇帝，假藥毒藥毒害百姓事件愈演愈烈，經過江胡兩代的瀆職發酵，數億元、數十億元假藥毒藥案層出不窮。

假的星羅（甲第星羅）（15）

軟黃金造假。冬蟲夏草價格堪比黃金，每年成交金額高達 100 多億人民幣。巨大的利潤下各種騙術層出不窮。最便宜的 6 至 7 千元 1 斤，貴的 6 至 7 萬甚至 10 多萬元 1 斤。用川草冒充藏草 1 公斤多賺 2 至 3 萬元。為了增重往蟲體內插入牙籤、草棍兒，為了更加逼真一些商販選用了對人體要害的 3 秒膠。用重金屬造假可增重 50％，把黑色粉末和膠混合在一起，然後倒進大號注射器裏，用錐子在蟲體上紮一個孔之後把粉末注射的蟲體內。有經驗的商販都會用 X 光機檢驗是否在蟲體裏加了鉛粉，還有更隱蔽的危害 X 光機檢驗

250

不出來，專家解剖發現了蟲體內被注射了水銀。

假的星羅（甲第星羅）（16）

假奶粉受害娃娃之冰山一角

阜陽 3 家醫院兒科已經收治了 171 例「大頭娃娃」，其中有 13 名「大頭娃娃」不幸死亡。

瀋陽截獲 10 噸劣質奶粉。劣質奶粉豆粉加入澱粉套上知名品牌包裝商標假冒名牌奶粉。1.7 萬餘罐假嬰幼兒奶粉流向多個省市，半年後此事被捅了出來，官方急於滅火幫倒忙。— 2016.04.07

假的星羅（甲第星羅）（17）

假洋鬼子「合生元」2008 年銷售額 3.26 億，2012 年達到了 33.82 億。

「洋奶粉」施恩、澳優等被曝光均是國內生產。貼牌洋奶「康寶瑞」新西蘭頂級奶粉之一的廣告在中國隨處可見，子虛烏有新西蘭人壓根就沒見過這個品牌的奶粉。華人註冊貼牌貨專攻國內市場，現在還有 70 多個奶粉品牌正在新西蘭排隊等待註冊。

假的星羅（甲第星羅）（18）

美味奶茶無奶無茶，全用化學原料勾兌。重慶一網友在微博連發 104 張照片曝奶茶黑幕。奶茶店用「植脂末」生產奶茶，我們喝的奶茶並不是真正鮮奶或奶粉沖出來的。從製作奶茶用的淡奶，到製作「暴風雪」用的巧克力，以及冰沙用的煉乳等一系列原料都已過期。奶茶店用來榨果汁的水果也是腐爛的，而用來做小吃的海帶加工地在廁所，一次性杯子也是回收在利用。

珍奶美味可口，甜蜜背後暗藏殺機，昔日奶茶店老闆曝光潛規則：奶茶與鮮奶無關，珍珠實為塑膠，長期食用增加冠心病、哮喘、腫瘤發病機率。

假的星羅（甲第星羅）（19）

廣東佛山發現 16 噸豬肉硼砂染色假冒牛肉。用豬血、硼砂、豆粉、水等混合成一種染色劑，然後把豬肉切成片泡在裏邊，一夜功夫 500 公斤豬肉就能變成 700 多公斤牛肉。孩子一次吃 5 克硼砂，成年人吃 15 克就會致死。

合肥有麵館用牛肉糕添加劑，90 分鐘讓豬肉、雞肉變成牛肉。

假的星羅（甲第星羅）（20）

重慶的沃爾瑪超市用 6 萬斤不明豬肉以次充好假扮綠色豬肉。四川達州市沃爾瑪達州店被查出，出售病害豬肉，更離譜的是這些批次的問題豬肉套

用的檢驗證明編號對應的竟是雞肉。

假的星羅（甲第星羅）（21）

江西省食品安全辦公室稱：經鑒定由贛州查獲送檢的乳豬耳朵為假豬耳朵，主要成分為明膠和油酸鈉。

假的星羅（甲第星羅）（22）

今年 2 月打掉特大制售假羊肉犯罪團夥。2009 年開始這夥人從山東購入老鼠、狐狸、水貂等未經檢驗檢疫的動物肉製品，通過添加明膠、胭脂紅、硝鹽等手段製造假冒羊肉銷往江蘇、上海的農貿市場，案值超過千萬。烤串業非法使用添加劑成災，瀋陽市內的羊肉串大多都是鴨肉假扮的。除了便宜外，鴨肉的肉絲和羊肉是最接近的。廉價鴨肉＋羊油＋添加劑＝羊肉串。

遼陽肉聯賣假肉（掛羊頭賣狗肉）用鴨肉製作牛羊肉卷，亞硝酸鹽嚴重超標。山東信陽多家肉製品加工廠用鴨肉注水加上羊尾油製成複合羊肉卷，外包裝想貼啥就貼啥。

上海工商等部門根據舉報，對一個批發市場突擊檢查的時候，在一家商戶的倉庫裏查獲大量沒有生產日期和配料表的問題羊肉，執法人員發現一個出貨單，假羊肉流入了知名火鍋店，多家做賊心虛的店鋪跳出來否認。

假的星羅（甲第星羅）（23）

多部門聯合執法打掉假驢肉產銷鏈條。北行農貿市場方方驢肉店老闆被帶走調查。檢疫部門把馬肉寫成驢肉有意而為之。— 2013.09.27

假的星羅（甲第星羅）（24）

山東菏澤市豬肉餡 13 元左右 1 斤，假豬肉餡 2 元 1 斤。很多專賣店都倒閉了，但假豬肉餡批發商卻買賣非常興隆。死豬肉、雞皮再加上一些增加黏合度的豆製品混合起來用攪餡機一攪假豬肉餡就是做成了。不過肉餡顏色發白發出一種臭味，包子鋪有辦法讓它變成香噴噴的包子。

假的星羅（甲第星羅）（25）

北京現假肉包子入口嘗不出，2 公斤的「假肉」在吸水膨脹後，重量陡升至 4.8 公斤入口嘗不出。— 2015.11.05

經記者調查發現，這種被工人稱作「假肉」的物質是一種形似肉餡的豆製品，主要成分為大豆蛋白，並不是肉類。而超市在銷售時並不會告知消費者包子中含有「假肉」。不僅如此，超市在銷售包子時也未按有關規定標明

生產日期、保質期和生產經營者的地址、聯繫方式等。

假的星羅（甲第星羅）（26）

湖北武漢的人造豬血是用甲醛、工業鹽、生苯、色素人工合成的，但武漢的檢測機構竟然沒有一家檢測出來。牛血冒充鴨血。牛血2毛錢1斤買進，假鴨血加工費合1元1斤，真的鴨血15元1斤。

北京鴨血出問題，瀋陽市場受波及。—2015.03.18

豬血勾兌冒充鴨血，北京第五肉聯廠加工車間的工作人員告訴記者：幾乎整個北京的鴨血豆腐都是豬血做的，這些血豆腐被送往北京各個批發市場和超市，有的還運送到馳名中外的稻香村門店。用豬血冒充製作的血豆腐在加工過程中使用甲醛工業色素等添加劑。

假的星羅（甲第星羅）（27）

5000斤假木耳流入市場。黑心夫婦給劣質黑木耳「增肥」，接到李大娘舉報大慶市查處一木耳黑窩點。—2011.11.23

假的星羅（甲第星羅）（28）

摻假毒腐竹

近日，市公安機關在紅崗區，端掉一個黑加工廠。在該黑加工廠內，搜出違法添加劑硼砂等，共計32種，500多公斤。毒腐竹、豆皮等，共3.83噸。據犯罪嫌疑人徐某交代，摻了玉米澱粉和「大料」1000公斤大豆，至少能產出600公斤腐竹，純大豆1000公斤大豆只能產出400公斤腐竹。摻假產量猛增200公斤，而添加的玉米澱粉和「大料」成本不足100元。這些所謂的「大料」中含有硼砂、焦亞硫酸鈉和烏洛托品。

假的星羅（甲第星羅）（29）

市場上的造假海參多如牛毛，美容海參充斥著中國市場，南方參冒充遼參，養殖參冒充野生參……。

中國水產流通與加工協會的統計數字表明，目前中國海參年產量在10萬噸左右，總產值近300億元。有業內人士向記者透露，其中糖幹海參的產值就超過百億元。如果以糖幹海參平均含糖量30％計算，全國每年購買糖幹海參的消費支出，至少有30億元將白糖當成了海參來買。

假的星羅（甲第星羅）（30）

央視曝光部分假魚翅來源於北京京深海鮮市場。—2013.01.08

對於央視曝光的使用明膠、海藻酸鈉加色素，或者直接用粉絲製成仿魚翅、「魚翅精」調出濃香魚翅湯等現象，大部分店鋪老闆都十分謹慎，強調所售的產品符合質檢要求。

假的星羅（甲第星羅）（31）

巡警端掉一個產銷假黃花魚窩點。— 2011.01.25

日落黃染出假黃花魚。劉某在未辦工商執照的情況下，在於洪區組織 10 餘人在白菇魚、三牙魚上塗刷「日落黃」並冰凍後冒充黃花魚銷售，截至案發已在瀋陽、長春等地已出售上百噸。

假的星羅（甲第星羅）（32）

大排檔重複用生蠔殼組裝生蠔，欺騙顧客。合肥燒烤攤現「組裝扇貝」，單獨出售的扇貝殼，竟然比肉還貴。— 2015.07.28

扇貝配粉絲、蒜蓉，深受「吃貨」喜愛，各家飯店裏的扇貝，價格也居高不下。記者調查發現，安徽合肥市面上竟存在一種「組合版」扇貝。迴圈利用扇貝殼，配上價格低廉的死扇貝肉，成了一些大排檔的發財竅門。

合肥的殷女士和幾個朋友在大通路燒烤一條街吃燒烤，吃到嘴裏就覺得味道有點不對。而且扇貝殼烤得特別黑，扇貝肉大小也不一。貝肉與貝殼連接不緊，「稍微一傾斜貝殼，肉就掉下來了。」當晚到家沒一會兒，她就腹瀉不止。事後，自營燒烤店的朋友吳先生告訴她，可能遇到燒烤店的「組裝扇貝」了。「組裝上去的可能是死扇貝上的肉，這種肉即便乾癟，用福馬林或者水浸泡，都可以泡得像新鮮的一樣。」

記者算了一筆賬，這種 12 元／斤的純扇貝肉，一斤約有 20 個左右，平均 0.6 元／個。而夜市大排檔裏的扇貝，最低價格也要 6 元，刨除掉可重複回收的扇貝殼等成本，其利潤竟可高達近 10 倍。

假的星羅（甲第星羅）（33）

人造假雞蛋製作成本是售價的 $\frac{1}{4}$，因此北京、廣東、山東、河南、哈爾濱、瀋陽等地層出不窮。河南洛陽街頭商販出售假雞蛋，用樹脂等製成。

哈爾濱、瀋陽等地驚現假鴨蛋。朱大姐買了 15 個新鮮的大鴨蛋煮熟之後居然跟彈力球一樣摔都摔不壞，而且這種鴨蛋做蛋羹味道刺鼻根本不能吃，是化工原料製作的。山東東營市民伍翠芳是受害者之一。

假的星羅（甲第星羅）（34）

特大假冒偽劣品牌巧克力案告破。無錫警方公佈破獲的一起案值千萬餘元的冒牌巧克力大案。據悉，這是國內被打掉的第一條假冒品牌巧克力生產線。— 2016.03.15

巧克力生產線隱身橡塑廠車間。此處藏有一條假費列羅巧克力包裝生產線，當場查獲 100 多箱假費列羅巧克力。而在橡塑廠車間內，警方查到 200 多箱假德芙巧克力、正在加工的熱巧克力原料約 3 噸。從 2014 年 9 月份起，到今年 1 月已生產假德芙巧克力萬餘箱。這條 50 多米長的生產線按訂單開工，幾乎是 24 小時作業，1 天做出的巧克力成品最高達到 1.5 噸。

假的星羅（甲第星羅）（35）

大料摻假變「毒藥」。從湖南銷售到山東、河南等地的大料使多人中毒。

假的星羅（甲第星羅）（36）

青島：收頭髮造假醬油，專家表示很多造假者從頭髮裏提取動物蛋白製作醬油，但操作不當可能會產生致癌物質。

追蹤假醬油。於洪區造化地區《海天醬油生抽、老抽》、《東古一品鮮》、《美亞鮮味汁》各種辣醬、《太太樂》雞精，這個造假窩點品種齊全。從郊區到市內造假者有恃無恐。鐵西南六路，一個大桶，一堆添加劑，自來水兌上鹽就是假醬油。過期的雞精從新換包裝，腐敗變質的辣醬。

假的星羅（甲第星羅）（37）

2005 年 2 月至 11 月，在安徽、南京等地多次發現句容某廠生產的假冒鎮江香醋。廣州老字型大小致美齋用工業冰醋酸配製食醋，因為工業冰醋酸是食用冰醋酸價格的 35 %，摻假可節省原料成本逾 6 成。廣州醋行業工業冰醋酸當食用冰醋酸的違法行為一直存在。

鎮江一些不法醋廠黴變大米「釀」香醋。— 2004.12.13

山西醋協會副會長王建忠爆料：95 % 的山西老陳醋為勾兌，只要有苯甲酸鈉都不是老陳醋。

假的星羅（甲第星羅）（38）

浙江奉化：當街兜售假梅乾菜。假梅乾菜都是整袋出賣的，就上面一層是好的梅乾菜，下面全是亂樹葉、稻草、樹皮、樹根混合而成。

假的星羅（甲第星羅）（39）

買回「山藥」煮不爛，又苦又澀是木薯，生吃或中毒。— 2011.11.06

家住重慶南路 25 號的張女士撥打早報熱線反映，她在撫順路批發市場附近一個流動攤販買回 3 斤幹山藥片，煮熟發現沒法吃，她懷疑這些山藥片是假的。經過中醫專家辨別，這些「山藥」是由木薯冒充，生吃有中毒的可能。

假的星羅（甲第星羅）（40）

瓊粵食藥監部門聯手搗毀雷州「糖精棗」黑窩點。— 2015.09.11

據鄧某交代，從今年 8 月 20 日開始截至事發，其共加工大約 50 多噸「糖精棗」，運送到海口南北水果市場銷售的約 30 噸。

海口查獲 3.3 噸糖精棗。— 2015.09.07

執法人員從現場抽取 2 箱青棗送海南省食品檢驗中心檢驗。檢測結果顯示，2 箱青棗每公斤分別含糖精鈉 0.3 克和 0.1 克，為「糖精棗」，不法分子將收購來的劣質棗，經糖精鈉溫水浸泡，便可「生產」出賣相頗佳的青棗。

對人體有害的人造「新鮮紅棗」流入烏魯木齊市場。— 2011.08.31

按節氣來說，紅棗現在還沒有到成熟的季節，但烏魯木齊大街小巷已開始出售新鮮紅棗了。最近烏魯木齊頭屯河區衛生、藥監等部門聯合執法，在轄區內就查獲一起人造「新鮮紅棗」的黑窩點，現場查獲 10 噸原料及成品，同時還發現 14 袋甜蜜素、11 袋糖精鈉以及一袋明礬。

假的星羅（甲第星羅）（41）

多地催熟染色臍橙在售，部分贛南臍橙檢出蘇丹紅。— 2013.10.29

不染色經銷商不收（這些年瘋狂地給食品、水果染色已經成為規則）。近日，有北京媒體報導稱，9 月底以來，市面上一些黃澄澄的贛南臍橙，其實是催熟染色過的。隨後，遼寧、黑龍江、福建、上海等多地媒體相繼曝出當地有「催熟染色」臍橙在售。

假的星羅（甲第星羅）（42）

砂糖桔屢屢被冒充「南豐貢橘」冒稱「砂糖橘」。— 2013.11.30

瀋陽水果批發商提示，真正的砂糖桔還沒有大量上市，目前市場銷售的一些砂糖桔是蜜桔、貢桔等冒充的。據許先生介紹，這些南豐貢橘進價僅 1 元多 1 斤，而這批砂糖橘儘管還只是積壓貨，但進價仍要 2 元左右 1 斤。現在好的砂糖橘估計零售價可能要高達 7 至 8 元。

假的星羅（甲第星羅）（43）

美國扁桃仁冒充大杏仁消費者被欺騙 10 年。

假的星羅（甲第星羅）（44）

進口水果實為「中國製造」，洋標籤讓售價翻倍。— 2013.12.06

國內大量所謂「進口水果」其實都是國產水果，只是貼著「進口標籤」進行銷售。而所謂「進口水果身份證明」和「進口標籤」的成本僅為1毛錢。「現在給普通水果貼進口標籤，已經是行業內公開的秘密了。」從事水果批發生意10多年的胡小姐對央視網記者說。據胡小姐介紹，目前很多從泰國、越南或者其他熱帶地區引進的水果，其實都可以在海南種植。以木瓜為例，不少商家為了使木瓜價格提高3.5成，紛紛給木瓜貼上夏威夷的標籤，像臍橙、奇異果等，貼上加州、新西蘭等產地標籤，價格就能翻倍了。

市場規則：「洋標籤」能讓售價翻倍。廣州的江南果菜批發市場是東南亞地區最大的水果集散地之一。記者發現，在批發市場附近，就有不少做標籤、箱子生意的個體戶。「我們可以按照客戶的需要，訂做和設計各式精緻的標籤，也可以模仿進口水果的條碼。」個體戶老闆告訴記者，「以指甲般大小的橢圓形標籤為例，價錢是300元3000張，400元5000張，標籤可以由我們設計，也可以由客戶設計。標籤的成本大概是1毛錢左右，但貼上洋標籤後，水果的售價就能翻好幾倍。」

假的星羅（甲第星羅）（45）

行業人士指出：中國市場上70％的拉菲都是假的。

假酒、毒酒害人之冰山一角

2003年雲南玉溪30多人喝過工業酒精勾兌的假酒中毒，4人死亡。2004年廣州發生2起用甲醇勾兌的白酒引發中毒事件，造成14人死亡，10人重傷。2009年湖北五豐發生多起假酒致人中毒事件，造成4人死亡，12人入院治療。

打工司機造1400箱50年假茅臺，一夜暴富騙貸2億。— 2013.12.26

318萬元假白酒被查扣。當事人王晶租用天利發食品商行等經營場所經銷白酒，經查其涉嫌非法經營和侵犯他人註冊商標專用權，合計扣留其銷售的白酒3180餘箱，案值18萬餘元。

「瀘州老窖」遭侵權。和平區工商人員在一倉庫內發現有涉嫌侵犯「瀘州老窖」白酒商品700餘件，扣留各種侵權白酒4682瓶。

青光鎮查獲「形似」假雪花。執法人員在商標權利人的配合下，對舉報地點進行了突擊檢查。依法扣押在外形、顏色、字體上都與雪花啤酒「形似」

的侵權啤酒 86070 瓶。

假的星羅（甲第星羅）（46）

瓦房店教育局給中小學提供的「景春」牌礦泉水，竟然是一家沒有任何資質「廠家」生產的假冒礦泉水，千名學生喝 4 至 5 年後，部分學生出現不適，不僅肚子痛還有感冒發燒等症狀。

東陵區執法人員查獲一處非法飲料加工點，倉庫裏堆放著 800 多箱「永高牌」飲料全都是香精色素兌水製成的，此飲料主供附近小學。

假的星羅（甲第星羅）（47）

號稱霜淇淋皇后的 DQ 竟然是國產八喜牌霜淇淋。— 2011.08.25

DQ 冰雪皇后陷入洋品牌欺詐門。一直以高端品牌自居的美國 DQ 霜淇淋，原料奶漿被曝並非進口，而是產自北京一家食品公司，也就是消費者吃到的 DQ 霜淇淋其實就是國產霜淇淋。

假的星羅（甲第星羅）（48）

永和豆漿、真功夫等速食被曝用豆漿粉調製豆漿。— 2011.08.03（見：漿忌就劑）肯德基被曝使用豆漿粉兌製豆漿、「味千拉麵」骨頭湯使用濃縮液。

假的星羅（甲第星羅）（49）

假冒偽劣疫苗之冰山一角

5.7 億元未冷藏疫苗非法流入 24 省。濟南警方破獲非法經營疫苗案，案值 5.7 億元。— 2016.03.18

近日有輿論指稱，江蘇延申疫苗造假致全國超 100 萬人受害。

山西疫苗事件引發的 21 萬問題疫苗。《山西疫苗亂象調查：近百名兒童注射後或死或殘》的報導之後，江蘇延申、河北福爾的疫苗問題也再次被推出水面。這 2 家企業 21 萬餘份疫苗流向了 27 個省區市，而從事發的 2009 年 12 月至今的 4 個多月裏，國家藥監局的調查結果仍未出臺。— 2010.04.02

針對近期導致 15 名兒童死亡的山西「問題疫苗」事件，劉武表示，這些兒童接種的是乙腦疫苗，而「延申從未生產過乙腦疫苗，山西兒童死亡事件與延申沒有任何關係」。

江蘇延申承認 4 批次，共計 18 萬人份的狂犬疫苗不合格。— 2010.04.01

「2008 年 7 月至 10 月間，我們共有 4 個批次、總計 17.9952 萬人份的人用狂犬病疫苗存在品質問題。」劉武介紹說。

廣西：假狂犬疫苗係開水兌藥製成，涉及接種者 1656 人。

金港安迪狂犬疫苗涉嫌故意造假，售出 295 萬人份。— 2009.02.11

2009 年 2 月國家藥監局通報：大連金港安迪生物製品有限公司 2008 年生產 11 批凍幹人用狂犬疫苗被查出違法添加了核酸物質。

消協：被打過期疫苗已經觸犯了國家法律豈能「私了」。— 2005.02.01

假的星羅（甲第星羅）（50）

央視曝光：假冒偽劣美白祛斑化妝品汞含量超標 6 萬倍。京朝陽醫院職業病中毒醫學科主任郝鳳桐說：「這 2 年生活性汞中毒，化妝品導致的占 8 成以上」。因化妝品中毒入院者不計其數，重金屬超標的新聞屢見不鮮。

假的星羅（甲第星羅）（51）

花露水造假暴利。蘭山區造假窩點：幾毛錢的原料，幾毛錢的瓶子貼上假標籤就可冒充正品賣到幾元錢。勾兌的花露水不但起不到防蚊、驅蚊的作用還可能對身體造成危害。

假的星羅（甲第星羅）（52）

「韓式美容」為誘餌坑人沒商量。一針 5 萬元的韓式騙局。假醫生、假藥、沒有消毒設施的手術室。— 2014.06.24

假的星羅（甲第星羅）（53）

專家指出：90％的肉毒素都是假冒偽劣產品。正規產品 1～2 千元，假的 100 元就可以進一支。

假的星羅（甲第星羅）（54）

記者走訪濟南市山師東路、西市場等多條商街，發現市面上指甲油多為三無產品，產品成分、生產廠家、生產日期、保質期等相關資訊均沒顯示。

南京美甲店多用「高仿」充當「行貨」

一瓶指甲油能賺 2000 元，成本最低 0.4 元，利潤高達 30 多倍。記者近日走訪發現，在南京鬧市區裏的一些美甲店裏，商家拿著「高仿」的指甲油冒充「行貨」來欺騙消費者。這些所謂的「進口」、「行貨」指甲油，都來自中央門一家批發市場。— 2011.01.20

假的星羅（甲第星羅）（55）

五愛市場好艾家韓國用品，執法人員發現檔口裏出售的所有貨物都穿上了韓國外衣卻沒有身份證。

貂皮大衣「洋」皮製真假成懸念。佟二堡皮草聞名全國，今年一個春天就買了1億多元的貨，但消費者根本無法辨別貂皮大衣是國皮還是進口洋皮，佟二堡工商局在巨大的經濟利益面前酣睡。

瀋陽的魏女士在燈塔市佟二堡買了一件法國進口的貂皮大衣，沒想到回家以後第一回穿就破了，找到商家甫說退貨，就連相關的衣服品質合格證、海關證明之類的都不讓看。

假的星羅（甲第星羅）（56）

蘇家屯區工商部門在瀋陽市副城巨龍針織服裝廠查處假LV女士襯衣750件、假「香奈兒」內褲1150件、假「酷奇」內衣褲80套等，案值約10萬元。

假的星羅（甲第星羅）（57）

鞋門歪道（邪門歪道）之冰山一角

35495雙冒牌UGG鞋被查獲。工商武清分局會同UGG註冊商標權利人，對澳宇（天津）畜產製品有限公司進行了執法檢查。在該公司成品庫及生產車間內，發現涉嫌侵犯UGG註冊商標專用權的成品和半成品鞋5495雙、商標標識3200件，貨值超過100萬元。

商戶銷售假冒品牌襪。工商紅橋分局會同公安部門對萬隆大胡同商業中心進行突擊檢查，發現某攤位銷售的多款知名品牌襪子涉嫌侵犯註冊商標專用權，當場暫扣涉嫌假冒耐克、阿迪達斯、kappa、BMW、彪馬、361°、安踏、特步、李寧、喬丹等國際國內品牌襪子共24200雙。

假的星羅（甲第星羅）（58）

垃圾棉流向監管空白，黑心棉竟然來自死人衣。－ 2016.01.04

瀋陽：骯髒下腳料搖身變成鬆軟棉胎，僅一家黑作坊1年就有8萬多床垃圾棉在五愛市場、南八馬路多家軍品服務社銷售。

汽車坐墊被曝綠膿桿菌等超標：裏邊都是黑心棉。－ 2014.07.20

被信棄義（背信棄義）

長沙最大的廢舊棉被交易集散地，一至幾毛錢1斤的黑心棉，倒手再加工成新棉被，身價便可以翻幾十倍，在暴利的驅使下，一些黑心老闆加工銷售黑心棉，而這種回收來的廢舊棉被來源五花八門。

一位批發店老闆向記者耳語道，其中一部分來源於醫院，甚至是殯儀館。殯儀館也敢賣死人用過的棉被和衣服，讓記者十分吃驚。在其中一位老闆的指引下，記者來到了長沙市書院南路的湖南某殯儀館。這個殯儀館清潔工表

示，他們這裏一天的量比較少，如果大量收購則另有去處。

經介紹記者來到長沙市明陽山殯儀館找到了負責火葬場周邊清潔工，這位清潔工告訴記者：棉被、棉衣、棉襪這些都不會火化的，論床數論斤賣都可以，你只要收。

北京：問題棉褲現身批發市場。— 2014.08.14

專家表示：地下產業鏈形成的最主要原因是我國對舊衣服迴圈利用，缺少法律和政策支持，致使正規企業在回收、清洗、消毒處理時成本過高。做二手服裝本身就存在巨大的商業價值，這就給不法企業留下了可乘之機。

假的星羅（甲第星羅）（59）

假國四車屢禁不止，層層管卡形同虛設。今年 3 月環保部對 16 家企業生產的國三、國四柴油車進行核查，合格率只有 32 ％。記者調查揭露「假國四」柴油車層層造假。銷售人員毫不掩飾：他們賣的都是假國四真國二。

假的星羅（甲第星羅）（60）

市場上 90 ％的進口車膜都是假的，中國有數千個品牌汽車貼膜，但都沒有認證資格。為了追求高額利潤，大部分企業用二類膜冒充一類膜。汽車膜安全隱患多，企業在生產過程中偷工減料，省去了鎳、銀、鈦等金屬塗層。

假的星羅（甲第星羅）（61）

沈北黑工廠日產 300 劣質煞車盤。這家無證工廠用廢鐵渣和邊角料生產煞車盤，執法人員當場查獲 100 多萬的貨。近幾年來，中國每年 30 萬起以上的交通事故，3 成都跟煞車失靈有關。

假的星羅（甲第星羅）（62）

汽車光觸媒價格高昂沒效果，9 成是假貨。用於車內除味除毒的主要產品「光觸媒」，幾乎成了假貨代名詞。中國室內空氣標準遠低於歐美和日本等國家，中國環保部門只對車輛有規定，但室內和車內的空氣品質，則不屬其管轄範圍，於是商家們瞄準了這一監管空白領域，大鑽法律漏洞。

假的星羅（甲第星羅）（63）

東陵區南井子村有一家製造冒牌電動車黑窩點，各種冒牌的雅馬哈占了絕大多數，這家黑窩點已經售賣了 4 年時間，價值超過百萬。技術人員告訴記者：這種冒牌貨屬於不折不扣的「三無產品」，煞車、制動等主要零部件都沒有經過檢驗，存在著很大的安全隱患。難怪地方電視臺三天兩頭報導車

禍，江胡統治下車禍慘劇世界第一。

假的星羅（甲第星羅）（64）

散裝機油冒充「殼牌」、「美孚」

當事人沈浩在未辦營業執照的情況下，組織沈細平等人將買來的長城牌等大桶散裝機油裝入桶身標有「殼牌」、「美孚」、「豐田」、「三菱」字樣的機油桶內，冒充上述品牌進行銷售。

銷售假嘉實多被罰 20.08 萬

工商西青分局根據英國嘉實多有限公司的投訴，對天津眾合建元科技有限公司銷售假冒 CASTROL 潤滑油的違法行為進行了查處。在南方物流某倉庫內，執法人員發現存放在此處的 1389 桶 CASTROL 潤滑油。經 CASTROL 商標權利人現場鑑定，這批潤滑油全部為假冒商品。

假的星羅（甲第星羅）（65）

1 萬具乾粉滅火器裏面裝的是麵粉。2012 年 9 月 12 日成都消防大隊接到舉報，在京都區馬家鎮深安村有一非法制售滅火器窩點，如此造假心太黑。

瀋陽集中銷毀萬餘件假冒偽劣消防產品。－ 2014.11.20

手提式滅火器是查出問題最多的消防器材，有些偽劣產品不但起不到保護人身安全作用，甚至還會火上澆油。

貴州銅仁劣質滅火器反而使火勢更猛。－ 2015.03.15

貴州銅仁查出 2300 餘具劣質滅火器，消防隊員用劣質滅火器噴射模擬的油池火災火源時，滅火器的白色乾粉反而加劇了火勢，瞬間產生的熱浪把消防隊員逼退了幾步，消防隊員連續用了 10 瓶劣質滅火器都未能撲滅熊熊燃燒的烈火，當消防隊員使用正規的的滅火器噴出黃色的乾粉，僅用了 20 秒就撲滅了。近日，廣西貴港消防官兵也做了類似的實驗。首先用噴槍噴射假阻燃板，燒灼進行了 1 分鐘，停止噴火後，假阻燃板仍在燃燒，真阻燃板也經過了 1 分鐘的燒灼，但噴射結束後，它並沒有繼續燃燒。

假的星羅（甲第星羅）（66）

建材造假

海南省文昌市，345 噸重量偏差嚴重低於國家標準的「瘦身鋼筋」，竟然暢通流入保障性住房專案工地，部分產品已經加工待用。

假的星羅（甲第星羅）（67）

中國市場上知名度最高的 2 個塗料乃假冒。北京等地立邦漆專賣店銷售的竟然是小作坊調製的高仿漆，塗料的品質天壤之別。

假的星羅（甲第星羅）（68）

假冒阻燃擠塑板引發多起火災。近年來全國發生過多起由建築外牆保溫層材料引發的重大火災。一連幾天記者在武漢市走訪了 10 多家保溫材料生產企業和建材市場都沒有找到符合國家標準的擠塑板，中國市場都沒有阻燃擠塑板。符合標準的擠塑板比易燃擠塑板的價格要貴數倍以上。江蘇省江陰秦禾新型建材有限公司的工作人員告訴記者：他們極少生產阻燃擠塑板，銷售到山東、安徽等地都是普通易燃的。送檢時拿阻燃的，蓋樓時用不阻燃的。

假的星羅（甲第星羅）（69）

達芬奇百萬原裝進口「洋傢俱」竟然是國內小廠造。達芬奇公司根據客戶訂單從東莞長豐傢俱有限公司秘密訂購傢俱，按照要求把劣質傢俱裝上集裝箱由深圳港口出港，在從上海港口進港回到國內這樣國產傢俱就變成了手續齊全的義大利進口傢俱，這些所謂的進口傢俱被打造成國際最豪華的奢侈品牌身價暴漲，最終以高於市場價 10 倍以上的價格愚弄大陸消費者。「百年老傢俱」竟是當今造。

紅木傢俱「化妝整容」白皮冒充已是業內潛規則。市場上紅酸枝 4 至 5 萬元 1 噸，而白皮 1 噸只不過 7 至 8 百元。福建仙遊縣 3000 多家、北方最大的傢俱市場河北香河傢俱市場出售的紅木傢俱 99％都摻入了白皮。

海南黃花梨行業打假「革命」熱潮。隨著打假日益成為海南黃花梨業界討論的焦點，海南黃花梨行業已經進入了假貨與正品博弈的時代。—2015.12.14

不良商家用越南黃花梨冒充海南黃花梨，但越南黃花梨底色髒而且亂，越南黃花梨製成的工藝品整體的底色非常不順暢，底色的深淺在伸展過程中經常表現不連貫，過渡突兀，有髒亂的視覺效果。

假的星羅（甲第星羅）（70）

南春起傢俱廠用稻草冒充棕絲。

東行家俬城：買套烤漆傢俱回家變「紙糊」。— 2016.01.28

傢俱分 3 種：貼紙傢俱、實木傢俱、烤漆傢俱。商家用廉價貼紙傢俱冒充烤漆傢俱屢見不鮮。例如：劉女士花 3500 元訂購一套密度板結構外面烤漆的傢俱，回家組裝時才發現上當，衣櫃、床等三樣傢俱，都是貼紙傢俱。

假的星羅（甲第星羅）（71）

一、假手機熱銷，3個月賣出百萬元。

據深圳警方介紹：犯罪嫌疑人以電信運營商的身份給受害人打電話，稱可以用積分以4至5百元的價格兌換一部高檔智能手機，除此之外還贈送價值500元的手機充值卡……深圳市公安局反詐騙資訊中心民警呂福志：「我們把手機拿去鑒定，發現手機明顯是假的，實際上是個模型，不具備開機功能，但從外觀上看很難分辨出來，這些充值卡也是假的，完全不能使用的複印那種充值卡」。

二、不買就打人，買到假冒偽劣手機退貨被群毆。

羊晚記者調查發現，「暴力」手機店在東莞野蠻生長，這些手機店均存在以假充好、虛造熱銷、強買強賣等諸多亂象，甚至公然毆打顧客、暴力抗法。包括公安、工商、城管等執法部門均感到無力，是誰給了這些手機店這麼大的膽子？

假的星羅（甲第星羅）（72）

廣州紀委暗訪人員博物館購「天然琥珀」係塑膠。—2014.07.26

5月6日，暗訪人員在越秀公園內的廣州博物館玉石商店購買了一塊600元的「天然琥珀」。開發票時，被告知只能選擇開書籍或者禮品。5月7日，暗訪人員將「琥珀」拿去華林玉器城鑒定，鑒定結果為「塑膠」。5月8日，暗訪人員再次來到該店，要求退賠被拒絕。

假的星羅（甲第星羅）（73）

繳獲假冒手錶品牌最全、數量最多。—2011.11.07

抓獲犯罪嫌疑人44名，繳獲假冒勞力士、卡地亞、雷達、浪琴、梅花、天梭等各類名牌手錶9萬餘塊，涉案價值近10億元。

易趣網商家銷售假江詩丹頓。工商塘漢分局在接到「馬某通過網路銷售假冒手錶」舉報材料後，執法人員對馬某設在洋貨市場內的商鋪進行突擊檢查，現場查扣涉嫌假冒江詩丹頓、勞力士、浪琴等品牌手錶724塊，並查獲銷售收據22本、快遞存根2本、筆記本電腦1臺、POS機1臺。

假的星羅（甲第星羅）（74）

公安機關集中銷毀假冒偽劣煙花爆竹。

玉溪通海：集中銷毀20餘噸假冒偽劣煙花爆竹。

哈爾濱市集中銷毀1.1萬箱假冒偽劣煙花爆竹。

遼寧集中銷毀非法煙花爆竹，收繳偽劣煙花 3.7 萬件。

鎮安公安局集中銷毀假冒偽劣煙花爆竹。

假的星羅（甲第星羅）（75）

天價壽衣：瑞蚨祥一件壽衣賣 8000 至 10000 元，而且假貨遍地都是。為了讓死去的人安息，很多人寧願挨宰。媒體調查發現假瑞蚨祥壽衣進京後價格翻 10 倍－ 2012.04.01。

假的星羅（甲第星羅）（76）

多多溢散（多多益善）

中國的造假早已過了鼎盛時期，但依然處在滿意（溢）狀態。

義大利查獲 60 萬個中國假避孕套。－ 2015.07.10

港媒稱，中國製假冒安全套「揚威」海外。外國媒體報導，義大利海關檢獲的逾百萬件假貨中，包括 15 萬件首飾、50 萬粒假營養補充藥丸，以及 60 萬個假冒安全套巨頭杜蕾斯（Durex）的安全套。該批安全套的生產地為中國，儲存地為巴爾幹半島的阿爾巴尼亞，最後才被運到羅馬。據暸解，中國生產冒牌安全套的黑工廠可謂是氾濫成災，數以億計的冒牌劣質安全套在中國市場充斥。上海楊浦公安分局今年 4 月，破獲一宗涉及 8 省市的製銷冒牌安全套案件，檢獲 300 萬個冒牌安全套，9 人被捕。經檢測後，檢獲的安全套用料差劣，含重金屬，不但極易導致性病傳播，更會令男性不育。

假的星羅（甲第星羅）（77）

上海：破獲一案值 7 億跨境銷售假名品案。－ 2015.04.25

一夥「80 後」、「90 後」的年輕人，利用網路跨境銷售假冒註冊商標的名品，幾年內生意從「小作坊」變身為「大公司」，月均銷售額達 200 萬元，累計涉案金額更是高達 7 億餘元。

假的星羅（甲第星羅）（78）

假冒偽劣塑膠跑道有毒，近百名學生深受其害，檢測合格報告是假的，產品也是假的。南京、無錫、常州、蘇州已經有 5 所小學的塑膠跑道被家長投訴。目前關於塑膠跑道國家標準空白，沒有行業標準（見：毒屬王國）。

假的星羅（甲第星羅）（79）

斬斷製售假證假髮票背後的利益鏈條。－ 2011.09.01

哈爾濱警方連續破獲了多起規模較大的製售假證、假髮票案件，其中 6 月

初破獲了一起全國罕見的製售假證案。

民警們將 3 名犯罪嫌疑人在居住地全部抓獲，繳獲製假設備 22 臺，印章、印模近 2 萬枚，其中包括哈市道裏、道外、南崗、香坊、平房、松北六區假派出所公章、戶口專用章、戶籍員及民警名章，哈市發改委、教育局、交通局等有關部門假公章；假證成品 1000 餘份，身份證、房產證、軍官證、警官證等 12 類特種證件 300 多種，假證半成品 1 萬 2 千餘份，10 種票值近億元人民幣的假髮票和 4 本不定額增值稅發票 28 張。

警方繳獲的假印章和證件涉及 30 個省、市相關政府部門、高等學校、企業單位，其數量之大、種類之多、分類之細、輻射之廣、危害之大，為近年來全國少見的特大製售假證的案件。於錦輝坦言，打擊假證案件的同時，制售假髮票案也在呈上升趨勢。

假的星羅（甲第星羅）（80）

專案組搗毀 4 個製假簽證窩點，查獲偽造的 3.5 萬餘張簽證全部涉及美洲 20 國。長期盤踞在廣東、福建等地的特大組織偷渡犯罪團夥被摧毀。— 2014.07.09

該團夥已組織了 3200 餘名中國大陸居民偷渡到美洲等地，其中大約 2400 人已偷渡出國，其餘大約 800 人正準備偷渡。

假的星羅（甲第星羅）（81）

北京消協檢測結果：蠶絲被品質參差不齊，47.5 ％的樣品不符合國家標準。主要表現在蠶絲以次充好，缺斤短兩，面料填充物的纖維含量標準與實測不符。用聚酯纖維冒充蠶絲，人為造假，偷工減料，虛假宣傳欺騙消費者。

國家質檢總局：網售蠶絲抽檢超一半不合格。— 2015.10.29

以柞蠶絲冒充桑蠶絲。蠶絲被填充物缺斤短兩，以短絲棉冒充長絲棉，或者是含雜質過多的現象。

假的星羅（甲第星羅）（82）

雲南警方破獲特大販賣假煙案，鋼琴作偽裝利用物流分銷假煙。這個犯罪網路從 2014 年底至 2015 年 3 月期間，使用虛假收發貨人身份，先後從福建運輸至雲南的銷售的假煙約有 1 萬 2 千多件，60 多萬條。— 2015.12.05

假的星羅（甲第星羅）（83）

悲劇頻發：假冒偽電熱毯成了「奪命殺手」悲劇每年都在發生。

假的星羅（甲第星羅）（84）

上海海關查扣出口假 M3 口罩近 12 萬只。經鑑定海關查出的 2 批出售假冒口罩不僅工藝粗糙，且採用劣質濾材，過濾性能均未達標，消費者如果配戴這種假冒口罩，會對身體健康產生危害。— 2015.12.11

假的星羅（甲第星羅）（85）

進口乳房假體上萬元，國產假體僅幾百元。在患者全麻狀態下偷樑換柱。央視曝光微整形亂象：數萬元美容針，進價不到千元。暴利！

一顆成本幾十元的假牙，以 100 多元賣給醫療機構，而對患者的報價竟高達數千元，最高標價是出廠價的 60 倍，而假牙卻出自小作坊。

假牙靠抹鞋油增亮。北京通州假牙作坊骯髒不堪，金屬材料被回收再利用的假牙，技工用皮鞋油塗抹假牙鋼托已達到增亮效果。像這樣的「廠家」北京有幾百家，全國可想而知。

假的星羅（甲第星羅）（86）

用廉價的鹵粉燈來冒充螢光燈。這幾年市場上正規的純三基色螢光粉 30 萬元左右／噸，而一些廠家用來替代螢光粉、鹵粉的價格比純三基色螢光粉便宜 7 至 9 倍。關鍵的是按照現有的要求：出廠前螢光粉的品質不是強制檢測專案。為了降低成本，一些企業，自然會選用廉價的鹵粉燈來冒充螢光燈。

假的星羅（甲第星羅）（87）

深圳海關近日查獲同一公司 2 宗出口申報不實涉虛假貿易案，查獲無存儲容量的隨身碟 1.5 萬餘個。— 2016.03.30

假的星羅（甲第星羅）（88）

市場上的假冒偽劣、三無（產品）鐳射筆傷害了許多孩子的眼睛，在江蘇常州街頭賣鐳射筆的商販隨處可見。— 2014.10.01

假的星羅（甲第星羅）（89）

上海：警方查獲偽造臨時號牌 4 萬多張。— 2016.06.08

今年 4 月警方搜查趙某住所發現大量還未製作完成的假臨時牌照，假公章以及假的機動車登記證。

假的星羅（甲第星羅）（90）

假冒偽劣「節水型」坐便器充斥中國大陸市場。小檔用水量超過大檔用水量，最多的小檔用水量甚至超出大檔用水量的 1.5 倍。— 2016.06.20

假的星羅（甲第星羅）（91）

貴金屬印記、標籤造假極為普遍。貴金屬首飾 6 成不合格，共抽檢 72 批次批次樣本，42 個批次不符合國際標準，不合格批次占 6 成。

每週品質報告：蒙塵的黃金。— 2016.07.03

標識不合格高達 40 個，沒有標純度。銷售企業黃金飾品不列印記。銷售人員透露：他們可以根據客戶的要求隨意列印廠家名稱，包括知名品牌。知名品牌印記可在市場上隨意列印，每件只需 3 至 4 毛錢一件。

記者前往全國最大貴金屬銷售市場之一調查時發現：貴金屬銷售不列印記的現象很普遍，這樣做的原因之一，是為了滿足前來採購經銷商的特殊要求。不按規定列印記，卻打純千足金和萬千足金，是為了讓消費者誤以為買的是純度更高的金銀製品。無印記、標籤無法認定貴金屬純度。

假的星羅（甲第星羅）（92）

「精科華泰軸承」經銷的軸承全部都是偽冒產品。接到舉報後鐵西區工商局監察大隊來到保工街一帶的軸承批發網點。經過一上午的檢查後，走訪了 13 家軸承商店查處了 4 戶，沒收產品 55 件，共計價值 12 萬多元。

假的星羅（甲第星羅）（93）

制售假冒名牌箱包、服裝案。查獲假冒名牌商品數量最多，繳獲假冒路易威登、阿迪達斯等名牌箱包、服裝 3 萬餘件，涉案價值 2 億餘元。— 2011.11.07

假的星羅（甲第星羅）（94）

制售假冒偽劣汽車玻璃案。繳獲汽車玻璃數量最多、涉案金額最大，繳獲假冒「豐田」、「大眾」、「長安」等各種品牌汽車玻璃 50 萬塊，涉案價值近 1 億元。— 2011.11.07

假的星羅（甲第星羅）（95）

天價造假地板：2004 年歐典地板推出了 2008 元 1 米天價地板，子虛烏有的德國著名品牌。

假的星羅（甲第星羅）（96）

假冒劣質農藥含興奮劑，男子自殺不成脫衣發瘋狂奔。— 2013.04.05

招遠大秦家鎮蘇格莊村的薑先生喝了瓶吡蟲啉殺蟲劑要自殺，被 120 強行拉到醫院治療。可他不僅不願意洗胃，反而像喝了興奮劑，瘋狂跑到山上兜

圈子，2、3個民警都摁不住他。最終警民合力，8個人抓了半個多小時，連抬帶押，才把他給送回了醫院。據醫生介紹，這薑先生喝的可能是假冒偽劣農藥，裏面含有興奮劑成分。

假的星羅（甲第星羅）（97）

深圳抓獲車用「地溝油」走私團夥。廣州增城新和潤滑油加工廠（黑作坊），加工提純廢機油過程中，對水、大氣、土壤等產生嚴重汙染。這些半成品經再次深加後，流入市場會嚴重損害發電機，對車輛有極大的安全隱患。

汽配城裏的「黑心油」農家院平房裏裝著各種各樣的瓶裝設備，這些設備都是用來灌裝飲料的根本就不符合灌裝機油的標準。在院子的一處倉庫裏工商執法人員又查到了大量造假所需的外包裝箱。紙箱的外邊印著廣東本田等各種各樣品牌的發動機油、防凍液字樣。北到長春南到天津、湖北、上海、廣州這個黑加工點加工的產品地址想變就變要啥有啥，囊括了市場上經銷的所有機油、防凍液的品牌。並且還可量身定做要什麼樣品牌就可以做什麼品牌，而且標識非常逼真，防偽標識等一應俱全，普通消費者很難辨認。

假的星羅（甲第星羅）（98）

世界著名奢侈品牌100％不合格，你信嗎？只有一種可能，中國所謂的「卡地亞」全是冒牌貨。曆峰集團旗下奢侈品牌頻現品質問題遭抗議。─2014.07.18

浙江省工商局跟蹤式抽檢，6月份公佈的結果顯示標注「卡地亞」品牌的飾品抽樣5批次，不合格5批次，不合格率達到100％。

假的星羅（甲第星羅）（99）

地球上最冷的地方不是南極，也不是北極，而是中國。

中國羽絨工業協會理事長姚曉曼：假冒偽劣羽絨服羽絨被大量充斥市場，這些不僅是對我們正規生產企業的一種不公平，也是對消費者的一種傷害。

網購羽絨樣品羽絨含量標稱多為虛假。有一些絨子含量可能是標稱90％或者80％的，打開以後檢測完了它可能只有一點幾，或者零點幾的絨子含量都有。網購12床所謂「鵝絨被」無一絲鵝絨，多數網上所賣的所謂羽絨服裏面實際填充的是雞毛，毛片或化纖棉。

2014年中國羽絨工業協會進行2次品質抽檢合格率僅為23.7％和36.7％，在不合格的29件樣品中，有26件樣品完全由粉碎毛、毛片或者化學纖維填充，根本不能叫羽絨服，無法起到防寒保暖的作用（羽無倫次）。

駕禍於人（嫁禍於人）（1）

馬路殺手：大量報廢車重新上路，考驗中國領導人對生命的態度！

河北車禍高發地：50 條人命換不來一個紅綠燈，官方：等省裏批准。─ 2016.07.04

機動車檢測：年審無法確保車輛安全。─ 2013.08.16

駕禍於人（嫁禍於人）（2）

交通事故，3 成都跟煞車失靈有關，沈北黑工廠日產 300 劣質煞車盤。

駕禍於人（嫁禍於人）（3）

目前中國大陸安全氣囊沒有國家標準，甚至連行業標準也沒有。2009 年四川、河北、遼寧、天津、江蘇、江西 6 省消協就曾聯合向國家有關部門呼籲，希望儘快制定出臺，汽車安全氣囊國家標準。

駕禍於人（嫁禍於人）（4）

私家車迅猛增長，車內兒童安全座椅徒有虛名。熱賣品牌碰撞試驗結果令人瞠目結舌，安全設施形同虛設。中國大陸尚無監管，業內也無自我約束。據交通部統計，平均每年有 18500 名兒童因交通事故死亡。

監外執刑（監外執行）（1）

江胡時代，除了不計其數的黑監獄外，監外執「刑」也是非常痛苦的，僅舉例 3 個典型案例。

面對面：因同名負罪 10 年，犯罪者卻成律師。─ 2014.01.06

10 年間，法院書面道歉，但至今錯誤犯罪資訊仍在全國聯網。現在，曾經的搶劫犯夏添查不到任何犯罪記錄，沒有犯罪的夏添資訊卻出現在中國違法犯罪人員資訊資料庫中。10 年來，清白的夏添找過無數次工作，有時候說好馬上就能上班了，但臨到簽約時卻有「案底」黃了。2 年前，夏添再次失業，直到現在也一直找不到工作。

監外執刑（監外執行）（2）

男子與毒販同名總被抓，一住酒店先等員警。─ 2015.05.18

因與一位毒販重名，一住酒店就被員警帶走，被釋放後這位大連小夥找到媒體。本該萬分謹慎的犯罪記錄，怎能輕易錄錯，而要抹掉不屬於自己的汙點，怎又如此艱難？

監外執刑（監外執行）（3）

陳俊傑：「被服刑」之後。 — 2016.05.22

他是個湖南人從未去過廣州，但被認定 08 年曾在廣州被服刑 3 年。通過傳真陳俊傑第一次看到了判決書……，而判決書中犯罪嫌疑人的個人資訊部分均被標注為自報。按照跨省辦案正常程式，番禺橋南派出所應向犯罪嫌疑人戶籍所在派出所發送協查函核實嫌疑人身份。

陳俊傑終於明白為啥多年來深圳居住證一直辦不下來，無法貸款買房，他只能眼睜睜地看著房價一路上漲，把孩子接到深圳上學也被擱置，是因為自己戶籍檔案裏無端多出來個犯罪前科。

為此陳俊傑不得不放下手頭的生意多次去深圳橋南派出所，什麼時候可以更正戶籍資訊，他從未得到明確回復。民警告訴陳俊傑以前也發生過這種案例，一般要等 3 年才能刪除犯罪記錄。

6 月開學登記在即，陳俊傑想把在湖南老家的 2 個孩子接到深圳上學，再加上駕駛證等證件一直辦不下來，陳俊傑急了去找媒體幫忙，陳俊傑「被服刑」的遭遇被曝光後，番禺警方主動聯繫他，事情立馬解決了。但他想不明白的是，同樣按程式辦事，為何當初自己被認定為搶劫犯為何會輕而易舉，如今回復清白之身過程卻這麼艱難。

檢在帝心（簡在帝心）（1）

亞種皇帝江胡統治下檢驗檢疫機構形同虛設，到了後江胡時代依然潰領風騷（獨領風騷），令世界各國瞠目結舌。

江西高安病死豬流入 7 省市，部分攜帶口蹄疫病毒。 — 2014.12.28

福建 2 起案件銷售的病死豬肉達到 2000 多噸，檢疫人員怠忽職守，病死豬肉上市一路無阻，2000 多噸病死豬肉流向餐桌。

跨 11 省區特大制售病死豬案告破：揭開病死豬肉流入餐桌完整鏈條。 — 2015.01.13

記者調查發現：每頭死病豬 80～800 元的無害化處理專項資金，常常被相關部門截留。

廣東中山：生豬屠宰不檢疫，交 3 元錢就通過。 — 2012.06.18

生豬運進屠宰場沒做任何檢驗，一名男子就用手中的鉗子給每頭豬都打上標籤，然後每頭豬交 3 元錢就通過了「檢疫」。坦洲鎮政府的梁主任面對反映情況的記者卻說：「肉聯廠的檢疫過程完全合規」。

被禁生豬通過花錢購買檢疫合格證進入市場。 — 2009.05.07

舒城縣飛霞農貿市場的豬肉，無一例外都印著 2000.12.25，12 年前的出

場日期。屠宰場濫用公章，動物檢疫、工商等部門形同虛設。

檢在帝心（簡在帝心）（2）

河南大用集團被曝加工病死雞，賣給肯德基、麥當勞。— 2013.01.17

檢疫成了無人監管的盲區，生病的肉雞只要能掛鏈（2 斤以上）都收購。速生雞 40 天長 5 斤，用多種違禁藥物催肥。2010 至 2011 年間百勝集團送檢的 19 批次肯德基雞肉原料樣本，有 8 個批次 6 種產品抗生素殘留不合格，但檢測結果卻一直不公佈。從養殖場到餐桌速生雞一路暢通無阻，在河北、山東等地花錢就能買到動物檢疫合格證。

檢在帝心（簡在帝心）（3）

常德警方破獲一特大有毒有害食品案，銷毀毒狗肉 12 餘噸。動物檢疫合格證明的鼎城區動物檢驗檢疫所工作人員何某平，在未對狗肉檢疫的情況下，出具 6 份，共計 828 只狗的狗肉《動物檢疫合格證明》給該犯罪團夥。— 2013.12.12

檢在帝心（簡在帝心）（4）

上海 300 多人瘦肉精中毒，問題豬肉具有檢疫證明。— 2006.09.17

監管懶貪「笨」瘦肉精氾濫成災。早在 2002 年國家多部門就聯合發佈公告：禁止在飼料中使用瘦肉精，但多年以來瘦肉精反而大行其道，中國最大的肉製品供應商雙匯也涉及此案。

8 個部門管不好一頭豬，一頭豬打垮了多少監管者？— 2011.12.17

「瘦肉精尿檢」、生豬檢疫等如同走過場，有的「尿檢」甚至用人尿冒充。每頭豬花 2 元錢就能買到 3 大證明

河南孟州等地用瘦肉精餵養生豬已經成為公開的秘密。養豬戶給生豬餵瘦肉精沒人管，省裏或外邊來檢查縣畜牧局提前通風報信，瘦肉精尿檢，生豬檢疫等如同走過場。據一些豬經紀人透露碰到突擊檢查豬尿樣，他們就用人尿冒充豬尿，就是這樣粗劣的手段監管部門就被輕易「蒙蔽了」。

檢在帝心（簡在帝心）（5）

大連市甘井子區：露天市場現殺活羊無任何檢驗手續。— 2016.01.14

殺羊業戶手法麻利，一會功夫就宰殺了 5 隻活羊。他告訴記者說：他每天都在這裏賣現殺的活羊，已經很多年了，一直沒有人來管。

檢在帝心（簡在帝心）（6）

根據國務院頒佈的《生豬屠宰管理條例》動物檢疫部門派人駐廠監管，商務局派人不定期檢查。事實上，在記者調查期間，根本沒見到一名主管部門的監管人員，豬肉出廠時卻依舊具備檢疫合格證。檢疫環節，監管依舊真空。

檢在帝心（簡在帝心）（7）

四川達州的超市被查出出售病害豬肉製品。頗為離譜的是，上述批次問題豬肉產品套用的檢疫證明編號對應的竟然是雞肉產品。

檢在帝心（簡在帝心）（8）

在吉林長春海外制藥集團公司，記者看到，僅一張化驗單上顯示該廠所用華星膠丸廠的膠囊就達 2040 萬粒。而檢驗人員未經檢測就在鉻的檢測專案寫上了合格的結論。

見死不疚（見死不救）（1）

有史以來，江胡習時代人命最賤，賤死不救（見死不救）隨處可見。

河北車禍高發地：50 條人命換不來一個紅綠燈，官方：等省裏批准。—2016.07.04

見死不疚（見死不救）（2）

當地政府瞎了眼，孩子上學爬懸崖藤梯。懸崖絕壁能下腳的地方不足巴掌大，再加上高山深谷的大風讓人站立不穩，村民曾不止一次發生意外，大概有 10 人左右在路上墜崖身亡。

見死不疚（見死不救）（3）

血拆見死不疚之冰山一角。暴力強拆，當日，夏侯村 5 組村民王曉玲家突然不明原因著火，120 急救車、消防車當時就停在拆遷現場，但不及時施救，致使王曉玲的女兒被活活燒死。在江胡時代因拆而死亡的案件層出不窮。

見死不疚（見死不救）（4）

天津漢沽區：在派出所裏，一名男子在 5 至 6 個員警面前被活活砍死。

安徽蚌埠：少女被殺，現場 2 名員警袖手旁觀。

遵義 2 只惡狗將 61 歲老人陳忠國咬死在晨練路上，受害者家屬質疑：在事發現場員警為何不開槍擊斃惡狗，而是眼睜睜地看著惡狗傷人，官方回應：不開槍是怕激怒惡狗，傷及周圍群眾。打狗看主人，狗主人是遵義市園林綠化局前任局長的兒子。如果是現任局長，員警很有可能幫惡狗咬老人。

遵義民警坐警車中，袖手旁觀數男子持刀互砍。— 2011.07.21

河南溫縣警車見死不救。— 2012.05.17

濟源一司法警車撞人，「領導」拒不下車救人遭圍堵。— 2013.08.06

見死不疚（見死不救）（5）

湖南湘鄉人民醫院 120 救護車，不交錢不發車，1 歲幼兒因延誤治療，死亡。

射陽人民醫院男嬰躲過車禍卻沒躲過「先掛號」。— 2012.12.20

見死不疚（見死不救）（6）

見死不救的加油站。5 月 28 日，湖北救護車加油站加油被拒，導致傷者中途死亡。理由是下班了就不在加油。傷者陳於均的女兒陳祥翠下跪，但加油站的人置之不理。一個玩電腦，一個看電視。無奈到別處尋找高價加油站，結果耽誤了一個多小時致使傷者在途中死亡。

賤賞家（鑒賞家）（1）

江胡乃人類歷史上最大的賤賞家，尤其是江擇民這個狗雜種把 344 萬平方公里的土地出賣給俄羅斯，按國際法，這些國土可以如同香港、澳門一樣回歸祖國。

賤賞家（鑒賞家）（2）

罪惡滔天的江擇民不僅僅是出賣國土，而且吃裏扒外，瘋狂向國外轉移財產。在江胡 2 位亞種皇帝統治下，中國 25 年移民千萬，轉移資產 2.8 萬億，而在此期間沒有一個裸官被問責。

賤賞家（鑒賞家）（3）

道義有盜（盜亦有道）

道義（地名）遼寧大學所在地，「國保貪官」程偉向趙本山獻媚之地（李克強罩著程偉，中紀委不敢動他一根汗毛）。

食腐大鱷趙本山和「皇帝」的姘頭宋祖英打得火熱，憑藉著江擇民的勢力（拿成立「本山學院」做幌子），不費吹灰之力以 8000 萬圈到價值幾百億元的瀋陽土地！這塊土地，批下來的時候是教育用地，而趙大竊賊卻用來經商了。《土地法》規定，教育用地嚴格禁止商用，而趙卻將這塊地作為資本金，入股遼足……他把教育用地商用！為什麼王志不敢站出來喝問？為什麼全國新聞界都對這件事情啞然？趙本山的事情太大，牽扯的人頭銜太大，

央視根本不敢涉足！

牛群在小小的縣城圈地，遭到媒體狂轟濫炸，而趙本山在瀋陽這個大城市圈了一塊 300 畝的土地，欺軟怕硬的中國媒體連個屁也不敢放。

賤賞家（鑒賞家）（4）

江胡統治 25 年期間，國有資產流失無數。例如：近 20 萬億元土地出讓金去哪兒了？新華視點：「錢去哪兒了」10 問；還有哪些部門欠公眾一個交代？－ 2014.12.25

賤賞家（鑒賞家）（5）

合巢蕪高速公路收費經營權轉讓中，國有資產流失 12.4 億元。

賤賞家（鑒賞家）（6）

似董非董（似懂非懂）

焦點訪談：2.5 億國資是如何流失的？－ 2015.04.29

北良公司有 12 家股東，連續 8 年沒召開股東大會。董事會形同虛設，宮明程為所欲為，正因如此宮明程把「國有」變「民營」易如反掌，更可悲的是 2.5 億僅僅是國有資產流失之冰山一角。

賤賞家（鑒賞家）（7）

山西價值 2 億國有煤礦 37 萬賤賣給縣安監局長姐夫。

賤賞家（鑒賞家）（8）

湖南湘陰縣商業總公司集體造假，套取國家專項資金並以「福利分錢的方式據為己有」侵吞國有資產 1.61624 億元，麻陽政府機關出公函為貪官求情，要求輕判。

賤賞家（鑒賞家）（9）

白菜價拿黃金地段土地，開發商、市長、村官「腐敗鐵三角」。安徽亳洲：將 30 多畝國有公益性用地變成商業用地修建別墅及商品房出售。有關部門不僅不查處反而向開發商發放了土地證、房產證，有的官員已經將別墅倒賣牟利了。－ 2014.08.18

賤賞家（鑒賞家）（10）

河南濮陽：高檔公務員社區賣出「白菜價」。河南濮陽綠城社區，共 31 棟 4200 套，全部只面向市委、政府、公安以及金融、稅務等單位出售。一

2014.07.29

賤賞家（鑒賞家）（11）

劉虎近年來以網路博客微博為主陣地集中火力反腐，晉、陝、黔、川官場重大貪腐新聞多出其手，致使李亞麗、楊達才等重多官員落馬。實名舉報馬正其造成數千萬國有資產流失，馬安然無恙而劉虎卻被北京警方拘留。

建在閑上（箭在弦上）（1）

特別討人閑（討人嫌）

湖北奇葩大橋：花了 248 萬「捨不得」建引橋，上萬居民望眼欲穿。— 2015.07.01

孝昌縣交通局為方便村民渡河，爭取到專案資金 248 萬元，在澴水河東邊建新橋，新橋竣工已 2 個多月，卻擱下引橋不予再建，讓該鎮的上萬村民望眼欲穿，車輛根本無法通行，有村民為過河只好棄車攀爬上大橋徒步回家。

建在閑上（箭在弦上）（2）

英媒：中國空置房屋面積接近新加坡國土面積。數據顯示，截至 5 月底，中國的未售商品房占地面積達 657 平方公里，接近新加坡國土面積。— 2015.07.07

中國樓市空置率達 20％，尚無官方統計。— 2015.05.02

建在閑上（箭在弦上）（3）

在中國大量的保障房要麼閒置不能入住，要麼就是入住以後配套設施欠缺，例如：貴州貴陽 788 套廉租房無排汙管道，居民生活條件惡劣苦不堪言。

保障房都建在偏僻的地方，要面臨出行難、入託難、上學難、就醫難、買菜難等一系列問題。以交通為例：到市中心需要換乘 2 至 3 次，花費時間超過 3 至 4 個小時，而靠在市裏打工維持生計的人，根本跑不起。所以絕大多數低收入家庭不得不做出痛苦的選擇，寧要城裏一張床也不要城外一套房。

建在閑上（箭在弦上）（4）

深圳最大違建樓群爛尾 13 年，大片土地荒置。— 2016.11.15

廣東省深圳市，深圳大鵬新區水頭社區，因靠近風景優美的大鵬灣海域及七娘山而遠近聞名，但是就在這個社區中，有一片周圍長滿雜草的爛尾樓群 13 年來「大煞風景」，問起附近的居民，基本都是一臉的無奈。

建在閑上（箭在弦上）（5）

「北京空置房屋 381.2 萬戶」。— 2012.06.06（見：空中樓擱）

粵魯滇瓊 4 省保障房空置 5 萬套。山東空置 1.29 萬套、海南空置 9000 多套、廣東 1.15 萬套、雲南空置 2.3 萬套。— 2013.08.08

5 個省，5 個市縣的 5.75 萬套保障性住房空置，貴州省貴陽市閒置套數超過萬套，江西南昌空置套數超過 2 萬套。

2014 年陝西省住建廳數據顯示：陝西 10 萬套保障房未分配入住，今年 7 月四川省審計廳披露，四川 4.19 萬套保障房空置超 1 年。在山東青島市建設的全國最大的保障房社區幾乎淪為空城。而在廣東東莞當地最大的雅園新村 4852 套保障房於 2013 年全部完工，可是入住率一度只有 2.7 ％。

建在閑上（箭在弦上）（6）

一面是望房興歎的低收入群體，一面又是有房無人。

本應緊俏的保障房卻出現了空置的怪現象，而且存房量不斷增加。深圳首批推出 8250 套公租房，入圍者 1 萬多戶，但最後卻有 45 ％的家庭棄租，僅僅去年 1 年為還貸投資徵地等有 360 個專案和單位違規挪用保障房專項資金近 58 億，有超過 10 萬戶不合條件的家庭違規享受保障房或領取租賃補貼。

建在閑上（箭在弦上）（7）

京津新城亞洲最大別墅區成空城。空中樓隔。空置罕有人住，與世隔絕的現代化城市鄂爾多斯，百姓稱之為鬼城。鄂爾多斯花費 50 億，耗費 5 年，在荒漠中打造出一座 32 平方公里的豪華城市，鬼城教訓無人重視，反而愈演愈烈。

建在閑上（箭在弦上）（8）

任志強：房地產庫存近 7 億平米，難消化部分只能炸掉。— 2016.01.18

在任志強看來，當前房地產市場的庫存情況比 2008 年還要嚴重。任志強分析稱，當前最大的問題在於，有相當一部分庫存是無法消化的。「以全國房地產 1 年近 13 億平方米的銷售面積來看，接近 7 億平方米的庫存並不算多。但問題在於，這其中有大量庫存屬於很難消化的部分。換句話說，只能炸掉，不會因為任何政策而消化掉。」

建在閑上（箭在弦上）（9）

貴州貴陽：30855 萬套廉租房保障房長期閒置。— 2015.11.25

最大保障房專案建成 2 年仍然閒置，這些廉租房保障房存在下水道等公

共設施不全的問題，導致無法使用的問題非常突出。

社區主體工程已經於 2013 年建好，但是道路的規劃時間卻是 2018 年，道路建不好，水、電、氣等都不能通過路面下的市政官網通入社區。就這樣原本為幾萬戶中低收入群眾等住房困難群體提供居住保障的 7000 套保障房，從 2013 年一直閒置至今。

另外審計部門還發現：貴陽保障房審計超 85 億資金未發揮效用。

建在閑上（箭在弦上）（10）

中國頻現新建專案閒置現象。— 2014.11.04

合肥「鳥巢」重點工程：花了近 2 個億閒置 4 年。

建在閑上（箭在弦上）（11）

吉林市投資 3 億汽車站閒置 3 年，將另投 10 億再建一個。— 2014.05.18

太原投資 8000 萬建客運站，建成至今已閒置 7 年。太原市民：你會到距市中心 20 公里的北站坐車嗎？（見：建走偏鋒）

建在閑上（箭在弦上）（12）

西安：上百米高大樓，蓋好後一天沒用過，閒置 16 年被爆破拆除。被爆破的 118 米高大樓名叫環球西安中心，是目前國內爆破的第一高樓。

建在閑上（箭在弦上）（13）

中國銀行溫州分行投資 3500 萬元建造的中銀大廈。1997 年大樓封頂，直到 2004 年仍然破敗不堪地「站立」在那裏。

江胡聾瞎（靈感來自於：龍蝦）

江胡聾瞎簡直無法形容，自有人類歷史以來，從未見過這麼聾的這麼瞎的，這些「睜眼瞎」居然在江胡統治的 23 年時間裏，對社會上所發生的一切，幾乎都是視而不見聽而不聞，很多部門就好像壓根就沒存在過。例如：廣東揭陽市榕城福利院從 95 年成立至今，10 多年從未運作過。

江胡聾瞎睜一只眼閉一只眼倒好一些，一旦開始履行職責時，麻煩就大了，成事不足敗事有餘。運作起來就瘋狂糟蹋法律，甚至連王法也不放過。

江胡聾瞎選段

後江胡時代江胡聾瞎雖然不如江時代那樣邪乎，但依然猖獗！暴力威脅交保護費。每個攤位每月 500 元到每月 5000 元的保護費，是「江胡」規矩而非政府規定。

白岩松：第一個「沒想到」，這是 2015 年嗎？第二個「沒想到」，這是北京天通苑這塊嗎？人流這種高密集的地區，每小時流動的人次達到 1 萬 4 千人。第三個「沒想到」，居然還不是 1、2 天，光記者臥底就已經有了半個月的時間。第四個「沒想到」的是，居然還敢穿著寫著員警字樣的背心。第五個「沒想到」的是，收錢的人居然有辦公地點，這個辦公地點又是誰向他們提供的？當然這個「沒想到」還可以列舉很多。

建走偏鋒（劍走偏鋒）

奇怪建築為權勢地標，設計師淪為畫圖工具。— 2014.10.21

深圳一個入行 10 年的建築設計師告訴記者，建築設計行業遇到的最突出的問題是「外行指導內行」。中山大學地理與規劃學院教授袁奇峰說，一些地方領導把自己當成城市「總規劃師」，真懂規劃的專業人員反倒成了畫圖工具。一些城市政府甚至要求建築設計「一定要驚世駭俗」，以博得關注，「炒熱」經濟，「哪怕被罵也行」。

江胡黑洞（1）

江擇民的殺人「流水線」黑洞

有據可查的中國至少有 36 個秘密集中營，源源不斷地為國產七三一部隊提供挖心刨肝之「貨源」，僅吉林代號為 672 的秘密集中營，關押超過 12 萬「貨源」，究竟摘取多少活人器官，因具體數字無法得知，但被活摘的人超過百萬毋容置疑。正因如此，加拿大國會人權委員會前主席大衛・喬高與著名國際人權律師大衛・麥塔斯稱之為「這個星球上前所未有的邪惡」。

江胡黑洞（2）

車禍死亡人數黑洞：中國車禍每年死亡人數是 30 萬？還是 6 萬？按理說中國的私家車呈現出爆炸式的增長，交通事故死亡人數出應該增加，但官方公佈的數字卻在逐年減少。從江胡時代，到現在已經狂野了近 30 年中國的社會秩序已經到了不整頓不行的地步，酒架、醉駕，隨意違章便道，闖紅燈，在高速公路上撒野等案件依然層出不窮。在這種情況下中國官方公佈的車禍每年死亡人數減少更是匪夷所思。世衛組織屢次對中國車禍死亡人數提出質疑。

《江胡黑洞》3 至 18 主要內容：

打拐黑洞

據一些專家的保守調查和評估，中國每年的失蹤兒童總數在 20 萬左右。

被找回來的只占 0.1 ％。

「地震」死亡人數黑洞

海內外觀察機構認為汶川地震死亡人數遠遠高於中國對外公佈的數字，更重要的是絕大多數學生並非死於地震而是死於校舍豆腐渣工程。

立案黑洞（糾正冤假錯案黑洞）

法學專家田文昌：申訴案的立案簡直難於上青天。— 2016.02.06

國有資產流失黑洞

新華視點追問：近 20 萬億元土地出讓金去哪兒了？— 2014.12.25

萬眾討薪黑洞

後江胡時代雖然遠不及江胡時代欠薪那樣邪乎，但 2013 年討薪人數至少有 270 萬人，然而這只是討薪大軍之冰山一角。統計的只是大數據，不包括散兵游勇討薪者。關鍵的問題是散兵游勇討薪者不計其數，遠遠超過「討薪集團軍」的數量。

環保黑洞

專家稱看完大氣法三審稿想哭：被人操縱— 2015.08.27

扶貧助困資金跑冒滴漏四大「黑洞」— 2013.10.12

科研經費腐敗黑洞

多家單位將科研經費用於吃喝拉撒睡，出國「考察」，個人費用支出，個人電話費、私家車保險費和汽車油料費等，甚至有的經費說不清花到哪裏去了。有的單位甚至發了上億元。

醫療垃圾黑洞

導演王久良：很多按照限制進口條例是不應該進來的，如醫療垃圾等。

「吃空餉」黑洞究竟有多大？7 省市 7 萬多「吃空餉」者 1 年吃掉 3.5 億至 14 億元。— 2012.06.19

抽檢黑洞

記者注意到：同是一類產品常規監督抽查的不合格率是 6.8 ％，百姓買樣團買來的樣品抽檢不合格率是 36.8 ％，相差了整整 30 個百分點。

反腐黑洞

軍隊、大學、執政的政治局常委的嫡系（嫡系所罩著的貪官絕對不允許碰，無論是老虎還是蒼蠅）。

江胡汙壓一般黑（天下烏鴉一般黑）（1）

江胡為汙染企業鳴鑼開道，「重賞」之下，「勇夫」遍地。18000：1，每 1 萬 8 千起的環境行政處罰，才有一起可能進入到司法領域。

後江胡時代，淨而遠之（敬而遠之）冰山一角

汙水處理中心竟然變成汙水排放中心。— 2014.05.08

內蒙通遼市奈曼旗化工區汙水處理中心，向廠區外非法偷排汙水被媒體曝光。上虞：汙水處理廠竟「變臉」為汙水排放廠。— 2002.08.22

汙水處理廠不處理汙水，反而每天將 2 萬多噸廢水直接排入杭州灣，成了名副其實的汙水排放廠。

江胡汙壓一般黑（天下烏鴉一般黑）（2）

苯胺超標 73.3 倍，滄縣環保局長瞪著眼為紅色地下水辯解。「紅色的水不等於不達標的水」他還拿小豆水作比喻。

環保部門撕掉違規企業封條，稱企業也不容易。— 2015.07.22

江胡汙壓一般黑（天下烏鴉一般黑）（3）

環保局長敲詐企業視頻被曝光：清城區環保局長陳柏和「分分鐘可以搞垮一間廠」。

江胡夜警（夜景）（1）

因隨身碟被鄰居偷走，無法呈現出江胡時代的夜警，無奈只能拿後江胡時代的夜警來替代。

警色宜人（景色怡人 景色宜人）

河南鄭州「皇家一號」涉黃超東莞。— 2014.04.23

開業時女公關數量超過了 1000 人，平時 500 餘人，明碼標價公開賣淫，最差的月收入 10 萬元，1 年營業額 2 億元。

155 名政法幹警淪為黃賭犯罪的保護傘。很多主管治安警官通過借錢的方式收受賄賂，還有的直接在裏面有股份。

雲南鎮雄縣 17 歲少年死於色情浴室，員警陳善銀持有「水之韻」澡堂股份並涉嫌拋屍。— 2015.05.12

陳善銀開色情場所 10 年，因供色情服務曾於 2014 年受到當地公安 2 次處罰。但連續 2 次「打擊」陳善銀並未受到影響，3 個月後，楊光死在了水之韻澡堂裏。2015 年 4 月初，家屬已提出第 3 次屍檢及要求鎮雄警方回避的申請，但至今沒有下文。

江胡夜警（夜景）（2）

錢警光明（前景光明）

長沙 24 個交警中隊被曝收錢為無證車放行。— 2014.08.29

不超重、不超長、不超寬，司機王海軍被罰款 3 萬，討價還價之後，7200 元收秋。因為天津市東麗區交通運輸管理局稽查大隊罰款特別狠，所以很多司機寧可捨近求遠，也不會選擇從東麗區通過。

江胡時代黑白顛倒，幹壞事的光明磊落，而守法公民被逼得賊一樣低三下四，警匪搶錢之事件舉不勝舉。

成都火車站派出所 40 多名員警與小偷勾結。小偷如果要進入候車大廳行竊，必須要給在該段執勤的鐵路員警交納數百元不等的「入場費」。員警設專門帳戶接受孝敬。

鄭州：派出所運屍 15 公里索要 3000 元。「為啥運個屍體要花我 1 年種地的收入」。

江老的辣（薑老的辣）（1）

亞種皇帝江擇民的陪葬奢華無比，舉世無雙，令古今中外所有皇帝望塵莫及。皇帝駕崩用活人陪葬不足為怪，而江擇民駕崩不僅當代人，下幾代人依然得為他造的孽陪葬。江胡造孽，大自然被破壞得千瘡百孔，環境殺手的報復才剛剛開始，報風雨（暴風雨）勢不可擋，專家預計到 2033 年，中國人肺癌的發病會出現「井噴」。

中國公共環境研究中心主任馬軍指出：要淨化已滲透到深層的地下水汙染需要 1000 年時間。在這 1000 年時間裏，至少還得有幾千萬人因汙染後遺症而喪命。

江老的辣（薑老的辣）（2）

江擇民下臺之後，僅僅是活摘人體器官殺人「流水線」停產，但在這個惡魔統治下潰創的其餘「17 大工程」仍然在後江胡時代瘋狂殺人，而且江愈老，殺人的的威力愈大。

以「18 大工程」之一的「質殺工程」為例：近年來，全國每年 30 萬起以上的交通事故，3 成跟煞車失靈有關，沈北黑工廠日產 300 劣質煞車盤。

質殺工程連孩子也不放過！2016 年拼接式兒童地墊無一合格，100％含有有毒性物質甲醯胺。甲醯胺降低兒童的生殖能力和存活率，對兒童的傷害是不可逆的。「江胡 18 大工程」。

江老的辣（薑老的辣）（3）

「毒江」活體實驗至少 26 年以上，從江擇民統治中國開始，13 億中國人都無法逃脫有毒食品活體實驗的厄運，吃不了還得兜著走。

山東種植毒薑，劇毒農藥「神農丹」可造成地下水汙染。湖北宜昌用硫磺熏出來的毒生薑。廣東 2001 年以前，因蔬菜農藥中毒每年都在 1500 人以上。

近 10 年全國食品安全事件 22 萬起，其中 75％係人為。— 2015.11.30

江山如此多焦（1）

從江擇民統治中國開始，無數座電子垃圾、工業垃圾、生活垃圾、汽車垃圾「山脈」逐漸形成，這些山脈經歷了江胡兩代愈長愈高，它見證了江胡無維而治（無為而治）之瘋功偽績（豐功偉績）。

目前，中國垃圾堆存侵占土地面積高達 5 億多平方米，約 5 萬多公頃耕地，而中國的耕地面積僅 1.3 億公頃，這就相當於 670 公頃就有 0.25 公頃用來堆放垃圾。這是個十分驚人的數字。

汙染企業搬遷土壤需「消毒」

環保部與國土資源部聯合發佈了 2005.2013 年全國土壤汙染狀況調查公報，結果顯示，中國工業企業用地中有高於 30％的土壤受到汙染。

有研究學者認為：修復中國汙染土壤得幾十萬億。

江山如此多焦（2）

江胡時代，人工堆積起來的渣土山突然發生滑坡，帶來一場巨大的災難，鋪天蓋地泥沙將山腳下的 33 棟工廠廠房宿舍樓和其他建築瞬間吞噬（時間：2015 年 12 月 20 日，地點：廣州恒泰裕工業園）。

經過初步測算，此次事故中，滑坡體的總土石方量超過了 400 萬方，覆蓋面積超過了 38 萬平米。50 多個足球場的覆蓋面積，最深達 10 幾米的覆蓋高度，令人震驚，並不得不思考，為什麼人工堆積可達到這樣高的程度，並且造成傷害。

白江村老石廠路老採石廠 2000 多平方米的工業垃圾池塌方，數萬立方米淤泥有如野馬脫韁，衝垮一片平房，擊穿一個社區的圍牆，50 多輛小車被沒頂。近 60 米高的長陽蒙特尾礦渣壩轟立在大山中，場面令人觸目驚心。

江山如此多焦（3）

石家莊現巨型垃圾山，30 年堆積約 9 層樓高。記者探訪位於河北石家莊

黃河大道與珠峰大街交口附近約 30 米高的巨型垃圾山，垃圾山高度約和 8 至 9 層樓齊平。當地村民表示，這座垃圾山是近 30 年的時間堆積而成。— 2014.08.07

江山如此多焦（4）

海南文昌現露天「垃圾山脈」，堆積逾 20 年。— 2015.08.08

海南省文昌市錦山鎮，露天裸露的垃圾堆積了 20 多年幾乎未作處理，已形成 2 至 3 層樓高延綿數百米的「垃圾山脈」，髒汙不堪臭氣熏天。藍天下，航拍「垃圾山」猶如一塊巨大的瘡疤，在一片綠色植物之中尤顯突兀。生活垃圾、建築垃圾混雜，陳年垃圾、新鮮垃圾層層疊疊，偶爾可看到動物死屍，四周蚊蠅亂飛，撲鼻而來的惡臭令人作嘔，路過行人紛紛掩鼻而逃。

文昌市錦山鎮人民政府科員符傳武介紹，該垃圾堆放場占地約 20 畝，原為附近村莊的坡地。上個世紀 80 年代，錦山鎮政府與附近村莊協議，把該地作為全鎮居民的臨時垃圾堆放點。經過 20 多年的累積，垃圾總量應該已達到 23 萬噸。該垃圾場只是簡單的垃圾堆積處，鎮政府的處理方法僅是每月用挖掘機將垃圾往裏堆放，每 2 個月進行一次消毒處理。

江山如此多焦（5）

城中心竟現垃圾場，幾百米之外是飲用水水源地。— 2015.07.31

江山如此多焦（6）

重慶汽車墳場：居民樓下堆積如山。錦江區一居民樓旁，上千輛報廢汽車堆積如山，被夏季茂盛的藤蔓、野草等覆蓋，猶如「墳場」。— 2016.07.02

江山如此多焦（7）

投資百億南京一濕地公園成垃圾場。— 2016.10.25

由於監管不到位經常被人偷到建築垃圾，到處是油漆桶熟料帶、水泥塊。

江山如此多焦（8）

廣東東莞市虎門鎮遠豐村是一個有 400 餘人的村莊，村後有座垃圾山，10 年間 12 人因癌症死亡，石漢教授表示：「這樣的腫瘤死亡比例實在是太高」。遠豐村被冠名癌症村的稱號，垃圾填埋場流出的汙水呈黑色。

江山如此多焦（9）

在距廣東省清遠市龍塘鎮北部萬科城不到 1 公里的山坳裏竟然有座數十米高的電子垃圾山，當地居民說，這座山至少在 15 年以上。數十萬噸的電子

廢棄物固體堆存在山谷、水塘、河渠等地，對環境影響極大。無休止的毒氣讓這個社區的居民寢食難安，把所有的門窗都關上依然能聞到這種毒氣，有的時候在睡眠中被毒氣熏醒。

北部萬科城的配套小學距離焚燒點最近，目前這裏有 4 個年級約 100 多名學生就讀。小明是這所小學的三年級學生，他說自從 2012 年搬來至今，媽媽一到晚上 8 至 9 點就關窗，因為如果開窗，外面就會有臭氣飄過來，「燒垃圾的味道很噁心，有一次我都被熏吐了。」

剛上一年級的小濤一家在這裏也住了 1 年多，小濤的奶奶說，這 1 年多來，小濤經常喉嚨不舒服、咳嗽，說話的聲音也沙啞。而小濤弟弟以前都不怎麼生病的，搬到這之後，已住了 3 次醫院，醫生說是呼吸系統的問題。

江山如此多焦（10）

北京平穀一村莊旁有一座高約 10 米的「刺鼻山」。近日，平穀區東高村鎮大旺務村村旁出現一個高約 10 米、足球場般大小的土堆，多名村民稱，該土堆散發難聞的刺鼻性氣味。據介紹，這是從一家已搬遷香料廠運來修復的汙染土。有關方面估算：這堆汙染土的修復費用將超過 1 億元。— 2014.05.27

33 萬立方米土壤將修復

據北京市環保局的一份資料顯示，天利海香精香料有限公司的廠址區域，土壤、地下水均受到有機物汙染，原則上同意對該地塊內約 33 萬立方米的受汙染土壤和地下水進行修復。多名村民說，自從汙染土運來後，身體出現了不適反應。此外，有村民稱自家養的羊出現流產或死亡情況。任女士說，近期，她養的羊已經死了 3 隻，好幾隻流產。多位村民稱，之前的汙染土也都是直接裸露的，並未覆蓋。

江山如此多焦（11）

倒高一丈（道高一丈）

2 萬多噸來自上海垃圾偷運到江蘇跨省傾倒。— 2016.07.24

2016.07.06，在江蘇蘇州太湖西山島傾倒。

2016.07.17，在江蘇省海門市江心沙農場新江海河周邊傾倒。

白岩松：如何發現的呢？周邊居民舉報。如果周圍居民沒有舉報，沒有這種責任心，是不是到了 20 萬噸，才會被察覺出來？

上海數千噸垃圾偷運無錫傾倒，數百平米寸草不生。— 2015.06.16

近日，無錫市惠山區洛社鎮蘭溪路附近的運河沿岸被曝成了「垃圾山」，

數千噸來自上海的垃圾被偷運到這裏。如此大規模偷倒垃圾事件涉及上海、蘇州、常州和無錫多地。

現場氣味惡臭難擋

昨天下午，在村民的指引下，現代快報記者找到了「垃圾山」，該地位於錫溧運河洛社段，目測占地面積兩百多平方米。現場垃圾已被條紋布覆蓋，上面用土塊壓得很實，但依舊能聞到惡臭味。「垃圾山」附近水坑裏的水也是渾濁不清，有的水呈黃色，有的則是綠色，散發出一股股刺鼻的味道。

2014 年 12 月，3 條從上海開過來的船經過無錫市錫山區宛山蕩濕地公園時，突然靠岸，並在岸邊挖起了大坑，準備偷埋垃圾，不料被附近的船隻發現舉報，隨後被趕來的無錫環保部門工作人員當場抓住。其中 2 條船隻就是此次被查扣的船隻。據透露，他們在宛山蕩偷運上岸的垃圾有 1 萬多噸。此前，常熟也曾發現過類似偷運垃圾的船隻。

江山如此多焦（12）

「黃山」、「沙塵暴」— 2015.09.17

蘇家屯和渾南交界處，漫天黃沙，就向戰場一樣 50 米開外看不見人。恒大名都和渾河國際城，「沙塵暴」每晚來襲，家家戶戶不得不門開窗緊閉。從半年前開始，每天晚 6 至早 6 點，十幾臺大拖拉車滿載著黃土往這邊運，可恨的是這些車從來不蒙苫布。

一座黃土山難倒多部門。環保局、城建局、行政執法局、建管局全都「束手無策」。現在的情況是違法越來越猖獗，土堆變成了土山，土山擋住了部門居民的陽光，這裏的環境一天比一天差，該管的部門都不管，百姓實在沒招了，找記者幫忙。

江山如此多焦（13）

雲南：梅裏雪山清除百餘噸垃圾。— 2015.10.04

垃圾數量超前 6 年總和。迪慶州梅裏雪山景區管理局局長白瑪康主介紹，他們已連續 6 年對梅裏雪山垃圾展開清理，前 6 年清理的垃圾總和有百餘噸。今年針對轉山人數較多的情況，組織了規模最大的一次清理行動，共清理殘留垃圾 150 噸。

環保專家表示：梅裏雪山風景區生態脆弱，遠離城市，位置偏僻，其環境的脆弱性使旅遊垃圾影響更加顯著，梅裏雪山的垃圾已經成為當地一個非常嚴重的社會環境問題，影響到當地藏族村民的正常生活。

江山如此多焦（14）

東方時空：雲南曲靖鉻渣汙染事件。第一個傾倒的廢料一共是有 140 餘車，總共是 5222 噸，其中在越州鎮被傾倒了 100 餘車，茨營鄉 1 車，三寶鎮 40 車。汙染的水體大概是 4 萬立方米，這 4 萬立方米的水，根據記者的調查主要集中在了越州鎮被汙染的叉沖水庫，直接的後果是 77 只牲畜死亡，但是沒有人員傷亡的現象。

張家營村村委會主任說：在附近的一座山上，還發現了大量隨意傾倒的鉻渣廢料，數量達到了 4000 多噸。

江山如此多焦（15）

長白島有一條見不得人的「步行街」。— 2016.05.28

在長白島的長白二街上有一排好幾十米長，2 米多高的鐵皮圍擋，裏面竟然是 100 多米長，1 層樓高的垃圾山。垃圾山的東西兩頭都有圍擋，圍擋外邊是敞亮的馬路，從外面根本看不見垃圾山。

業主吳先生：那邊挖個大坑，底下全是工人的糞便，冬天還好點，夏天蚊蒼成群。垃圾山所處的位置在格林觀堂的一期和二期中間，住在兩邊的業主深受其害。

洛女士：當初買房的時候，他們宣傳的特別好這條街是步行街，兩邊是商業街。2010 至 2016 年「步行街」不見蹤影垃圾卻堆成山。

江山如此多焦（16）

河北警方破獲一起特大跨省傾倒垃圾案 400 噸垃圾被查，扣押 5 輛車。鏟車、挖掘機，一邊卸垃圾一邊挖坑掩埋生活垃圾、醫療垃圾。

江山如此多焦（17）

廣東一鎮政府回應多年垃圾傾倒水庫旁：被逼無奈。— 2016.07.10

堆積如山的醫療垃圾、生活垃圾，醫療輸液器、農藥瓶、塑膠盒，多年來源源不斷地運到廣東化州市橫江水庫旁邊。橫江水庫是良光鎮農田灌溉的主要水源地，附近村莊百姓生活飲用水也來止於此。

記者：良光鎮荒坡嶺山腳看到「垃圾山」高高聳立，覆蓋了大部分山頭，約有足球場大小，風吹過，陣陣令人作嘔的臭味飄來。

江山如此多焦（18）

垃圾異地傾倒絕不僅僅出現在上海，絕不僅僅局限在跨地區傾倒。

烏魯木齊一家公司承包的荒山綠化專案，好不容易樹木成林，但是從2010年起，就有人往這裏傾倒垃圾，而且愈來愈嚴重。

2015年8月，呼和浩特南郊，在現場記者發現生活垃圾、建築垃圾被直接倒在了莊家地裏。環保部華北督查中心謝榮：因為地下沒有做防滲，造成了汙水下滲，對周邊的環境、包括地下水造成汙染。

江山如此多焦（19）

皇姑區向工北社區，邊上垃圾成山，居民投訴3年無人管。3年前因挖管道馬路被刨開之後，一直沒回填。皇姑區昆山西路向山巷的居民苦不堪言。川流不息的車流掀起的塵土，使得周圍的居民不敢開窗，更難忍受的是，社區邊上的垃圾山，到了夏天蚊蟲飛舞，臭氣熏天。

江山如此多焦（20）

法庫縣西黃花嶺村的「白麵山」。— 2014.11.24

今年年初的時候，這裏還是個大坑，僅僅幾個月的功夫，不僅原來足球場大小的坑被填得滿滿的，甚至冒出了很多山頭。白麵山愈來愈多，村民們自發組織起來攔截，大大小小上百家廠子的幾十輛車和村民們打起「遊擊戰」而環保局卻佯裝不知。村民們說：除了汙染土地，不下雨的日子更難過，颱風天附近的人眼睛睜不開，滿嘴都是白灰味兒。

江山如此多焦（21）

淄博淄川：昆侖鎮洄村部分耕地被陶瓷廢料侵占。— 2012.04.13

近日，群眾反映，淄博市淄川區昆侖鎮洄村沿河路路西，有一片耕地被大量陶瓷廢料侵占，影響了村民耕種。村民懷疑，傾倒垃圾的罪魁禍首就是河對面的宏大陶瓷和泰山瓷業。村民曾將此情況反映給當地政府有關部門，但是至今未得到答覆。

江山如此多焦（22）

垃圾成山老鼠出沒，鐵西工人新村健身空場變成垃圾場。咄咄怪事，垃圾場建在廣場中央。居民們說：垃圾不及時清理，老鼠已經在這落戶了，垃圾周圍的水泥地面被各種油膩汙物蓋了一層，臭氣熏天誰還能來這裏健身。

江心比心（將心比心）（1）

忘恩負義之人自古以來就有，但歷朝歷代的人心都沒有資格和江胡時代相提並論。喪盡天良的亞種皇帝江澤民下令建立世界上獨一無二的挖心刨肝

殺人「流水線」，被著名國際人權律師稱之為「這個星球上前所未有的邪惡」。

上良不正下良歪（上樑不正下樑歪），皇良歪的邪乎，喪良心的人隨處可見也就不足為怪了。可悲的是把人類歷史上所有喪良心之人統統加起來也不及江胡時代冰山一角。

江心比心（將心比心）（2）

海寧女司機徐添悅救人被反咬。徐州王國棟冒著生命危險，幫老人從強盜手中奪回 4 萬多元存款被反咬，救人被訛事件在江胡時代屢見不鮮。

江心比心（將心比心）（3）

27 歲的妻底小夥子鄧錦傑救了一家三口之後，因體力不支被河水沖走了，周圍群眾攔住開溜的 3 個癟犢子說：「救你們那人還在水裏」，那 3 個畜生回答道：「他在水裏關我屁事」，然後就開車跑了。

江心比心（將心比心）（4）

大學生救人身亡，被救者拒不承認，更惡劣的是母親教唆孩子撒謊。河南大學孟瑞鵬為救盧小利的 2 個女兒人身亡，然而盧小利不但不感謝救命之恩，反而編造謊言掩蓋真相，更惡劣的是她教唆 2 個孩子對媒體的採訪撒謊。如果不是有目擊者看到網路上的爭議內心不安，到派出所提供線索，盧小利不可能說出真相。— 2015.02.27

江心比心（將心比心）（5）

女孩救 3 童致癱無錢治療，孩子家長因害怕負擔醫療費投石下井，見義勇為無法申報。— 2011.10.18

在上海實習的 20 歲河南洛陽女大學生陳媚捷為救 3 名兒童身受重傷，事發工廠卻一直拒絕為她治療。該女生因無錢治療被迫出院，躺在家裏獨自流淚。事故發生後，被救的 2 名小女孩的家長都曾為陳媚捷寫下一份摁著手印的證明，證明其救人的事實。然而，在接下來警方介入調查時，寫證明的孩子家長又否認了「陳媚捷是因救孩子而受傷」的說法，反而說她是和孩子一起玩耍被砸傷的。3 名孩子的家長因害怕負擔 10 幾萬元的醫療費，昧著良心予以否認。儘管如此，女孩稱不後悔當初選擇。

江心比心（將心比心）（6）

小夥救人溺亡，老闆懸賞萬元尋找冷血被救者。— 2012.07.06

海南 90 後打工仔陳進仁海中救人遇難，獲救狗男女悄然離開。當時波濤洶湧無人敢下海救人，陳進仁用生命救了 2 位狗人。陵水縣英州鎮派出所尋找多日，始終不見那對狗男女。

江心比心（將心比心）（7）

北京寶馬墜河百姓施救，車主一言不發走人。— 2012.10.18

16 日凌晨，北京，一輛天津牌照的寶馬越野車墜入北京通惠河，車中男子爬到車外，在冰冷的河水中大聲呼救。路過此處的一名騎車人和一名農民工趙慶林，先後把 2 個人都救上了岸。趙慶林說，落水者 30 歲左右，上岸後，他倆啥都沒說，連句「謝謝」也沒說就走了。

江心比心（將心比心）（8）

朝陽凌源 18 歲青年國偉鵬救落水女孩後自己溺亡。— 2012.10.08

朝陽建平一對農民表兄弟在凌源市南大橋水上公園遊玩時，發現一對少女相繼滑落河裏，不識水性的國偉鵬、國宏彬哥倆跳進水裏救人，18 歲的國偉鵬溺水身亡，2 女孩趁亂逃之夭夭。國家表示不會要求她們賠償，而是呼籲她們站出來證明，否則無法申報見義勇為基金。

江心比心（將心比心）（9）

牡丹江小夥救被蜇女孩身亡，老父寫公開信尋人。— 2014.08.18

獲救之後，小女孩連個屁也不放，就悄然消失了。於景濤的家人、朋友都在尋找線索，希望找到被救的小女孩。

江心比心（將心比心）（10）

山東聊城發生一起車禍，駕駛員車禍中死亡，急救人員偷走死者身上價值 5 萬多元的金首飾。

江心比心（將心比心）（11）

大學生見義勇為被捅傷無錢醫治，難尋當事人作證。— 2013.12.02

西北師大體育系排球專業大四學生郝峰，為了阻止蟊賊偷竊女生手機，不幸被蟊賊同夥刺傷。記者在醫院見到躺在病床上的郝峰時，他卻因為經濟拮据陷入欠費停藥窘境，而那天遭遇小偷的女生也一直沒有出現。記者瞭解到，郝峰來自隴南禮縣。6 年前，他的母親因病喪失工作能力，一家的生活壓力和為母親治病而欠下的債務，都落在了父親身上。2010 年，他在政府助學貸款的幫助下上了大學。每逢假期他便開始勤工儉學，為自己掙取生活費。

2013 年，父親因病住院，在蘭州做手術又花去了近 13 萬元。因此，受傷後，他並未將此事告訴家人，住院的費用和手術費總計 8000 元都是自己打工的積蓄和同學資助的。而當記者問及面臨欠費停藥將如何應對時，郝峰靦腆地笑著對記者說：「不知道，我再想想吧！」

江心比心（將心比心）（12）

央視：「黃衣哥」冒險托住小孩，別讓「最美」變了味。— 2012.06.12

照片上對著鏡頭憨厚笑著的他內心應該是五味雜陳，剛剛從湖裏救上來的 2 名少女，沒有給他留一個「謝」字就匆忙離去。

同樣是救人，遼寧的仲先生更多了些須無奈。6 月 7 日聽到救命的呼喊聲，開車路過的仲先生連車窗都沒有顧的搖上就下水救人，誰知上岸後車內的錢包卻不翼而飛，而這些錢是為女兒辦嫁妝的。「雖然傷心，但今後有人落水，我還要去救」。事後仲先生的這句話雖短，卻倒盡人間暖色。

江胡時代狼心狗肺之人隨處可見，以上幾個案例呈現出的僅僅是江胡醜陋靈魂之冰山一角。

江洋大道（江洋大盜）（1）

亞種皇帝江胡「帝」造了城中看海的今古奇觀，中國 600 多座城市逢雨必成「汪洋」的「美景」令世界各國望塵莫及。

海笑百城（嘲笑）

今年汛期以來 98 座城市出現嚴重內澇。— 2015.07.13

海笑貴惠大道，每逢大雨貴惠大道必成「汪洋」。5 月 18 日，下了一場大暴雨貴惠大道又被淹沒，最深的時候達到 2 米。多臺抽水機不間斷抽水 40 多天，抽壞 3 臺抽水機。貴惠大道積水由來已久，從它建成兩年多來，就多次出現積水嚴重的情況，每逢大雨該路段都會變成汪洋。

人民網：貴惠大道積水達 2 米，撈魚、撈車牌生意紅火。貴陽晚報：貴惠大道何時不再看海。貴州都市官方微博：貴惠大道抽不幹的積水。

江洋大道（江洋大盜）（2）

海笑武漢、山西、內蒙、雲南、廣西等城市。— 2015.07.25

23 日強降雨，近 3 平方公里的區域，幾乎全部淹沒，積水最深處將近 2 米，200 多人緊急轉移，很難想像這樣的場景，竟然發生在湖北省省會城市武漢的中心區域。全省 64 條主幹道嚴重積水，其中 25 條主幹道交通完全中斷，連地鐵、高鐵也未能倖免。

8 月 1 日，山西太原市多個路段嚴重積水。

7 月 29 日，內蒙呼和浩特市區部分路段嚴重積水。

7 月 29 日，雲南省昭通市多處路段被淹，水深 2 米左右，抽了 3 小時還有 70 至 80 公分。

7 月 27 日，廣西北海市道路積水成河，由於長時間浸泡多處路面塌陷，一輛公車掉入塌陷大坑中。

江洋大道（江洋大盜）（3）

江胡時代留下的城市病，愈來愈嚴重，部分城市排水系統基本空白，每逢下大雨就河水倒灌……。住建部對 351 個城市 2008 至 2010 年間排澇能力專項調查：62％的城市發生過內澇，39％的城市內澇災害超過 3 次。

強降雨拉開了 2015 年中國城市看海的序幕，很多城市又成了汪洋。從江胡時代開始，「海城」就成中國人生活中的一部分，城市主幹道頻繁積水，尤其是雨天更加嚴重「逢雨必看海」。「海城」愈來愈有魅力，2016 年上海也出現了復旦大學學生在「海中」抓魚的今古奇觀。水上司愁之路愈來愈發達，「水上摩托」、「水路兩用」汽車、皮划艇，許多人水中作樂不亦樂乎。

道路通訊中斷，公共設施被淹，排水管超負荷。一天的強降雨讓大都市上海變成了海上，80 多條馬路積水，千餘戶民宅進水，50 多座下立交封閉。

江西萍鄉城區多處積水，還有一處人行道塌陷出一個 2 米寬 2 米深的大坑。南京嚴重內澇，道路被淹。南京浦口天潤城附近，公車月臺被淹，市民無法靠近，公車也不能停靠。路河區一橋下的積水 1 米深，有的地區甚至沒有排水口。雲南昆明主城區 40 多處被淹，最深超過 3 米，平均深度達 40 釐米。— 2015.06.23

雖然暴雨在早上 6 至 7 點鐘就停了，但昆明城區仍有大面積道路淹積水，成了一片汪洋。最近幾天大雨，合肥城區再次出現嚴重內澇，最深處積水達到 1 米多，多處下穿橋交通中斷。每次大雨後沒有一個部門對全市排水進行業務統計、指導、考核、督查。

江洋大道（江洋大盜）（4）

海笑京城

若不是農民工事先預備了手電筒、繩子、救生圈等救生器材，若不是農民工自發組織起來救授，北京 721 大暴雨至少死亡 252 人以上，僅一個工地上的 152 名農民工就拯救了 182 條生命。在防患於未然的農民工面前，政府

部門捉襟見肘。暴雨襲來京城混亂不堪，逢雨必澇地下排水系統成萬夫所指。公共秩序混亂，應急管理缺陷，77 人在海笑中喪生。北京房山區清除洩洪河道中的違章建築，10 幾條河道裏阻礙河道行洪的建築物竟然有 270 處。

　　一場大雨導致整個城市都癱瘓，這種情況在中國多個城市屢見不鮮。整個京城一片汪洋，但身處暴雨中心的北海團成沒有積水。距今 600 年明朝排水工程，900 多年前江西贛州的排水系統，100 多年前德國人設計的青島排水系統（設計標準能應付至少 100 毫米以上的降水量）依然笑傲江胡，笑傲著無數座光鮮亮麗大廈下面瘦小枯幹的排水系統。江胡兩帝世界第一的症積令古今中外所有的帝王、總統都望塵莫及，尤其是高科技時代建造的癟癟瘖瘖的排水細桶（系統）使當代人受溢匪淺（受益匪淺）。從 2004 年至今每次下暴雨整個京城都會變成「北海」。

江洋大道（江洋大盜）（5）

海笑群城之一瞥

　　中國所有的城市足不出戶都可以看到海。大自然無情地嘲笑著江胡脆弱的排水細桶。每當下雨都漲潮，幾乎所有的城市都淹沒在海笑中。

　　海城漫步：5 月 28 日，西安城區 50 多處出現積水，積水深 20 釐米。7 月初武漢城區大面積內澇，部分區域積水深達 1 米。8 月 7 日晚，鄭州暴雨致部分街路水深 1 米，交通陷入癱瘓。8 月 17 日瀋陽多路段，雨中「淪陷」皇姑區長江街汪洋一片，攬軍路公鐵橋橋下，積水達 5 至 6 米。

　　南京遭遇暴雨襲擊，由於排水不暢鬧市多出地帶變成了「汪洋」。

　　開通不足 2 月的洛陽路隧道更是不堪一雨。江西南昌 8 月 21 日暴雨，數十條主幹道被淹。此次強降雨導致南昌 46 處地段短時受澇，一人死亡。京山老區每次大雨大街小巷總是被淹沒，水深達 3 米出入得靠船擺渡。

　　廣西桂林遭暴雨襲擊，城區內澇嚴重，最深處近兩米。— 2013.05.01
　　強降雨引發桂林市區多處地段發生內澇。
　　安徽男子劃鋁合金板：「渡海」。— 2015.05.15
　　安徽安慶，從凌晨到清晨暴雨持續，市區多處發生內澇，個別地段水深達 1.3 米，甚至水淹臨街商鋪，嚴重影響交通。在集賢北路過黃土坑段，一名男子將鋁合金水池拿出做船，以鐵鍬做槳劃行。

　　投資 2.4 億元開通不足 2 月的洛陽路隧道更是不堪一雨。洛陽路隧道總投資 2.4 億元，工程設計頂進框架總長 115 米，頂程 132 米，頂進長度為全國之

最。然而就是這樣一個工藝先進全國之最的隧道，不僅沒能在暴雨中發揮應有的交通分流作用，而且自身難保。同樣在江西省 900 多年前的福壽溝依然暢通無阻，傲視江胡洛陽路隧道。

修高鐵，文官屯通往大東區的必經之路變水路。繞行騎自行車得 40 分鐘左右，天山路水更深！無奈百姓自己擺渡搭橋齊上陣，涉水只需走 10 分鐘。高鐵電力已扯皮數月，還在扯。

雨日俱增（與日俱增）亞種皇帝的嚴重退化的缺陷暴露的淋漓盡致。

深海一撇

中國最年輕都市「不堪一擊」。深圳嚴重內澇城市變成「水城」5000 多輛公車無法正常運營，2000 輛汽車被淹。— 2014.05.12

沈海一瞥

昨夜大雨：大東區觀泉路馬路變「海」。— 2014.06.16

大雨過後形成一條齊腰深的大河，橋面上幾百輛汽車整齊排隊進退不能。一些膽大的大型貨車，開足馬路，在水中踏浪而行，車道之處，驚濤拍岸場面壯觀，一些貨車半路熄火。

英達公鐵橋橋下積水成河，過路司機等一宿，積水才降至齊腰深，最深時 2 米多。附近居民說每逢大雨，橋下都積水成河。這是一條必經之路，所以那麼多的車輛只能等積水退去。

江洋大道（江洋大盜）（6）

跑憾船（跑旱船）

武漢暴雨公車進水變船，女司機淡定稱莫吵莫吵。— 2015.07.27

7 月 23 日，武漢地區普降暴雨，暴雨中的武漢市區多處積水，開啟看海模式。一輛正在行駛的公車進水變成船。另據網友爆料，暴雨致江漢路地鐵站 a 出口處嚴重積水，目測水深 30 至 40 公分。

江洋大道（江洋大盜）（7）

機器人拍攝到南方某城市地下管線畫面，通過對該城市大約 600 公里的管線排查後發現，有 8 成到 9 成的管線都存在不同程度的「疾病」，共發現上萬個有缺陷的問題點。專家表示，目前很多城市的地下管網都沒有充分發揮現有的排水能力。

中國城市規劃協會地下管線專家委員會副主任吳繪忠：為什麼內澇頻頻發生，本身我們的排水系統就有病。（管線）淤積、塌陷、錯位甚至於堵塞

嚴重，連 40％都發揮不到，一年一遇的大雨也排不出去。

江洋大道（江洋大盜）（8）

炕上看海

在江胡習時代城市看海，百姓早已習以為常，但八家子居民則享受更高級別的待遇，睡海床。汙水半夜流上炕，驚醒夢鄉中的居民的事時有發生。

出門看海大可不必，八家子居民坐在炕上就能看海。— 2014.10.01

熱電廠排水管爆裂，八家子附近的居民隔三差五上演「孤島求生」，相關部門不上心，汙水就上炕。

獎鼓論今（講古論今）（1）

江胡為汙染企業鳴鑼開道，「重賞」之下，「勇夫」遍地。18000：1，每 1 萬 8 千起的環境行政處罰，才有一起可能進入到司法領域。

和利瑞年產值幾個億，偷埋危廢被罰款 5 萬元。

中國染料清潔生產示範基地暗管排汙，私埋危險化工廢料。

錢長生舉報和利瑞偷埋了大量致癌廢料，2014 年 2 月環保部在和利瑞挖出 66.6043 噸危廢。據錢長生講述向環保部和縣環保局舉報的線索並無兩樣，但向環保部舉報後挖出來的危廢卻是 2 年前縣環保局挖出來的 30 多倍，偷埋的絕不止和利瑞一家，還有更多的危廢深埋在地下。知情人透露：遠征化工廠和它投資的和利瑞一樣，多年來一直在地下掩埋危廢，數量超過 100 多噸。

深縣其中（深陷其中）江胡時代所有政府部門都成為汙染企業的保護傘，國家環保局這個「強龍」根本壓不住地頭蛇，所以挖出汙染物僅僅是冰山一角。在調查中，無論是企業還是環保部門沒有人能說清楚，這些企業每年產生多少危廢，最終流向哪裡，又有多少危廢被非法偷埋，成為地下毒瘤。在灌雲縣臨港產業園區偷埋危廢的絕非和利瑞一家，還有多家企業通過暗管向黃海排放工業廢水。

陳守明說：園區裏並不只有映山花一家偷排，在汙水處理廠去年管網改造施工中，他們就發現幾家企業私設偷埋暗管，但令人詫異的是，相關部門並沒有對這些暗管進行溯源，更沒有追查負責企業。

據當地百姓反映，因向縣環保部門舉報不起作用，所以今年 4 月發現 4 條暗管後，漁民們向江蘇省海監部門舉報。事實上在容納了 123 家化工企業的臨港產業園區，在投產 5 年後才引進了第一家專門處理危險廢料的企業，而僅和利瑞一家企業每天大概產生 90 噸汙水。

獎鼓論今（講古論今）（2）

輕史留名（青史留名）

2011 年 6 月 10 日康菲公司漏油事故，這一事故最終造成 6200 平方公里海域海水汙染，其中，870 平方公里海域海水受到重度汙染，在中國人面前威風八面的亞種皇帝非常懼怕洋人，所以僅罰款 20 萬元不了了之。

獎鼓論今（講古論今）（3）

用低價普通冷鮮肉冒充綠色豬肉，重慶 10 家沃爾瑪僅被罰 269 萬元。違法成本遠遠低於守法成本。江胡時代對年銷售額達數億人民幣的企業罰款百萬元，與其說是罰款莫如說是獎勵。

獎鼓論今（講古論今）（4）

300 多名兒童兒童血鉛中毒未獲賠償，「重獎」的是下一代。一位國際消除兒童鉛中毒聯盟專家的告誡，中國如果不注意鉛中毒的防治，20 年後中國人平均智力將比美國人低 5 %。

光明網質問：超標不賠，到底誰在裝睡。— 2016.02.28

只有 4 萬餘人的大浦鎮，血鉛超標的兒童數量超過 300 人。

繼陝西鳳翔、湖南武岡血鉛超標事件之後，再一次爆出的嘉禾血鉛超標事件引發了社會關注，在嘉禾縣金雞嶺等村 14 週歲以下的兒童進行血鉛化驗，其中 254 名兒童血鉛超標。

懷寧縣已進行檢測的 206 名兒童中 100 多名血鉛超標，其中 28 名兒童達到中度鉛中毒需住院治療。

獎鼓論今（講古論今）（5）

失落罰客（客氣）（斯洛伐克）

江蘇一化工廠超標排汙致附近大量魚畸形，僅罰 603 元。— 2016.02.28

2015 年 10 月，媒體報導高郵市養殖戶耿冠寶的 70 畝魚塘疑因附近化工廠汙染，出現了大量的畸形魚。這些魚有的骨骼彎曲，有的眼、腮等部位異常腫大。化工廠存在多種問題，當地環保局僅罰 603 元。檢測結果公佈後，引發民眾的質疑。10 月 28 日，江蘇省環保廳下發通知，要求揚州市環保局對此事件進行調查處理。經環保部門檢查發現，光明化工存在排放廢水 PH 值超標、擅自超過環評年產量 800 噸未報批相關環保手續、危險廢物超期貯存等問題。

獎鼓論今（講古論今）（6）
法院違虎作倀（為虎作倀）之冰山一角

如果購房者不按期付款，就要按總房款的萬分之一，按日賠付違約金。但開發商違約了賠付就不一樣了。不是按日，而是按年的萬分之一賠付違約金。孫大娘：按著這個霸王條款，開發商一輩子不給我們辦房票我們就只能得到 44 元。

教苦不迭（叫苦不迭）（1）

南方週末持續報導西部代課教師的艱難處境，將數十萬代課教師的認定與補償問題引入公共視野。— 2013.03.03

雲南 10 餘萬代課教師將獲得人生最重要的一筆補助，同時迎來一道證明題：自行舉證證明代課經歷。但鄉村教師們普遍缺乏物證，證人大多年老或死亡。在艱難的自證前，貧困、衰老的代課教師程興貴無奈自殺。

教苦不迭（叫苦不迭）（2）

湖北省公安縣 314 名被縣政府辭退的民辦教師為得不到公辦教師資格和應得的補償在政府面前集體下跪。— 2010.04.27

教苦不迭（叫苦不迭）（3）

山東曆城一中學教師集體罷課，抗議拖欠工資。— 2015.01.13

教苦不迭（叫苦不迭）（4）

36 人實名舉報教育局長賣 200 多民辦教師轉公名額。— 2015.02.11

教苦不迭（叫苦不迭）（5）
秦心劍膽（琴心劍膽）

2014.06.10 湖北潛江市浩口鎮第三小學發生張澤清劫持 52 名人質事件，秦開美面對危險她挺身而出主動當人質，說服嫌疑犯釋放所有學生。

她拿著不到正式教師一半的工資，不享受寒暑假的待遇，沒有任何福利、保險，2 次下崗又被召回，就這樣教了 26 年書。一面是鮮花與掌聲，一面是沒有名分的代理身份。

教苦不迭（叫苦不迭）（6）
袖珍園丁

河北蔚縣宋家莊殘疾教師郭省代課 20 年未能轉正，依靠村民的救濟生

活。3 歲的時候郭患上了小兒麻痺症，已經 39 歲的他身高還不足 1.2 米。從 1991 年 10 月起，他就在河北蔚縣宋家莊鎮做代課教師。整整 20 個年頭了，幾經輾轉，每次代課教師轉正都與他擦肩而過。以貌取人乃很多官員之通病，更何況毫無憐憫之心的官員認為讓他當代課教師就是賞他飯吃。2007 年的縣委書記表示郭轉正會損害蔚縣的教師形象。

郭省這樣的代課教師，在蔚縣已經很少。大大小小的獎項，他得了無數。然而，他現在的工資才 540 元，平時吃喝全靠老鄉接濟，不鬧病還勉強，稍有個頭痛腦熱就吃不消。郭身殘志堅在沒人願意來得偏僻村莊一教就是 20 年，替國家教育了無數的孩子卻變成了討口飯吃的可憐蟲。郭年年得獎而且懷揣十大傑出青年的證書，江胡兩位亞種皇帝統治下有無數個集結號。

介賴之疾（疥癩之疾）（1）

非金融企業，卻從事金融企業行為，風險無限放大，又沒任何監管。

在房地產經紀行業搞起金融業務，搞金融創新，誰來監管？－ 2016.03.03

鏈家地產掛售「問題房源」事件。鏈家地產僅在上海門店超過 1200 家，佈局金融業務超百億至今沉澱。在採訪中記者瞭解到 2015 年上海市消保委受理的房產仲介服務投訴量創下了歷史新高，同比增長 40 ％。

本週上海市消保委公佈了房產仲介滿意度調查，滿意度只有 11 ％遠低於其他行業。調查顯示：84 ％的消費者在接受房產仲介的服務中，碰到過糾紛和爭議，權益受到過損害等，34 ％的消費者發現仲介虛標房價。此外，消費者遇到最多的問題還包括：隱瞞房屋真實資訊、合同陷阱、收費方式不合理等等。根據消保委暗訪調查，有 20 ％已出售的房源，仍被房產仲介掛牌用來招攬客戶；41 ％的在售房源，存在標低房價的現象；有 56 ％的房源在實地查看時與網上宣傳不符。

上海市消保委副秘書長唐健盛：房產仲介是一個靠服務消費者生存和發展的行業，它怎麼會累積如此多的消費者怨憤，關鍵問題在於誠信缺乏和規則缺失。一些虛假的資訊已經成為行業的慣例，不標一個低價就不能把消費者套進來，價格是用來釣魚的。

舉報率低，違規操作有機可乘。儘管有 84 ％的消費者在接受仲介服務時遇到過糾紛，但其中只有 20 ％選擇了舉報和投訴。消保委表示：房產仲介行業相關法律的缺失是問題產生的根源，讓虛假資訊違規操作鑽了空子，而資訊不對稱的局面使得仲介始終處於優勢地位，消費者想要維權非常困難。

介賴之疾（疥癩之疾）（2）

不靠譜的仲介代辦維修基金等了 4 年沒動靜。— 2016.01.26

2012 年，沈北新區太湖國際花園的幾百戶業主每戶向售樓處指定的融寶仲介交了 7000 至 9000 元，之後仲介就「蒸發了」，對此開發商推得一乾二淨。雪上加霜的是房證辦不下來，孩子只能花高價上學。

介賴乃江胡後遺症最輕的一種，所以政府拿它不當回事，正因如此介賴聚沙成塔遍地開花。

戒刀殺人（借刀殺人）（1）

新聞 1+1：歐陽桂芳死因不能不清不楚！— 2016.01.12

戒毒所裏死亡：沒有死亡原因，沒有調查結果，一個農民面對戒毒所內突然死亡的女兒，他能怎麼辦？記者調查採訪無功而返，國家法律規定的調查結果為何不能提供。戒毒所做零工的人對歐陽桂芳的父親歐陽國城講：「這個人是活活打死的」，隨後幾天歐陽國城向強制戒毒所、公安局等單位要求看視頻，被拒絕。

戒毒人員在戒毒所內非正常死亡這已經不是國內第一例了，為何此類事件頻繁發生呢？發生之後又得不到公開的調查和處理？

戒刀殺人（借刀殺人）（2）

19 歲美少女郗紅戒毒所離奇死亡，警方稱宮外孕，有遭強姦和毆打痕跡（見：屠毒生靈）。戒毒人員在戒毒所內非正常死亡，中國大陸沒有一個明確處理的主體。都是公安機關自己「監管」，自己處理。

京刁細捉（精雕細琢）

離園子弟（梨園子弟）之冰山一角

500 多名小學生開學日發現學校已關停，家長不知情。— 2015.09.09

9 月 7 日，北京開學日，背著書包來到朝陽區孫河鄉育星園小學的學生們，看到的卻是緊閉的校門和一塊寫有學校關停的告示牌。多名家長稱，他們早已在 8 月下旬交納完 2400 元不等學費，當時學校並未告知要停辦，也未收到、看到任何相關的政府通知。學校關了，這簡直是晴天霹靂，連老師都是 9 月 6 日才知道學校不讓進的，500 多名學生陷入困境。

白岩松：「這簡直看完讓人感覺太憤怒，你們早幹什麼來著！如果您要是早通知，雖然麻煩但不耽誤上學。可是開學才告知，這些孩子上學該怎麼辦呢？這事可是事關祖國的花朵，難道不該好好地追責嗎？」

京官刁瞞（刁蠻）無理，再加上地方官員的刁鑽古怪把中國的百姓折騰得苦不堪言。

精刁細捉（精雕細琢）（1）

重病老人被抬進銀行修改密碼。徐萬發的妻子連續 3 次輸錯密碼，導致帳戶被鎖定。銀行工作人員說要重置密碼，而重置密碼必須要本人來才行。無奈他被 120 急救人員用急救車送到銀行門口，接著又被放在擔架上抬進營業大廳，才最終完成了按指印這道程式。— 2013.10.12

精刁細捉（精雕細琢）（2）

想辦殘疾證，植物人也得自己來照相！瀋陽市於洪區殘聯一位工作人員接電話時語出驚人。

精刁細捉（精雕細琢）（3）

保爺折騰大活人。「特病」年審社保部門要求癱瘓在床 6 年的老人必須到現場體檢。老人癱瘓 6 年「不敢碰」。83 歲的韓啟財家住瀋陽市豐樂社區，患有腦栓塞和高血壓，2007 年開始癱瘓在床。

精刁細捉（精雕細琢）（4）

白折騰了，報喪葬費差點跑斷腿。— 2015.12.04

閆鳳為辦理女兒紀樹平的喪葬費被和平區社保局、瀋陽市社會養老和工商管理局和平分局折騰來折騰去。閆鳳的鄰居劉占輝看不下去了，對記者說：既然年限不夠不符合規定，就應該早點告訴人家，何必讓人家白跑了 30 幾趟。

救病難醫（舊病難醫）（1）

救病難醫之冰山一角

淩峰：民政部門欠了我們學校 8 年的貧困救濟款項，8 年都沒給我們的孩子，我一直到處追，就是追不會來這筆錢，因為他們要求 20％ 的回扣，這點讓我極為不滿。

救病難醫（舊病難醫）（2）

屢屢失信的老城派出所和信陽救助站對生命的漠視導致 2 名少年在短短的半年內接連死亡。

救病難醫（舊病難醫）（3）

河南鄭州：農民工躺在橋下 20 餘天後離世，120 和救助站見而不救。

救病難醫（舊病難醫）（4）

北京城管否認搶走流浪漢棉衣，稱只是清理丟棄物。─ 2013.01.08

於建嶸發微博要求有關部門給出解釋：「幾十人開車去搶流浪者的衣被，應有人對此事負責！」「如果你們不能給他們一個安身的地方，我請求你們，就讓他們安心地住宿在街頭吧！」。

救病難醫（舊病難醫）（5）

事後恐明（事後諸葛亮）

被「捐助」的流浪者待遇淒慘：兒童被栓在樹上。─ 2014.12.17

固始縣的一個救助中心：水泥地上放塊木板或鋪一層薄薄的稻草當床。在上面裹著單薄的被子蜷縮而眠的人，身上到處是凍瘡。除了屋內髒亂不堪，在屋外甚至還有孩子被拴在樹上進行所謂的看管。

當這組令人心酸的照片被曝光後被震驚的不僅是公眾，還有當地民政局相關負責人。他們不但「震驚還很內疚」。這話傻子才信。收了每個月每個人有 800 元的救助補貼，被「捐助」的流浪者卻過著豬狗不如的日子。

救病難醫（舊病難醫）（6）

陝西救助站拒收智障流浪漢：需警方開無主證。─ 2015.08.07

凌晨 1 時，西安的哥房鑫開車撞了一名有智力障礙的流浪漢，致對方受傷，隨後，他第一時間撥打了 110 和 120，如今，醫療費已經花去 8 萬多，傷者也傷癒出院，但因找不到對方家屬，救助站表示無法接收，這下，房鑫徹底有些崩潰了。8 月 5 日，在給華商報求助的前一天，房鑫和車主李綱鋒在交警蓮湖大隊事故處理中隊張岩的陪同下，去了一趟西安市救助站，工作人員看了無名的情況後，表示不能收留。

救滬車（救護車）

「黑救護」並非是個案，已經成為全國性的普遍問題。僅上海警方就刑拘 17 人，查扣黑救護車 14 輛。

2014 年 9 月 15 日，陝西一輛救護車上發現 4 名死者，根據警方調查，這 4 名死者的直接致死原因是一氧化碳中毒。但蹊蹺的是，這臺肇事車輛上並未見到任何救助設備，後經警方調查，這輛救護車是一輛非法運營的黑救護車。而隨著記者的深入，發現這座城市中至少有 55 輛救護車屬於「黑救護車」範圍。周口市 340 多家醫院來歷不明的救護車又會有多少呢？

拘無定所（居無定所）（1）

江胡統治下拘無定所之冰山一角

劉曉波獲諾貝爾和平獎後他妻子劉霞被軟禁在北京郊區，軟禁劉霞的街道佈置的看守有的穿警服有的穿便衣，他們不容許外人靠近大門。然而政府卻聲稱：「劉霞是自由的」。今年早些時候中國許多作家、藝術家、律師、博主都被失蹤。

拘無定所（居無定所）（2）

中國人民大學教授張民在網上發表評論說：陳光成現在已經被釋放了，他已經是公民了，但他現在還是被囚禁著，而且過著比監獄還要艱難的日子。

拘無定所（居無定所）（3）

關寡孤獨（鰥寡孤獨）

上訪婦女勞教期滿後被關廢棄太平間 3 年。

拘無定所（居無定所）（4）

計生辦黑監獄拘禁 10 月大嬰兒。— 2014.12.11

旅館關了 9 個人都是「超生戶」。旅館除 2 道鐵門外，窗戶也都裝了鐵絲網，被關得無聊，他們也只能在院子裏站一站。一日三餐有人按時送飯，但他們每天需要交 300 元「伙食費」。

拘無定所（居無定所）（5）

漯河上訪農民被送精神病院 6 年半，終回家。— 2010.04.26

他父親死於自殺，時間正是徐林東生不見人死不見屍的時候。

拘無定索（居無定所）（1）

藝術家艾魏巍的母親指責當局上半年將自己的兒子強迫失蹤的做法。艾2015 年 4 月 3 日在首都機場海關被帶走，失蹤達 81 天，沒收到官方任何手續。

拘無定索（居無定所）（2）

警方以網上下載資料為由將陳曦帶走，他妻子多次到地方派出所、公安分局和國保大隊找人，但均被告知不知道人在哪裏（見：密允不語）。

拘無定索（居無定所）（3）

廣州人權律師唐荊陵被強迫失蹤 5 個多月，在此期間，被用高壓電棍電擊，被禁止睡眠，直到生命出現嚴重危險時，警方才允許每天睡 1 至 2 小時。

拘無定索（居無定所）（4）

拘高臨下（居高臨下）

百姓失蹤則更加淒慘，河南智障者李天禧不僅是被拘留，還被判了刑。江胡時代百姓發生過無數起被失蹤事件，我至少收集了幾百起被失蹤案件，可恨的是隨身碟被鄰居偷走，無法展現出更多的案例。

拘心不良（居心不良）（1）

新京報：隨便說話就被刑拘。－ 2014.05.14

兗州一名 21 歲網友不滿車被貼條，發帖罵了交警，之後被行政拘留 5 天，更震驚的是當地公安還將其當做典型公示。

拘心不良（居心不良）（2）

甘肅張家川「少年發帖被拘」。－ 2013.09.26

16 歲的楊輝發微博質疑高某非正常死亡內情，因帖子被轉發 900 多次楊輝被刑事拘留，此事激起當地民眾無限憤恨憤怒。

拘心不良（居心不良）（3）

見義勇為被刑拘大學生：怕被報復跟媽媽回老家。－ 2014.07.21

蹊蹺的是，此案發生後，警方遲遲未對猥褻者進行處理，而卻一味要追究見義勇為者的責任，要求他們賠償。

拘心叵測（居心叵測）（1）

老鼠滅門案：微信擺 34 只死老鼠被行政拘留。－ 2015.01.20

警方稱資訊涉嫌發佈、傳播虛假警情，涉嫌虛構事實擾亂公共秩序，將發佈者吳某雄行政拘留 10 日。

拘心叵測（居心叵測）（2）

河南 2 名民工送給政府部門送「不作為」錦旗竟然被拘留。－ 2015.06.16

拘心叵測（居心叵測）（3）

重慶一公務員因編寫短信針砭時弊獲罪被押 40 多人受牽連。－ 2006.10.20

秦中飛，突然詩興勃發，填了一首《沁園春·彭水》的詞。時隔半月，員警逮捕了他。公安機關認為，在這首詞裏，隱喻了彭水縣委縣政府三個領導。公安機關至少傳訊 40 多人，凡是收到和轉發過《沁園春·彭水》這一短信的人均被叫到縣公安局接受調查，彭水縣城人心惶亂。沒人敢說話了，「人

人自危，不敢談論政治。」一位退休幹部說，「現在，沒人敢對政府官員說三道四。」員警在秦中飛QQ聊天記錄裏發現了一些有關國家領導人的圖片。他們把這些圖片列印出來，追問秦從哪里接收的？又發給了誰？

拘心叵測（居心叵測）（4）

包工頭全家戴枷討薪被刑拘，派出所長：我就是法，隨時刑拘你。— 2015.10.28

陝西民工在山東討薪被拘，警方關鍵證據疑造假。— 2013.12.23

公安機關把張正友和幾個工友拘留50天不說，還將案件提請檢察院要求以尋釁滋事罪批捕張正友。在公安機關報請批捕張正友的卷宗裏，張正友發現四張收條影本證明他已經收到200萬欠款。

張正友認為四張收條純屬造假，要求對4張收條原件進行司法鑒定，但是遭到公安機關和礦上的拒絕。因為不會打字，收條都是手寫條子，而公安局提供的這4張收條影本看上去都是機打的。萊城區公安分局以收條丟失為由，繼續要求檢察機關依據收條影本批捕張正友。

舉飾混濁（舉世混濁）（1）

遮潛掩後（遮前掩後）

山西一縣委書記將攝像頭對準巡視組舉報箱。— 2015.10.22（實拿九穩）

對於中紀委網站通報這個案例，公眾最想知道的是：山西省某縣是哪個縣？將攝像頭對準巡視組舉報箱的縣委書記是誰？受了什麼處罰？中紀委這個屁放的沒味，與其說是通報不如說是鼓勵更多貪官都這麼幹，無後顧之憂。

中紀委半遮半掩的目的昭然若揭。正因如此，舉報貪官獎20萬，湖北檢察機關曾刊登公告請舉報人領獎，但仍有100多萬獎金無人敢認領。據最高法院統計：全國每年發生的證人、舉報人致死事件，從上世紀每年不足500件上升到現在每年1200多件。中紀委監察部通報2012年向檢查機關舉報涉嫌犯罪的舉報人當中70％不同程度的遭受打擊報復。

舉飾混濁（舉世混濁）（2）

實名舉報遭到洩密，稱調查資料給了被舉報人。— 2015.01.21

廣州市白蟻防治行業協會副會長向國土房管局實名舉報會長違法。舉報人苦等結果期間，卻被告知調查資料給了被舉報人。

舉飾混濁（舉世混濁）（3）

武漢公安局督察大隊及紀檢部門聯手包庇扒竊頭目 5 年之久，民警黃建春每次舉報都受到打擊報復，連評職稱的資格也被剝奪了（竊中時弊）。

舉飾混濁（舉世混濁）（4）

2007 年湖北黃石民警吳幼明在網上披露了交警罰款任務指標，之後當了 13 年員警的吳幼明被湖北省黃石市公安局辭退了。

舉飾混濁（舉世混濁）（5）

山西夏縣教育局局長吳東強在 15 天內經歷了被拘留、被炒家等一系列驚險過程，而這一幕之所以上演，正是源於他舉報縣長受賄的 2 條短信。

舉飾混濁（舉世混濁）（6）

男子發帖舉報官二代公務員招考作弊，慘遭跨省抓捕。— 2010.11.30

舉飾混濁（舉世混濁）（7）

一篇帖子換來牢獄之災，一青年舉報家鄉違法征地遭遇跨省追捕。— 2008.12.26

舉飾混濁（舉世混濁）（8）

女子舉報派出所長被打斷手腳，丈夫戶口被註銷。— 2015.01.03

2014 年 12 月 31 日凌晨 5 點 45 分左右，河南鹿邑縣女子曹露在回家路上被 4 位蒙面人持砍刀、木棍打斷右手右腳。此前 2 年，她與丈夫一直舉報所在地派出所所長等人違法違紀問題，曾多次遭到他們恐嚇、威脅。

蒙面人：再舉報派出所「弄死你」。

曹露說：因戶口丟失，到派出所補辦卻發現肖建鵬那一頁不見了。向派出所詢問，得到答覆是戶口註銷了。上周口沒人管，我們不得不去北京。

王楓說：「戶口註銷了，我看你們上哪去告。沒法坐車，沒戶口你沒法住，你到高檢人家不接待，你沒有身份證、沒戶口誰接呀」。

肖建鵬說：等妻子養好了傷，他就帶著一家人回江西老家。惹不起對得起。弱者的屈服並不是強者的勝利，而是中國舉報制度的一種恥辱。

舉飾混濁（舉世混濁）（9）

2012 年春節大豐市人社局私分百萬國有資產，魏科長將分到手的 1 萬多元退回，但被拒絕，後魏舉報此事和領導結下樑子。在今年 3 月初的一次局務會上，「局長王某禁止其發言，雙方因此事發生小爭執，王於是動用公安，將魏帶走拘留 1 週」。

舉飾混濁（舉世混濁）（10）

深圳龍崗區龍崗街道南聯社區幹部周偉思被爆 80 套房 20 輛車，最少超過 20 億。早在 6 月深圳警方就開始調查周祖傑涉嫌虛報註冊資金問題，但毫無起色，但周祖傑舉報村官周偉思後，案子進展如電。舉報人下午 4 點要接受媒體採訪，3 點鐘就被員警傳喚，5 點鐘正式批捕。逮捕令本應由檢察機關批准，公安機關執行，可卻變成龍崗公安分局批准，龍崗公安分局執行。

舉飾混濁（舉世混濁）（11）

劉虎近年來以網路博客微博為主陣地集中火力反腐，晉、陝、黔、川，官場重大貪腐新聞多出其手，致使李亞麗、楊達才等重多官員落馬。實名舉報馬正其造成數千萬國有資產流失，馬安然無恙而劉虎卻被北京警方拘留。

舉飾混濁（舉世混濁）（12）

四川青年鄧永固實名發帖舉報當地林業局有關領導在退耕還林中存在違法亂紀行為，結果涉嫌誹謗罪被刑拘。

舉飾混濁（舉世混濁）（13）

舉報受審法官的商人被刑拘。6 月 18 日，湖南省益陽市地產商吳正戈被警方刑拘，理由是涉嫌騙取貸款罪、非法獲取公民個人資訊罪。他曾舉報即將受審的益陽市赫山區法院官員。－ 2016.07.16

舉飾混濁（舉世混濁）（14）

上海高法趙明華、陳雪明等 5 名法官集體嫖娼視頻網上曝曬，選擇網上曝光是因李某 4 月 8 日發現 1 名律師請其嫖娼，他直接報警，但不了了之。

舉飾混濁（舉世混濁）（15）

山西檢察官實名舉報 3 年無果，憤而辭職回鄉務農。－ 2013.10.25
張旭民的主動辭職，則是由其實名舉報該院副檢察長嚴奴國涉嫌存在濫用職權、徇私舞弊等嚴重違法犯罪問題 3 年無果而引發。回到家鄉的張旭民成了 1 名農民，開荒山、搞養殖。不過，他說，自己還要繼續舉報下去。

舉飾混濁（舉世混濁）（16）

山西：劣質疫苗毒害兒童，近百名孩子致死致殘。陳濤安實名舉報，3 年舉報 30 餘次，有關部門無動於衷。－ 2012.09.07

舉飾混濁（舉世混濁）（17）

172 名村民聯名舉報鹽津縣蒿芝村總支書兼村主任楊某「貪汙腐敗、嫖娼賭博、侵占農田。向縣紀委舉報 8 個月之後沒結果。— 2015.04.17

如果不是媒體曝光，在過 8 年紀委也不會動貪官一根汗毛。

舉飾混濁（舉世混濁）（18）

江胡習時代法律被糟蹋得不成樣子，因此老百姓向媒體舉報，而不是公安局或政府部門。農民工正常討薪途徑行不通，稱相信媒體不信政府。— 2011.11.24

為討回 5000 多元工錢，伊犁州察布查爾縣農民工索傳平奔波 27 年。

舉飾混濁（舉世混濁）（19）

後江胡時代，絕大多數受到坑害的消費者依然不相信法律，寧願忍氣吞聲也不舉報。儘管有 84 ％的消費者在接受仲介服務時遇到過糾紛，但其中只有 20 ％選擇了舉報和投訴。

舉飾混濁（舉世混濁）（20）

陝西一女教師舉報 40 多名公務員受賄，紀委正調查。— 2014.10.08

拔出蘿蔔會帶出泥，很可能會牽涉到更多人，更大的案件，所以各地紀委以往的做法，不可能有什麼收穫。最多犧牲幾個小卒子，大車一定安然無事。

舉飾混濁（舉世混濁）（21）

是誰逼得紀檢幹部「穿防彈衣」上班。— 2014.12.16

楊斐實名舉報新邵縣建設工程品質監督站站長謝某公款旅遊，公車私用等違法違紀行為。舉報之後，他接到 2 個匿名電話威脅「要搞死你」，隨後幾天裏又接到幾個匿名電話。在接受記者的採訪時曾經說道，穿防彈衣是一件很無奈的事情。穿上後心裏很不好受，感覺這是對我的侮辱。我穿上防彈衣之後就告訴了家人，因為我必須對我的家人負責。至於什麼時候脫掉，我現在心裏沒底。

舉飾混濁（舉世混濁）（22）

銀行行長玩弄感情遭舉報，紀委書記調解。— 2014.01.26

女子聶某舉報浦發銀行福華支行行長劉某明搞婚外戀，欺騙其感情。經紀委書記張某調節，雙方最終達成協議，劉某明補償 25 萬元人民幣，條件是聶某不再繼續舉報。

紀往不咎（既往不咎）

中國大陸的紀委名義上是反腐機構，實際上和貪官汙吏穿一條褲子，尤其是中紀委專打老弱病殘之老虎，為腐敗延年益壽立下了汗馬功勞。

捐捐細流（涓涓細流）（1）

中國器官捐獻率世界居末，每百萬人僅 0.03 人捐獻。— 2014.04.04

捐捐細流（涓涓細流）（2）

角膜盲每年新發 10 萬，手術不足 2％，全國眼庫幾乎都是空庫。據世界衛生組織報告的數據，角膜疾病是最重要的致盲眼病之一，在發展中國家是繼白內障之後的第二大致盲眼病，也是眼球摘除的第一致病因素。在中國角膜盲患者約有 300 萬，85％的角膜盲源自感染性角膜病，每年新發的感染性角膜病致盲患者超過 10 萬。— 2015.06.27

目前，角膜移植手術早已是一項成熟的眼科技術，在所有器官移植中成功率較高，使許多角膜病患者重見光明，提高生活品質。全國角膜捐獻不足，約 20 個眼庫幾乎全部為空。

捐捐細流（涓涓細流）（3）

2010 年 3 月至今，作為全國 10 個人體器官捐獻試點城市之一的南京沒有實現 1 例自願捐獻。

捐心銘骨（鏤心銘骨）（1）

杜捐山（杜鵑山）

亞種皇帝江澤民統治中國期間造的孽數不勝數，就連捐獻也被糟蹋得不成樣子。自願捐獻變成了強捐、派捐、逼捐，攤捐。

蠢捐之冰山一角

汶川地震 760 億捐款中 80％左右流入政府財政。汶川地震以後中國南都公益基金會常務副理事長徐永光歸納了災後捐款四不見。第一：捐贈人看不見捐款用在哪裏。第二：災區群眾看不出哪些是捐款。第三：災區政府看不到捐款在哪裏。第四：民間公益服務看不見。

捐心銘骨（鏤心銘骨）（2）

廣西天等縣馱堪鄉孔民小學生寒冬穿涼鞋、睡涼席，政府為了面子叫停捐款。

捐心銘骨（鏤心銘骨）（3）

雲南鶴慶縣一小學為地震捐款被民政局拒收。以不收現金為名拒收並責怪零錢太多。

捐心銘骨（鐫心銘骨）（4）

安徽寧國民政局叫停募捐惹來不滿，網友PS惡搞懸浮照。— 2013.10.31

安徽寧國網友欲給困難群眾募捐，卻遭民政局叫停，理由是寧國市有2000多人需要救助，這次募捐只為3人募捐，對其他人不公平。隨後有網友在該局官網上發現一張奇葩極似PS圖片；這張民政局領導陪同當地副市長看望百歲老人圖片中，領導圖像被放大且身體懸空，而百歲老人只能蜷縮一角。微評：偉大的公僕，渺小的人民！

捐心銘骨（鐫心銘骨）（5）

慈善公益淪為性侵工具9年，色狼王傑打著資助貧困學生的旗號性侵多名小學生。王傑個人所辦網站，但他並未在民政局正式註冊，也沒有對公帳戶，所得捐款均匯入其個人帳戶，這已明顯違反公益事業捐贈法，當地民政部門仿佛始終不知情，遑論出售監管。— 2015.09.15

捐心銘骨（鐫心銘骨）（6）

煙臺慈善總會官員撞死人後用80萬善款賠償。

捐心銘骨（鐫心銘骨）（7）

醫院用地震捐款以高出市場價近50％的價格購買已經停產的過時醫療設備。

捐心銘骨（鐫心銘骨）（8）

汶川地震500萬設置豪華捐款箱4年後才清點，如果不是媒體曝光捐款已發黴。成都：紅十字會募捐箱中善款發黴長毛。由於紅會監管不利，數百臺捐款箱被毀壞，甚至被盜。

捐心銘骨（鐫心銘骨）（9）

海外人士給家長的1000多萬元捐款中飽私囊。四川綿竹富新鎮鎮長熊朝雲、副鎮長汪戀、經發辦主任陶志瓊3人揣進自己腰包。

捐心銘骨（鐫心銘骨）（10）

閆淑清突然收到善款轉捐告知書，將25萬元善款轉交給聊城市慈善總會，令她不解的是在眾多捐款人不知情的情況下，學校將愛心隨意轉移。

捐心銘骨（鏤心銘骨）（11）

字投羅網（自投羅網）

媒體報導：捐贈人 24 年前捐出于右任書法作品被咸陽市政協官員私分。

捐心銘骨（鏤心銘骨）（12）

貴州投資 35 萬希望小學僅用 1 年半就變成垃圾回收站，2008 年香港捐款建成後不久變成養雞場，後來又變成垃圾回收站，而教育局稱毫不知情。

捐心銘骨（鏤心銘骨）（13）

貧困生每學期獲資助 400 元實際到手僅剩 40 元。－ 2013.03.11

不僅捐款縮水了 10 倍，就連信件也被學校扣留。

捐心銘骨（鏤心銘骨）（14）

北京 50 多名身穿公安、城管制服的人搶走了捐給流浪人員的棉衣。

幹壞事毫不掩飾，連裝好人這一程式也省了，光天化日之下，身穿公安、城管制服搶奪弱勢群體來者不苦（來者不善）。

捐心銘骨（鏤心銘骨）（15）

援助他人腦癱雙胞胎，網店店主 1 元起義賣遭哄搶。－ 2013.01.09

捐心銘骨（鏤心銘骨）（16）

柯江詐娟 6 百多萬捐款，很可能不了了之，因為中國大陸沒有慈善法。－ 2016.03.10

捐心銘骨（鏤心銘骨）（17）

前職業足球運動員高雷雷，見孩子們上學要走 3 小時的路，自掏腰包花 20 多萬元買了一輛校車捐給支教小學，然而意想不到的是，校車上路的手續 2 年都沒辦下來，交通廳和政府互相推諉。

捐心銘骨（鏤心銘骨）（18）

江蘇鹽城政府「借款」1.1 億，賴賬 14 年後變「捐款」。廣東和江蘇等省的善款收入和流向都是未知數。

捐心銘骨（鏤心銘骨）（19）

中國紅十字會捐款查詢平臺驢唇不對馬嘴。2010 年 4 月 14 日玉樹地震發生，而 1 月 30 日劉德華捐款 20 萬，3 月 29 日楊千樺捐款 10 萬，3 月 31 日黃曉明、章子怡各捐款 20 萬。

一燒一路（一帶一路）（1）

習帝而坐（席地而坐）惡習不改

　　三帝統治下，中國的官二代、富二代燒錢攀比成風，然而千百萬個燒錢的闊少和習帝比起來充其量是小巫見大巫。當上中國的亞種皇帝之後，習帝燒錢的惡習非但不改反而一發不可收拾。習帝把「八旗子弟」燒錢的「本領」演繹得淋漓盡致。

燒縱即逝（稍縱即逝）

　　凡是燒錢的敗家子，錢都不是好道來的，習帝繼承的天價遺產，都是江胡毀滅性的破壞大自然得來的，正因如此，習帝燒錢無比瘋狂！

特厲瀆行（特立獨行）

　　中俄天然氣大單，俄羅斯賺大了。— 2014.05.22

　　習帝瘋狂燒納稅人的錢「錢」無古人後無來者。中俄天然氣談判長達十年，始終沒進展，因為俄羅斯要價太離譜。敗家子習帝登基後這筆天價虧本大買賣很快做成了。然而這僅僅是習帝瘋狂燒納稅人錢之冰山一角。

一燒一路（一帶一路）（2）

　　退化之悲哀，中國的皇帝非但沒進化成總統反而退化成亞種皇帝。皇帝得為江山社稷考慮，得為千秋萬代著想，而亞種根本皇帝則是幹黃拉倒，反正即位的不是自己兒子，我死後哪怕洪水滔天！正因如此，習帝每次周遊列國都瘋狂燒納稅人的錢，少則幾十億，多則成百上千億。把中國所有貪官貪汙的鉅款加在一起，還不如他去聯合國一次免單燒得多。

　　修復江胡瘋狂破壞大自然的費用至少得花費萬萬億，然而習帝根本不把後代如何「砸鍋賣鐵」償還江胡孽債之事放在心上，而是瘋狂揮霍江胡留下的天價遺產。習帝燒錢之霸氣，古今中外無人能敵。儘管習帝瘋狂燒錢超萬億，但依然無法滿足他燒錢的瀆癮，於是他把燒錢的規模擴大千萬倍，迫使中國的企業參與到一燒一路中來。習帝燒錢的瀆癮已病入膏肓，為了滿足瀆癮他不斷地出訪，到世界各國燒錢。一黨制獨裁，無論習帝怎樣瘋狂燒錢也沒人敢問責。

　　世界經濟低迷，就連美國經濟也捉襟見肘，唯獨中國經濟靠瘋狂破壞大自然的慣性蒸蒸日上。習帝繼承江胡「殺雞取卵」之遺產成為世界上「罪」富有國家元首。敗家子習帝豈能放過這千載難逢的炫富機會。

一席之帝（一席之地）

提及當今世界老大老二，美國總統川普、俄羅斯的普京盡人皆知，但普通的外國人根本不知道習帝是何許人也？因為他的國家元首排名二百五（我給他的排名）。平庸的習帝並不滿足於當中國的皇帝，他要靠中國強大的經濟實力為自己揚名立萬。起初國際政壇沒人把習帝放在心上，於是平庸的習帝拿出了看家本領瘋狂燒錢、瘋狂砸錢，這一糟（這一招）果然奏效。因瘋狂燒錢所以習帝所到之處無不拍手叫好，所有的國家都盼望習帝來訪，習帝每到一國至少提供 10 億以上的「免費午餐」，正因如此，二百五習帝的排名不斷攀升，短短幾年習帝在國際的帝位（地位）就名列錢茅（名列前茅），在燒錢、砸錢老大面前特朗普和普京黯然失色。

一燒一路（一帶一路）（3）

不怕不識禍，就怕禍比禍（不怕不識貨，就怕貨比貨）

同樣都是國家元首，特朗普瘋狂向外國收保護費，禍害外國，美國獲利。習帝則瘋狂禍害中國百姓，專門把肥水流給外國人田。同樣都是免單，美國等國家給外國免單全都帶有附加條件，例如：用免單換駐軍。而習帝則無償地、無條件的為外國免單。

習帝瘋狂給外國免單，瘋狂為外國提供千億萬億免費午餐還嫌不過癮，還迫使中國企業到外國去燒錢。習帝所謂的雙贏，外國贏得了「天上掉餡餅」，習帝贏得的是古往今來世界上最大的政績金字塔。習帝的政績金字塔令古埃及所有法老的金字塔都望塵莫及。埃及金字塔不過是一堆大石頭，而習帝的政績金字塔是靠瘋狂燒 13 億納稅人的血汗錢堆積而成。

一燒一路（一帶一路）（4）

一黨世襲盡是些平庸之輩（襲盡平）。極其平庸的習帝當上了一國之君，繼承了天價遺產成為世界上罪富有的國君能不燒包嗎？對於一個極其平庸的皇帝來說錢太多便是罪惡！

極其平庸的習帝妄圖靠燒中國的錢為外國造福的政績和絲綢之路並駕齊驅流芳百世，愚蠢至極！照貓畫虎，畫虎不成反類犬。習帝的一燒一路毫無歷史價值，更不會向絲綢之路那樣產生深遠影響，原因在於投重繳輕（頭重腳輕）。

一燒一路（一帶一路）（5）

習帝的新一

與眾所周知的皇帝的新衣迥然不同。習帝的新一（一燒一路）奢華無比，

令古今中外所有的帝王都望塵莫及。什麼幾十個國家受益，什麼上萬億的投資，真不知道習帝是外國的皇帝呢，還是中國的皇帝，胳膊肘總是向外拐。習帝把肥水都流給了外人田，中國的農民可就慘了。

中國還有 1.28 億農民生活在貧困線以下，人均年收入達不到 6.3 元。調查顯示：大涼山地區的受訪學生中缺鞋比例為 100%，貴州畢節地區的受訪學生中缺鞋比例為 96.6%。

習帝用億萬兩黃金為自己打造龍袍，而對億萬貧苦的農民卻一絲不掛。拿什麼拯救你，中國的農民。習帝總是高燒不退，而且愈燒愈瘋狂。如果習帝在這樣瘋狂燒下去的話，大涼山的學生連褲子都要穿不上了。平庸並不可怕，可怕的是平庸之輩繼承了天價遺產。習帝邪乎到既不鞋助（協助）百姓，也不償還江胡孽債，而是瘋狂燒納稅人的血汗錢。

當然了高膽遠矚（高瞻遠矚）的習帝燒錢為了「造福千秋萬代」，問題是大涼山的學生也好，中國的貧困農民也罷都只能活百八十歲，誰都無法享受到一燒一路的恩惠。

一燒一路一連串極其華麗的數字的背後是中國的納稅人得不到一分一毛的好處，便宜都讓外國和習帝占了。習帝瘋狂燒錢，終於燒出一個絲綢之路的贗品。連傻子都知道這是個劣等的仿製品，但習帝卻視一燒一路為珍寶，因為他這個贗品造價錢前無古人後無來者。

高燒論壇（高峰論壇）（1）

極其平庸的習帝為了永垂千古的政績瘋狂燒納稅人的錢，瘋狂自我炒作。29 個「錢」來捧場的國家元首，都能獲得巨大的經濟利益。看在錢的面子上，他們只能耐著性子聽習帝臭白唬。於是一個奇怪的現象多次在國際上演。極其平庸的習帝在臺上講演，而臺下的聽眾卻是多國精英元首。沒辦法在世界燒錢老大的矮簷下，怎敢不低頭，更何況習帝最少賞十億八億的出場費。習帝自以為他的一燒一路，中國主張取得了巨大成功，實際上人家是給中國經濟面子，是沖天價免費午餐而來。

如果一燒一路向絲綢之路那樣具有歷史價值和深遠影響的話，用不著習帝不厭其煩地自我炒作，國際上自然會舉行學術討論會。更可悲的不是習帝花重金雇人來捧場，而是習帝連開會的地點都不會選，應該在大涼山隆重召開「一燒一路邪乎」學術研討會。雖然全世界都圍繞著金錢運轉，但花錢買好是最靠不住的，為了錢 29 個國元首可以屈尊在習帝面前裝孫子，但錢一到手，尤其是無利可圖的時候，照樣罵習帝八輩祖宗！

高燒論壇（高峰論壇）（2）

身在曹營心在漢

與其說習帝是中國的皇帝莫如說習帝是世界各國福利的國家援首（元首）。目前一燒一路才有 29 個國家，這遠遠滿足不了習帝的胃口，習帝的終極目標是燒遍全世界。

如果是個開明的皇帝，會用這筆天價遺產償還江胡瘋狂破壞大自然所欠下孽債，同時用這筆遺產造福中國的百姓，把這兩件事做好了，然後才是外援。而敗家子習帝正相反，他在孽上加孽。習帝拒絕償還江胡孽債，以土壤修復專案工期為例：修復 200 天就草草了事，多於 500 天的寥寥無幾，而日本神通川流域汙染修復工程歷時 33 年。

捨不得孩子套不住狼，更邪乎的是習帝並不把中國 1.28 億貧困農民和大涼山學生 100% 沒鞋穿的事放在心上，為了青史留名習帝瘋狂燒納稅人的血汗錢。有一點必須指出，習帝燒的錢沒有一分是他憑本事掙來的，而是江胡靠瘋狂破壞大自然和瘋狂惡宰 13 億百姓得來的。再一個是本質上的區別，絲綢之路是中外民間互惠之路，而一燒一路則是習帝靠肥水流外人田為自己政績樹碑立傳，投重繳輕中國百姓得到利益微乎其微。正因如此習帝的一燒一路永遠也沒有資格和絲綢之路相提並論。然而更可悲的是為了讓習帝高興，這幾天中國大陸所有的電視臺都變成了大炒包（草包）瘋狂的炒作一燒一路，尤其是央視所有的頻道都燒得胡言亂語！

K

恐具萬分（恐懼萬分）（1）

大功率鐳射筆已經傷害了許多孩子的眼睛，市場上的劣質、三無（產品）鐳射筆更危害則更大。但因無法規約束，在江蘇常州街頭賣鐳射筆的商販隨處可見。— 2014.10.01

記者看到鐳射筆最大輸出功率為 200 毫瓦，而專家表示：一般人接觸的光大約 0.5 毫瓦，街頭賣的鐳射筆輸出功率達到太陽光的 400 倍。

恐具萬分（恐懼萬分）（2）

每週品質報告：文具隱形危機。— 2015.11.29

前不久，江蘇省質監局公佈文具風險監測結果。數據顯示：筆類文具 39 個被監測批次中，有 38 個批次超標，占總比例的 97.4 ％，其中最高值超標 860 倍，其他監測專案結果也顯示，文具乃至玩具安全風險狀況不容樂觀。彩泥筆防腐劑管控有隱患。這次共檢測 100 批次的彩泥，有 62 批次不合格，其中 51 ％的彩泥防腐劑超標。

恐具萬分（恐懼萬分）（3）

毒面具：鄰苯二甲酸酯超標 30 倍！易致兒童性早熟。— 2016.11.15

記者暗訪：多數面具屬「三無產品」。

鄰苯二甲酸酯可通過食入或吸入方式進入人體。而面具又屬於貼面物件，一旦長時間佩戴有毒面具，風險恐怕會從口腔滲入至體內。因此，如果想幫小孩挑放心的玩具，都是應該選擇 CCC 認證的安全產品。

恐具萬分（恐懼萬分）（4）

琳琅滿目的兒童太陽鏡背後，潛伏著視力殺手。— 2015.08.06

沒有不良看書習慣，很多兒童 1 年當中，近視增加了 100 多度，令醫生百思不得其解，在和一位母親的交談中，醫生終於發現是離焦誘發了這些兒童的近視，罪魁禍首乃兒童太陽鏡。

質監部門相關負責人告訴記者：目前中國還沒有兒童太陽鏡的專門標準，所參考的成人太陽鏡標準也只是行業標準，而一些企業實行標準的情況混亂，兒童太陽鏡的品質則更是良莠不齊。

恐具萬分（恐懼萬分）（5）

拼接式兒童地墊無一合格，100％含有有毒性物質，對兒童的傷害是不可逆的。

恐具萬分（恐懼萬分）（6）

玩輪滑導致兒童骨折頻現，抽查檢測結果：近一半的輪滑鞋不合格。─2015.09.06

每週品質報告：當輪滑鞋沒有煞車。

專家告訴記者：「在所有玩輪滑導致就醫的患者當中，不少是因為輪滑鞋品質有問題才受傷的」。前不久，國家質檢總局抽查檢驗43批次輪滑鞋產品，25批次合格，18批次不合格，整體合格率是58.1％。

目前，中國還沒有兒童輪滑鞋標準，並沒把成人和兒童輪滑鞋區分開。

恐具萬分（恐懼萬分）（7）

電動童車樣品的電源適配器不合格率100％。─2015.06.28

2013年10月在東莞，一輛電動童車在充電時卻引發了一起嚴重火災事故，造成4名大人和1名兒童死亡。據消防部門介紹，這起火災事故的著火點就是電動童車的插座。

杭州的一位消費者從超市給孩子買了一輛電動遙控車，可是沒想到的是，孩子才玩到第2天，充電時充電器就爆炸了。記者在調查中發現，市場上銷售的大多數電動遙控車的外包裝上確實都印有出廠合格證和3C標識。可是在配套銷售的充電器上，記者卻沒有找到任何有關產品合格的標記。在另一家電玩具銷售攤位，記者還發現了一種圓柱形插頭充電器。據暸解，這種圓柱插頭是歐盟等國家通用的插頭形式，因為與中國的電源插座形式不匹配，根本不允許在國內市場上流通銷售。即便是這樣，銷售人員也說沒問題。

電玩具充電器不合格率達到96％，不是價格愈高就愈安全。上海和福建等地的質檢部門圍繞觸電、著火等事故隱患風險點，集中對這50批次樣品進行了全面的檢測，結果發現50批次樣品中，只有2批次樣品符合相關要求，其餘48批次全都存在品質安全風險，不符合率達到96％。

50批次樣品中，「嚴重風險」產品占比高達90％，「中等風險」產品占比為6％，無風險產品僅為4％，因此本次風險監測對電玩具電源適配器產品品質安全風險評估結論為「嚴重風險」。採樣的8批次（電動童車）樣品的電源適配器全都存在品質安全風險，不符合率為百分之百；其次是電動遙控類玩具，36批次樣品的電源適配器中僅有1個符合要求，其他35個樣品全

都存在品質安全風險。50 批次樣品中，有 34 批次樣品內部絕緣距離過小。檢驗人員告訴記者，如果玩具電源適配器絕緣性能不過關，就有可能加大電擊危險，造成觸電事故，嚴重時可導致身體殘疾，甚至死亡。

檢驗人員分析後告訴記者，生產廠家為了節約成本，使用了品質較差的電氣部件，是導致本次風險監測中電源適配器絕緣性能不過關的主要原因。檢驗人員發現，50 批次樣品中，有 40 批次樣品支撐插銷的塑膠件耐熱性能差，不符合率為 80 ％。

恐具萬分（恐懼萬分）（8）

江蘇省質監局發玩具抽檢報告：毛絨玩具 4 成不合格。— 2015.06.12

跨下之辱（胯下之辱）（1）

鐵路立交橋從房頂穿過。— 2014.09.01

「沒電視信號，多次斷電，日夜連續施工，噪音極大無法休息。房子裏白天和晚上一樣黑。」查樹芹向澎湃新聞形容她家如今的情況。

深夜 24 點被叫來簽協議，查樹芹不滿拆遷補償協議拒搬遷。如今益王府鐵路立交橋從她家房頂穿過，使得查家的房子被圈在了橋洞裏。

跨下之辱（胯下之辱）（2）

上百戶居民他們頭頂上不是天空，而是一座壓得喘不過氣的橋。— 2012.08.16

從 1999 年起他們就開始了汽車呼嘯和樓板震顫的橋下生活。貴陽市水口寺大橋 300 多米長的引橋下面，排列著 10 多棟居民建築樓，從橋頭一直蜿蜒到橋尾。而且每一棟房屋的樓頂幾乎都已經頂到了橋板，房屋的樓頂與橋板的間距最短處不足 1 米，有的地方橋墩已經包圍在屋裏。

此處橋面是貴陽市的東出口和龍洞堡機場通道，車流量大，重車多，上百戶在這裏居住的市民，頭頂著大橋過著「蝸居」生活。每到重車經過時，房屋也會和大橋一起抖動。不僅如此，居住在這裏的人們也早已習慣了房屋內的小裂痕和天花板上的漏水。

跨下之辱（胯下之辱）（3）

「史上最牛高架橋」。— 2011.08.12

合蚌高鐵 3 座高架橋從合肥長豐縣雙墩鎮雙鳳裏社區的西側穿街而過，高架橋幾乎已經架到了社區住宅的樓頂上。

跨下之辱（胯下之辱）（4）

「貼身」橋墩。武漢漢陽區一橋墩與居民樓面貼面，距離最窄處僅75釐米。記者來到綠色晴川社區，該社區一棟2單元緊鄰漢陽墨水湖北路，樓外拐角處豎起一個橋墩，地上部分約有兩層樓高，最近處距居民房外牆僅75釐米。— 2014.07.06

跨下之辱（胯下之辱）（5）

廣西南寧市造價5億多的大橋橋底形成的通道距地面最低處僅有1.3米左右，最高處也僅有1.5米左右，行人通行時必須低頭彎腰，被網友戲稱為南寧史上最矮的「橋樑」。

礦世無匹（曠世無匹）（1）

數百萬中國煤礦工人承擔著世界40％的煤炭生產量，但事故卻占全球總事故數的近80％，中國煤礦百萬噸死亡率至少是美國的26倍。

中國礦工，無疑於「虎口作業」。中國礦難事故頻發，據國家安監總局有關負責人表示，今年上半年全國各類煤礦共發生事故617起、死亡1192人，死亡人數同比上升6.7％。遼寧阜新礦難死亡214人30人傷……。

礦世無匹（曠世無匹）（2）

案償殺機（暗藏殺機）

江西殺智障工偽造礦難騙賠案9人團夥險騙52萬元。— 2011.04.18

偽造礦難敲詐案再次在江西東鄉上演，團夥花5200元買下一名有智障的盲流，帶到礦上做工，然後伺機將其殺害。9人團夥將智障工推下37米深通風井後用礦石將其砸死，偽裝死者家屬險些騙走52萬元賠償。

如果不是礦上包工頭鄧榮生和派出所所長鄒曄的一次「閒聊」，這個精心策劃了半年多的礦難騙局，將以「殺人者獲得賠款」而告終。

「死者在非工作面出事已經很奇怪，這麼大的事，直系親屬怎麼也不出面呢？」在一次閒聊中，鄧榮生將礦難一事告訴了正在大走訪的派出所所長鄒曄，經驗告訴鄒曄這不是一起簡單的礦難，他連夜聯繫了縣公安局刑警大隊大隊長李輝華。經過8天談判，就在即將拿到已談妥的52萬元賠償金之際，這個殺害智障礦工偽造礦難詐騙賠償的9人犯罪團夥在江西東鄉縣落網。此前該地多次發生礦工殺害智障者偽造礦難敲詐案。

礦世無匹（曠世無匹）（3）

各地頻發礦工殺害智障者偽造礦難敲詐案。— 2009.12.26

2007 年以來，自福建某煤礦首次發現殺人敲詐作案後，案發地很快向遼寧、雲南、湖北等 9 省蔓延，發案近 20 起，死亡近 20 人，大量的涉案人員均指向四川雷波縣，案情曾驚動公安部。

2015 年 11 月 23 日，該市陳貴鎮安船礦業公司的 6 名礦工乘坐罐籠下井時，四川雷波縣礦工「黃所格」墜井身亡。事發後，有關「親屬」迅速趕至大冶，與礦方達成了賠償 20 萬元的協議。而經雷波警方核實，黃所格已於 2 年前自殺。隨後，這些「親屬」悄悄逃離。雷波刑警介紹，2007 年，臨近的美姑縣有人在福建一家煤礦，「發明」了這種「騙人打工，伺機害死，索賠錢財」的殘忍作案手段後，迅速向雷波縣的部分山民傳播，2009 年成為多發期。這些案件有一個共同點，受害人都是智障人員，身份均不明確。

2015 年下半年來，類似案件還在全國各地不斷發生，甚至有「井噴」之勢。如 7 月 23 日福建三明市莘口鎮某礦、8 月 13 日河北寬城縣某礦、8 月 14 日四川甘洛縣某礦、8 月 11 日山東省蓬萊市某礦……。

2009 年 9 月，雲南警方破獲的一起案件，可見一斑。9 月 2 日，雲南臨滄市耿馬縣華良礦業公司的礦老闆吳某遇到了一件倒楣事：一個剛來 3 天，名叫「阿杜取也」的工人下井時出了事，據稱是被礦上掉下來的石塊砸中頭部而死。兩天後，死者的「弟弟」來到礦山，提出要賠償 20 萬元。

吳老闆也想盡快了結此事，一次性將錢存進了死者「弟弟」的郵政儲蓄卡裏。然而，就在此人取款時，被銀行系統查出是福建警方通緝的網上逃犯。耿馬縣警方聞訊將其抓獲，揭開了一個隱藏在礦井深處的陰謀。被抓獲者名叫黑來黑石，雷波縣人。據其交待，他和盧古體等人，找到一個智障青年，冒充成本鄉的阿杜取也，在礦主那裏登了記。9 月 2 日，他們在礦井裏先用石頭將「阿杜取也」擊昏，再把支撐岩體的木頭拆掉引起坍塌，從而製造礦難假像。目前，除黑來黑石外，其他人均在逃。

年初以來，遼寧省朝陽市境內相繼發生 4 起四川省美姑縣、雷波縣來朝陽務工人員殺害同鄉，製造假礦難索賠的案件，共造成 5 人死亡。

今年 8 月 15 日，山東蓬萊市某金礦發生「礦難」後，兩個自稱是死者親屬的人來到礦上索賠 50 萬元。礦方覺得金額過高，兩人又自動降為 10 萬元。如此大幅度的「降價」，引起礦方懷疑。而當要求「家屬」與死者進行 DNA 比對確認其關係時，兩人卻慌忙拒絕。礦方迅速報警，8 月 22 日，警方將來自四川雷波縣、美姑縣的 4 人抓獲。這 4 人交待了殺人敲詐的犯罪事實。

中國大陸夜景

出版者●集夢坊
作者●笑傲江胡
印行者●華文聯合出版平台
總顧問●王寶玲
出版總監●歐綾纖
副總編輯●陳雅貞
責任編輯●古振宇
美術設計●吳吉昌
內文排版●王芋崴

國家圖書館出版品預行編目（CIP）資料

中國大陸夜景 / 笑傲江胡編著 . -- 新北市
：集夢坊，采舍國際有限公司發行，
民 106.11　面；　公分
　978-986-94538-4-4(平裝)
1. 漢語 2. 成語

802.1839　　　　　　　　　　106014520

台灣出版中心●新北市中和區中山路2段366巷10號10樓
電話●(02)2248-7896　　　　　傳真●(02)2248-7758
ISBN●978-986-94538-4-4
出版日期●2017年11月初版

郵撥帳號●50017206采舍國際有限公司（郵撥購買，請另付一成郵資）
全球華文國際市場總代理●采舍國際 www.silkbook.com
地址●新北市中和區中山路2段366巷10號3樓
電話●(02)8245-8786　　　　　傳真●(02)8245-8718

全系列書系永久陳列展示中心
新絲路書店●新北市中和區中山路2段366巷10號10樓　　　電話●(02)8245-9896
新絲路網路書店●www.silkbook.com
華文網網路書店●www.book4u.com.tw

跨視界‧雲閱讀 新絲路電子書城 全文免費下載　新‧絲‧路‧網‧路‧書‧店 silkbook○com

本書係由著作人自資出版，透過全球華文聯合出版平台（www.book4u.com.tw）印行，並委由采舍國際有限公司（www.silkbook.com）總經銷。採減碳印製流程並使用優質中性紙（Acid & Alkali Free）與環保油墨印刷，通過綠色印刷認證。

華文自資出版平台
www.book4u.com.tw
mybook@mail.book4u.com.tw

全球最大的華文自費出書集團
專業客製化自助出版‧發行通路全國最強！